Bis die Fetzen fliegen

Sophia Scheer hat als Juristin in aller Welt Verhandlungen geführt und arbeitet als Managementtrainerin, Vortragende und Autorin. Ihre historischen Romane (England, 19. Jh., unter dem Pseudonym Sophia Farago) landeten in Österreich und als E-Book auf den Bestsellerlisten. Nach »Alles Tote kommt von oben« rückt die begeisterte Linzerin auch mit diesem Roman ihre Heimat Oberösterreich in den Mittelpunkt ihrer originellen Krimireihe. www.sophias-romane.at

Sämtliche Personen und Handlungen sind völlig frei erfunden. Am Flughafen Linz wären solche Vorfälle in Wirklichkeit undenkbar, und auch wenn Sie sich oder jemand anderen wiederzuerkennen glauben, ich habe weder Sie noch ihn gemeint. Ehrlich nicht!

SOPHIA SCHEER

Bis die Fetzen fliegen

KRIMINALROMAN

emons:

Bibliografische Information der Deutschen Nationalbibliothek
Die Deutsche Nationalbibliothek verzeichnet diese Publikation in der Deutschen Nationalbibliografie; detaillierte bibliografische Daten sind im Internet über http://dnb.d-nb.de abrufbar.

MIX
Papier aus verantwortungsvollen Quellen
FSC® C083411
FSC
www.fsc.org

Umschlagmotiv: © mauritius images/Alamy
Umschlaggestaltung: Tobias Doetsch
Gestaltung Innenteil: César Satz & Grafik GmbH, Köln
Lektorat: Susanne Bartel
Druck und Bindung: CPI – Clausen & Bosse, Leck
Printed in Germany 2015
ISBN 978-3-95451-578-3
Originalausgabe

Unser Newsletter informiert Sie regelmäßig über Neues von emons:
Kostenlos bestellen unter
www.emons-verlag.de

Dieser Roman wurde vermittelt durch die Michael Meller Literary Agency GmbH, München.

Für meinen Vater,
der ein großer Agatha-Christie-Fan war

1

Die Frage ist die: Hätte sich Gianni Delucci an diesem Abend auch so zufrieden in seine Bettdecke gekuschelt, wenn er gewusst hätte, dass er sich, auf den Tag genau, eine Woche später selbst in die Luft jagen würde? Dass man sein zerfetztes Gesicht von der dezent grau in grau getupften Seitenwand einer Boeing 737 kratzen und die Zeitung »Austria« titeln würde: »Mafia! Irrer Attentäter sprengt erst Promiparty, dann sich selbst in die Luft!«?

Die letzten Wochen waren für Gianni nicht einfach gewesen. Sein Restaurant steuerte im Eilzugtempo auf den Bankrott zu. Außerdem langweilte ihn nicht nur seine Frau, sondern auch jede einzelne Stunde, die er im beschaulichen St. Florian nahe Linz verbringen musste. Aber an diesem Donnerstag im April waren Glück und prickelnde Aufregung schlagartig in seinen zähflüssigen Alltag zurückgekehrt. Sein größter und lästigster Gläubiger, Heinrich Wertzheimer IV., Generaldirektor der Wertzheimer Privatbanken AG, war ermordet aufgefunden worden. Und zwar bevor dieser seine Drohung hatte wahr machen können, seinen Kredit fällig zu stellen. Doch damit noch nicht genug mit Giannis Glück. Am Nachmittag hatte er auch noch Piet Köflach kennengelernt, einen tollen Kerl, der ihm nicht nur versprach, das Restaurant zu retten, sondern auch, seinem Leben eine entscheidende Wendung zu geben. Wie groß diese Wendung sein würde, das konnte Gianni an diesem Donnerstag natürlich noch nicht ahnen.

Dabei hatte der Tag für Gianni Delucci völlig unspektakulär begonnen. Nichts an dem strahlend schönen Aprilmorgen kündigte die großen Ereignisse an. Wie so oft in der Früh schlich er sich aus dem Schlafzimmer, bemüht, Veronika nicht zu wecken. Seine Frau schlief noch tief und fest, ihre roten Locken malerisch auf dem blau-grün karierten Kopfkissen verteilt. Am vorigen Abend war es überraschend spät geworden. Gegen acht Uhr waren die Burschen der Freiwilligen Feuerwehr aus St. Florian und Umgebung in sein Restaurant »Da Gianni« eingefallen, um feuchtfröhlich den Geburtstag eines der Kollegen zu feiern. Gianni hatte den besten Umsatz seit Monaten gemacht, nicht zuletzt dank seiner unwiderstehlichen Cocktails. Seine Frau hatte ihm im Service ausgeholfen, was sie ausschließlich ihm zuliebe gemacht hatte. So wie sie schon viel ausschließlich ihm zuliebe getan hatte. Hierherzuziehen zum Beispiel, damit er das Gasthaus ihrer Oma übernehmen konnte. Seit fast zwölf Jahren war er nun mit ihr verheiratet. Für einen Mann wie ihn eine Ewigkeit. Seine eigene Mutter hatte immer gesagt, er wäre so makellos wie ein junger Gott, eine zum Leben erweckte Figur von Michelangelo. Mit einem Herzen aus Feuer und dem südländischen Temperament, das auch sie ausgezeichnet hatte. Ein solcher Mann war viel zu schade für eine Frau allein.

Ein eigenes Restaurant mit dem Namen »Da Gianni« zu besitzen, das war sein lang gehegter Traum gewesen. Dabei war er alles andere als ein guter Koch. Stattdessen war er zweifellos eine Koryphäe am Cocktail-Shaker und ein begnadeter Ciabattabäcker. Da das Restaurant so schlecht lief, hielten sie sich mit den Brotverkäufen, aber vor allem mit den Pilatesstunden, die Veronika gab und von denen er eigentlich nichts hielt, über Wasser. Was sollte es denn für einen Sinn haben, wenn sich Frauen gruppenweise trafen, um ihren Körper zu stählen? Wenn sie dabei immer noch dünner und sehniger wurden, statt stolz zu ihren weiblichen Rundungen zu stehen? Eine Frau, die Gianni gefallen wollte, brauchte einen Hintern und natürlich ausreichend »Holz vor der Hüttn«. Den Ausdruck kannte er von den Skilehrern in Lech am Arlberg, wo er jahrelang als Barkeeper gearbeitet hatte.

Auch an diesem Morgen im April hatte er wieder Ciabatta gebacken und ab sieben Uhr an zwölf Kunden im Umkreis ausgeliefert. Anschließend war er zur Villa Wertzheimer gefahren und hatte sich wie jeden Donnerstag durch den Hintereingang in den zweiten Stock hinaufgeschlichen, um mit Tatjana, der erfreulich hübschen slowakischen Pflegerin der alten Frau Wertzheimer, zu schlafen. Dr. Henriette Wertzheimer war so etwas wie die Grande Dame des Ortes. Steinreich, vornehm und, wie nicht nur er fand, furchterregend und unglaublich bissig. Wenn irgendjemand im Ort von »der Frau Doktor« sprach, dann wusste jeder, wer gemeint war.

Seltsamerweise war Tatjana nicht auf ihrem Zimmer gewesen, als er eintraf. Also hatte er sich schon einmal die Hose ausgezogen und war unter die Bettdecke geschlüpft. Das Bett war noch warm – anscheinend hatte es Tatjana erst vor nicht allzu langer Zeit verlassen – und machte Lust auf mehr. Er blickte sich um. Was er sah, hatte ihm noch nie gefallen. Stofftiere auf dem Regal über dem Bett, ein großer Strauß Kunstblumen auf dem Tisch. Und dann waren da noch diese seltsamen Puppen, die seine Geliebte in ihrer Freizeit fabrizierte. Flaschen in selbst gestrickten Gewändern, mit einer geschminkten Styroporkugel als Kopf und Haaren aus Wolle. Die Puppen verkaufte eine Freundin in Bratislava auf dem Wochenmarkt, sodass Tatjana damit zusätzliches Geld verdiente. Gianni wunderte sich nicht zum ersten Mal: Wie konnten einem nur solche Scheußlichkeiten gefallen?

2

Die Frau, die die dunkelgrüne Hochglanztür öffnete, trug eine gestärkte blütenweiße Schürze, die ihre untersetzte Figur unvorteilhaft betonte. Das Kleid darunter war violett, die kurzen lockigen Haare braun mit einzelnen weißen Strähnen. Sie sah aus wie eine brave Oma aus den fünfziger Jahren.

Diana hielt ihr die Dienstmarke entgegen. »Chefinspektorin Pölz«, die Hand mit der Plakette zeigte über ihre linke Schulter, »das sind Abteilungsinspektor See und Bezirksinspektor Wöglinger. Wir sind gekommen, um ...«

»Pst, ich bitte Sie, nicht so laut! Die Frau Doktor hat sich in ihre Gemächer zurückgezogen. Ist ja auch kein Wunder, nach diesem Schock! Wir wollen sie doch auf keinen Fall stören.«

Diana nickte reflexartig und legte entschuldigend die Hand an die Lippen. See sah dazu offensichtlich keine Veranlassung. »Mir scheint, ich bin im falschen Film! Man könnte fast glauben, gleich geht die Tür auf und Hans Moser kommt um die Ecke. Oder Theo Lingen oder wie die früher alle geheißen haben.«

Die Chefinspektorin rollte mit den Augen und atmete tief durch, bevor sie sich umwandte. »War das jetzt wirklich notwendig?«

Nicht dass sie seinen Kommentar nicht witzig gefunden hätte, aber See ging ihr schon den ganzen Morgen auf die Nerven. Außerdem schadeten seine lässigen Bemerkungen dem Ansehen ihrer Funktion.

»Aber sicher«, lautete da auch schon die nächste freche Antwort. »Wer, bitte, spricht heute denn noch ernsthaft von Gemächern und Herrschaften und trägt dabei ein derart affiges Schürzchen?«

Wöglinger kicherte. See hatte dem Bezirksinspektor vor einigen Jahren den Spitznamen »der kleine Fritz« verpasst, eine nicht wirklich schmeichelhafte Bezeichnung für jemanden, der sich stets verbissen darum bemühte, ernst genommen zu werden. Dennoch war See seit Langem sein großes Idol. Erst der strenge Blick seiner Chefin ließ ihn innehalten.

Die Haushälterin ignorierte Wöglinger und wandte sich stattdessen an See. »Ich weiß nicht, wo Sie herkommen, Herr Inspektor, aber hierorts wird so gesprochen. Der Grund, warum ich Sie kommen ließ …«

Diana unterbrach sie. Sie hielt es für angebracht, die Zügel wieder an sich zu reißen. »Dann haben also Sie die Polizei verständigt? Sehr gut. Ihr Name?«

»Trude Gomez. Ich bin die Haushälterin des Anwesens von Frau Dr. Wertzheimer. Seit beinahe vier Jahren. In der Früh bin ich hinauf zum IV., also zu Herrn Mag. Wertzheimer, um ihm seinen *early morning tea* zu bringen. Sie können sich vorstellen, wie erschrocken ich war, als ich ihn tot an seinem Schreibtisch sitzen sah.«

»Seinen *early morning tea*!«, wiederholte See, und sein Tonfall ließ keinen Zweifel daran, dass er auch von dieser noblen Sitte reichlich wenig hielt.

»Bringen Sie ihm den jeden Morgen?«, erkundigte sich Diana.

Die Haushälterin nickte. »Das heißt, natürlich nur, wenn er in St. Florian ist, also war. Wollen Sie in sein Zimmer hinaufschauen? Ihre Kollegen von der Spurensicherung sind schon oben. Und der Arzt auch.«

Der Tote war vollständig bekleidet. Ein etwas zerknittertes weißes Hemd steckte in einer anthrazitfarbenen Anzughose, dazu trug er schwarze Socken und glänzende schwarze Lackschuhe, die zwischen den beiden Schubladenelementen des massiven antiken Holzschreibtisches hervorschauten. Es saß auf seinem ebenfalls schwarzen ledernen Schreibtischstuhl, den Oberkörper vornübergebeugt, die Stirn ruhte auf der Schreibtischplatte. Seine schüttere graue Haarpracht, die wohl sonst mit Gel nach hinten gekämmt war, fiel nun in einzelnen Strähnen nach vorne. Der rechte Ärmel des Sakkos war aufgekrempelt, in der Armbeuge steckte die Nadel einer Spritze.

»Was haben wir denn da?«, fragte See den Gerichtsmediziner anstelle einer Begrüßung und begann sich mit ihm zu unterhalten.

»Guten Morgen allerseits«, sagte Diana und drehte sich dann

zur Haushälterin um. »Danke, Sie warten jetzt bitte draußen, Frau … äh …« Verflixt, ihr Namensgedächtnis!

»Der arme Herr Magister!« Die Haushälterin seufzte laut und vernehmlich. »Ich bin in der Küche, wenn Sie mich suchen. Von der Eingangshalle aus die äußerst rechte Tür.«

»Ach, eines noch, bevor Sie gehen: War Ihr Chef Diabetiker?«

Die Frau schüttelte den Kopf. »Weder – noch.«

Sie traf ein erstaunter Blick aus vielen Augen.

»Er war weder Diabetiker noch mein Chef.« Mit diesen Worten machte sie kehrt und stieg die Treppe hinunter.

»Geben Sie doch bitte der Mutter des Toten Bescheid, wir möchten sie in einer Viertelstunde sprechen!«, rief Diana ihr nach.

Die Haushälterin verharrte im Schritt. »Ich werde sehen, was sich machen lässt. Kommen Sie zu mir herunter, wenn Sie hier fertig sind.«

Diana nickte, betrat den wahrscheinlichen Tatort und schloss die Tür hinter sich. »Also noch einmal: Guten Morgen! Was wissen wir schon?«

»Der Mann hat sich den goldenen Schuss verpasst«, erklärte See, dem es diebisches Vergnügen bereitete, Diana immer einen Schritt voraus zu sein. Schließlich hatte auch er sich für die Stelle der Chefinspektion beworben gehabt, aber die Verantwortlichen hatten ihn ja unbedingt übergehen müssen. Und das, obwohl er seit Jahren erfolgreich für das oberösterreichische Landeskriminalamt in Linz tätig war. Nein, eine Wienerin hatte man holen müssen. Ausgerechnet! Aber der würde er schon zeigen, wo der Bartl den Most holte, also wer der wahre Herr in der Mordkommission war. Sein Ärger darüber, eine Chefin vor die Nase gesetzt bekommen zu haben, war auch in dem knappen Jahr noch nicht verraucht, in dem sie jetzt schon zusammenarbeiteten. Obwohl sie durchaus erfolgreich waren und miteinander schon einige Verbrechen aufgeklärt hatten. Ihr gemeinsamer Vorgesetzter, der Herr Oberst, wollte zwar, dass sie zu einem Team zusammenwuchsen, aber darauf konnte er lange warten.

»Mir scheint, wir können wieder zusammenpacken. Wenn sich einer mit der Nadel ins Jenseits befördert hat, sind wir dafür nicht zuständig.«

»So kann man das nicht sagen, Carlos«, widersprach da der Mediziner. Fast die gesamte Mannschaft des LKA nannte Karl-Heinz See Carlos, wenn sie mit ihm redeten, und oftmals »der schöne Carlos«, wenn über ihn. Es würde Diana stets ein Rätsel bleiben, wieso. Sie fand See ganz und gar nicht schön. Eher schon schmierig, mit seinen etwas zu langen braunen Haaren und der Brustbehaarung, die ihm aufgrund zweier meist offener Hemdknöpfe aus dem Ausschnitt quoll.

»Aber du hast doch selbst gesagt, du tippst auf Heroin, Doc?« See drehte sich verwundert zum Mediziner um.

»Seht euch die Armbeuge einmal genauer an«, antwortete dieser. »Ein paar offensichtliche Einstichversuche, aber kein einziger richtiger Einstich außer eben dem tödlichen. Das ist ziemlich ungewöhnlich. Vor allem für einen Mann seines Alters und seiner Position.«

»Aber es könnte trotzdem Selbstmord gewesen sein.« See wollte sich von seinem ursprünglichen Gedanken nicht verabschieden.

Der Mediziner nickte. »Ja, klar. Das wäre zwar möglich, aber ebenfalls ziemlich ungewöhnlich. Zum Glück ist es eure Aufgabe herauszufinden, ob es dafür Motive gab, nicht meine. Ich werde prüfen …« Er hob den Kopf des Toten vorsichtig mit seinen behandschuhten Fingern an und roch an den Lippen. »Whisky! Das ist eindeutig Whisky. Er hat also vor seinem Tod getrunken. Allerdings sehe ich hier nirgendwo ein Glas.«

Diana deutete auf die Flasche mit der honiggelben Flüssigkeit, die neben dem Toten stand. »Vielleicht hat er ja direkt aus der da getrunken?«

See kam näher. »Was steht da drauf? Strathisla? Was soll das denn für eine Marke sein? Die habe ich ja noch nie gehört. Warum trinkt ein Banker, der sicher Geld wie Heu hat, so einen No-Name-Whisky?«

»Das heißt Stresaiisla«, meldete sich zu Sees Überraschung Bezirksinspektor Wöglinger zu Wort. »Und der Whisky ist alles andere als ein No-Name-Produkt! Das ist ein Single Malt. Höchste Qualität. Aus Schottland.«

Karl-Heinz See konnte es nicht leiden, wenn jemand mehr wusste als er. Und schon gar nicht der kleine Fritz.

»Woher willst du das denn wissen, du Klugscheißer?«

Fritz zuckte mit den Schultern. »Ich weiß es eben. Mein Opa war Whiskytrinker.«

Der Arzt hatte inzwischen den Verschluss aufgedreht und roch an der Flasche. »Also, Whisky ist es mit Sicherheit. Ich habe aber weder eine Ahnung, ob sich um einen Single Malt handelt, noch, ob das dieselbe Flüssigkeit ist, die der Tote zu sich genommen hat.«

»Dann ab ins Labor damit«, bestimmte Diana an den Spurensicherer gewandt, der soeben den Inhalt des Schreibtisches überprüfte.

»Sobald ich den Mann auf meinem Tisch gehabt habe«, erklärte der Arzt nun, »kann ich euch sagen, ob der Tote den Whisky selbst getrunken hat oder ob er ihm nachträglich eingeflößt wurde, um irgendetwas zu verschleiern. Dann weiß ich auch, ob der Whisky rein war oder kontaminiert. Also, ob irgendjemand das Opfer damit betäubt hat, was ich für wahrscheinlich halte. Niemand lässt sich so mir nichts, dir nichts von irgendjemandem eine Spritze in den Arm jagen.«

»Irgendwelche Abwehrspuren?«, wollte Diana wissen.

Der Arzt schüttelte den Kopf.

»Kommen Sie, Kollege See«, sagte Diana, »wir werden jetzt der Hausherrin unsere Aufwartung machen, wie es in solchen Kreisen wohl heißt. Wahrscheinlich wartet sie schon unten im Wohnzimmer. Und ich bitte um ein bisschen mehr Feinfühligkeit, falls das möglich wäre.«

Doch See sah nicht so aus, als ob er große Lust auf Feinfühligkeit hätte. »Und du, Fritz«, befahl er stattdessen, »gehst durchs Haus und stellst fest, wer zur Tatzeit … Ach ja, was war denn die Tatzeit, so ungefähr zumindest, Doc?«

Der Arzt verzog nachdenklich das Gesicht. »Ich tippe so auf zwischen zweiundzwanzig Uhr und Mitternacht.«

»Du hast es gehört, Fritz. Finde also heraus, wer zwischen zweiundzwanzig Uhr und Mitternacht sonst noch im Haus war.«

Diana hasste es, wenn See dem Bezirksinspektor Befehle erteilte, gerade so, als wäre sie nicht anwesend. Allerdings hatte sie keine Lust, ihm vor allen Leuten eine Szene zu machen, also schwieg sie. Um genau zu sein, hatte sie überhaupt nie Lust auf eine Szene. Sie wusste, dass das ein Fehler war und der Grund dafür, dass sich der schöne Carlos immer noch so viele Freiheiten herausnahm, und sie beschloss, an ihrem Führungsverhalten zu arbeiten.

3

Es war knapp nach zehn Uhr, und Tatjana war immer noch nicht aufgetaucht. Gianni beschloss, ihr eine SMS zu schicken, und ging dann in ihr Bad, das direkt von ihrem Schlafzimmer abging. Beim Rückweg fiel sein Blick zufällig durch den Spalt zwischen den zugezogenen Vorhängen, und die Geschehnisse vor der Villa Wertzheimer fesselten umgehend seine Aufmerksamkeit.

Ein Polizeiauto mit Blaulicht parkte auf dem gekiesten Vorplatz neben zwei Mittelklassewagen, ein Uniformierter stand breitbeinig vor dem Portal. Gianni überlegte noch, was das alles bedeuten mochte, da wurde die Zimmertür aufgerissen, und Tatjana stürmte in den Raum. »Entschuldige bitte, Gianni, Liebling, ich hatte völlig dich vergessen. Du nicht ahnen, was hier los ist! Oh, du bist nackt? Besser, du dich anziehen.«

Gianni bedeutete ihr, zu ihm ans Fenster zu treten. »Das musst du dir anschauen! Ein Riesenaufgebot an Carabinieri. *Cosa è successo?* Was wollen die denn hier? Da muss euer guter Heinrich ja allerhand ausgefressen haben.«

»Ausgefressen? Was soll das heißen: ausgefressen?«

»Er muss sich allerhand zuschulden kommen haben lassen, sonst wären nicht so viele Polizisten hier. Die anderen beiden Autos sollen wohl unverdächtig wirken, aber mich können sie damit nicht täuschen. Wahrscheinlich ist das die Kriminalpolizei. Das ist ja wie im Film, *incredibile*!«

Tatjana war sofort an seiner Seite. »Ich weiß, dass das ist Kriminalpolizisten. Um Himmels willen, Gianni, du musst gehen! Wenn sie dich hier erwischen, dann sie erzählen Frau Doktor, und ich verlieren meinen Job! Da, deine Hose! Schnell! *Rýchle! Rýchle!*«

Sie griff nach seinen Jeans, die er achtlos über einen Stuhl gelegt hatte, und warf sie ihm zu. Er fing sie zwar auf, konnte aber seinen Blick nicht von den Geschehnissen vor dem Haus lösen. »Schau nur, da sind welche von der Spurensicherung. Sie tragen wirklich so weiße Anzüge, wie man sie aus dem Fernsehen kennt. Wenn ich nur wüsste, was der gute Wertzheimer –«

»Herr Wertzheimer ist tot, Gianni!«

Er fuhr herum. »Tot? Echt? Das ist ja toll! Hast du ihn umgebracht, *cara mia*?«

Er lachte laut auf, aber Tatjana war weit davon entfernt, einzustimmen. »Bist du verrückt? Ist nicht gute Zeit für Witze! Wenn sie dich so hören, sie dich nehmen mit. Ich müssen jetzt zurück zu Frau Doktor. Gianni, zieh endlich Hose an!«

Er tat es und war eben dabei, die Knöpfe seiner Jeans zu schließen, als sich die Tür abermals mit einem Schwung öffnete und ein junger Mann mit Brille seinen Kopf zur Zimmertür hereinsteckte. Er war eher klein und schlank, seine braunen Haare kurz, das junge Gesicht so ernst, wie es die Sachlage erforderte.

»Bezirksinspektor Fritz Wöglinger.« Er hielt ihnen seine Dienstmarke hin. »Wer sind Sie, und was machen Sie hier?«

Für kleine Wichtigtuer wie den, der vor ihm stand, hatte der Italiener nicht das Geringste übrig. »Ich bin Gianni Delucci«, antwortete er daher betont lässig, »und ich schließe meine Hose.«

»Hinsetzen. Alle beide«, befahl der Bezirksinspektor, der nichts mehr hasste, als nicht gebührend ernst genommen zu werden.

»Aber ich müssen zur Frau Doktor!«, protestierte Tatjana.

»Das Einzige, was Sie müssen, ist, meinen Anweisungen Folge zu leisten«, sagte der kleine Fritz streng. Dann fügte er hinzu: »Außerdem wird Sie Frau Wertzheimer derzeit nicht vermissen. Sie wird von meiner Chefin befragt.«

Tatjana erbleichte. »Aber warum befragen alte Dame? Ist Mutter. Hat sicher nicht umgebracht eigene Sohn!«

Der kleine Fritz wurde hellhörig. »Ach, tatsächlich? Und wer war es dann? Sie vielleicht? Wo waren Sie gestern zwischen zweiundzwanzig Uhr und Mitternacht?«

Während Tatjana ihm ihren Tagesablauf schilderte, der damit endete, dass sie um zweiundzwanzig Uhr ihre Dienstherrin zu Bett gebracht hatte, um dann gegen dreiundzwanzig Uhr auf ihr Zimmer zu gehen, was den Bezirksinspektor zu einem »Aha, also kein Alibi zur Tatzeit!« veranlasste, dachte Gianni an das Gespräch zurück, das er mit dem Toten am Vortag geführt hatte. Er war sich sicher, dass Heinrich Wertzheimer IV. nur aus einem einzigen Grund regelmäßig in St. Florian auftauchte, nämlich, um ihn zu schikanieren. Kein Mensch glaubte doch, dass er seine Mutter besuchen wollte! Wer begab sich denn schon freiwillig in die Nähe dieser furchterregenden Frau? Jeden Mittwoch um neunzehn Uhr, man hätte die Uhr nach ihm stellen können, war Wertzheimer in den letzten Wochen im »Da Gianni« erschienen, um mit perverser Befriedigung festzustellen, dass die Geschäfte noch immer nicht besser liefen, und die sofortige Kündigung seines Kredites anzukündigen. So auch gestern.

»Mein lieber italienischer Freund«, hatte Wertzheimer mit einem Blick über die fast leeren Tische gesagt und seine schmalen Lippen zu einem hämischen Lächeln verzogen. »Das hier nennen Sie ein Erfolgskonzept?«

»Warten Sie ab, Signore Wertzheimer, das wird schon noch –«

»Warten Sie ab, warten Sie ab«, hatte er ihn nachgeäfft und war sich dabei nicht einmal zu blöde, die italienische Färbung seiner Aussprache zu imitieren. »Zeit vergeuden, das geht vielleicht in Sizilien oder wo immer Sie herkommen –«

»Roma!«

»Aus Rom? Egal. Aber hierzulande ist Zeit Geld. *Time is money.* Und Sie, mein lieber italienischer Freund, haben kein Geld und damit auch keine Zeit mehr.«

Das Wortspiel hatte ihn sichtlich amüsiert, auch wenn es deutlich war, dass er es nicht zum ersten Mal zum Besten gegeben hatte. »Sie haben sich den Kredit bei meinem Bankinstitut arglistig erschlichen. Der vorgelegte Businessplan war erstunken und erlogen. So etwas ist strafbar! Gleich morgen werde ich zu unserem Anwalt gehen und ihn damit beauftragen, Anzeige zu erstatten. Sie werden in Kürze von ihm hören. Und in der Zwischenzeit können Sie sich schon mal Gedanken darüber machen, wie Sie die neunzigtausend Euro zurückzahlen, denn den Kredit stelle ich in jedem Fall fällig!«

Gianni hatte außer dem Wort »Anwalt« und dem genannten Betrag nicht viel verstanden, denn Wertzheimer sprach schnell, und Gianni waren die meisten Ausdrücke, die er gebrauchte, nicht geläufig. Trotzdem wusste er, worum es ging, und dem Banker erging es unter dem Schwall an italienischen Beschimpfungen, der sich daraufhin über ihn ergoss, nicht viel anders.

Und jetzt war er tot. Sehr wahrscheinlich gestorben, noch bevor er den Anwalt hatte aufsuchen können.

Gianni Delucci, du bist ein Glückskind!, dachte er im Stillen, während er mit tragischer Miene ausrief: »*È incredibile!* Doch nicht der Herr Wertzheimer! Wie ist es denn passiert? Wissen Sie schon, wer es war?«

»Sie vielleicht?«, lautete die Gegenfrage.

»Aber das können Sie doch nicht wirklich ernst meinen, *commissario*!«, lautete die entrüstete Antwort, die Hand ans Herz gelegt.

»Wo waren Sie gestern am Abend, zwischen zweiundzwanzig und vierundzwanzig Uhr? Hier bei der Dame?«

Gianni machte eine abwehrende Handbewegung. »Wo denken Sie hin? Ich war in meinem Lokal, dem ›Da Gianni‹. Kennen Sie mein Lokal, *commissario*? Der beste Italiener weit und breit.«

»Wer kann das bezeugen?«

Zum Erstaunen der beiden Männer gab die slowakische Altenbetreuerin ein amüsiertes »Ha!« von sich.

»Bitte?« Bezirksinspektor Wöglinger war irritiert.

»Sie haben doch gefragt, wer kann bezeugen, dass Gianni hat bestes italienischen Lokal? Muss ich lachen. Niemand kann bezeugen, denn Lokal ist nicht gut. Gar nicht gut!«

»Das ist jetzt aber nicht nett von dir, *carissima*! Außerdem ist mein Restaurant ohne Zweifel das beste italienische Lokal in St. Florian.«

Tatjana lachte noch mehr. »Es ist das einzige, Gianni, mein Schatz!«

»Wie gut Ihr Restaurant ist, interessiert doch hier keinen«, fuhr der Inspektor dazwischen. »Meine Frage war: Wer kann bezeugen, dass Sie zur offensichtlichen Tatzeit in Ihrem Lokal waren?«

»Meine Frau und die gesamte Freiwillige Feuerwehr St. Florian!«, antwortete Gianni mit Vergnügen.

4

»Sie haben Glück, die Frau Doktor ist jetzt bereit, Sie zu empfangen.«

Frau Trude strich die weiße Schürze glatt, klopfte an der hohen weißen Flügeltür, beugte den Kopf vor, um das »Herein!« besser hören zu können, und hielt Diana die Tür zum Salon auf.

Wenn sie je in einem Raum gewesen war, der die Bezeichnung »Salon« verdient hatte, dann war es dieser. Mindestens viereinhalb Meter hohe, mit beigegrauer Seide tapezierte Wände, eine kunstvoll verzierte Stuckdecke, gegenüber der Tür mannshohe weiße Sprossenfenster, von denen man einen herrlichen Ausblick auf die weitläufigen Gartenanlagen hatte. Daneben eine Vitrine mit bunten Glasfiguren. Weitere Figuren standen auf dem Tischchen vor der ausladenden weinroten Couch. An der Wand rechts mehrere Jagdszenen in schweren goldenen Rahmen. An der Wand links, akkurat nebeneinanderhängend, Porträts von vier Männern in dunklen Anzügen. Die Standuhr in der Ecke daneben tickte laut und vernehmlich. Es war bereits zwanzig Minuten nach elf.

Der Rollstuhl neben dem prasselnden Kaminfeuer war leer. Die Hausherrin thronte am Kopfende des massiven Tisches. Eine große, hagere Frau, aufrecht wie die hohe, steife Lehne ihres Stuhls. Die weißen Haare waren hochgesteckt. Sie trug ein Hörgerät in beiden Ohren, eine dicke, schwere Silberkette und große silberne Ohrclips als einzigen Schmuck. Das Gewicht der Clips hatte die Ohrläppchen im Laufe der Jahre geradezu grotesk in die Länge gezogen. Der Anblick der Frau erinnerte Diana an ihre Großmutter, die strenge Frau Landesgerichtsrat Holzer, ebenfalls Mitte achtzig. »Natürlich habe ich keine Löcher in den Ohren, wo denkst du hin!«, hatte sich diese vor ein paar Jahren entrüstet, als Diana sie fragte, ob das Tragen der Clips nicht äußerst schmerzhaft wäre. »Ich bin schließlich eine Dame.« Gerade so, als hätte sie Diana nach einem Bauchnabelpiercing gefragt.

»Sind Sie gekommen, um mich anzustarren? Ich dachte, Sie hätten Fragen.« Die Stimme der Hausherrin klang streng.

Diana riss ihren Blick von den baumelnden Ohrclips los, beeilte sich zu grüßen, die Dienstmarke zu zücken und sich und ihren Kollegen See vorzustellen, der ihr, die Hände in den Taschen vergraben, langsam in den Salon gefolgt war. »Unser tiefstes Beileid zum Tod Ihres Sohnes.« Sie hasste es, diese Worte auszusprechen. Wie sollten sie eine betagte Mutter darüber hinwegtrösten, dass ihr Kind vor ihr gestorben war? Doch die Hausherrin schien keines Trostes zu bedürfen.

»Wer von Ihnen beiden leitet die Ermittlungen?«

»Ich!« Diana wunderte sich nicht, dass See hinter ihr unwillig schnaufte. Ihm wäre es anders lieber gewesen.

»Bravo! Endlich ist auch die Polizei so weit, Frauen gehobene Positionen bekleiden zu lassen. Das wurde aber auch Zeit. Trude, den Tee!«

Nun besann sich auch See seiner Kinderstube, nahm die Hände aus den Taschen und grüßte höflich. Diana war immer wieder fasziniert, wie er innerhalb von Sekundenbruchteilen vom muffigen in den charmanten Modus wechseln konnte, wenn er sich davon einen Vorteil erhoffte.

»Beeindruckende Gemälde, Frau Wertzheimer.« Er deutete an die Wand. »Alles Ihre Ahnen, nehme ich an?«

»Frau Dr. Wertzheimer«, korrigierte Trude streng, bevor sie den Raum verließ, um dem Befehl nach Tee nachzukommen.

Ihre Dienstherrin nickte. »Sehr richtig, Frau Dr. Wertzheimer, so viel Zeit muss sein. Und das sind selbstverständlich nicht *meine* Ahnen. Wenn Sie mitgedacht hätten, wüssten Sie, dass das alles Männer der Familie Wertzheimer sind.« Sie griff zu ihrem schwarzen Ebenholzstock mit dem fein verzierten silbernen Griff und deutete auf das erste Bild, das einen Mann im dunklen Anzug zeigte. »Heinrich I., er hat unsere Bank gegründet.« Der Stock rückte nach rechts. »Daneben sein Sohn, Heinrich der II., mein Schwiegervater. Ein unangenehmer Mensch, der IV. war ihm sehr ähnlich. Ich habe beide nie gemocht.«

Während sich Diana noch stirnrunzelnd fragte, ob sich die alte Dame eben wirklich vernichtend über ihren eigenen Sohn geäußert hatte, rückte der Stock zum nächsten Gemälde weiter.

»Hier haben wir den III., meinen lieben Mann, Gott hab ihn

selig. Eine Seele von Mensch, doch völlig untauglich fürs Geschäft. Ein Künstler. Er hat oben im Augustiner Chorherrenstift die Bruckner-Orgel gespielt. Zum Glück hatte er ja mich für die Bank.« Der Stock rückte zum letzten Bild. »Den Herrn hier brauche ich Ihnen wohl nicht vorzustellen, den haben Sie ja schon gesehen. Das ist der IV., mein Sohn. Nehmen Sie Platz. Ich mag es nicht, wenn ich die ganze Zeit zu jemandem hinaufschauen muss.«

Der Mann auf dem Gemälde blickte ernst und streng auf die Betrachter. Rote Wangen, eine hohe Stirn, die Haare schütter und, wie Diana bereits angenommen hatte, nach hinten gekämmt. Unverkennbar der Tote aus dem Arbeitszimmer, auch wenn der um einiges blasser gewesen war.

»Der Tod Ihres Sohnes scheint Ihnen nicht wirklich nahezugehen«, sprach See Dianas Gedanken aus, während er sich setzte. »Hatten Sie Streit?«

»Ich streite prinzipiell nicht«, entgegnete die alte Dame kühl. »Und schon gar nicht mit meinen Kindern. Der IV. war einfach ein unangenehmer Mensch.« Sie zögerte kurz, bevor sie fortfuhr. »Das sollte ich wohl besser nicht sagen, aber es entspricht den Tatsachen. Er war rechthaberisch und völlig humorlos. Jede menschliche Regung wie Mitgefühl oder Empathie war ihm fremd.«

»Wer außer Ihnen und Ihrem Sohn lebt noch in diesem Haus?«, wollte See wissen.

»Aber mein Sohn wohnte doch nicht hier. So weit kommt es noch, dass ein Mann Mitte fünfzig bei seiner Mutter wohnt! Was haben Sie denn für Vorstellungen vom Leben, junger Mann?«

»Es geht nicht um meine Vorstellungen, sondern darum, dass wir Ihren Sohn heute in seinem Zimmer gefunden haben. In diesem Haus. Tot. Höchstwahrscheinlich ermordet.«

»Das weiß ich inzwischen auch, aber vielen Dank, dass Sie mich auf so einfühlsame Weise daran erinnern.« Frau Dr. Wertzheimer wandte sich an Diana. »Sehen Sie, das meinte ich mit fehlender Empathie. Wenn Sie also wissen wollen, was für ein Mensch der vierte Wertzheimer war, dann brauchen Sie ihn sich nur so wie Ihren Kollegen vorzustellen.«

Während See hörbar mit den Zähnen knirschte, beschloss Diana, die alte Dame zu mögen. »Wenn Ihr Sohn nicht hier wohnte, wo dann?«

»In Wien. Bitten Sie Trude, Ihnen seine Adresse zu geben. Er ist in den letzten Jahren mehrfach umgezogen, die jeweils aktuelle Adresse konnte ich mir nie merken. Der IV. leitete die Bank seit meiner Pensionierung. Ich bin vor sechzehn Jahren mit fünfundsechzig in Pension gegangen, wie es sich gehört. Ich habe keinerlei Verständnis dafür, dass in Österreich für Frauen andere Regeln für das Pensionseintrittsalter gelten sollen. Warum sollen sie früher in den Ruhestand gehen können als Männer? Aber das ist ja jetzt nicht das Thema. In letzter Zeit kam Heinrich jedenfalls oft nach St. Florian. Offiziell, um hier«, sie zeichnete mit beiden Händen Gänsefüßchen in die Luft, »nach dem Rechten zu sehen. Aber in Wahrheit wollte er mich kontrollieren und mir auf die Nerven gehen. Wenn es nach ihm gegangen wäre, hätte ich mich lieber heute als morgen aus dem Aufsichtsrat zurückziehen sollen, aber den Gefallen habe ich ihm natürlich nicht getan.«

»Sie sitzen noch im Aufsichtsrat der Bank?«

Frau Wertzheimer sah Diana streng an. »Selbstverständlich. Ich bin seit meiner Pensionierung die Vorsitzende und gedenke, es auch noch geraume Zeit zu bleiben.«

»Frau Doktor, der Tee, bitte schön!« Frau Trude kam geschäftig herein, ein voll beladenes Tablett vor ihrem üppigen Busen. »Ich habe auch ein paar Kekserl mitgebracht. Darf ich gleich einschenken?« Sie wartete die Antwort nicht ab, sondern verteilte das Geschirr, stellte den Teller mit den Plätzchen in die Mitte, Milch und Zucker daneben und goss dann den Tee in das zarte blütenweiße Porzellan mit schmalem Goldrand.

See nahm seine Tasse und murmelte: »Ich schau mir mal die Küche an.« Dann folgte er Frau Trude nach draußen.

»Eine tüchtige Haushälterin«, sagte Diana, weil sie das Gefühl hatte, es würde von ihr erwartet.

Frau Wertzheimer nickte. »Das kann man wohl sagen. Ein Glücksfall heutzutage. Trude ist jetzt schon seit fast vier Jahren bei mir. Ich mag sie gern. Lieber jedenfalls als meine Kinder. Sie tut wenigstens etwas für mich und gibt keine Widerworte.«

Widerworte? Was war denn das für ein schrecklicher Ausdruck? Diana beschloss, die Frau Doktor doch nicht gar so sehr zu mögen. »Sie haben mehrere Kinder?«

»Na ja, jetzt nur mehr eines, meine Tochter Gabriele. Gabriele Quiterail. Sie hat vor mehr als zwanzig Jahren nach Amerika geheiratet und nennt sich jetzt Gaby.« Es klang wie Gäääbü. »Wir sehen uns nicht oft. Ich kann Amerika nicht leiden. Keine Geschichte, keine Kultur. Natürlich hat sie ihr amerikanischer Lover schon vor Jahren sitzen lassen, aber das war ja zu erwarten. Ich darf später nicht vergessen, sie zu verständigen. Trude soll mir dann das Telefon bringen.«

»Sie wohnen also alleine in diesem großen Haus«, nahm Diana den ursprünglichen Faden wieder auf.

»Das ist richtig.« Frau Wertzheimer nickte bestätigend. »Wenn man von den Dienstboten absieht, die im zweiten Geschoss ihre Räumlichkeiten haben. Trude bewohnt dort einige Zimmer und Tatjana die anderen.«

»Tatjana und wie weiter?«

Frau Wertzheimer verzog unwillig die Lippen. »Rntschitz, Trantschitsch, was weiß denn ich? Irgendetwas Slowakisches. Fragen Sie am besten Trude.«

»Das werde ich. Und diese Tatjana ist …?«

»Sie geht mir bei meiner Körperpflege zur Hand. Ich habe mir ein Auto gekauft, mit dem sie mich herumkutschiert, außerdem achtet sie darauf, dass ich meine Tabletten rechtzeitig nehme und solche Dinge.«

»Ihre Altenpflegerin also«, fasste Diana zusammen und wusste, kaum hatte sie die Worte ausgesprochen, dass sie ein Fehler gewesen waren. »Sonstige Personen?«, fragte sie schnell weiter.

Frau Wertzheimer hatte die Augen zu schmalen Schlitzen zusammengekniffen, ersparte Diana aber eine rügende Bemerkung, die ihr offensichtlich auf der Zunge lag. »Absolut niemand. Nur Dragan, der Gärtner. Aber der wohnt nicht im Haupthaus, sondern in einem Anbau. Hier hatten wir für ihn zu wenig Platz.«

»Den Nachnamen des Gärtners erfahre ich dann auch von Frau Trude?«

»Selbstverständlich.«

»Um es noch mal zusammenzufassen: Im Erdgeschoss gibt es also dieses Wohnzimmer –«

»Sie meinen den Salon.«

»Richtig, den Salon. Dann noch eine Küche …«

»Ein Frühstückszimmer, das Esszimmer und diverse Wirtschaftsräume. Und natürlich noch die große Eingangshalle.«

»Natürlich. Und oben?«

»Im ersten Stock befinden sich meine privaten Räume. Sie haben den Treppenlift gesehen? In einem Stiegenaufgang aus Marmor! Ein entsetzlicher Anblick, aber eben auch ein notwendiger.«

»Und außerdem?«

»Das große Zimmer meines Sohnes, das er sowohl als Büro als auch als Schlafgemach verwendete, wenn er hier war. Aber ich nehme an, das kennen Sie bereits. Sicher haben Sie dort schon alles durchsucht.«

»Und weiter?«

Die alte Dame überlegte. »Nur noch ein paar Gästezimmer, nichts Besonderes«, sagte sie schließlich.

»Wer bewohnt diese zurzeit?«

Frau Doktor machte eine ausholende Handbewegung. »Sehen Sie hier vielleicht irgendwo Gäste? Die Zimmer stehen leer. Aber tun Sie sich keinen Zwang an, schauen Sie ruhig nach, ich habe nichts zu verbergen.«

»Wann haben Sie Ihren Sohn das letzte Mal gesehen?«

»Das war hier im Salon, gestern um zweiundzwanzig Uhr. Ich gehe immer pünktlich um zehn ins Bett. Ich brauche meinen Schlaf, schließlich bin ich nicht mehr die Jüngste. Auch wenn ich betonen möchte, dass ich noch nicht so alt bin, eine Altenpflegerin zu brauchen. Bei Weitem noch nicht so alt!«

Diana musste innerlich grinsen. Das war ja klar gewesen, dass eine Retourkutsche kommen würde. Sie ging nicht darauf ein. »Und Ihr Sohn?«

»Der blieb noch vor dem Fernseher hocken, wollte aber auch bald darauf schlafen gehen. Er bat Trude, ihm schon den Whisky im Schlafzimmer herzurichten. Heinrich trank täglich ein Glas Whisky zum Einschlafen. Er sagte stets: ›Nach einem Glas Whisky schlafe ich wie ein Baby.‹ Na ja, wird wohl so gewesen sein.«

»Das heißt, Ihr Sohn nahm keine Schlafmittel?«

»Wo denken Sie hin! Er hasste Tabletten. Er nannte sie Gift für den Körper und wollte mir sogar ausreden, die Medikamente zu schlucken, die mein Arzt mir regelmäßig verschreibt.«

»Können Sie sich erklären, wie es dazu kam, dass heute Morgen eine Nadel mit Heroin in dem Arm Ihres Sohnes steckte?«, fragte Diana geradeheraus.

»Was steckte wo? Wer oder was soll das sein?« Die Fragen klangen scharf.

Diana stutzte. War es möglich, dass die alte Frau tatsächlich noch nie etwas von Heroin gehört hatte? »Heroin ist ein Rauschgift«, begann sie zu erklären.

»Wirkstoff Diacetylmorphin, ich weiß. Ich bin alt, aber nicht blöd«, lautete die vernichtende Antwort. »Ich habe lediglich nachgefragt, weil ich Sie akustisch nicht verstanden habe. Mit mir müssen Sie etwas lauter reden. Und nein, mein Sohn hat mit Sicherheit nicht freiwillig Drogen genommen. Dafür lege ich meine Hand ins Feuer. Er war ein unguter Mensch, dem Ehre und Moral über alles gingen. So jemand nimmt keine Drogen!«

»Und wie erklären Sie sich dann die Spritze, die in seiner Armbeuge steckte, als wir ihn gefunden haben?«

Frau Wertzheimer überlegte. »Mein Sohn könnte zum Beispiel Diabetiker gewesen sein.«

»Und, war er Diabetiker?«

»Nein.«

Diana beschloss, vor Frau Wertzheimer auf der Hut zu sein. Niemand sagte, dass es eine alte Frau nicht faustdick hinter den Ohren haben konnte. »Aber warum sagen Sie dann …? Ach, ist ja auch egal. Das Labor wird klären, ob es sich beim Inhalt der Spritze um Heroin gehandelt hat.«

»Na, dann warten wir das Ergebnis wohl zuerst einmal ab. Und was geschieht als Nächstes?«

»Meine Kollegen sind soeben dabei, Ihre Bediensteten zu befragen. Der Leichnam Ihres Sohnes ist wahrscheinlich schon auf dem Weg in die Gerichtsmedizin. Das Zimmer, in dem wir ihn gefunden haben, bleibt versiegelt, also unternehmen Sie keinen Versuch, es zu betreten, bis wir es nicht freigegeben haben. Ich muss Sie auch bitten, sich zu unserer Verfügung zu halten.«

»Wohin sollte ich auch fliehen? Mit dem Rollstuhl komme ich nicht weit.«

»Ernsthaft, Frau Wertzheimer …« Ein strenger Blick aus eisblauen Augen stoppte Diana. »Frau Dr. Wertzheimer«, verbesserte sie sich. »Angenommen, Ihr Sohn wurde wirklich ermordet, hatte er Feinde?«

»Aber ja, jede Menge.«

»Und wen, zum Beispiel? Wer hatte ein Motiv?«

»Da kann ich gar nicht alle aufzählen, die in Frage kommen. Allerdings kenne ich niemanden, der meinen Sohn mochte. Keinen Einzigen in unserer Bank. Keiner meiner Angestellten. Aber die haben ihn deshalb sicher nicht umgebracht. Wahrscheinlich war es einer seiner Schuldner. Heinrich stellte jeden Kredit bedingungslos fällig, wenn er dazu halbwegs eine Chance erkannte. Ich habe es Ihnen ja gesagt, er war völlig ohne Mitgefühl. Ohne jede Empathie. Apropos mangelnde Empathie: Ihr Kollege ist jetzt aber schon lange in der Küche.«

5

Die drei Inspektoren trafen sich am südlichsten Ende der ausgedehnten Parkanlage wieder, die zur Villa Wertzheimer gehörte. Direkt am Ufer eines großzügig angelegten, malerischen Seerosenteichs. Frau Trude hatte ihnen das idyllische Plätzchen vorgeschlagen. Abgeschirmt von bereits grünen Fliederbüschen standen hier zwei Bänke. Die Fliederblüten waren noch geschlossen, doch ein zarter Hauch ließ die Duftexplosion der kommenden Wochen bereits erahnen. Zwischen den Bänken stand ein grober Holztisch, auf den die Haushälterin aufmerksam, wie sie nun mal war, eine Platte mit belegten Brötchen und eine Kanne Eistee mit Gläsern gestellt hatte. Hier konnten sie sich ungestört über die bisherigen Ergebnisse unterhalten und so lange warten, bis die örtliche Filiale der Wertzheimer Privatbank wieder geöffnet hatte. Es war warm für Mitte April.

»Also, was haben wir?« See ließ sich auf eine der Bänke fallen, streckte seine langen Beine von sich und hielt sein Gesicht in die Sonne. Seine etwas zu langen Haare verdeckten im Nacken den Kragen seines beigen Hemdes.

Diana ging zum Wasser, um zu sehen, ob schon eine Seerosenblüte zu entdecken war. Aber nein, dafür war es wohl doch noch zu früh im Jahr. Sie mochte Seerosen und fand, dass sie in ihrer makellosen Schönheit fast unwirklich aussahen. Ihr achtloser Blick streifte den zu einer runden Kugel geschnittenen Buchsbaum neben dem Weg und verharrte. »Was haben wir denn da? Herr Wöglinger, ab damit in ein Nylonsackerl!«

Der Bezirksinspektor streifte einen Handschuh über und zog eine Flasche aus dem Busch, die er weisungsgemäß in eine Tüte steckte.

See hatte nur kurz die Augen geöffnet. »Großartig, eine Flasche. Der Fall ist gelöst, halleluja!«

»Das ist eine Flasche derselben Marke wie die, die wir im Zimmer des Toten sichergestellt haben. Strathisla«, stellte der kleine Fritz verwundert fest.

»Na und? Vielleicht hat sich der Tote Mut angetrunken, bevor er sich den goldenen Schuss verpasste.« Trotz der Bedenken des Mediziners war See noch immer nicht gewillt, seine Selbstmordtheorie zu begraben. »Der Doc hat schließlich Whisky an seinen Lippen gerochen.« Er dehnte und streckte sich auf seiner Bank, bevor er die Augen erneut öffnete und sich umschaute. »Oder aber das hier war sein heimlicher Saufplatz. Hier hätte ihn seine strenge Mutter nie erwischt. Oder es handelt sich um einen simplen Zufall, und die Flasche gehörte jemand ganz anderem.«

»Das glaube ich nicht, Carlos. Wie ich schon gesagt habe, diesen edlen Whisky bekommt man hier nirgendwo, ich glaube, den gibt es nur in Schottland. Daher gehe ich sicher davon aus, dass die Flasche dem Toten gehörte.«

»Das wird das Labor klären«, machte Diana der Diskussion ein Ende. »Also, was wissen wir noch?«

»Wenn ihr mich fragt, dann war dieser Wertzheimer ein Riesenungustl, der sich jede Menge Feinde gemacht hat. Dass ihn jemand umgebracht hat, das ist neben der Selbstmordvariante, die ich immer noch bevorzuge, eine durchaus nicht von der Hand zu weisende Möglichkeit«, sagte See, ohne die Flaschenfrage weiter zu kommentieren, und schloss wieder die Augen. »Nicht einmal die Alte, seine hochherrschaftliche Mutter, mochte ihn. Allerdings hat sie kein Motiv. Sie ist selbst reich genug, kann sich kaum mehr bewegen und wird wahrscheinlich eher selten Heroin zu Hause horten.«

»Die Mutter schließe ich auch aus«, sagte Diana. »Wie hätte die auch heimlich in sein Zimmer gelangen sollen? Sie braucht ja für alles und jedes Hilfe.«

Wöglinger zog die Stirn in Falten. »Was ist mit einem Komplott? Diese Pflegerin könnte der alten Frau geholfen haben, und dann …«

»Das glaubst du doch selbst nicht, Fritz! Hören wir endlich auf zu phantasieren. Laut Spurensicherung haben wir jede Menge Fingerabdrücke im Raum, die in den nächsten Tagen ausgewertet werden. Dann wissen wir bestimmt mehr.«

Fritz, der, wenn er ehrlich war, selbst ein Komplott für unwahrscheinlich gehalten hatte, bemühte sich eifrig, wieder etwas

Konstruktives zum Gespräch beizutragen. »Den Schuhabdruck, der in einem Beet vor dem Fenster des Toten gefunden wurde, dürfen wir auch nicht vergessen, Carlos! Größe sechsundvierzig, sagt der Alfred.«

Diana nickte. »Das kann uns weiterbringen, muss es aber nicht. Der Abdruck könnte auch von einem der letzten Abende stammen. Das Fenster zum Zimmer stand anscheinend jede Nacht sperrangelweit offen, weil der Tote ein Frischluftfanatiker war. Das wird der Täter ausgenutzt haben. Wir haben jedenfalls keinerlei Einbruchspuren. Man muss nicht besonders sportlich sein, um in das Zimmer im ersten Stock zu gelangen.«

»Besonders, da der Gärtner praktischerweise eine angelehnte Leiter hat stehen lassen, bevor er auf Urlaub fuhr«, sagte Diana.

»Der Mörder ist immer der Gärtner«, warf Wöglinger ein und war der Einzige, der darüber lachte.

See machte die Augen wieder auf und wandte sich Diana zu. »Richtig, das habe ich Ihnen ja noch gar nicht erzählt. Als ich von der Haushälterin erfahren habe, dass der Gärtner vorgestern in seine Heimat gefahren ist, habe ich ihn von der Küche aus angerufen und auf einer bosnischen Festnetznummer erreicht. Damit dürfte er als Verdächtiger ausscheiden.«

»Es sei denn, er ist nicht bereits vorgestern, sondern erst heute in der Nacht abgereist.«

»Sehr richtig, Fritz.« See nickte. »Er kommt in ein paar Tagen wieder zurück, dann kannst du ihn dir vorknöpfen.«

»Dann ist da noch die Haushälterin …«, sagte Diana, die gegen den Plan nichts einzuwenden hatte.

See lachte. »Die gute Frau Trude. Eine freundliche, liebe Frau, eine Art treue Seele. Ich finde zwar ihr Schürzerl nach wie vor deppert und das ganze Heimatfilmgetue ebenfalls, aber sonst ist die harmlos. Außerdem ist sie eine ehrliche Haut. Sie hat offen zugegeben, dass sie vom Toten nicht begeistert war, weil er kein idealer Sohn gewesen sein soll, aber sie redet auch nicht schlecht über ihn. Neben der alten Wertzheimer selbst macht auch die mir nicht den Eindruck, als laufe sie mit Heroinspritzen in ihrer Handtasche durch die Gegend. Außerdem hat sie kein Motiv.«

Doch Diana war nicht überzeugt. »Der hausbackene Schein

kann trügen. Gehen wir den Tatabend noch einmal durch: Frau Wertzheimer und die Pflegerin gingen um zehn nach oben.«

»Etwa zur selben Zeit brachte Trude ein Glas mit Eiswürfeln ins Zimmer des Opfers, da dieses seinen Whisky angeblich immer eiskalt trank«, ergänzte See.

»Was für ein Banause!« Wöglinger verzog angewidert das Gesicht. »Bourbon kann man auf Eis trinken, wenn es unbedingt sein muss, aber doch keinen schottischen Single Malt. Den trinkt man bei Zimmertemperatur.«

»Ich kenn mich da ja nicht aus, aber wenn das so ist, wie Fritz sagt, dann wurde unserem Heinrich danach vielleicht so schlecht, dass es kein Wunder ist, dass er Domofortil zum Einschlafen brauchte. Ich würde auch –«

Diana stutzte. »Schlaftabletten? Seine Mutter hat gesagt, dass Wertzheimer nie Tabletten nahm.«

»Gestern schon«, widersprach See ungerührt. »Frau Trude hat ihm eine Domofortil aus der Hausapotheke gebracht, bevor sie selbst zu Bett ging.«

Während Diana noch grübelte, ob dieser Widerspruch etwas zu bedeuten hatte, meldete sich wieder Fritz zu Wort. »Ich habe die Altenpflegerin Tatjana Rasinic und ihren italienischen Lover befragt. Das ist eine fesche Tussi, das kann ich euch sagen. Sie gibt an, mit Wertzheimer nicht viel zu tun gehabt zu haben, weil sie ausschließlich für die Bedürfnisse der Alten zuständig sei. Aber sie hat bestätigt, Frau Wertzheimer um zehn Uhr ins Bett gebracht zu haben, ihre normale Schlafenszeit. Tatjana sei dann noch etwas bei ihr geblieben und habe ihr Gesellschaft geleistet, weil sie nicht einschlafen konnte. Als sie selbst ins Bett ging, war es dann schon nach elf.«

»Klingt nicht nach einem wasserdichten Alibi. Wer ist der italienische Lover?«

»Einen Augenblick, Frau Pölz, das ist ein gewisser«, Wöglinger blätterte in seinem Block, »Gianni Delucci. Er hat anscheinend ein Restaurant hier in St. Florian, direkt im Zentrum, hinter der Polizeistation am Gendarmerieplatz.«

»Gianni?«, entfuhr es Diana. »Gianni Delucci war bei der Altenpflegerin? Na, das ist ja die Höhe! Die arme Veronika!«

Jetzt setzte sich See doch auf. »Sie kennen den Typen?«

»Gianni ist der Mann meiner Pilatestrainerin. Sie erinnern sich an den Fall im Herbst, als wir das letzte Mal in St. Florian waren? Da habe ich Veronikas Firmenschild gesehen, und seither besuche ich ihren Kurs mindestens einmal die Woche. Sie gibt die Stunden einen Stock über dem italienischen Restaurant ihres Mannes. Wenn ich daran denke, wie sie immer von ihrem Gianni schwärmt, und jetzt erfahre ich … Also, so etwas!«

»Der langen Rede kurzer Sinn«, meinte Kollege See in seiner unnachahmlich charmanten Art, »die Pilatesfrau hätte also guten Grund, ihren Mann umzubringen, aber der lebt noch. Die Frage lautet daher: Hatte der Italiener ein Motiv, Wertzheimer zu töten?«

Wöglinger schüttelte den Kopf. »Ich wüsste nicht, welches. Der hatte doch mit Wertzheimer gar nichts zu tun.«

»Wieso weißt du das? Der Wertzheimer könnte doch auch auf die Altenpflegerin scharf gewesen sein, wenn die wirklich so fesch ist, wie du sagst. Das werde ich noch überprüfen.«

Wöglinger grinste, und Diana rollte mit den Augen. Klar, dass der schöne Carlos keine Möglichkeit verstreichen ließ, eine gut aussehende Frau genauer unter die Lupe zu nehmen.

»War er die ganze Nacht bei dieser Rasinic?«, fragte sie.

Wöglinger schüttelte abermals den Kopf. »Er will erst heute hergekommen sein, so gegen zehn.«

»Alibi?«

Jetzt nickte der kleine Fritz. »Anscheinend war die gesamte Freiwillige Feuerwehr zum Tatzeitpunkt bei ihm im Lokal. Ich hab einige Namen aufgeschrieben, die werde ich überprüfen … He, wer sind Sie denn? Was schleichen Sie hier herum?«

Dianas Hand ging reflexartig zum Pistolenholster und sank wieder, als sie sah, wer vor ihnen stand. Ein alter Mann, ungefähr einen Meter achtzig groß, die grauen Haare am Ansatz schütter und im Nacken zu einem dünnen Rossschwanz zusammengebunden. Wache Augen in einem wettergegerbten Gesicht, dazu ein ungepflegter grauer Vollbart. Wie alt mochte er sein?, überlegte sie. Achtzig? Vielleicht ließ ihn der graue Vollbart aber auch älter erscheinen, als er tatsächlich war. Seine Brille war groß und so altmodisch, dass sie fast schon wieder als retro durchgehen hätte können, wäre sie am Nasensteg nicht mit durchsichtigem Klebeband zusammengeflickt worden. Der Mann trug ein graues Hemd zu einer grünen Kniebundhose, unter der fleckigen schwarzen Jacke waren Hosenträger zu sehen. Die Kleidung wirkte abgenutzt und fadenscheinig, die Hände in löchrigen Wollhandschuhen hielten jeweils eine bunte Tragetasche vom Discounter, ein gelber Rucksack baumelte über seiner Schulter. Der Mann war ohne Zweifel ein Sandler.

»Das geht Sie einen feuchten Dreck an! Ich frag Sie ja auch nicht, was Sie hier machen.«

»Kriminalpolizei«, sagte der kleine Fritz in wichtigem Tonfall und hielt dem Mann seine Dienstmarke unter die Nase. »Wir ermitteln –«

»Gegen den Wertzheimer?«, fiel ihm der Mann ins Wort. »Das wundert mich nicht. Ich habe mir schon lange gedacht, dass bei dem irgendwas faul ist.«

Wöglinger wurde hellhörig. »Aha, das heißt, Sie kannten Heinrich Wertzheimer?«

»Wer kennt den nicht? Rennt ja überall herum und spielt den Herrn Oberwichtig. Außerdem ist er der Sohn von der Frau Doktor, und die kennt im Ort nun wirklich jeder. Was hat er denn ausgefressen, der Heinrich?« Der Alte schien höchst interessiert, beantwortete seine Frage aber gleich selbst. »Na ja, Steuerhinterziehung wahrscheinlich. Oder Betrug? Zuzutrauen wär ihm beides.«

»Sie haben den Toten offensichtlich nicht gemocht?«, schlussfolgerte Wöglinger messerscharf.

»Was denn für einen Toten? Wo soll denn ein Toter sein? Da im Teich etwa?« Mit schleppenden Schritten ging der Alte ans Ufer und suchte die Wasseroberfläche zwischen den Seerosenblättern ab.

»Ich spreche von Heinrich Wertzheimer.« Fritz Wöglinger kam immer mehr in Fahrt. »Anscheinend haben Sie ihn gehasst.«

Der Alte fuhr herum. »Gehasst, gehasst!«, äffte er den Bezirksinspektor nach. »Was für ein großes Wort. Ich hab den Mann doch gar nicht persönlich gekannt. Glaubst du vielleicht, der redet mit unsereinem? Heißt das jetzt, dass der tot ist, oder was?«

Was der Sandler sagte, klang schlüssig, fand Diana. Wie sollte er außerdem ungesehen in die Villa gekommen sein? Sie hielt es für ausgeschlossen, dass der Mann die Leiter hochgeklettert sein konnte. Er tat sich ja schon beim Gehen auf ebener Erde schwer.

»Wissen wir, ob die Türen zum Haus versperrt waren?«, fragte sie ihre Kollegen.

»Die Frau Trude ist sich sicher, sämtliche Zugänge kontrolliert zu haben«, bestätigte See ihre Vermutung. »Alles war in Ordnung.«

»Wo waren Sie gestern zwischen zweiundzwanzig und vierundzwanzig Uhr?«, fragte der kleine Fritz trotzdem.

»Auf meiner Matratze, wenn Sie's genau wissen wollen. Wo hätte ich denn sonst gewesen sein sollen, mitten in der Nacht? Ich bin alt, ich brauche meinen Schlaf.«

»Kann das jemand –«

»Geh, Fritz, das bringt doch nichts!« Inspektor See war ganz offensichtlich gelangweilt. Für ihn war diese Vernehmung sinnlos und musste schnellstmöglich beendet werden. »Zeigen Sie dem Kollegen noch geschwind Ihren Ausweis, dann können Sie gehen!«

Der Alte murmelte etwas Unverständliches, nahm aber den gelben Rucksack von der Schulter und fischte einen zerfledderten rosa Führerschein aus dem Seitenfach. »Bitte schön, da haben S'!«

»Der ist aber auch nicht mehr der neueste«, urteilte der kleine Fritz streng. »Hans-Peter Schoiswohl, lassen Sie sich bei Gelegenheit einen neuen ausstellen. Mit einem aktuellen Foto.«

»Aber sicher nicht, ich fahr nicht mehr Auto und werde ganz bestimmt nicht sinnlos Geld hinausschmeißen! Kann ich jetzt gehen?«

See verabschiedete den Obdachlosen mit einer energischen Handbewegung und einem ebenso energischen »Wiederschauen!«.

Der Mann nickte, brummte irgendetwas in seinen Bart und trottete seines Wegs.

6

»Hallo! Ich bin es, deine Großmutter! Hallo! Hörst du mich?«

»Ja, Granny, *sure*, mit deinem Geschrei könntest du ja Tote aufwecken.«

»Sei vorsichtig, was du sagst. Wo bist du?«

»Mit Adriana in Bratislava, aber das weißt du doch, Granny. Sie will mir ihre Heimatstadt zeigen. Warum –«

»Egal! Hör zu, ich stelle dir jetzt eine Frage und erwarte eine ehrliche Antwort. Ohne Umschweife. Hast du mich verstanden?«

»Nein. Was ist Umschweife?«

»Das tut nichts zur Sache. Sag mir einfach: Hast du den IV. umgebracht, ja oder nein?«

»What?«

»Warst du es? Sag die Wahrheit!«

»What?«

»Hör mir gut zu! Was auch immer zwischen dir und deinem Onkel vorgefallen ist, wenn du ihn umgebracht hast, muss ich das wissen. Die Polizei war eben da und hat jeden Stein umgedreht.«

»Wie meinst du das, jeden Stein? Und soll das heißen, Henry ist tot?«

»Davon rede ich doch die ganze Zeit. Man hat ihn mit Heroin im Arm –«

»Mit Heroin? Aber der hätte das Zeug doch niemals angerührt! Wahrscheinlich wusste er nicht einmal, was das ist.«

»Wenn du es nicht warst, dann war es bestimmt einer deiner vermaledeiten Freunde. Ich hätte dir den Umgang mit diesen Leuten schon längst verbieten sollen.«

»Aber Granny, du weißt genau, dass Henry es war, der –«

»Jaja, tut ja jetzt auch nichts mehr zur Sache. Wichtig ist zweierlei. Erstens, dass dich die Polizei nicht verdächtigt. Die Bank kann keinen Skandal gebrauchen. Am besten, die Polizisten wissen gar nichts von deiner Existenz. Ich habe dein Zimmer bereits ausräumen lassen. Deine Sachen stehen bei Dragan im Gartenhaus, wo sie nicht auffallen.«

»Mein Zimmer ausräumen lassen? Aber warum? Ich komme doch in ein paar Tagen zurück. Wo soll ich denn dann hin?«

»Du bleibst, wo du bist, und rührst dich nicht von der Stelle, bis ich Entwarnung gebe. Hast du mich verstanden?«

»Ja, Granny. Obwohl ich immer noch nicht –«

»Und zweitens: Halte dich von deinen Freunden fern. Unter ihnen ist ein Mörder. Ich weiß nicht, warum und wem der IV. im Weg war, aber vielleicht haben sie es ja als Nächstes auf dich abgesehen.«

»What?«

»Rühr dich bloß nicht von der Stelle. Ich melde mich, wenn sie den Mörder dingfest gemacht haben. Jeder weitere Widerspruch ist obsolet. Ende des Telefonats.«

Tut, tut, tut.

»Granny! … Granny? *What the fuck?*«

Frau Dr. Wertzheimer lehnte sich in ihrem Stuhl zurück und seufzte zufrieden. Das wäre erledigt. »So, Trude, und nun wählen Sie bitte die Nummer meiner Tochter. Die muss schließlich auch wissen, dass ihr Bruder um die Ecke gebracht wurde.« Während sie wartete, dass Gabriele sich meldete, fiel ihr ein, dass sie auf die Frage, ob ihr Enkel den IV. umgebracht hatte, keine klare Antwort bekommen hatte.

Nach dem Telefonat mit seiner Großmutter brauchte der junge Mann einige Zeit, um sich zu sammeln. Dann griff er selbst zum Telefon und rief einen seiner Linzer Freunde an. »Hallo, ich bin's. Kannst du mir mal sagen, was da los ist? Wer von euch hat meinen Onkel umgebracht? – Ich glaube dir kein Wort! – Fahr sofort hinaus nach St. Florian und überprüfe, ob wir etwas liegen gelassen haben. *Immediately!* Flaschen, Gläser … – Was weiß denn ich? – Damit es die Polizei nicht findet, *stupid*! – Ich kann es selbst nicht machen, ich bin nicht da. Ich bin in … aber es spielt auch gar keine Rolle, wo ich bin. – Also, fährst du? Jetzt sofort? Und sag Tom, er soll dich begleiten. – Was soll das heißen, Tom ist verschwunden? – *Oh my God!* Das ist ja *horrible*! Seit wann denn?«

7

Es war kurz vor eins, als Gianni Delucci in sein Restaurant zurückkam. Ein junges Paar saß am Tisch neben dem Fenster. Die beiden unterhielten sich nicht, stattdessen wischten ihre Finger hektisch auf ihren Smartphones herum. Gut gemacht, Francesca!, dachte er. Er hatte seiner Mitarbeiterin aufgetragen, Gäste immer zuerst zum Fenstertisch zu führen, dann sah das Lokal nicht mehr gar so leer aus. Zumindest von außen. Francesca hieß eigentlich Franziska und nannte sich im normalen Leben Franzi, aber Angestellte mit so einem Namen konnte er in seinem italienischen Restaurant natürlich nicht gebrauchen.

Gianni schaute noch einmal genauer zum besetzten Tisch hinüber. Vor den Gästen stand jeweils eine halb leere Tasse Kaffee und ein Glas Leitungswasser. Davon ließ sich keine Miete bezahlen.

»*Bongiorno, bella signorina, bongiorno, signore*, die Speisekarte!« Er ließ zwei Mappen so lautstark auf den Tisch knallen, dass die beiden jungen Leute erschrocken hochfuhren. »Ich empfehle Ihnen unsere Salamiplatte. Mit frischem Ciabatta, hausgebacken. Oder Spaghetti Carbonara wie bei Mama in *Sicilia*?« Er küsste seine Fingerspitzen.

Das Mädchen schaute zuerst irritiert auf und schüttelte dann den Kopf. »Wir haben uns beim Spar schon zwei Wurstsemmeln gekauft, wir sind satt.«

»Zahlen«, sagte der junge Mann. »Jeder extra.«

Das machte zwei Euro sechzig pro Person. Es war zum Weinen.

»Wiederschauen«, die jungen Leute schnappten ihre Taschen und drängten sich dann an einem Mann vorbei, der eben das Lokal betreten wollte.

Sofort war Gianni bei ihm. »*Bongiorno, signore*, ein Tisch für eine Person? Zum Mittagessen?«

»Ich habe wirklich einen Mordshunger, aber leider in einer Viertelstunde einen wichtigen Termin. Können Sie mir sagen, wie ich zum Löwenweg komme? Das Chemielabor Flötzensteiner, sagt Ihnen das etwas?«

Gianni ging zum Tresen und steckte seinen Kopf durch die Durchreiche. »Francesca, kennst du einen Löwenweg?«, rief er.

Franzi war eine Einheimische, natürlich wusste sie Bescheid.

Während sie dem Mann den Weg erklärte, hatte Gianni zischend einen dampfend heißen Espresso aus der Maschine gelassen. Mit einer eleganten Bewegung stellte er ihn vor den Fremden. »Mir scheint, Sie können einen vertragen. Hier, gegen den ärgsten Hunger.« Er reichte ihm ein Stück Ciabatta über den Tresen. »Und wenn Sie im Löwenweg fertig sind, kommen Sie zurück und lassen sich von uns bekochen.«

Der Mann war überwältigt von so viel italienischer Gastfreundschaft. »Piet Köflach.« Er reichte dem Wirt die Hand, die freudig geschüttelt wurde.

»Gianni Delucci. Mir gehört der Laden.«

»Das habe ich mir schon gedacht. Schön haben Sie es hier.«

»Ja, nur zu wenig Gäste.«

Piet Köflach warf einen Blick in den leeren Gastraum. »Auch das habe ich mir schon gedacht.«

Die beiden grinsten sich an. Ein stilles Einverständnis zwischen Männern. Der Beginn einer Freundschaft, die bis zum Tod halten sollte. Also genau eine Woche.

»Ich bin Gianni, und du bist jetzt mein Gast.«

Piet nippte am Kaffee. »Das ist aber nett, vielen Dank! Ich bin der Piet.«

Sie schüttelten sich abermals die Hand, dann griff Piet zum Brot. »Mmmh, das ist wirklich hervorragend! Woher hast du das?«

»Das backe ich selbst. Altes Familienrezept.« Gianni sonnte sich in der Bewunderung seines neuen Freundes.

»Wenn deine Küche so gut ist wie dieses Ciabatta, dann wird das hier mein Stammlokal. Ich bin zwar Linzer, aber die läppischen zwanzig Kilometer werde ich dafür gern in Kauf nehmen. So, und nun muss ich los. Danke noch einmal. Ich komme zurück, wenn ich meinen Termin hinter mir habe. Bis dahin!«

So lernte Gianni also Piet Köflach kennen. Eine Begegnung, die sein weiteres Schicksal bestimmen sollte.

8

Die Vernehmungen in den Räumlichkeiten der Wertzheimer Privatbanken AG, direkt am Florianer Marktplatz gelegen, brachten den Ermittlern wenig neue Erkenntnisse. Die drei Mitarbeiterinnen und zwei Mitarbeiter schienen allesamt bestürzt über den Tod des IV. zu sein. Keiner konnte sich vorstellen, wer die abscheuliche Tat begangen haben konnte, allerdings schien auch keiner den Toten wirklich gemocht zu haben. Man beschrieb ihn als streng, mitunter sogar als cholerisch. Als einen Mann, der seine Pläne auch gegen Widerstände durchzusetzen vermocht hatte. Seine schneidenden Bemerkungen waren allgemein gefürchtet gewesen.

»Allerdings haben wir uns nicht so arg gefürchtet, als dass jemand von uns Anlass gehabt hätte, ihn ins Jenseits … Also, ich meine, Sie wissen schon.« Wertzheimers Assistentin war genau so, wie man sich eine perfekte Chefsekretärin vorstellte. Mitte vierzig, adrettes Kostüm, die Haare hochgesteckt, dezentes Make-up. »Er war trotz allem ein guter Chef«, setzte sie fort, um dann, als sie Dianas skeptischen Blick bemerkte, eifrig nachzuschießen: »Das müssen Sie uns glauben, Frau Inspektorin.« Jedenfalls hatte sie den Chef am Vortag um achtzehn Uhr das letzte Mal gesehen. Er hatte das Haus verlassen, um einige Außentermine wahrzunehmen. »Ich kann Ihnen gerne eine Liste mit Namen und Adressen der Meetings ausdrucken. Warten Sie bitte kurz.«

Ein paar Klicks an ihrem PC, und schon begann der Drucker leise und diskret ein DIN-A4-Blatt auszuspucken. Die Sekretärin überflog das Papier und wollte es eben Diana in die Hand drücken, als ihr Blick aus dem Fenster neben dem Drucker fiel. »Was will der denn schon wieder hier? Einmal muss aber auch Schluss sein!«

Diana trat zu ihr. »Wie bitte?«

Als sie sich vorbeugte, konnte sie das Eingangsportal zur Bank sehen, das zwei Stockwerke tiefer, direkt unter dem Fenster, lag. Eine Frau schob ein Fahrrad, mehrere Autos schlängelten sich auf der Straße durch den Stadtkern. Sie konnte nichts entdecken, was den Ausbruch der Frau gerechtfertigt hätte.

»Ach, entschuldigen Sie. Ich habe mich nur grad aufgeregt. Wir haben hier in St. Florian einen Obdachlosen, der kommt fast jede Woche zu uns in die Schalterhalle und holt sich ein Werbegeschenk ab. Mal einen Kalender, mal einen Kugelschreiber. Dabei hat der Mann nicht einmal ein Konto bei uns! Aber egal, zurück zur Terminliste vom Chef.« Sie drückte Diana den Ausdruck in die Hand. »Zuerst ist er zu einem Großbauern am Ortsrand gefahren, dann zu einer Bäckerei gleich in dessen Nähe und zum Abschluss – mein Gott, schon wieder! –, da war er beim Herrn Delucci. Dem gehört das italienische Lokal hinter der Polizeistation, das können Sie nicht verfehlen, wenn Sie ihn befragen wollen.«

Diese Information fand Diana doch höchst interessant. Sie hatte ohnehin vorgehabt, den untreuen Ehemann aufzusuchen, aber jetzt hatte sie einen offiziellen Grund mehr dafür. »Danke. Sie wissen bestimmt, dass ich Sie das fragen muss, also: Wo waren Sie gestern zwischen zweiundzwanzig und vierundzwanzig Uhr?«

Während die Sekretärin langatmig von ihrem Damenabend berichtete, dem regelmäßigen Treffen mit ihren drei besten Freundinnen, das am Abend zuvor bei Renate stattgefunden hatte, betrat mit wehendem Mantel der zweite Geschäftsführer der Bank, Helfgott Sagmeister, das Büro.

Er trug einen kamelfarbenen Hut in der Hand, seine dichten rötlichen Locken waren vom Wind zerzaust. In seinem runden, mit Sommersprossen übersäten Gesicht spiegelten sich Trauer und Bestürzung. Offensichtlich war er so erschüttert, dass er den Tränen nahe war. Wie sich bald herausstellen sollte, war er der einzige von allen Befragten, der vom Toten nur Gutes zu berichten hatte. »Ich kann es einfach nicht glauben! Ein Mann wie er, der so stark war, so unsterblich schien. Es ist einfach nur schrecklich.« Er zog die dünnen kalbsledernen Handschuhe aus, nahm sie in die rechte Hand und ließ sie gegen die linke Handfläche klatschen.

See glaubte, seinen Ohren nicht zu trauen. »Wollen Sie uns allen Ernstes weismachen, Sie hätten Ihren Chef gemocht?«

»Was heißt gemocht, Herr Inspektor?« Die Handschuhe klatschten abermals. »Mehr als das. Ich hatte ein exzellentes Verhältnis zu ihm, obwohl ich es natürlich nie gewagt hätte, Herrn

Mag. Wertzheimer als einen Freund zu bezeichnen. Dafür hatte ich viel zu viel Respekt vor dem Urenkel unseres Bankengründers. Dennoch möchte ich nicht verhehlen, dass mir Herr Wertzheimer immer ein guter Ratgeber und teurer Kollege war. Er war ja die meiste Zeit in Wien, und ich leitete die Zentrale in Oberösterreich, doch jeder seiner Besuche war mir eine wahre Freude. Sein Tod trifft mich hart. Als Banker und als Mensch. Wenn ich nur an seine betagte Mutter, unsere geschätzte Frau Doktor, denke. Ich muss sofort zu ihr.«

Diana setzte zur nächsten Frage an. »Wo waren Sie gestern zwischen –«

»Mir ist natürlich bewusst, dass Sie das wissen wollen, Frau Chefinspektorin. Darum bin ich froh, antworten zu können, dass ich den ganzen Abend mit meinen Freunden zusammen war. Wir planen den runden Geburtstag von unserem Freund Rudi Rabelka. Rudi ist der Securitybeauftragte unseres Flughafens, vielleicht kennen Sie ihn ja? In einer Woche wird er fünfzig, und da –«

»Wenn Sie so gut wären, die Namen aller Personen aufzuschreiben, die Ihr Alibi bestätigen können? Sofort.« Diana schnappte sich einen Block vom Schreibtisch der Sekretärin und drückte ihn Sagmeister in die Hand.

Der legte feinsäuberlich Mantel, Handschuhe und Hut auf den Besucherstuhl und notierte dann, ebenso säuberlich, drei Namen.

Diana steckte den Zettel ein. »Dann wären wir so weit fertig, zumindest für heute. Vielen Dank, Herr Sagmeister.«

9

Kaum waren sie außer Hörweite, ließ See kein gutes Haar am Bankier. »So ein Schlappschwanz! Der hat sich doch vor dem Wertzheimer in die Hose gemacht, und jetzt tut er so, als wäre er sein Idol gewesen.« Er schwang sich hinter das Steuer des Dienstwagens. »Alles einsteigen, ich muss dringend nach Linz. Heute Abend –«

Diana blieb neben dem Wagen stehen. »Wenn Sie bitte kurz warten, ich möchte mir zuerst noch Gianni Delucci vorknöpfen.«

»Den Lover der Altenpflegerin? Wozu soll das gut sein? Den hat doch ohnehin schon der Fritz vernommen!«

»Genau«, sagte der Fritz von der Rückbank her. Er wackelte mit seinem Handy. »Habe eben erst die Bestätigung aus dem Büro erhalten. Sein Alibi hält bombensicher.«

»Das mag sein«, meine Diana, »ich rede trotzdem noch einmal mit ihm.«

See war sichtlich genervt und sah keine Veranlassung, das zu verbergen. »Tun Sie, was Sie nicht lassen können. Wir haben unsere Zeit allerdings auch nicht gestohlen. Sie können ja einen uniformierten Kollegen bitten, Sie ins LKA zurückzubringen.«

Er knallte die Fahrertür zu, startete und fuhr mit quietschenden Reifen vom Marktplatz.

Diana war kurz fassungslos. Na warte, dachte sie dann erbost, das werde ich dir heimzahlen!

Bisher war es ihr noch nicht oft gelungen, ihren selbstgefälligen Mitarbeiter in die Schranken zu weisen, und auch in diesem Augenblick hatte sie keine Idee, wie ihr das künftig gelingen sollte. Aber immerhin war sie jetzt genau in der richtigen Stimmung, um einen Ehebrecher zur Rede zu stellen.

Als Diana das italienische Restaurant betrat, war zwar der Gastraum wie meistens gähnend leer, doch Gianni Delucci war nicht allein. Er stand am Tresen und unterhielt sich mit einem Mann, vor beiden stand jeweils ein großes, mit Wasser gefülltes Bierglas.

Der Fremde hielt ein rotes Plastikröhrchen in der Hand, dem er zwei dicke, in silberne Folie verpackte Brausetabletten entnahm. Er wickelte sie aus und ließ eine in jedes Glas gleiten. Die beiden Tabletten sanken zu Boden und erschienen dann sprudelnd wieder an der Oberfläche, das Wasser färbte sich knallgrün.

»Das ist ja Wahnsinn!«, rief der Wirt begeistert. »Und du bist sicher, das wirkt?« Jetzt hatte er Diana entdeckt. »Oh, wen haben wir denn da? *Bella commissaria!* Das musst du dir ansehen, Diana, das glaubst du nicht!«

Einen Ehebrecher zur Rechenschaft ziehen zu wollen und es dann tatsächlich zu tun, das waren zwei verschiedene Paar Schuhe. Ehebruch war schon seit den siebziger Jahren des vergangenen Jahrhunderts kein strafrechtlich relevantes Delikt mehr. Wie also sollte sie Gianni zur Rede stellen, ohne sich in Dinge einzumischen, die sie streng genommen nichts angingen? Noch dazu vor einem fremden Mann! Einem recht gut aussehenden fremden Mann, wenn man es genau nahm. Einem Mann, der in heller Hose und einer dunklen Lederjacke bekleidet am Tresen lehnte und sie aus ebenso dunklen Augen neugierig musterte. Genauso dunkel wie die Augen waren auch seine Haare und der Dreitagebart.

»Darf ich vorstellen, Piet, das ist Diana. Sie ist von der Kripo, also pass auf, was du sagst. Und das hier ist mein Freund Piet, ein wahnsinnig kreativer Kopf mit den besten Ideen. Magst du auch so ein Getränk, Diana? Sie darf doch eines haben, nicht wahr, Piet?«

Doch sein neuer Freund beachtete ihn nicht. Seine volle Aufmerksamkeit galt Diana. »Mein Name ist Köflach. Piet Köflach.«

»Diana Pölz.«

Sie schüttelten sich die Hände. Seine Hand war warm, der Druck angenehm fest. Dunkle Augen trafen dunkle Augen. Diana betrachtete den Mann näher und war verwundert, wie sehr ihr das gefiel, was sie sah. Denn lange Haare hatte sie eigentlich noch nie gemocht. Seit sie den schönen Carlos kannte, verabscheute sie sie geradezu. Und dieser Mann hatte unleugbar zu lange Haare. Sie waren haselnussbraun und mit vereinzelten silbernen Strähnen durchzogen. Gelockt. Gepflegt. Ein offenes, sehr männliches Gesicht. Und dann die auffallend dunklen Augen. Diana freute sich. Nicht nur darüber, dass sie dieser Mann interessierte, schon allein der Gedanke, dass er sie interessieren *könnte*, erfüllte sie mit Lebendigkeit. Es schien, als hätte sie die Scheidung von Norbert überwunden. Als wäre sie endlich bereit für die Zukunft. Ein Aufschrei schreckte sie aus ihren Gedanken.

»*Accidempoli!* Pfui Teufel, das schmeckt ja abscheulich! Was ist denn da drin?« Gianni hatte an der Brause genippt.

Piet ließ ihre Hand los, die er noch immer umschlossen gehalten hatte, und Diana wandte ihren Blick ab. Sie fühlte sich ertappt, wusste aber nicht, wobei.

»Was trinkt ihr denn da?«, fragte sie daher schnell.

Köflach grinste. »Sieht ekelhaft aus, nicht wahr?«

»Und es schmeckt noch ekelhafter, als es aussieht«, warf Gianni ein.

»Das Getränk heißt JA!, das steht für *juventus aeterna*, also für ewige Jugend«, erklärte Piet. »Es soll wahre Wunder wirken. Ein Freund aus Australien hat mir die Tabletten geschickt. Der lebt seit vielen Jahren Down Under und hat eines Tages durch Zufall festgestellt, dass ein bestimmter Stamm der Aborigines nicht zu altern scheint. Allerdings nur die Männer. Das Geheimnis dazu soll in einem Mittel stecken, das auch in den Tabletten ist. Wenn es bei uns funktioniert, dann will ich es mit ein paar Freunden in großem Stil europaweit vermarkten.«

»Sie sind also Brausetablettenhändler von Beruf?«, fragte Diana.

Köflach hob eine Augenbraue, lächelte amüsiert und sagte kein Wort. Diana errötete.

Es war Gianni, der schließlich antwortete. »Nein, nein, Piet ist Unternehmensberater. Er hat so tolle Kunden wie das Chemielabor am Löwenweg und natürlich noch viele andere. Mir will er helfen, meinen Laden auf Erfolgskurs zu bringen, ist das nicht toll? Wir haben gerade darüber gesprochen, als du kamst.«

»Und wie soll grüne Brause dein Restaurant retten?« Diana hatte mit Gianni noch ein Hühnchen zu rupfen, also bereitete es ihr Befriedigung, seinen Enthusiasmus zu dämpfen.

»Die Brause hat damit nichts zu tun. Die soll nur mein Leben retten.« Es klang pathetisch, und Gianni hatte keine Ahnung, wie falsch er damit liegen sollte. »Ich bin schon neununddreißig, es ist höchste Zeit, dass mit dem Altern Schluss ist. Ist doch super, dass ich das Zeug nicht nur gratis testen kann, sondern mir als Tester damit auch noch ein kleines Taschengeld dazuverdiene. Wie nennt ihr das? Ach ja, ich haue zwei Fliegen mit einer Klappe!«

»Und der Haken an der Geschichte?«

»Ah, die misstrauische *commissaria*! Habe ich dir nicht gesagt, dass man bei ihr aufpassen muss, Piet? Diese Frau ist zwar hübsch, aber auch gescheit. Und immer dem Verbrechen auf der Spur. Sie arbeitet bei der Mordkommission.« Er machte ein Gesicht, als würde es ihn allein bei dem Wort gruseln. »Da ist es kein Wunder, dass sie immer auf der Suche nach einem Haken ist. Dabei gibt es gibt hier keinen.«

Köflach nickte. »Da hat er recht. Alles ist rein pflanzlich. Bio, wenn Sie so wollen. Hauptbestandteil der Brausetabletten ist Jiaogulan, eine Pflanze, die man auch ›Kraut der Unsterblichkeit‹ nennt. Man kennt sie nicht nur in Australien, sondern auch in China, wo man Tee aus ihr kocht, wie ich gelesen habe. Mein Freund hat das Kraut jedoch mit anderen Komponenten gemischt und erst dadurch –«

»Wie heißt das Kraut?« Diana hatte den Namen noch nie gehört, dabei war ihre Tante Gusti eine bekennende Kräuterhexe, und in ihrem Beet im gemeinsamen kleinen Garten wucherten gar seltsame Pflanzen. »Tscha…«

»Jiaogulan. Ich hoffe, ich spreche es richtig aus. Vielleicht hilft Ihnen ja der botanische Name Gynostemma pentaphyllum?«

Diana lachte auf. »Oh, natürlich, die gute Gynostemma! Jetzt ist mir alles klar.«

»Echt jetzt?« Gianni war die Ironie in Dianas Worten nicht aufgefallen. Im Unterschied zu Piet Köflach. Ein amüsierter Blick aus braunen Augen traf einen zweiten amüsierten Blick aus braunen Augen.

»Wenn man sich einmal daran gewöhnt hat, ist es gar nicht mehr so eklig.« Gianni hatte sein Glas schon halb geleert.

Piet beeilte sich, es ihm gleichzutun. »Und vergiss nicht, dass die Brause jeden Tag um exakt dieselbe Uhrzeit getrunken werden muss, aufgelöst in einem halben Liter warmen Wassers. Es ist jetzt kurz vor fünf, maximal ist eine Abweichung von fünfzehn Minuten erlaubt.«

»Ich stell mir gleich eine Erinnerung auf dem Handy ein.« Gianni begann, eifrig auf seinem Smartphone herumzutippen. »Wann bringst du mir ein eigenes Röhrchen?«

»Ich muss ohnehin morgen wieder zum Flötzensteiner, dann müsste es klappen. Falls nicht«, er öffnete das rote Röhrchen und legte sechs der dicken, in Alufolie gewickelten Tabletten auf den Tresen, »hast du hiermit zur Sicherheit Brause für die nächsten paar Tage.«

»*Grazie mille*, mein Freund«, sagte Gianni und begann, ein paar Gläser zu polieren.

»Sie sind nicht aus St. Florian?«, erkundigte sich Diana.

Köflach widersprach. »Nein, aus Linz.«

Auch das freute Diana.

»Was wollt ihr essen?« Gianni besann sich wieder auf sein Geschäft und schob zwei Speisekarten über den Tresen.

Piet Köflachs Augenbrauen hoben sich. Dafür, dass das Lokal so spärlich besucht war, waren die Karten erstaunlich abgegriffen. »Wenn ich dir gegenüber ehrlich sein darf …«

Gianni hatte sofort das Gefühl, sich rechtfertigen zu müssen. »Ich habe beim Papier gespart, das war nicht gescheit, ich weiß. Wenn du willst, mache ich eine neue.«

Köflach schlug die Speisekarte wieder zu. »Hast du frische Antipasti? Darauf hätte ich jetzt Lust. Wie schaut's mit Ihnen aus?«

Diana hatte zwar Hunger, aber auch schon zwei Mal bei Gianni gegessen. Darum war sie sich nicht sicher, ob sie hier auf überhaupt irgendetwas Lust hatte. Sie schaute zu Piet Köflach hinüber. Zumindest auf etwas, was das Essen betraf, relativierte sie ihre Gedanken. »Klingt verlockend«, sagte sie alles andere als wahrheitsgemäß.

»Sehr gut! Dann richte uns bitte eine Platte her. Und dazu etwas von deinem köstlichen Ciabatta. Haben Sie das Brot schon probiert, Frau …«

»Hört sofort auf, euch so förmlich anzureden, ihr seid meine Freunde. Diana, das ist Piet! Piet, Diana! Keine Widerrede, basta!«

Piet wartete, dass Diana nickte, und sagte dann: »Wenn das so ist, dann brauchen wir Rotwein zum Anstoßen. Welchen hast du offen? Irgendeinen, den du empfehlen kannst?«

»Da muss ich in den Weinkeller.« Gianni verschwand durch die Tür neben dem Tresen, und Diana besann sich des eigentlichen Grundes ihres Kommens und folgte ihm.

Der Weinkeller entpuppte sich als Hinterzimmer mit einem Weinschrank neben der Tiefkühltruhe, zahlreichen aufgerissenen Pappkartons und einem kleinen Tisch in der Ecke, dessen zwei Stühle nicht zusammenpassten.

»Gianni, ich hätte da etwas mit dir zu besprechen.«

»Was immer du willst, *cara mia*.«

»Heinrich Wertzheimer war gestern bei dir. Was wollte er?«

»Wertzheimer?« Gianni tat, als müsse er nachdenken. »Ach, du meinst den Bankmann? Der war hier zum Abendessen.«

Diana schüttelte ungläubig den Kopf und verdrehte die Augen. »Das kannst du deiner Großmutter erzählen, Gianni. Niemand, der in St. Florian wohnt, kommt freiwillig zu dir zum Abendessen.«

Der Italiener schien ihr die offenen Worte nicht krummzunehmen. »Du bist wirklich schlau, Diana. Nein, er war natürlich hier, um mich an meinen Kredit zu erinnern. Das tat er regelmäßig, dieser – wie sagt man? – Sadist. Aber da ich immer wieder etwas bezahlt habe, ich meine, zwar spät, aber doch immer wieder, hatte er nicht wirklich etwas gegen mich in der Hand.« Er öffnete den Weinschrank.

»Das werde ich überprüfen, Gianni. Es ist besser, du sagst mir gleich die Wahrheit.«

Der Italiener dachte an das österreichische Bankgeheimnis, hoffte, dass es ihm zugutekommen und die Polizei nicht das wahre Ausmaß seiner Schulden aufdecken würde, und sagte gelassen: »Mach das.« Dann warf er einen prüfenden Blick auf eine Reihe von Flaschen, die im obersten Regal standen. »Sonst noch etwas?«, fragte er etwas irritiert, als Diana ihm nicht von der Seite wich.

»Man hat dich heute Morgen bei der Altenpflegerin von Frau Wertzheimer angetroffen.« Ihre Stimme hatte einen besonders strengen Klang angenommen. Sie wusste nicht, ob die Geschichte mit dem Kredit stimmte, doch irgendwie würde sie das schon überprüfen. Das andere Thema, was angeschnitten werden musste, war um einiges heikler. Diana wollte Gianni gleich den Wind aus den Segeln nehmen, er sollte bloß nicht denken, dass sie sich von seinem Charme einwickeln ließ. Und belügen ließ sie sich schon gar nicht, aber das hatte er offensichtlich auch gar nicht vor.

»Ja, und?«

»Du bist verheiratet, Gianni.«

»Ich weiß. Am besten nehmt ihr den Montepulciano.« Er hielt eine der Flaschen gegen das Licht. »Ja, das dürfte noch für zwei Gläser reichen.«

Dianas Stimme wurde eindringlicher. »Gianni, Veronika ist meine Freundin. Du kannst doch nicht glauben, dass ich tatenlos zusehe, wie du sie betrügst?«

Er grinste anzüglich. »Wer sagt, dass wir dich zuschauen lassen, *cara mia*?«

Sie zog scharf die Luft ein. »Gianni!«

»Ich würde sagen, du machst deinen Job und findest den Mörder vom Wertzheimer, und ich mach meinen Job und serviere euch jetzt Wein. Kein Wort zu Veronika.« Er machte kehrt und ging mit der halb vollen Flasche in den Gastraum zurück.

Eigentlich hatte Diana ihm den Wind aus den Segeln nehmen wollen, aber jetzt hatte er den Spieß umgedreht. Während ihr das klar wurde und sie überlegte, was sie als Nächstes sagen oder tun sollte, blieb Gianni so abrupt stehen, dass sie fast in ihn hineingelaufen wäre.

»Hast du übrigens schon meine neuen Schuhe gesehen?«, fragte er, als hätte es den Wortwechsel gerade eben nicht gegeben. Er drehte sich einmal um die eigene Achse. »Hat mir mein Cousin aus Rom geschickt. Der ist Schuhmacher in der dritten Generation. Schick, oder?«

Die Schuhe waren wirklich außergewöhnlich. Feinstes Leder, das sah man gleich. Ein dezentes Lochmuster und … Was war denn das? An der jeweiligen Außenseite waren Giannis Initialen eingebrannt: GD. »Deine Initialen auf Schuhen? So etwas habe ich ja noch nie gesehen!«

Gianni strahlte. »Praktisch, nicht wahr? Jetzt kann mir keiner mehr die Schuhe von den Füßen klauen. Das kann ganz nützlich sein, dort, wo ich herkomme.« Er lachte laut auf, öffnete die Tür zum Restaurant und ließ Diana den Vortritt. »Du glaubst gar nicht, was wir mit dem Laden alles vorhaben, Diana!« Er schlüpfte hinter den Tresen, holte zwei Gläser vom Regal und schenkte ein. »Piet meinte, ich solle Pizzas ins Programm nehmen. Ihm schmeckt mein Ciabatta so gut –«

»Unser guter Freund Gianni hier ist ein wahrer Backmeister!«

»Jetzt müssen wir nur noch das Geld für einen Pizzaofen auftreiben.«

Piet erhob sein Glas. *»Salute!«* Sie stießen an. »Ich bin der Piet!«, sagte er und drückte der erstaunten Chefinspektorin rechts und links einen Kuss auf die Wange.

Er riecht gut, schoss es ihr durch den Kopf. Und der Bart kratzt gar nicht so sehr wie gedacht. Seit ihrer Scheidung von Norbert waren nun schon fast zwei Jahre vergangen, und plötzlich verspürte sie große Lust, sich wieder auf einen Mann einzulassen.

»So, und jetzt her mit deinen Antipasti, Gianni«, forderte Piet, wahrscheinlich weit davon entfernt, Dianas Gedanken zu erraten. Er legte den Arm um ihre Schulter. Oder war er doch nicht so weit davon entfernt?

Frische Vorspeisen waren Giannis wunder Punkt. Er hätte gerne welche angeboten, doch sie rechneten sich nicht. Es war bereits ein Verlustgeschäft, Konserven dafür zu öffnen. In den ersten Wochen nach der Restauranteröffnung waren kiloweise nicht verkauftes Gemüse, Schinken und Fisch in die Mülltonne gewandert.

»Wollt ihr euch nicht lieber setzen? Dort drüben, an den schönsten Tisch am Fenster? Ich kann euch eine Salami-Käse-Platte herrichten lassen.«

Köflach nickte und führte Diana zum Fenstertisch.

Gianni rief die Bestellung seiner Aushilfe Francesca zu. »Am liebsten würde ich aus dem Laden ja eine Cocktailbar machen.« Er ging quer durch den Raum und setzte sich zu ihnen.

Piet Köflach war erstaunt. »Ich dachte, es soll eine Pizzeria werden? Wie kommst du jetzt plötzlich auf Cocktails?«

Gianni war zu sehr in Gedanken, um auf die Frage eine knappe Antwort zu geben. »Hab ich dir schon gesagt, dass ich ein begeisterter Skifahrer bin? Ich wollte immer so gut werden wie Alberto Tomba.«

»Tomba la Bomba? Der italienische Superstar der neunziger Jahre?«

Gianni grinste. »Genau! Hat aber leider nicht gereicht. Und weil ich nicht wusste, was ich sonst machen sollte, bin ich Koch geworden. War eigentlich die Idee von meiner Mama, wenn ich ehrlich bin. Aber die Ausbildung hatte ein Gutes: Durch sie habe ich jeden Winter in einem der schönsten österreichischen Skiorte verbracht. Meistens am Arlberg. Dort bin ich auch schnell dahintergekommen, dass sich als Barkeeper viel besser Geld verdienen lässt als als Koch.«

Diana fand es seltsam, dass Piet offensichtlich nichts von Giannis Vergangenheit wusste. »Wie lang seid ihr zwei eigentlich schon befreundet?«

»Seit heute«, erklärten beide wie aus einem Mund und lachten schallend.

Das musste Diana erst einmal verdauen.

»Ob du es glaubst oder nicht, meine Cocktails waren dort ebenso legendär wie jetzt mein Ciabatta in St. Florian.« Bescheidenheit war offensichtlich nicht Giannis ausgeprägteste Eigenschaft. Das zeigte sich auch an seinen nächsten Worten. »Ich sage euch, wenn man gut aussieht und dann auch noch Charme und südliches Temperament mitbringt, so wie ich, dann rollt der Rubel! Im wahrsten Sinn des Wortes und auch in Form von Euro. Fünfzehn Jahre war ich als Barkeeper unterwegs.«

»Das erklärt natürlich auch deine guten Deutschkenntnisse«, sagte Diana.

»Und was hat dich ausgerechnet hierher verschlagen? Warum bist du nicht am Arlberg geblieben?«, wollte Piet wissen.

»Ich war ja immer nur im Winter dort. Die Sommer hab ich mit Veronika in Rom verbracht, wo ich als Kellner in Touristenlokalen gearbeitet habe. Wisst ihr, wie anstrengend das ist? ›Gianni hier!‹ und ›Gianni dort!‹. Nein, das wollte ich nicht noch länger machen. Mein Leben ist doch zu schade für so viel Arbeit. Dann erbte Veronika dieses Haus, und ich habe die Chance ergriffen, endlich mein eigenes Restaurant zu eröffnen. Ich bin mein eigener

Chef, und wenn einer herumschreit, dann bin ich das. Allerdings haben wir unsere sämtlichen Ersparnisse in den Umbau gesteckt. Ah, *buonasera, signora, signore!*«

Gianni sprang auf, um ein älteres Ehepaar zu begrüßen, das im Türrahmen stand und sich mit kritischem Blick umsah. Rasch wurden die beiden in Empfang genommen und zu einem Tisch begleitet. »Ich empfehle Ihnen unsere Minestrone! Mit frischem Ciabatta, hausgebacken. Sie werden es lieben! Oder lieber Spaghetti Carbonara wie bei Mama in *Sicilia*?« Wieder küsste er seine Fingerspitzen.

Während die neuen Gäste die Speisekarte studierten, servierte Gianni die Salami-Käse-Platte und rückte auf dem Tisch ein Körbchen mit Ciabatta zurecht. Diana hatte gewusst, was sie erwartete, Piet Köflach hingegen konnte kaum fassen, was da vor ihm stand: ein lieblos angerichtetes Durcheinander mit einem kleinen Strauß Petersilie als einzige Garnierung.

»Sind das wirklich diese vorgeschnittenen Käsescheiben, die man sonst nur für Toast Hawaii verwendet?« Piet schüttelte den Kopf. »Was haben die auf einer italienischen Käseplatte verloren? Und das?« Er schob ein kleines Stück Parmesan hin und her. »Das ist so hart, dass sich daran sogar eine Käsereibe ihre Zähne ausbeißen würde.«

Diana lachte auf, während Piet sich eine Scheibe Salami in den Mund schob, kaute, große Augen machte und in Richtung Toilette eilte. »Begeistert ist er offensichtlich nicht«, sagte sie.

Die Feststellung schien Gianni nicht im Geringsten zu irritieren. Im Gegenteil, er stimmte in Dianas Lachen ein. »Jetzt ist er ja da, um mir zu erklären, wie ich alles machen muss. Von heute an wird alles besser.«

Piet kam zurück. »Ich habe ehrlich nicht gewusst, dass man bei einer simplen Salami-Käse-Platte so viel falsch machen kann. Wer ist dein Koch?«

»Koch?« Gianni hatte die Stimme gedämpft, da seine neuen Gäste schon irritiert vom Nebentisch herüberschauten. »Einen Koch können wir uns nicht leisten, außerdem hab ich das ja gelernt. Ich koche vor und friere ein. Wir haben eine Praktikantin. Und meine Frau hilft auch.«

»Kochst du gern?«

»Sehe ich vielleicht so aus?«

Ein weiteres Paar, deutlich jünger als das andere, betrat den Gastraum. Gianni stürzte auf sie zu, empfing sie mit seinem südländischen Charme und einem ebensolchen Wortschwall, und ehe sich die beiden versahen, saßen sie am Ecktisch und hatten zwei Glas Rotwein und Spaghetti Bolognese bestellt.

Piet wandte sich an Diana. »Was hältst du davon, wenn wir beide uns ein anderes Lokal suchen? Eines, in dem man nicht vergiftet wird?«

Diana hielt sehr viel davon.

Schweigend tranken sie ihren Rotwein aus, während Gianni eine neue Flasche Wein entkorkte und übermotiviert seine Gäste bediente. Köflach sah sich um. »Die Einrichtung ist ja nicht schlecht, aber er muss entweder einen ordentlichen Koch einstellen oder sich auf das konzentrieren, was er kann. Also entweder backen oder meinetwegen auch Cocktails mixen. Wobei er dann das Restaurant umgestalten müsste und ich keine Ahnung habe, ob eine Cocktailbar in einem Ort wie diesem Erfolg haben könnte. Ob hier genügend … Wer um Himmels willen ist denn das schon wieder?«

Die Tür war erneut aufgegangen, und ein alter Mann steuerte zielstrebig auf den Tisch neben dem Tresen zu. Seine ungepflegten grauen Haare waren zu einem struppigen Pferdeschwanz gebunden. Ebenso struppig war sein wallender Bart. Er warf seinen gelben Rucksack achtlos zu Boden, während sechs Augenpaare erst all seinen Bewegungen folgten und sich dann dem Wirt zuwandten und auf seine Reaktion warteten.

»Den Mann kenne ich«, flüsterte Diana Piet zu, »den habe ich heute Mittag im Park hinter dem Wertzheimer-Anwesen getroffen.«

»Wertzheimer? Ist das nicht dieser Banker, der umgebracht wurde?«

Diana wurde hellhörig. »Woher weißt du davon?«

»Sie haben es im Radio gebracht. Ich habe es auf der Fahrt nach St. Florian in den Nachrichten gehört. Gianni wird doch nicht etwa zulassen, dass der Sandler hier sitzen bleibt, oder?«

Aber genau das hatte dieser offensichtlich vor. »Hallo, *professore*. Das Übliche?« Er eilte hinter den Tresen und rief in die Küche: »Das Menü für den *professore, per favore*!« Dann goss er Wein und Sodawasser in ein dickwandiges Glas mit Henkel und trat damit zum Tisch des Alten. *»Salute!«*

Ein Stuhl wurde geräuschvoll zurückgeschoben. »Also, das ist doch ... Wir wollen jetzt doch nichts bestellen. Komm, Helga!« Ein zweiter Stuhl kratzte über den Boden, dann verließ das ältere Ehepaar grußlos das Restaurant.

Gianni schüttelte den Kopf und sah Diana fragend an. »Was war denn mit den beiden los?«

Diana war selbst darüber erschrocken, wie sehr sie das Bild eines Obdachlosen in einem Restaurant irritiert hatte. Andererseits zollte sie Gianni für seine Toleranz und Menschlichkeit Respekt. Bevor sie noch etwas antworten konnte, hatte Piet Gianni schon an den Tisch gewunken.

»Kommt der Mann öfter?«

»Mehrmals die Woche.«

»Mehrmals die Woche?« Piet war so fassungslos, dass er vergaß, seine Stimme zu senken.

Ein scharfer Blick unter buschigen grauen Augenbrauen war die Folge.

»Mehrmals die Woche?«, wiederholte Piet, diesmal im Flüsterton.

»Ja, richtig. Warum fragst du? Es kostet mich kein Geld, wenn es dir darum geht. Er bekommt nur die Reste vom Vortag.«

»Das heißt, du bewirtest ihn kostenlos? Das finde ich aber ausgesprochen nobel von dir.« Dianas Bewunderung kam von Herzen.

»Na ja, ich mache das ja nicht ganz selbstlos. Es ist quasi ein Gegengeschäft. Der *professore* hilft mir, und ich helfe ihm.«

»Ha«, fuhr Piet auf, »wobei kann dir dieser Sandler schon groß helfen?«

Der nächste scharfe Blick traf ihn, und diesmal war es Piet, als hätte er diesen Blick schon früher einmal auf sich gespürt. Francesca servierte dem Mann eine große Portion Nudeln mit heller Sauce. Sie war offensichtlich eine Meisterin an der Mikrowelle. So schnell, wie das farblose Gericht brennend heiß vor dem alten Mann stand, hegte Diana den Verdacht, dass nicht nur die Sauce aufgetaut worden war, sondern auch die Nudeln, über die Francesca nun großzügig Industrieparmesan rieseln ließ.

Vor Dianas geistigem Auge erschien mit einem Schlag das Antlitz ihrer Mutter Hazel Wood. »Dieser Feinstaub aus der Tüte, den sie Parmesan nennen, der aber keiner ist, stinkt wie Kotze«, hörte sie sie verkünden. Ihre Mutter hieß in Wahrheit Marianne Holzer und war früher Hippie gewesen. Einen Rockmusiker hatten ihre haselnussbraunen Augen zum Kosenamen »Hazel« inspiriert. Diana nahm an, dass ihn die Inspiration im Drogenrausch ereilt hatte. Und Wood klang ja auch allemal besser als Holzer. Mittlerweile war ihre Mutter über sechzig und immer noch Hippie. Jetzt allerdings nicht mehr auf einem Haschisch-, sondern auf dem Bio- und Esoteriktrip. Ihre offene Sprache hatte zu jeder Zeit die Leute vor den Kopf gestoßen, nur Diana war schon lange immun dagegen. Man gewöhnte sich an alles, sogar an so eine Mutter.

»Buon appetito!«, rief Gianni zu dem Alten hinüber, und das Bild ihrer Mutter verschwand vor Dianas geistigem Auge.

Der Mann machte eine wegwerfende Handbewegung, murmelte ein paar Worte in seinen Bart und begann zu essen.

»Ja, wirklich, der *professore* ist sehr hilfsbereit. Es war gar nicht so einfach, mit meinen italienischen Dokumenten eine Gewerbeberechtigung zu bekommen. Aber er hat sie für mich organisiert. Er hilft hier vielen Ausländern mit den Ämtern.«

»Was du nicht sagst!«

»Ja, deshalb isst er auch nur derzeit jeden Tag bei mir, sonst geht er auch noch zu Wu, dem Chinesen nebenan. Früher war er auch noch bei Juan, der hatte einen Tapas-Imbiss oben beim Stift, aber dann hat er sich scheiden lassen und ist nach Menorca zurückgekehrt. Und Wu und seine Frau sind derzeit auf Heimaturlaub in China.«

»Das ist ja alles schön und gut, Gianni. Und ich sage ja auch gar nicht, dass du ihn hinauswerfen sollst –«

»Gott sei Dank, denn das täte ich höchst ungern.«

»Dein soziales Engagement in allen Ehren, aber es gibt doch sicher eine bessere Möglichkeit, den alten Mann zu bewirten, ohne mit ihm andere Gäste zu vertreiben. Vielleicht in irgendeinem Hinterzimmer …« Piet hatte wieder geflüstert, dennoch folgte der nächste strenge Blick. »Ich halte das echt nicht länger aus, wie der mich ansieht«, entfuhr es ihm, und es war nicht klar, ob er zu Gianni und Diana oder zu sich selbst gesprochen hatte. Er sprang auf. »Wollen wir gehen?«

Diana erhob sich sofort.

»Was bekommst du für den Wein?«

»Lass gut sein, Piet, mein Freund. Der geht aufs Haus. Wann kommst du wieder? Morgen um dieselbe Zeit?«

Piet nickte. »In etwa, ja. Oh, jetzt hätte ich fast vergessen, meine Brausetabletten mitzunehmen.« Er griff sich das rote Röhrchen vom Tresen und ließ es in der Tasche seiner Lederjacke verschwinden.

»Ich begleite euch noch hinaus«, sagte Gianni.

»Man sagt, der Alte habe auch schon bessere Zeiten erlebt«, erklärte Gianni, als sie zu dritt im Windfang des Restaurants standen. »Er soll ein hohes Tier in einem Linzer Unternehmen gewesen sein, wahrscheinlich im Stahlwerk. Eines Tages passierte das Übliche: Scheidung, Alimente und all das. Dann kam wohl auch noch der Alkohol ins Spiel, und seitdem ging's bergab.«

Diana nickte. Sie kannte solche Schicksale zur Genüge. »Wie lange lebt er schon auf der Straße?«, erkundigte sie sich.

Wieder zuckte Gianni mit den Achseln. »Das weiß ich nicht. Ich vermute, es sind schon viele Jahre. Aber er lebt nicht wirklich auf der Straße, sondern wohnt in einer kleinen Hütte neben dem großen Kreisverkehr am Waldrand. Wenn du heute aus Linz gekommen bist, bist du direkt daran vorbeigefahren.«

Piet Köflach war in Gedanken. »Im Stahlwerk, sagst du? Seltsam, ich kenne niemanden aus dem Stahlwerk. Dabei kam es mir so vor, als hätte ich den Mann schon einmal gesehen. Als wäre er vielleicht einmal mein Lehrer gewesen. Allerdings habe ich im Augenblick keine Ahnung, in welcher der vielen Schulen, die ich besucht habe, er unterrichtet haben könnte.«

Diana wurde neugierig. »Du hast viele Schulen besucht? Hat man dich so oft hinausgeschmissen?«

»Also, ich lass euch mal allein. Ich muss dann wieder …« Gianni hob grüßend die Hand und verschwand in der Gaststube.

Piet grinste. »Richtig, aus fünf Schulen, um genau zu sein! Als ich dann doch noch die Matura geschafft habe, hat meine Mutter eine Kerze in der Pöstlingbergkirche angezündet.«

»Und warum hat man dich immer hinausgeworfen?«

»Ich hatte viele, nennen wir es mal so, ausgefallene Ideen und war wohl auch zu oft zu frech. Ungebührliches Verhalten, so hieß das damals.«

»Und?«, fragte sie mit schelmischem Blick. »Verhältst du dich heutzutage immer noch ungebührlich?«

Sein Grinsen wurde breiter. »Find's raus!«

Und dann küsste er sie. Im Eingangsbereich des »Da Gianni«, direkt neben der Truhe, auf der allerlei Deko-Schnickschnack in Rot-Weiß-Grün, den Farben Italiens, zu einem Gesamtkunstwerk arrangiert war.

10

Das Telefon klingelte. Diana fuhr aus dem Tiefschlaf und einem Traum aus dunklen Augen und Heroin. Ein Blick auf den Wecker: sechs Uhr. Verwirrt setzte sie sich auf und versuchte, ihre Gedanken zu ordnen. Das Telefon hörte nicht auf zu läuten. »Bitte, bitte, lass es nicht schon wieder eine Leiche sein!«, flehte sie leise zum Himmel, während sie abhob.

Wie es sich herausstellte, war der Herr Oberst mit dem Auto auf dem Weg nach Graz, um dort an einer Fortbildungsveranstaltung teilzunehmen, und hatte es für eine gute Idee gehalten, die Fahrzeit dazu zu nutzen, um Diana zur Schnecke zu machen. Als er hörte, wie wenig ergiebig die Ermittlungen bisher verlaufen waren, zeterte er los. Dass er immer schon gewusst hätte, dass sie mit der Leitung der Mordkommission überfordert wäre, und dass er schließlich nicht alles persönlich in die Hand nehmen könne. »Was wissen wir über das Umfeld des Toten?«

»Er lebte den Großteil der Woche in Wien, dort offensichtlich alleine. Die Kollegen haben die Wohnung schon durchsucht. Keinerlei Hinweise. Nicht die geringste Spur von Drogen, was den Verdacht bestätigt –«

»Wurden Freunde und Nachbarn befragt?«

»Selbstverständlich. Die Protokolle bekommen wir allerdings erst noch. Wertzheimer bewohnte ein Penthouse im ersten Bezirk.«

»Das war von einem Großkopferten auch nicht anders zu erwarten. Frau, Kinder?«

»Nicht dass wir wüssten.«

»Und wer erbt seinen Nachlass? Wir brauchen ein Motiv, Frau Pölz! Ein Motiv!«

»So, wie es derzeit aussieht, fällt das Vermögen an seine Mutter«, sagte Diana. Und als der Herr Oberst ein wissendes »Aha!« von sich gegeben hatte, ergänzte sie: »Henriette Wertzheimer ist einundachtzig, um vieles vermögender als ihr Sohn und …«

»Das besagt noch lange nichts. Alte Weiber können ziemlich gierig sein.«

»Sie sitzt im Rollstuhl.«

»Aha.« Das klang nun nicht mehr so wissend.

»Hatte der Tote Geschwister?«

»Eine Schwester in den USA, aber die erbt bekanntlich nichts, weil die Mutter noch lebt.«

»Und wer profitiert sonst noch vom Tod von Heinrich Wertzheimer? Jetzt lassen Sie sich doch nicht alles aus der Nase ziehen, Frau Pölz!«

»Die Spurensicherung hat kein Testament gefunden, zumindest derzeit noch nicht. Aber bei den Notaren wurde schon nachgefragt, ob ein solches hinterlegt ist.«

»Das ist ja wohl selbstverständlich.«

»Wir prüfen außerdem, wer bei der Wertzheimer Bank Schulden hat«, ergänzte Diana zunehmend ungeduldig.

»Wozu soll das gut sein? Schließlich ist Wertzheimer gestorben und nicht die Bank. Wer dort Schulden hat, profitiert nicht im Geringsten von seinem Tod.«

»Wir werden es trotzdem prüfen«, beharrte Diana. Solange sie keinen konkreten Anhaltspunkt hatten, blieb ihnen nichts anderes übrig, als in alle Richtungen zu ermitteln.

»Machen Sie doch, was Sie wollen!«, schnauzte der Herr Oberst sie an. »Es ist ja schließlich Ihr Verantwortungsbereich. Am Dienstag komme ich zurück. Spätestens dann sitzt der Mörder hinter Schloss und Riegel. Haben Sie mich verstanden?« Immerhin fügte er noch an, dass seiner Meinung nach auf Carlos See auch kein Verlass mehr sei, was Diana wieder ein wenig versöhnte, dann legte er grußlos auf.

Sie hatte bei ihrem Eintritt in das oberösterreichische LKA schnell festgestellt, dass es keinen Sinn hatte, ihrem Vorgesetzten zu widersprechen. Oder auch nur den Versuch zu unternehmen, ihn zu bitten, einen klaren Kopf oder zumindest eine sachliche Ausdrucksweise an den Tag zu legen. Er wurde dann nur noch unausstehlicher. Vor allem, wenn er nervös war. Und leider war der Herr Oberst immer nervös, wenn man in seinem Sprengel irgendjemanden tot aufgefunden hatte. In diesem Fall handelte es sich noch dazu nicht um irgendjemanden, sondern um einen in ganz Österreich bekannten Bankier, über den erst kürzlich eine Titelstory im Wirtschaftsmagazin »Trend« erschienen war. Kein Wunder, dass der Herr Oberst hochgradig nervös war. Die Medien warteten auf Informationen, und er hatte keine zu bieten. Oh, wie sehr er es hasste, mit leeren Händen vor ihre gierigen Mikrofone treten zu müssen. Diana war froh, dass sie dem Herrn Oberst an diesem Tag nicht im Amt begegnen würde. Und bis in vier Tagen konnte noch viel geschehen.

Sie streckte und reckte sich und stellte dann den Wecker ab, der wie gewohnt um halb sieben zu läuten begann. Ab ins Badezimmer! Sie war müde und gleichzeitig seltsam aufgekratzt. Sie hatte einen Mann geküsst. Und es hatte nicht viel gefehlt, und sie hätte ihn mit nach Hause genommen. Sie hatte mit dem Gedanken gespielt, es dann aber doch nicht getan, weil sie wusste, dass sie an diesem Tag früh rausmusste – und dabei hatte sie noch nicht mit dem frühmorgendlichen Anruf des Herrn Oberst gerechnet. Außerdem fand sie sich zu alt, um sich auf ein überstürztes Abenteuer einzulassen. Lieber wollte sie abwarten, ob sich Piet wieder bei ihr meldete. Obwohl es sie schon sehr wundern würde, wenn er es nicht täte. Sie hatten einen ausgesprochen netten Abend zusammen verbracht, der früh begonnen und erst nach Mitternacht geendet hatte. Der Wein war reichlich geflossen, das Essen war köstlich, die Gespräche waren intensiv gewesen – erschreckend intensiv, wenn sie es im Licht des Morgens betrachtete. Wie war es bloß dazu gekommen, dass sie Piet Köflach ihre ganze Vergangenheit erzählt hatte? Sie war doch sonst eher zurückhaltend, vor allem Fremden gegenüber. Aber mit diesem Mann hatte sie sogar über ihre Mutter gesprochen, die mit sechzehn alles andere gewollt hatte als ein Kind und die das heute noch bei jeder sich bietenden Gelegenheit betonte. Als Groupie der Band »Frightful Angels« war sie nach England gezogen, da war Diana keine zwei Jahre alt gewesen. Zum Glück gab es den jungen Vater und ihre Großtante Gusti, die sich um sie kümmerten. Als sie nach ihrer Scheidung Wien verließ, um die Leitung der Mordkommission in Linz zu übernehmen, war zufällig eine Wohnung im selben Haus in der Mozartstraße frei gewesen, in dem ihre inzwischen einundachtzigjährige Tante Gusti seit Jahrzehnten wohnte, also war sie eingezogen. Zu ihrem Vater, der in Wien als Architekt arbeitete, hatte sie ein gutes Verhältnis. Zu ihrer Mutter, dem Althippie … Na ja, sie bemühte sich.

Und trotz allem schien sie es bei Weitem besser erwischt zu haben als ihr neuer Bekannter. Piet war mit einem despotischen Vater und einer weinerlichen, stets kränkelnden Mutter aufgewachsen. Sein Vater hatte die beiden verlassen, als der Bub gerade mal zehn Jahre alt gewesen war, um mit seiner Sekretärin auf eine ausgedehnte Weltreise zu gehen. Und das, obwohl er für Reisen mit der Familie nie Zeit gehabt hatte. Anschließend war er nach Hause gekommen, hatte seine Sachen gepackt und sich nie wieder blicken lassen. Das war einerseits gut gewesen, weil dadurch seine schneidenden verbalen Bösartigkeiten mit einem Schlag aufgehört hatten, anderseits schlecht, weil Piet so zur einzigen Stütze für seine stets weinende Mutter geworden war. Die Frau schien ohne ihn lebensunfähig gewesen zu sein. Piet durfte kaum die Wohnung verlassen, ohne dass er damit einen Schwächeanfall provozierte. Sie hatten zwar das Haus, das seine Eltern gekauft hatten, aber die Kredite waren noch lange nicht abbezahlt, und der feine Herr Papa, der als leitender Angestellter wahrlich gut verdiente, weigerte sich, Alimente zu zahlen. Die Scheidung war eine wahre Schlammschlacht, die schließlich damit endete, dass seine Mutter die Schuld dafür auf sich nahm. Sie hatte einen schlechten Anwalt und nicht die Nerven, noch länger zu kämpfen. Trotzdem wurde ihr das Haus zugesprochen, in dem sie mit ihrem Sohn lebte, und der Anwalt schaffte es schließlich doch noch, die Alimente für Piet einzutreiben, die jedoch fast zur Gänze für die Kreditraten draufgingen. Die Mutter bekam keine Alimente und war zu schwach, um einer geregelten Arbeit nachzugehen. Also begannen sie, im Haus einige kleine Wohnungen zu vermieten, aber da sie über Bad und WC nur auf dem Gang verfügten, waren die Einnahmen eher niedrig. Mit diversen Jobs hatte Piet sich das Studium an der Linzer Johannes Kepler Universität finanziert, obwohl er so gern für zumindest ein Semester ins Ausland gegangen wäre. Er sehnte sich nach Abenteuer, nach der großen weiten Welt, aber da war die kränkliche Mutter, da war das zu große Haus, da waren die Schulden. Als das Studium endlich abgeschlossen und das Haus zum Großteil abbezahlt war, war die Mutter gestorben.

»Sie ist einfach verwelkt, wenn du verstehst, was ich meine«, hatte Piet gesagt. »Sie wollte nicht mehr leben. Zur selben Zeit bekam ich in Linz einen lukrativen Job angeboten, zu dem ich nicht Nein sagen konnte, und wieder wurde es nichts mit dem Abenteuer. Nur Arbeit und ich allein im großen Haus. Irgendwann wollte ich nicht mehr nur ein kleines Rad in einem großen Getriebe sein und habe mich als Unternehmensberater selbstständig gemacht. Jetzt nehme ich auch die verrücktesten Aufträge an, sodass mein Leben endlich wenigstens etwas abenteuerlich ist.«

»Keine eigene Familie?«

»Ich habe einen Sohn, Florian. Er ist inzwischen neunzehn und studiert in Salzburg. Die Ehe mit Rosi, seiner Mutter, hat vierzehn Jahre gedauert. Davon waren die letzten vier eher ein Neben- als ein Miteinander. Dann hat sie einen Typen kennengelernt und ist mit ihm nach Deutschland gezogen.«

»Und dein Vater? Lebt der noch?«

Ein unwilliges Lachen war die Antwort. »Mein lieber Herr Papa? Ja, den gibt es noch. Der reist kreuz und quer durch die Welt und lässt es sich gut gehen. Schau her …« Er zog einen verknitterten Briefumschlag aus der Innentasche seiner Lederjacke und entnahm ihm ein einzelnes Blatt Papier. »Willst du lesen?«

Natürlich war sie neugierig und nahm den Brief entgegen. »Und wo lebt dein Vater, wenn er nicht unterwegs ist? Hier in Linz?«

»Um ehrlich zu sein, ich habe keine Ahnung. Aber es interessiert mich auch nicht. Ich bin froh, wenn ich ihn nicht sehen muss. Seine Briefe kommen immer aus dem Ausland. Vor einigen Wochen aus Rom. Davor aus Spanien. Dann aus Frankfurt. Diesmal wieder einmal aus Shanghai. Jaja, er kommt weit herum, der Herr Papa. Und trotzdem ist sein einziger Gedanke, wie er mir Geld aus der Tasche ziehen kann.«

Tatsächlich. Das Schreiben begann ohne liebevoll väterliche Anrede und endete folgendermaßen: »Ich erwarte, dass du endlich zur Vernunft kommst und tust, was einem Ehrenmann zu tun gebührt.« Daneben stand eine E-Mail-Adresse, unter der Piets Vater wohl zu erreichen war.

Diana hatte es nicht glauben wollen. »Dein Vater möchte, dass du den Wert des Hauses von einem Gutachter schätzen und ihm die Hälfte des Betrages zukommen lässt? Das ist arg! Schließlich haben doch du und deine Mutter die Schulden abbezahlt.«

Piet hatte genickt. »Ja, auf solche Ideen kommt er, mein lieber Herr Papa. Zuerst hat er uns sitzen lassen, und wir haben nur Geld von ihm bekommen, weil ihn das Gericht dazu verdonnert hat. Jetzt behauptet er, durch seine Alimente in Wahrheit die Kredite bezahlt zu haben, und es sei allein seiner Großzügigkeit zu verdanken, dass er nicht das gesamte Haus für sich beansprucht, sondern nur«, Piet hatte das letzte Wort betont, »die Hälfte des Wertes. Der hat doch nicht mehr alle Tassen im Schrank.«

»Und was wirst du auf seine unverschämten Forderungen antworten?«

»Gar nichts. Was sollte ich darauf auch antworten?«

Das hatte Diana ihm auch nicht sagen können.

Es läutete wieder. Diesmal Sturm. Diana schreckte aus ihren Gedanken auf, schloss rasch die Knöpfe ihrer grünen Bluse und öffnete die Wohnungstür.

Ihre Großtante stand vor ihr, ein druckfrisches »Tagesblatt« in der Hand, die Wangen vom schnellen Treppensteigen gerötet. »Habe ich dich aufgeweckt, Kinderl? Musst du heute nicht in die Kanzlei?«

»Guten Morgen, Tante Gusti, komm rein.« Diana schloss die Tür und ging voraus in die Küche. »Natürlich muss ich ins Büro. Aber erst in einer halben Stunde. Ist etwas passiert? Möchtest du eine Tasse Kaffee?«

»Nein, danke, ich habe schon gefrühstückt, und dein Kaffee ist eh viel zu stark für mich. Noch dazu, wo ich mich eben schon so aufgeregt habe. Hast du das gelesen?« Sie legte die aufgeschlagene Zeitung vor Diana auf die Arbeitsplatte. »Der junge Wertzheimer ist ermordet worden.«

Jetzt hatte sie die volle Aufmerksamkeit ihrer Nichte. »Was? Noch ein Wertzheimer? Lass lesen!« Sie überflog die Zeilen und lehnte sich dann beruhigt zurück. »Ja, ich weiß, dass Mag. Heinrich Wertzheimer tot ist. Ich war gerade nur etwas verwirrt, weil du gesagt hast, der junge Wertzheimer, da dachte ich –«

»Stimmt aber doch: der junge Wertzheimer. Der IV., um genau

zu sein. Ich gebe allerdings zu, dass er für dich nicht mehr ganz so jung gewesen sein mag. Er ist, also, er war der Sohn meiner Schulfreundin Henriette.«

»Du kennst die Frau Doktor?«

Tante Gusti nickte eifrig. »Freilich! Aus der Zeit, wo sie noch keine Frau Doktor war, sondern nur die simple Henriette Walser. Sie war das klügste Mädchen in unserer Klasse. Mit extrem guten Manieren. Und schlagfertig war sie obendrein. Sie war die Einzige von uns, die nach Wien gegangen ist, um zu studieren. Schon damals haben wir alle gewusst, dass die Henriette zu Höherem geboren war.«

»Und dann hat sie den Bankier Wertzheimer geheiratet und ist in die Bank ihres Schwiegervaters eingestiegen.« Diana goss Milch in ihren Kaffee.

»Das hätte ich mir denken können, dass du das schon weißt.« Tante Gusti war sichtlich begeistert. »Du bist wirklich ein schlaues Mädl. Weißt du schon, wer's war?«

Diana schüttelte den Kopf. »Ich habe doch erst gestern Vormittag von dem Vorfall erfahren. Wir haben deine Freundin und ihr gesamtes Personal vernommen, und jetzt werten wir erst einmal die Spuren aus.«

Tante Gusti nickte weise. »Das heißt, ihr tappt noch im Dunklen.«

Diana verdrehte die Augen. Aber wie sie es drehte und wendete, Tante Gusti hatte recht.

An dem Zustand des Im-Dunkeln-Tappens hatte sich auch nichts geändert, als Diana am selben Vormittag an ihrem Schreibtisch saß und mit ihren beiden Kollegen den bisherigen Stand der Ermittlungen besprach.

»Wenn ihr mich fragt, ist der Mörder im Dunstkreis der Bank in Wien zu suchen«, erklärte der kleine Fritz in einem Tonfall, als würde er damit der Weisheit letzten Schluss verkünden. »Wenn ich mir die Vernehmungsprotokolle so ansehe, dann hat sich Wertzheimer dort mit seiner unangenehmen und tyrannischen Art jede Menge Feinde gemacht.«

»Dich fragt aber keiner. Und jetzt hol mir einen Kaffee.« Carlos See war in Bestform. »Dieser Sagmeister gefällt mir nicht«, bestätigte er dann allerdings selbst Wöglingers Aussage. »Der tut doch bloß so scheißfreundlich, in Wirklichkeit ist das ein ganz unangenehmer Mensch. Den werde ich im Auge behalten.«

Diana konnte ihm nicht widersprechen. »Tun Sie das.« Es piepte, eine neue E-Mail. »Ah, die Ergebnisse der Gerichtsmedizin. Das ging ja schnell.«

Mit einem Satz war See hinter ihr, um mitzulesen.

»Wertzheimer hat nicht lange vor seinem Tod eine üppige Mahlzeit aus Salami, Schweinsbraten und Wildpastete zu sich genommen. Das wird wohl das Abendessen gewesen sein. Aha, man hat auch Wein und Whisky gefunden, damit ist die Aussage der Haushälterin bestätigt, allerdings auch eine hohe Dosis –«

»Habe ich es nicht gesagt?«, trumpfte See auf. »Man hat dem Mann ein Schlafmittel verpasst. Der hätte doch sonst nie im Leben zugelassen, dass man ihm eine Spritze in den Arm rammt.«

»Sie haben gesagt, der Mann hätte sich selbst in den Arm gestochen«, konnte sich Diana eine kleine Korrektur nicht verkneifen.

See wischte den Einwurf vom Tisch. »Das war doch nur der Anfangsverdacht. Schauen Sie lieber her: Im Blut hat man eine hohe Konzentration des Thiazolderivats Clomethiazol gefunden. Es war also nicht nur eine einzige Schlaftablette, die man ihm verabreicht hat. Da hat uns die gute Trude aber ordentlich verarscht. Fritz! Fahr sofort nach St. Florian und bring uns die Haushälterin her!«

»Hier steht, dass das Präparat nur mehr selten verschrieben wird. Und wenn, dann fast ausschließlich alten Menschen mit besonders schweren Schlafstörungen, bei denen andere Stoffe nicht mehr wirken. Das könnte passen. Vielleicht ist das Mittel ja eigentlich Frau Wertzheimer verordnet worden.«

»Oder der guten Trude selbst. So taufrisch ist sie ja auch nicht mehr.«

Inspektor Wöglinger stellte See den Kaffee vor die Nase, schnappte sich die Autoschlüssel und verließ kommentarlos Dianas Büro. Ein treuer Diener seines Herrn. Diana seufzte und stand auf. Gut, dann würde sie sich ihren Kaffee eben selbst holen.

»Die Dosis Heroin war so stark, die hätte auch einen Elefanten umgehauen.« See sprach so laut, dass Diana ihn auch bei der

Kaffeemaschine hören konnte. »Der Einstich erfolgte nicht besonders professionell. Anscheinend hat es mehrere Anläufe gebraucht, um die Vene zu treffen. Allerdings hat sich bestätigt, was der Doc bereits am Tatort vermutet hat: Es war der einzige Einstich. Ein Junkie war unser Banker also nicht.«

»Fingerabdrücke?« Diana nahm wieder auf ihrem Drehstuhl Platz.

»Ja, aber nur die des Toten. Die Stellung der Finger passt jedoch nicht zu der, die die Hand gehabt hätte, hätte sie die Spritze gesetzt. Vielmehr hat es den Anschein, als habe man die Hand des Betäubten auf die Spritze gelegt, um einen falschen Anschein zu erwecken. Ah, das hier ist interessant! Es war noch ein Fingerabdruck feststellbar, allerdings ist der nicht vollständig, und wir haben ihn auch nicht im System.«

»Na, da werden wir der lieben Frau Trude doch glatt Fingerabdrücke abnehmen müssen«, sagte Diana.

Die Tür ging auf, und ein Mitarbeiter erschien mit dem Bericht der Spurensicherung. In seltener Eintracht begannen See und Diana zu lesen.

Der Fundort der Leiche war ohne Zweifel der Tatort. Die Tatzeit konnte auf zweiundzwanzig Uhr dreißig bis vierundzwanzig Uhr eingegrenzt werden. Das Opfer hatte sich selbst an den Schreibtisch gesetzt, die frischen Fingerabdrücke stammten ausschließlich vom Toten. Keine Überraschung. Wahrscheinlich hatte der Mörder Handschuhe getragen, wenn der Mörder nicht eine Mörderin war und Trude hieß. Die Whiskyflasche war gefunden worden, allerdings war das Glas, aus dem das Opfer vermutlich getrunken hatte, verschwunden. Der Fußabdruck vor dem Fenster stammte von einem Sportschuh, Größe sechsundvierzig. Aufgrund der trockenen Wetterlage der letzten Zeit konnte jedoch nicht festgestellt werden, ob der Abdruck aus der Tatnacht stammte oder doch schon einige Tage alt war. Eine Holzleiter lag im Blumenbeet vor dem Haus. Fingerabdrücke nicht zuordenbar.

»Also, das haben wir alles schon gewusst, nichts davon hilft uns groß weiter«, fasste See leidenschaftslos zusammen und hatte damit wieder einmal recht. Leider, wie Diana fand.

11

Tante Gusti hatte nichts Besseres vor und war außerdem von Geburt aus neugierig, also beschloss sie, Henriette Wertzheimer einen Kondolenzbesuch abzustatten. Sie hatte ihre Schulfreundin immer gern gemocht, als junges Mädchen geradezu verehrt. Wer hatte damals nicht so sein wollen wie sie? So selbstbewusst, so klug, so redegewandt? Der Kontakt zwischen den beiden Schulkolleginnen war zwar nur lose, aber nie komplett abgerissen. Sie schrieben sich zu den Geburtstagen und zu Weihnachten, und jeden zweiten Mittwoch im Mai sah man sich zusammen mit einer immer kleiner werdenden Schar Ehemaliger beim Klassentreffen des Lyceums.

Gusti wusste also, dass Henriette schon lange Witwe war, und jetzt hatte sie auch noch den Tod ihres Kindes zu verkraften. Warum sollte sie sie da nicht besuchen? Sicher würde sich Henriette über den Zuspruch einer alten Freundin freuen.

Außerdem, dachte Tante Gusti und lachte verschmitzt in sich hinein, weiß Diana offensichtlich nicht weiter. Da war es doch ihre Pflicht, ihr zu helfen. So, wie sie es früher immer getan hatte, als das Kinderl noch bei ihr lebte. Mein Gott, sie erinnerte sich an damals im Handarbeitsunterricht! Da hatte Diana die Maschen eher fallen gelassen, als eine glatt und eine verkehrt zu einem Topflappen zu stricken. Sie hatte ihr geholfen, ohne lange zu fragen, und ihrer Großnichte damit eine Freude und eine gute Note bereitet.

Frohen Mutes stieg Auguste Kropatschek in den nächsten Bus. Wie lange das schon her war, dass sie in St. Florian gewesen war! Mit einem Schlag fühlte sich Gusti wieder jung und lebendig. So richtig abenteuerlustig. Sie lehnte sich mit einem Lächeln auf dem Sitz zurück. Solche Ausflüge sollte sie viel öfter unternehmen. Wer wusste denn schon, wie lange sie noch so gut zu Fuß sein würde?

Es war wirklich erstaunlich, wie viele Menschen mit den öffentlichen Verkehrsmitteln fuhren. Der Bus war fast voll, als sie die nächste Station erreichten und weitere Gäste einstiegen.

Nur der Fensterplatz neben ihr war noch frei. Sie saß nicht so gern am Fenster, weil es dort meistens zog.

»Rutschen S' hinüber!«, befahl eine männliche Stimme.

Gusti blickte auf und zuckte zusammen. Ein Mann mit wirrem ungepflegtem Bart stand vor ihr, die langen Haare zu einem Pferdeschwanz zusammengebunden. »Na, wird's bald, Gnädigste, oder brauchen wir eine schriftliche Einladung?«

Tante Gusti tat, wie ihr geheißen, aber nach der ersten Schrecksekunde regte sich doch die Wut in ihr. »Können S' das nicht ein bisschen freundlicher sagen?«

»Nein.« Der Mann sah regungslos geradeaus.

Eine Zeit lang schwiegen beide, Gusti und ihr Nachbar. Gusti starrte aus dem Fenster, nahm aber die vorbeiziehende Landschaft nicht wahr. Die Freude am Ausflug war ihr gründlich vergangen.

»Ich kann Frauen wie Sie nicht ausstehen«, verkündete der Mann schließlich aus heiterem Himmel.

Gusti schnappte nach Luft. »Frauen wie mich? Was soll das heißen? Was bin ich denn für eine Frau?« Sie schaute ihrem Sitznachbarn unverwandt ins Gesicht, auch wenn ihr das, was sie sah, nicht gefiel.

Der Mann starrte weiterhin geradeaus. »Eine Frau, die ihr Leben lang nichts gearbeitet hat. Die sich von ihrem Mann hat aushalten lassen.«

»Wie kommen Sie denn auf diese absurde Idee?« Jetzt war Auguste Kropatschek doch ernsthaft empört. »Sie kennen mich doch überhaupt nicht! Ich war mein Lebtag nicht verheiratet und habe mir als Lehrerin mein Geld selbst verdient. Hart verdient, das können Sie mir glauben!«

»Selber schuld!«, lautete die trockene Reaktion, dann schwiegen sie wieder.

An der Haltestelle beim großen Kreisverkehr nahe der Ortseinfahrt von St. Florian schnappte der Mann seinen knallgelben Rucksack. »Einen schönen Tag noch, Frau Lehrerin«, sagte er überraschend freundlich. »Und nix für ungut.« Dann stieg er mit schleppenden Schritten aus dem Bus.

Seltsamer Mensch, dachte Tante Gusti und war froh, die Sitzreihe wieder für sich allein zu haben.

Da zwei aufgeregte Betreuerinnen einer Gruppe Kindergartenkinder beim Fahrer die Karten lösten, hatte sie Zeit, den Mann zu beobachten, wie er quer über die Wiese ging, einen Trampelpfad entlang zu einer Holzhütte. Er sperrte das Vorhängeschloss der Tür auf und verschwand in dem Verschlag aus zusammengenagelten Brettern.

Erst als der Bus um die nächste Ecke bog, fesselte ein anderer Anblick Gustis Aufmerksamkeit. Hoch oben über dem Ort tauchte das mächtige Barockstift der Augustiner Chorherren auf. Mit siebzehn hatte sie einen jungen Mann gekannt, der etwas älter gewesen war als sie. Wie hatte der bloß geheißen? Johann? Oder Josef? In jedem Fall hatte er Anton Bruckner mindestens ebenso verehrt wie sie, weshalb er sie zu Orgelkonzerten in der Stiftsbasilika mitgenommen hatte. Er hatte ihr die Bibliothek mit den mehr als fünfzehntausend Büchern gezeigt – oder waren es hundertfünfzigtausend? Gusti bedauerte jetzt, dass sie sich für den Mann mehr interessiert hatte als für die ausgestellten Schätze. Aber an den Marmorsaal und an die Gruft mit dem Sarkophag Anton Bruckners konnte sie sich noch gut erinnern. Im Advent waren sie gemeinsam bei einem Abend mit den Florianer Sängerknaben gewesen. Das Konzert hatte ihr so gut gefallen, dass seither jeden Dezember die glockenhellen Stimmen von einer Langspielplatte durch ihr Wohnzimmer schallten.

»Die Frau Doktor sagen, Sie dürfen jetzt zu ihr hinein. Folgen Sie mir, bitte schön?«

Die junge Frau stammt sicher aus der Tschechoslowakei, dachte Gusti, während sie hinter ihr durch die Eingangshalle ging. Ein hübsches junges Ding. Aber dass Henriette schon eine Altenpflegerin brauchte, erschreckend! Sie selbst schaffte noch alles alleine. Na gut, sie saß aber auch nicht im Rollstuhl, das musste sie fairerweise mitbedenken. Sie blickte sich um. Alles sah noch so aus wie an dem Tag, an dem Gusti Henriette hier das erste Mal besucht hatte. Das war vor fast sechzig Jahren gewesen, als ihre Freundin in die Familie der Wertzheimers eingeheiratet hatte. Die mannshohe Standuhr aus dunklem Holz schlug laut und vernehmlich elf Uhr, und doch schien es, als wäre die Zeit in diesem Hause jahrzehntelang stillgestanden.

Die Hausherrin saß aufrecht am Kopfende einer langen Tafel und trug eine schwarze Bluse zum schwarzen Kostüm als Ausdruck tiefer Trauer. Den Kragen schloss eine schwere silberne Brosche. Die weißen Haare waren aufgesteckt, die silbernen Ohrclips baumelten von ihren Ohrläppchen. Ihre Augen blickten ernst, aber erwartungsvoll zur Tür. Jetzt war Gusti doch unsicher, ob Henriette sich über ihren Besuch freute, denn an ihrer strengen Miene war nichts zu erkennen.

»Komm rein, Gusti, wenn du schon glaubst, dass heute der richtige Zeitpunkt für einen Besuch ist.«

Übermäßig groß schien die Freude ihrerseits also nicht zu sein. Auguste Kropatschek hatte plötzlich Skrupel. Vielleicht hätte sie doch lieber noch ein paar Tage abwarten sollen, bis …

»So komm doch endlich her! Du weißt doch, dass ich zögerliches Getue nicht leiden kann. Geh, Tatjana, schauen Sie nach, ob wir noch etwas von dem Strudel von gestern dahaben. Magst einen Kaffee?«

»Gern, aber nur einen koffeinfreien, bitte. Grüß dich, Henriette!«

Während die junge Frau sich in die Küche aufmachte, schüttelten sich die beiden Freundinnen die Hand.

»Mein Beileid, du glaubst gar nicht, wie leid mir das alles tut.«

Henriette Wertzheimer nickte und tätschelte ganz kurz Gustis Hand.

Und mehr Altersflecken als ich hat sie auch, stellte diese fest und freute sich. Henriette war in der Jugend die Hübschere von ihnen gewesen, jetzt schien sich das Blatt zu wenden. Sofort schämte sich Gusti für die kleine, späte Genugtuung.

»Setz dich! Da, an meine rechte Seite. Ich höre nicht mehr so gut, wie du weißt, aber das rechte Ohr ist das bessere.«

Gusti kam dem Wunsch nach. »Wenn ich irgendetwas für dich tun kann, dann sag es mir! Ich –«

»Kannst du etwa Tote zum Leben erwecken?« Henriette Wertzheimer machte eine wegwerfende Handbewegung. »Ich sage ja nicht, dass das alles nicht schrecklich wäre. Und selbstverständlich bin ich in Trauer, er war ja schließlich mein Sohn, aber ein angenehmer Mensch war er nicht. Er hatte so gar nichts Liebenswertes an sich. Herrgott, wo bleibt denn der Kaffee? Wenn die Trude nicht da ist, klappt einfach gar nichts.«

»Wo ist sie denn? Auf Urlaub?«

»Ach was, Urlaub! Die Polizei hat es für nötig befunden, sie zur Vernehmung abzuholen. Grad so, als hätte Trude den IV. umgebracht. Die tappen doch vollkommen im Dunklen, deshalb kommen sie jetzt mit so einer lächerlichen Aktion!« Ein scharfer Blick traf ihren Gast. »Hast du zugenommen? Du weißt aber schon, dass das in unserem Alter gefährlich sein kann?«

Tante Gusti war so überrascht über die Bemerkung, dass sie zu keiner Erwiderung fähig war.

Tatjana, die den Raum betreten hatte, rettete die Situation. »So, hier ist Strudel, Frau Doktor. Und frischer Kaffee.« Sie verteilte die Mehlspeise auf dem feinen Augarten-Porzellan.

»Setzen Sie sich zu uns, Tatjana. Gusti, du kennst meine Perle ja schon. Ein braves Mädel aus der Slowakei, das mir ein bisschen Gesellschaft leistet.«

Und deine alten, verknöcherten Füße massiert, deinen faltigen Rücken eincremt und mit dir aufs Klo geht, ergänzte Tatjana insgeheim auf Slowakisch. Nach außen hin lächelte sie freundlich, nahm Platz und auch ein kleines Stück vom Strudel.

»Mmmh, der ist sehr gut!«, sagte Tante Gusti nach dem ersten Bissen. Meiner ist besser, dachte sie während des zweiten. Und zugenommen habe ich ganz sicher nicht.

Ihre Gastgeberin war längst mit ihren Gedanken woanders. »Du glaubst gar nicht, was das für eine freche Meute ist, die da jetzt über mich herfällt. Journalisten von Blättern, deren Namen ich noch nie gehört habe. Ob ich wisse, wer den IV. auf dem Gewissen hat, haben sie gefragt. Und warum ich nicht endlich mit der Wahrheit herausrücke.«

»Das ist ja wirklich allerhand.«

»Es ist grad so, als verdächtigten sie *mich*, den IV. umgebracht zu haben.«

Der IV., dachte Tante Gusti, das klingt so, als spräche sie von einem künstlichen Zahn und nicht von ihrem einzigen Sohn. »Hör einfach nicht auf sie«, sagte sie. »Ich bin mir sicher, die Polizei findet den Mörder bald. Weißt du, meine Großnichte …« Gusti hätte sich vor Schreck fast die Hand auf den Mund geschlagen. Henriette Wertzheimer schaute sie interessiert an. Ganz sicher wäre es ein dummer Fehler zu erwähnen, dass Diana die leitende Inspektorin war. Sicher würde Henriette denken, sie sei nur gekommen, um sie auszuhorchen. Und so ganz unrecht hätte sie damit ja nicht gehabt.

»Du meinst die, die nach Wien geheiratet hat?«, forschte ihre Freundin nach, als Gusti schwieg.

»Ja, genau die.« Sie atmete auf. Und dann, um vom Thema abzulenken, sagte sie das Erstbeste, was ihr einfiel: »Wer erbt eigentlich das Vermögen?« Oh Gott, das war jetzt wahrscheinlich noch ein schlimmerer Fehler als der, den sie eben vermieden hatte! Als Detektivin war sie offensichtlich ganz und gar ungeeignet. Dabei hatte sie es sich so einfach vorgestellt. Henriette ein paar Fragen zu stellen. Und dann Diana die aufschlussreichen Antworten zu liefern und von ihr Lob für ihre Pfiffigkeit zu bekommen. Aber jetzt war ihr das mit dem Erbe rausgerutscht, was für ein nicht wiedergutzumachendes Zeichen völliger Pietätlosigkeit. Die Pflegerin verschluckte sich fast am letzten Bissen ihres Strudels, aber zum Glück schien ihr Henriette die Frage nicht übel zu nehmen.

»Was denn für ein Vermögen?« Sie lachte auf. »Du bist ja genauso schlimm wie die Journalisten, meine liebe Gusti. Wenn sie nicht nach dem Täter fragen, fragen sie nach dem Vermögen. Aber Heinrich hatte keines. Zumindest kein nennenswertes.«

»Aber er war doch Bankier!« Gusti war erstaunt. »In den Zeitungen steht, dass diese Herren Millionen verdienen. Mit all ihren Prämien und Zulagen. Und die Bank gehörte ihm ja auch zum Teil …«

»Gusti, Gusti, Gusti. Du darfst nicht alles glauben, was in den Zeitungen steht.« Henriette Wertzheimers Stimme bekam einen zunehmend strengeren Unterton.

Wahrscheinlich war es besser, klein beizugeben. »Natürlich nicht, du hast ja recht, Henriette.«

»Heinrich bekam selbstverständlich ein gutes Gehalt. Ob er davon aber etwas angespart hat, wird gerade geprüft. Das hat mich nie interessiert. Sein Lebensstil war angemessen, aber nicht besonders luxuriös, und Kinder hatte er ja auch keine. Zumindest nicht, dass ich wüsste. Keine Frau hat es lange mit ihm ausgehalten, er war ja auch immer hinter diesen jungen … Aber lassen wir das. Wenn du mich fragst, hinterlässt der nicht einmal eine Million.«

Henriette Wertzheimer nippte an ihrem Kaffee, während sich Gusti verschluckte. Eine Million? Und dieser Betrag sollte kein nennenswertes Vermögen sein?

»Aber die wird dann wohl einzig und allein an mich fallen«, ergänzte die Gastgeberin trocken.

Zu Gustis Überraschung schnappte nun auch Pflegerin Tatjana nach Luft. »Und was ist mit Tschesen?«

Gusti runzelte die Stirn: Was sollte denn das sein, ein Tschesen?

Doch Henriette Wertzheimer schenkte dem Einwand keinerlei Beachtung. »Auf das Bankgeschehen hat Heinrichs Tod keinerlei Einfluss. Es gibt zwei weitere hervorragende Direktoren, einen in Wien und den Sagmeister hier in St. Florian, und er hielt nur ein minimales Aktienpaket.«

»Das ebenfalls du erbst.«

Henriette Wertzheimer nickte. »Wer denn sonst?«

»Aber nein, das nicht stimmen! Was ist mit Tschesen?« Was auch immer Tatjana damit sagen wollte, sie ließ nicht locker.

»Geh, Tatjana, machen S' noch einen Kaffee, der ist ja schon ganz kalt. Und dann gehen S' hinüber und richten S' dem Hans aus, er soll heute eine halbe Stunde später kommen.«

Für Gusti war es offensichtlich, dass ihre Freundin Tatjana loswerden wollte.

Diese zögerte, schien noch etwas sagen zu wollen, ließ sich dann aber von einem »Aber rasch, wenn ich bitten dürfte!« davon abhalten, grüßte und verließ den Raum.

Doch jetzt wollte es Gusti wissen. »Was hat sie denn mit Tschesen gemeint?«, fragte sie, wohl ahnend, dass sie damit die Freundschaft zu ihrer Gastgeberin nicht gerade vertiefte.

»Ich habe keine Ahnung«, sagte diese, nicht wirklich interessiert. »Und jetzt erzähl mal, was du so treibst. Strickst du noch so viel wie früher?«

12

»Frau Gomez, Sie behaupten also, Herr Wertzheimer hätte des Öfteren Schlafmittel eingenommen?«

»Herr Magister Wertzheimer«, korrigierte Frau Trude streng, »und ich sagte nicht des Öfteren, sondern höchst selten.«

»Und die Tabletten haben Sie ihm dann in sein Zimmer gebracht.«

»Mal ja, mal hat er sie sich wahrscheinlich aus Wien selbst mitgebracht. Oder er hat sie sich in irgendeiner Apotheke besorgt.«

»Apotheke/St. Florian überprüfen«, notierte Diana auf ihrem Block.

»Aber gestern haben Sie ihm die Tabletten gebracht. Woher hatten Sie die?«

Frau Trude überlegte nicht lange. »Die Domofortil lagen in der Hausapotheke in der Küche. Keine Ahnung, wer sie gekauft hat. Vielleicht ja ich selbst vor längerer Zeit, vielleicht Tatjana oder Herr Mag. Wertzheimer oder vielleicht sogar die Frau Doktor.«

»Wie soll denn Ihre Chefin die Tabletten gekauft haben? Sie kann doch allein gar nicht –«

»Das ist so nicht richtig«, fiel ihr Trude ins Wort. »Frau Doktor besitzt einen modernen Rollstuhl für den Außenbereich. Damit kann sie selbstständig Erledigungen machen. Natürlich nur im näheren Umkreis.«

Diana registrierte die Aussage mit Erstaunen und machte eine weitere Notiz.

»Vielleicht stammen die Tabletten ja auch noch von meiner Vorgängerin.«

»Ihrer Vorgängerin? Aber dann wäre das Medikament doch sicher schon abgelaufen gewesen.«

Frau Trude errötete leicht. »Darauf habe ich nicht geachtet, wie ich zu meiner Schande gestehen muss. Der Herr Magister war etwas, na, wie soll ich mich ausdrücken? Unleidlich. Ja, unleidlich war er. Also musste es schnell gehen. Ich brachte ihm das Whiskyglas mit Eis wie jeden Abend, wenn er bei uns schlief, und legte diesmal auch die Packung Domofortil dazu. Das war alles. Das Einschenken hat eigentlich immer er selbst übernommen.«

»Kein Glas Wasser?«, fragte See.

»Nein.«

»Warum nicht?«

»Er hat nicht danach gefragt.«

»Und wo ist das Whiskyglas jetzt?«, wollte Diana wissen.

»Ich habe nicht die geringste Ahnung. Ich hoffe wirklich, dass Sie es finden. Es ist aus geschliffenem Bleikristall, achteckig, etwas ganz Besonderes.«

»Sie sagten, alle Türen zum Haus seien versperrt gewesen?«

Frau Trude nickte. »Ich habe mich dessen bei meinem Rundgang um circa zwanzig Uhr vergewissert. Den mache ich jeden Tag, und –«

Karl-Heinz See verlor die Geduld. »Und wie, glauben Sie, ist das Glasl aus dem Haus gekommen, wenn doch überall zugesperrt war?«

»Kein Grund, sich zu echauffieren, Herr Kommissar. Vielleicht ist es ja noch irgendwo im Haus? Oder es ist jemand durch das Fenster eingestiegen und hat es mitgenommen, wer weiß?«

»Und wer sollte das Ihrer Meinung nach gewesen sein?« Diana hatte sich auf ihrem Stuhl nach vorn gelehnt.

Frau Trude lehnte sich zurück. »Am ehesten einer von diesen Fratzen.«

»Was denn für Fratzen?«

»Jugendliche. Verwahrloste junge Leute mit verfilzten Haaren, Tätowierungen und Tschimbum-Musik. Sie treiben sich seit einiger Zeit im Park herum und feiern wilde Partys.«

»Ah, das ist ja interessant. Warum haben Sie uns von den Jugendlichen bisher nichts erzählt?«, fragte Diana.

Frau Trude zuckte mit den Schultern. »Es tut mir sehr leid, Frau Kommissarin, aber das erschien mir nicht relevant.«

»Was relevant ist, das bestimmen immer noch wir, Herrgott noch mal!«, fuhr See auf. »Namen? Wie heißen die … äh … Fratzen?«

»Also bitte, wie soll denn ich das wissen? Glauben Sie vielleicht, ich hätte sie gefragt? Mit solchen Menschen rede ich doch gar nicht. Ich habe ihnen nur zugerufen, sie sollen verschwinden, sonst würde ich die Polizei holen.«

»Und, haben Sie die Polizei geholt?«

Frau Trude verneinte. »Herr Mag. Wertzheimer wollte das nicht. Er sagte, das seien bloß ausgelassene Kinder. Außerdem solle das Bankhaus in der Öffentlichkeit nicht als Feind der Jugend dastehen. Er meinte, so schnell, wie die aufgetaucht sind, werden sie auch wieder verschwinden.«

»Aber geh!«, war alles, was Diana dazu einfiel. Wertzheimer war also ein Freund randalierender Jugendlicher gewesen, wer hätte das gedacht?

Fritz steckte den Kopf zur Tür herein, schüttelte ihn und verschwand wieder. Frau Trudes Fingerabdruck stimmte also nicht mit dem überein, den man auf der Spritze im Arm des Toten gefunden hatte. Aber das wäre wohl auch zu einfach gewesen.

Plötzlich hatte Diana eine Idee. »Können Sie sich vorstellen, dass Herr Wertzheimer die Jugendlichen mit Alkohol versorgt hat? Mit seinem Lieblingswhisky zum Beispiel? Wir haben eine Flasche davon im Park gefunden.«

»Nein, Frau Kommissarin, das hätte er niemals getan. Da halte ich es eher für möglich, dass wieder einmal einer der Fratzen beim Herrn Magister eingestiegen ist und sich unerlaubterweise selbst bedient hat. Vor ein paar Tagen erst habe ich einen jungen Mann aus dem Fenster klettern sehen. Als ich ihn ansprechen wollte, lief er davon.«

»Können Sie den Mann beschreiben? Würden Sie ihn wiedererkennen?«, wollte See wissen.

Jetzt öffnete ein uniformierter Kollege die Tür. »Da ist ein Anruf für Sie, Frau Pölz.«

Diana klopfte das Herz bis zum Hals. Piet!, fuhr es ihr durch den Kopf. Sie hatte doch gewusst, dass er sich melden würde! Zwar geschah das zu einem ihr höchst unpassenden Zeitpunkt, aber Hauptsache, es geschah überhaupt.

»Die Dame sagt, es sei dringend.«

Die Dame? Mist!

»Irgendetwas im Zusammenhang mit dem Mordfall Wertzheimer.«

Bitte stellen Sie durch, sagte Diana beziehungsweise hätte sie gesagt, wäre dies ein deutsches Kommissariat gewesen. In Wirklichkeit sagte sie: »Verbinden Sie.« Sie waren in Österreich, hier stellte niemand durch.

»LKA, Pölz. – Tante Gusti?«

»*Tante* Gusti?«, wiederholte See. »Was denkt sich der Kerl eigentlich dabei, Privatgespräche in den Vernehmungsraum zu legen?«

Tante Gusti schien hörbar außer Atem zu sein. »Ich rufe aus einer Telefonzelle an, Kinderl. Es war gar nicht einfach, eine zu finden. In ganz St. Florian weit und breit keine –«

»St. Florian? Was, um Himmels willen, machst du in St. Florian?«

»Ich hab dir doch gesagt, dass die Henriette eine alte Freundin von mir ist. Da habe ich mir gedacht, sie kann vielleicht ein bissl Trost gebrauchen.«

»Tante Gusti, du schnüffelst jetzt aber nicht in meinen Mordfällen herum, oder?«

Der schöne Carlos hätte Diana am liebsten den Hörer aus der Hand gerissen. »Pfeifen Sie Ihre Tante zurück, und dann konzentrieren Sie sich wieder auf unsere Vernehmung, verdammt noch mal!«

Frau Trude schaute indigniert.

»Ich muss auflegen. Wir reden dann am Abend –«

»Jetzt warte doch einmal«, ließ sich Gusti nicht beirren. »Du weißt doch noch gar nicht, was ich herausgefunden habe. Ich habe mit Henriette und ihrer Pflegerin gesprochen. Einem sehr netten Mädchen aus der Tschechoslowakei. Allerdings, und jetzt pass auf, war die Pflegerin ganz aufgeregt, als es darum ging, wer das Vermögen von Heinrich Wertzheimer erben wird. Sie sprach in diesem Zusammenhang immer von einem Tschesen.«

»Was soll das sein?«

»Das habe ich mich zuerst auch gefragt. Aber dann ist es mir wie Schuppen von den Augen gefallen. Wir hatten einmal eine böhmische Mieterin in der Mozartstraße. In der Wohnung direkt neben deiner. Und die hatte ein altes Auto, das sie immer als alten Tschesen bezeichnet hat.«

»Und? Wie soll mir das jetzt weiterhelfen?«

»Du glaubst gar nicht, wie nervös die Henriette geworden ist, als sie dieses Wort gehört hat! Unter einem Vorwand hat sie das Mädel aus dem Zimmer geschickt. Ich sage dir, so ungern ich meine alte Freundin verdächtige, aber sie weiß mehr, als sie zugibt. Und ein altes Auto spielt dabei eine entscheidende Rolle!«

»Ich werde das prüfen. Und, bitte … na ja … alles Weitere am Abend. Pfiati, Tante Gusti!« Diana legte auf. »Auf dem Gelände des Anwesens steht ein altes Auto«, sagte sie dann ins Blaue hinein. »Wem gehört das?«

»Ein altes Auto?«, wiederholte See. »Was spielt denn jetzt plötzlich ein Auto für eine Rolle? Wurde es für den Drogentransport verwendet?«

»Unfug!«, rief Frau Trude. »Der Chevrolet gehörte dem III., dem seligen Gatten der Frau Doktor, den ich ja leider nicht mehr kennenlernen durfte. Das Fahrzeug steht in der Doppelgarage des Gärtnerhauses und wurde seit seinem Tod nie mehr verwendet.«

»Sehen Sie einen Zusammenhang zwischen dem Auto und dem Mord an Herrn Mag. Wertzheimer?«

Frau Trude schüttelte den Kopf.

»Was sagt Ihnen das Wort Tschesen?«

Erschrocken riss Frau Trude die Augen auf. »Tschesen?«, wiederholte sie.

Ah, da schau her, an Tante Gustis Vermutung scheint tatsächlich etwas dran zu sein, dachte Diana überrascht. »Nennt Frau Wertzheimer das alte Auto so? Tschesen?«

Frau Trude schwieg einen Moment, bevor sie langsam nickte: »Ja, richtig, so nennt sie das Auto.«

»Toll!«, kommentierte See, und seine Stimme war purer Sarkasmus. »Nachdem wir dieses spannende Thema jetzt geklärt haben, können wir uns ja endlich wieder Wichtigerem widmen.« Er drückte auf den Knopf der Gegensprechanlage: »Friiitz!«

Inspektor Wöglinger erschien umgehend im Türrahmen.

»Bring Frau Gomez hinüber zu Roswitha. Die soll ihr die aktuellen Fahndungsfotos zeigen. Vielleicht ist der Fratz, der beim Fenster eingestiegen ist, ja schon aktenkundig. Und dann komm wieder her, ich brauch dich noch. Wenn Sie bei der Kollegin fertig sind, können Sie gehen, Frau Gomez.«

Wöglinger und die Zeugin verließen den Raum.

»Der Fritz soll dann gleich noch einmal dieser Frau Doktor auf den Zahn fühlen«, bestimmte See. »Man darf die Gier alter Weiber nicht unterschätzen.«

Jetzt klingt er schon wie der Herr Oberst, dachte Diana. »Nein, das mache ich selbst!« Sie hatte ohnehin vorgehabt, an diesem Tag nach St. Florian zu fahren, da sie am Abend wieder einmal die Pilatesstunde bei Veronika Delucci besuchen wollte. Außerdem traf sie bei Gianni ja vielleicht Piet wieder. Rein zufällig natürlich. Denn wenn er sich schon nicht meldete, dann konnte es bestimmt nicht schaden, dem Zufall etwas auf die Sprünge zu helfen. »Die Spurensicherung muss auch noch einmal los und die gesamte Villa nach dem Whiskyglas absuchen. Und natürlich, um auch das alte Auto unter die Lupe zu nehmen.«

13

Es war kurz nach fünf Uhr, als Diana das »Da Gianni« betrat und ihre Sporttasche auf den Stuhl neben der Tür stellte. Das gewohnte Bild wurde vom erhofften ergänzt. Das Ausmaß des Ärgers, den diese Tatsache in ihr hervorrief, überraschte sie selbst.

Der Gastraum war leer bis auf einen jungen Mann, der am Fenstertisch lümmelte und lustlos in zu weichen Nudeln herumstocherte. Der Sandler war auch wieder da und las Zeitung, während er seinen Espresso schlürfte. Er sah kurz auf, als Diana hereinkam, ließ sich aber nicht weiter stören. »Franzi, einen Stift!«, rief er zum Tresen hin. »Ich will das Kreuzworträtsel lösen!«

Die Aushilfe kam umgehend aus der Küche geschossen, um einen Kugelschreiber zu bringen. Als sie Diana sah, fragte sie eifrig: »Einen Tisch für eine Person?«

Doch inzwischen hatten sie auch die beiden Männer in der hinteren Ecke des Raumes bemerkt, die in ein intensives Gespräch vertieft gewesen waren. Sie erhoben sich und kamen an den Tresen.

»Buonasera, cara mia!«, rief Gianni schon von Weitem und breitete seine Arme aus.

»Nein, danke«, antwortete Diana der Kellnerin, bevor sie den Wirt und seinen neuen besten Freund begrüßte. »Euch auch einen schönen Nachmittag«, sagte sie bemüht heiter.

»Diana, wie schön!« Jetzt war auch Piet an ihrer Seite und schien sie umarmen zu wollen.

Geschickt wich sie aus.

»Un espresso?«, erkundigte sich Gianni.

Diana lächelte ihn besonders freundlich an. »Ja, bitte, den brauche ich jetzt dringend.« Hat Piet noch alle Tassen im Schrank?, dachte sie. Zuerst so zu tun, als würde er sich für sie interessieren, und sich dann bis zum späten Nachmittag des nächsten Tages nicht mehr melden. Und jetzt spielt er mir wieder den erfreuten Gockel vor. Nicht mit mir, mein Guter, dachte sie, nicht mit mir!

Piet verharrte kurz im Schritt, stutzte, kommentierte ihr Verhalten aber mit keinem Wort. »Bring doch bitte auch warmes Wasser mit, Gianni«, sagte er stattdessen. »Höchste Zeit für die Brause.« Wie am Vortag zog er ein rotes Röhrchen aus der Hosentasche und entnahm ihm zwei dicke Tabletten.

Gianni kam mit den Getränken herangerauscht.

»Vielen Dank!« Piet ließ eine Tablette ins Wasser fallen, die heftig sprudelnd wieder an die Oberfläche stieg und das Wasser dunkelgrün färbte.

Der Obdachlose sah von seiner Zeitung auf. »Franzi, ist noch Kuchen vom Vortag da?«

»Zahlen!«, rief gleich darauf der Mann vom Fenstertisch.

Piet beugte sich zu Gianni, der zu seiner Ledergeldbörse gegriffen hatte, um abzukassieren. »Es geht nicht, dass der Alte hier herumschreit, der vertreibt dir noch die letzten Gäste. Du musst etwas unternehmen, Gianni, und zwar schleunigst.«

»Si, si!«, antwortete Gianni nicht wirklich begeistert und ging dann zu dem Gast hinüber.

»Hast du meine Nachricht bekommen?« Piet sah über den Rand seiner grünen Brause hinweg zu Diana.

Sie hatte keine Lust auf solche Spielchen. »Oh nein, Piet, bitte nicht diese Tour! Zuerst Interesse an mir zu heucheln und sich dann einen ganzen Tag lang nicht zu melden, das hasse ich wie die Pest. Aber dann auch noch der Telefongesellschaft die Schuld zu geben oder dem großen schwarzen Loch, das ist wirklich –« Ihr Handy klingelte laut und vernehmlich, und sie zog es aus der Tasche. »Einen Augenblick«, sagte sie, »bin gleich wieder da.« Sie trat in den Windfang des Restaurants hinaus, wo sie sich erst einen Tag zuvor geküsst hatten. »Pölz!«

»Hier Alfred. Also, wir haben das Auto gefunden. Ist ein richtiger Oldtimer! Er stand tatsächlich in der Garage, wie die Zeugin angegeben hat, allerdings dürfte erst kürzlich jemand die Abdeckplane heruntergerissen haben. Sie lag achtlos halb im Staub auf dem Betonboden, halb auf einem Stapel Reservereifen. Und unter dem Fahrersitz haben wir tatsächlich eine Spritze entdeckt. Gebraucht und leer. Ich nehme sie mit ins Labor.«

»Sehr gut, Alfred! Danke«, sagte Diana. Wenigstens war Tante

Gustis indiskutabler Alleingang nicht umsonst gewesen. »Und das Whiskyglas?«

»Noch nicht aufgetaucht. Wir sind allerdings auch noch nicht mit allen Zimmern fertig. Ich melde mich, sobald wir wieder etwas haben.«

»Okay. Ach, und Alfred? Schick doch bitte jemanden in die örtliche Apotheke und lass nachfragen, ob sie noch wissen, wer in letzter Zeit eine Packung Domofortil gekauft hat. Und ob Frau Wertzheimer wirklich manchmal selbst mit dem Rollstuhl vorbeikommt.«

»Wird gemacht.«

Sie drückte den roten Knopf und wollte das Handy schon einstecken, als ihr Blick noch einmal das Display streifte. Ein Anruf in Abwesenheit. Seltsam. Jemand musste in den letzten beiden Minuten versucht haben, sie zu erreichen. Ein kleines Kuvert blinkte auf. Sie klickte es an.

»Sie haben eine neue Nachricht. Erhalten heute um elf Uhr siebenundvierzig Minuten«, verkündete die blecherne Damenstimme.

Diana dachte nach. Zu der Zeit hatten sie die Haushälterin vernommen.

»Hallo, Diana, ich bin's, Piet. Piet Köflach.«

Diana blieb fast das Herz stehen. Er hatte sich tatsächlich gemeldet. Mein Gott, wie schön! Und sie hatte ihn so wüst beschimpft. Mein Gott, wie peinlich!

»Du, ich fand unseren Abend besonders nett gestern. Das sollten wir wiederholen. Unbedingt! Wie wäre es mit heute?« Kurze Pause. »Aber dann reden wir nicht mehr über unsere Eltern, sondern nur noch über uns. Einverstanden? Ruf mich an!«

Die Tür zum Gastraum wurde aufgerissen, und der Sandler stolperte auf den Flur hinaus, die Zeitung unter dem Arm, den Kugelschreiber hinter das rechte Ohr geklemmt.

»Der soll sich schleichen, der Obergescheite! Ein Trottel ist das, ein unnötiger!«

Diana fuhr aus ihren Gedanken auf. »Was? Wer?«

»Na, der … dem Gianni sein neuer Freund. Der glaubt, er sei was Besseres, nur weil er in einem Riesenhaus wohnt und einen teuren Wagen fährt.« Der Sandler machte eine wegwerfende Handbewegung und öffnete die Wirtshaustür.

Diana war stutzig geworden. »Wieso wissen Sie, wo der Mann wohnt?«, rief sie ihm nach. Doch die Tür war längst hinter ihm zugefallen.

14

»Wohnst du wirklich in einem riesengroßen Haus?«, war Dianas erste Frage, als sie den Gastraum wieder betrat.

Piet Köflach drehte sich zu ihr um und runzelte die Stirn. »Na ja, groß ist relativ. Was war denn das für eine seltsame Anschuldigung gerade eben, von wegen schwarzem Loch und so?«

Sie ging zu ihm hinüber und drückte ihm einen Kuss auf den Mund. »Entschuldige bitte.«

Gianni ließ einen Pfiff ertönen. »Ah, so weit sind wir also schon!«

Diana ging einen Schritt zurück und merkte, wie sie errötete. Das war ihr in den letzten Jahren kaum mehr passiert. »Es tut mir leid«, stammelte sie. »Anscheinend eine Berufskrankheit. Etwas nur dann zu glauben, wenn man eindeutige Beweise dafür hat. Als ich draußen war, habe ich die Nachricht entdeckt, die du mir heute am Vormittag geschickt hast.«

Aber Piet schien mit der Erklärung nicht zufrieden zu sein. »Das kannst du dir gleich für die Zukunft merken, Diana, wenn ich etwas sage, stimmt es auch. Ich hasse Misstrauen, damit hat mich meine Mutter jahrelang gequält. Zu einem Miteinander gehört Vertrauen, findest du nicht, Frau Inspektorin?« Seine Stimme war zwar immer noch ernst, aber in seinen Augen schimmerte schon wieder ein liebevolles Lächeln.

»Das klingt nach einer Runde Prosecco!« Gianni klatschte in die Hände. »Oder soll ich euch zwei Sex on the Beach mixen? Die Zutaten hätte ich im Haus.« Er grinste anzüglich.

Diana wies auf ihre Sporttasche. »Tolles Angebot, aber danke, nein. Ich will zum Pilateskurs.«

»Wie lang dauert der?«, fragte Piet.

»Eineinhalb Stunden«, antwortete sie und hoffte auf die Antwort, die auch postwendend kam.

»Gut, dann warte ich auf dich. In der Zwischenzeit werden Gianni und ich weiter unsere Pläne besprechen.«

Der Wirt nickte. »Gute Idee! Dann können wir auch gleich

noch überlegen, wer die Pläne finanzieren soll. Momentan bin ich nicht gerade flüssig.«

Diana war froh, sich darüber nicht den Kopf zerbrechen zu müssen. Sie winkte den beiden fröhlich zu. »Dann bis später!«, rief sie und freute sich darauf.

15

Am selben Abend, etwa gegen zweiundzwanzig Uhr dreißig und ungefähr zu der Zeit, als Diana Piet Köflach in ihre Wohnung mitnahm, erhob Helfgott Sagmeister in seiner Jugendstilvilla im Linzer Nobelviertel auf dem Bauernberg sein Glas. »Freunde!«, rief er so laut, als wären außer ihm mehr als nur drei Männer in seinem Wohnzimmer versammelt. »Freunde, das wird eine Gaudi!«

Die anderen stimmten in sein Lachen ein, zusammengestoßene Gläser klirrten.

»Ibiza ist immer eine gute Wahl«, sagte einer der Gäste. »Und im April ganz besonders. Da sind die meisten Proleten noch zu Hause.«

»Die Proleten können uns doch wurscht sein«, sagte ein anderer. Seine Zunge war schon etwas schwer, mit einer Handbewegung hätte er fast die Schüssel mit Chips vom Tisch gewischt. »In die Clubs, in denen wir verkehren, kommen die eh nicht hinein!«

»Wo er recht hat, hat er recht«, sagte der erste, und die beiden stießen wieder mit ihren Gläsern an. Nicht zum ersten Mal an diesem Abend. Nach Bier und Wein war nun Champagner das Getränk der Stunde.

»Mich wundert nur, dass Rudi Rabelka noch nie auf Ibiza gewesen sein soll.«

»Geh, der Rudi fliegt ja überhaupt selten auf Urlaub. Der glaubt, als Sicherheitschef des Flughafens ist er unabkömmlich. Der könnte ja glatt in die Luft gehen, wenn er nicht da ist!«

Alle lachten, die Gläser klangen.

»War schon in der Schule ein kleiner Selbstüberschätzer, der gute Rudi!«, sagte der erste.

»Und das ist er heute noch!«, sagten zwei andere wie aus einem Mund. Und wieder klangen die Gläser. Sagmeister schenkte großzügig nach.

»Also, jetzt mal zusammengefasst, bevor die Mädels kommen und wir zum heiteren Teil des Abends übergehen: Wir fliegen in sechs Tagen mit einer Chartermaschine direkt von Linz nach Ibiza.

Der Flieger ist eine Boeing 737, das habe ich schon gecheckt. Der Termin ist perfekt, genau an Rudis Geburtstag. Wolfi, du lässt deine Beziehungen spielen und besorgst uns noch kurzfristig die Tickets. Businessclass, eh klar. Ich werde dir die Namen mailen.«

Wolfi tat sich zu so fortgeschrittener Stunde schon etwas schwer mit dem Nicken, doch das, was er noch zustande brachte, ließen die anderen grad noch als Zustimmung gelten. Aber dann sickerte doch eine Ungereimtheit in Wolfis verlangsamt arbeitendes Hirn. »Die Namen? Warum willst du mir die Namen mailen? Die kenne ich doch eh: der Rudi, der Bumpfi, der Michi, du und ich.«

»Warte kurz, dazu komm ich noch, es gibt noch einen weiteren Namen, der mit der Überraschung zu tun hat, die ich plane.«

»Und was, wenn der Rudi an seinem Geburtstag schon etwas anderes vorhat?«, erkundigte sich Bumpfi.

Sagmeister blickte zu ihm hinüber. »Hat er nicht. Ich habe ihm versprochen, dass ich zu seinem Fünfzigsten etwas organisiere, also hält er sich die Tage frei.«

»Sehr gut.« Ein weiterer Grund für einen großen Schluck.

»Michi, du checkst alles wegen der Hotels, du, Bumpfi, übernimmst die Club-Auswahl, bist ja eh dort Stammgast, und ich kümmere mich um das Bordprogramm beim Hinflug. Wir wollen ja nicht, dass sich der Rudi bei seinem Geburtstagsausflug fadisiert.«

Das fanden die anderen auch.

»Ich hab da schon eine Idee. Zuerst wird Rudis Lieblingscocktail serviert.«

»Aber Rudis Lieblingscocktail ist der Absinth Kamikaze«, wandte Michi ein, der neben Sagmeister noch der Nüchternste der Runde war. »Du glaubst doch wohl nicht, dass du den in einem Flugzeug mixen lassen kannst?«

Um die Spannung zu erhöhen, köpfte Sagmeister zuerst die nächste Flasche Champagner, bevor er sich zu einer Antwort herabließ. »Und ob ich das glaube«, sagte er dann und fühlte sich unglaublich cool. Manchmal hatte er schon den Verdacht gehegt, seine Freunde würden ihn für einen verstaubten, verknöcherten Bankbeamten halten. Das hier war endlich eine willkommene Gelegenheit, allen das Gegenteil zu beweisen.

»In dem Kamikaze sind sechs verschiedene Sorten Alkohol und Grenadine, das ist dir schon klar, oder?«

»Sieben, Michi, sieben verschiedene Sorten Alkohol! Absinth, Bourbon, Cointreau –«

»Genau, und im Duty-free-Shop unseres Flughafens kriegst du keinen Absinth.«

»Kein Problem«, verkündete Sagmeister, der nicht zugeben wollte, dass er das nicht gewusst hatte.

»Du willst den Absinth also von zu Hause mitnehmen, umgefüllt in ein kleines Fläschchen?«

Kleines Fläschchen, das klang jetzt aber doch stark nach Loser. Das konnte Sagmeister nicht auf sich sitzen lassen. Nicht, wenn er zum ersten Mal seit Langem die Zügel eines Herrenabends in der Hand hielt. »Bist du verrückt? Der Absinth bleibt in der Originalflasche, ganz klar.«

»Aber das sind siebzig Zentiliter, Helfi! Die bekommst du nie durch die Sicherheitskontrolle.«

Mist, auch daran hatte er nicht gedacht! »Lasst mich nur machen«, sagte er dennoch großspurig, schließlich würden sich andere den Kopf über dieses Problem zerbrechen müssen.

Wolfi brach in schallendes Gelächter aus. »Du bist vielleicht ein wilder Hund, Helfi, alle Achtung! Offensichtlich habe ich dich bisher unterschätzt.«

Sagmeister strahlte.

»Auf Rudis Gesicht freue ich mich jetzt schon, wenn der sieht, dass du eine Originalflasche Absinth in den Flieger geschmuggelt hast. Dabei ist er doch immer so stolz auf seine Sicherheitskontrollen. Was sagt er immer?«

»Auf meinem Flughafen entgeht uns nix!«, riefen Bumpfi und Sagmeister wie aus einem Mund.

»Nix!«, echote Wolfi.

»Das wird dem Herrn Selbstüberschätzer eine Lehre sein.« Michi schlug sich vor Begeisterung auf beide Knie.

Plötzlich wurde Sagmeisters Miene ernst. Er fragte sich im Stillen und mit schlechtem Gewissen, ob es tatsächlich eine gute Idee war, Rudi an seinem Geburtstag eine solche Lehre zu erteilen. Aber wenn es die anderen cool fanden, würde er es riskieren.

»Eines sag ich dir aber, Helfi! Wenn dein Plan gut geht, bist du unser Held, wenn aber irgendetwas misslingt, stehst du allein da. Dann wissen wir von nichts. Michi ist Rechtsanwalt, ich bin Notar, wir können uns nicht leisten, in irgendeinen Skandal verwickelt zu werden. Vielleicht lässt du dir doch besser etwas anderes einfallen, Helfi«, startete Bumpfi einen letzten Versuch, seinen Freund von dem gewagten Plan abzuhalten.

»Aber das ist gar kein Problem!«

Michi lachte laut auf. »Na gut. Wenn das in die Hose geht, dann habe ich von nichts gewusst, damit hat Bumpfi schon recht. Aber wenn du es tatsächlich schaffst, dass du den Absinth in der Originalflasche ins Flugzeug schmuggelst und der Cocktail auch noch stilgerecht angezündet wird, dann leihe ich dir für ein Wochenende meinen Ferrari. Dann kannst du eine Ausfahrt mit diesem Pupperl machen, dem du so gerne imponieren willst. Ich bin sicher, dann lässt die ihren Italiener, wie heißt der noch gleich …?«

»Gianni Delucci«, sagte Sagmeister, und es klang verächtlich.

»Genau, dann lässt die Gianni Delucci stehen und nimmt stattdessen dich.«

Sagmeister strahlte bei der Vorstellung. Was für ein Angebot von Michi! Wenn er mit dem Ferrari vor der Villa Wertzheimer vorfuhr, würde die schöne Tatjana gar nicht anders können, als ihm endlich den Vorzug vor diesem bankrotten Gastwirt zu geben. »Ich nehm dich beim Wort, Michi!«

Sie schüttelten sich die Hände. Der Pakt war besiegelt. Nur noch kurz hatte Sagmeister ein ungutes Gefühl, das er jedoch schnell wieder verdrängte. Schließlich würde er die besagten Dinge ja nicht selbst an Bord bringen, dafür hatte er einen alten Schulfreund. Piet Köflach war bekannt dafür, sich auf Abenteuer aller Art einzulassen. Geld spielte keine Rolle, denn jetzt, da Heinrich Wertzheimer tot war, würde niemand mehr etwas dagegen haben, sein Gehalt erheblich anzuheben. Darauf musste angestoßen werden: »Prost, Freunde, auf ein tolles Wochenende auf Ibiza! Lasst uns den Ausflug zu einem unvergesslichen machen!«

Und er wurde tatsächlich unvergesslich.

16

»Wir haben da was.« Alfred tauchte am Montag in der Früh in Dianas Büro auf, als ihr Telefon läutete.

Sie machte ihm ein Zeichen, zu warten. »Pölz!«

»Ja sagen Sie mal, haben Sie noch immer nichts Greifbares?« Es war der Herr Oberst. »Das ganze Wochenende habe ich vergeblich auf eine Nachricht von Ihnen gewartet! Was macht ihr denn da alle in Linz? Däumchen drehen? Nach dem Motto: Wenn der Kater aus dem Haus ist, dann haben die Mäuse Kirtag?«

»Moment mal, Herr Oberst, ich stelle Sie auf Lautsprecher!«

See hatte die Anrede vernommen, war von seinem Platz durch die meist offene Tür in Dianas Büro geschlendert und hatte dann auf dem rechten vorderen Eck ihres Schreibtisches Platz genommen. Da er sich angewöhnt hatte, dies mehrmals am Tag zu tun, war diese Ecke für ihn immer freigeräumt. Was man vom übrigen Teil des Tisches nicht behaupten konnte.

»Guten Morgen, Oberst«, sagte See nun, indem er sich zum Hörer hinabbeugte. »Na, wie ist es so in Graz? Irgendetwas Interessantes dabei? Wann kommst du zurück?«

»Hallo, Carlos! Ja, es geht so. Nichts, was ich nicht schon irgendwann gehört hätte. Morgen bin ich wieder da. Aber jetzt sag mal, Carlos, warum geht da bei euch nichts weiter?«

»Wer sagt denn, dass bei uns nichts weitergeht? Alfred ist soeben mit einer wichtigen Nachricht zur Tür hereingekommen. Alfred?«

Diana kniff die Lippen zusammen. Das war ja wieder mal typisch! Sie bekam die Schelte ab, und See spielte sich als Macher auf. Gerade so, als hätte er höchstpersönlich Alfred ins Büro einfliegen lassen.

»Wir wissen jetzt, wem die Fingerabdrücke auf der Spritze im Auto gehören. Sie stammen von einem gewissen Tom Jancic, einem alten Bekannten. Er kommt von den weichen Drogen, ist jetzt aber anscheinend zu den harten gewechselt.«

»Bravo, Alfred!« Der Herr Oberst war unüberhörbar begeistert. »Gut gemacht! Dann verhaftet mir jetzt diesen … Dings. Und morgen, wenn ich zurück bin, präsentiere ich ihn der Presse. Sehen Sie, Frau Pölz, so löst man einen Fall!«

Diana konnte es nicht fassen. Sie leitete doch die Ermittlungen! Sie hatte Alfred noch einmal zum Anwesen der Familie Wertzheimer geschickt, also war ihr dieser Fund zu verdanken! Außerdem besagten Fingerabdrücke auf einer Spritze noch gar nichts. »Also …«, brachte sie gerade noch hervor, dann musste sie nach Luft schnappen.

»Jancic hat leider ein Alibi für die Tatzeit«, nutzte Alfred die kurze Stille, »und außerdem –«

»Geh, Alfred, du sollst doch nicht alles glauben, was dir die Leute einreden wollen«, kam postwendend die energische Anweisung durchs Telefon.

»Ich werde das Alibi persönlich überprüfen«, kündigte Carlos See großartig an.

»Das kannst du dir sparen, Carlos.« Der Spurensicherer gab sich unbeeindruckt. »Jancic hat das beste Alibi der Welt. Er saß zur Tatzeit bereits in der Justizanstalt Salzburg in Untersuchungshaft, wo er sich derzeit noch immer befindet. Man hat nicht nur Heroin, sondern auch mehr als hundert Ecstasytabletten bei ihm gefunden. Außerdem stimmen seine Fingerabdrücke nicht mit dem auf der Spritze beim Toten überein.«

Während der Herr Oberst am anderen Ende der Leitung noch einige Zeit lautstark vor sich hin schimpfte, wie man so dumm hatte sein können, ihm einen Verdächtigen zu präsentieren, der gleich aus zwei massiven Gründen nicht der Täter sein konnte, sah Diana zu See hinüber und hätte vor Schadenfreude jubeln können. Das hatte ihr Kollege nun davon, wenn er sich immer wieder ungebeten in den Vordergrund drängte. Jetzt musste er die verbalen Ohrfeigen einstecken. Sie beschloss, die Überstellung von Tom Jancic nach Linz zu veranlassen, damit sie ihn am nächsten Morgen persönlich vernehmen konnte.

17

Derselbe Tag am Abend. Diana saß vor dem Fernseher und zappte lustlos durch die Programme. Dokus, Castingshows, Reality-TV, Homeshopping. Gab es denn überhaupt keine Spielfilme mehr? Nur Mist, wenn man von einer aufgewärmten Rosamunde-Pilcher-Schnulze absah, die sie sich auch nicht zu Gemüte führen wollte. Sie fand es irgendwie unpassend, wenn deutsche Schauspieler taten, als wären sie Engländer, und sich mit Lord und Lady ansprachen. Dann doch lieber ein Buch? Oder ein Sudoku? Wo war eigentlich das heutige »Tagesblatt«?

Ob sich Piet noch einmal meldet?, fragte sie sich nicht zum ersten Mal in der letzten Stunde. Am Vormittag hatte er ihr eine nette, eine wirklich nette Nachricht auf dem Handy hinterlassen, doch seitdem hatte sie nichts mehr von ihm gehört. Dabei hatte sie gehofft, zumindest das nächste Treffen heute noch zu vereinbaren. Es war gestern alles so schön, aber auch so neu gewesen, und sie hätte gern mehr Sicherheit gehabt. Hätte gern gewusst, dass sie das Richtige tat. Dass sie sich mit einem Mann eingelassen hatte, der es wert war.

In diesem Augenblick läutete das Telefon. Na, Gott sei Dank! Aufgeregt griff sie zum Handy, ohne auf das Display zu achten. »Wie lieb von dir, dass du dich noch einmal meldest«, sagte sie, ohne ihren Namen zu nennen.

Am anderen Ende der Leitung herrschte Schweigen. Es folgten seltsam hallende Geräusche, dann sagte eine Stimme fröhlich: »Hi, Mum! Warum noch einmal? Ist doch das erste Mal in dieser Woche.«

Diana spürte, wie sich die Enttäuschung in ihr breitmachen wollte. Aber nur ganz kurz, dann drängte sich die Freude, die Stimme ihrer Tochter zu hören, in den Vordergrund. Lilli, ihre liebe Lillifee! Sie studierte in Salem im amerikanischen Bundesstaat Oregon Kunstgeschichte. Eigentlich war ihr Aufenthalt an der Willamette University nur für ein Semester geplant gewesen, dann war das Stipendium aufgrund ihrer guten Leistungen verlängert worden. Doch jetzt dauerte es nicht mehr lange. Ende Juni würde sie wieder nach Hause zurückkehren. Endlich!

»Mum, hallo? Bist du noch da?«

»Natürlich, meine Lillifee! Was gibt es Neues?«

»Ich habe mir gedacht, ich rufe dich gleich an, weil du auf meine Antwort wahrscheinlich schon gewartet hast. Also, ich war bei dieser Frau, dieser, wie heißt sie noch mal? Ach ja, Gaby Quiterail, wirklich ein komischer Name. Sie hat die Nachricht unglaublich gefasst aufgenommen.«

Diana war, als hätte sie den Nachnamen schon einmal gehört, wusste aber beim besten Willen nicht, in welchem Zusammenhang. Kein Wunder, wenn man ihr miserables Namensgedächtnis kannte. »Wer soll das sein? Und was für eine Nachricht meinst du?«

»Hat Tante Gusti nicht mit dir gesprochen? Ich dachte –«

»Tante Gusti?« Was hatte die alte Dame denn nun schon wieder ausgeheckt?

»Dann war es also gar nicht deine Idee? Tante Gusti ist wirklich eine Nummer! Schickt mich durch halb Oregon, noch dazu mit so einer unangenehmen Aufgabe, und dabei –«

»Durch halb Oregon? Bitte, Lilli, noch einmal von ganz vorne! Und langsam, es ist schon spät hierzulande.«

Sie hörte erst Lillis Lächeln und dann ihre Geschichte. Anscheinend hatte Gusti ihre Tochter gebeten, nach Portland zu Gaby Quiterail, der Tochter ihrer alten Freundin Henriette Wertzheimer, zu fahren, um ihr die Nachricht vom Tod ihres Bruders zu überbringen.

»Aber warum? Ist Gusti jetzt vollkommen verrückt geworden? Und was hast du mit dieser Sache zu tun?«

»Gar nichts, Mum, also reg dich bitte nicht auf!«

»Ich soll mich nicht aufregen?« Sie tat das Gegenteil. Es war Prüfungszeit, und Lilli hatte durchaus Wichtigeres zu tun, als fremde Leute am anderen Ende des Bundesstaates zu besuchen. Außerdem konnte sie es nicht leiden, in etwas nicht eingeweiht zu werden. Wenn man bei der Kripo war, behielt man gern die Übersicht.

»Anscheinend hat Frau Wertzheimer Tante Gusti erzählt, dass

sie mehrmals vergeblich versucht habe, ihre Tochter zu erreichen, und sich Sorgen mache. Tante Gusti hatte die Idee, ich könnte zu ihr fahren, um nachzusehen, wie es ihr geht.«

»Und, wie geht es ihr?«

»Gut. Sie saß in einem türkisfarbenen Nickianzug vor dem Fernseher und hat Donuts in sich reingestopft, als ich kam. Hätte ich es nicht besser gewusst, hätte ich nie vermutet, dass sie österreichische Wurzeln hat. Die ist so etwas von amerikanisch! Ich hab mich zu ihr gesetzt und –«

»Warum denn das? Die Nachricht hätte man doch in einer Minute überbringen können. Oder hat sie der Tod ihres Bruders derart mitgenommen, dass du dich um sie kümmern musstest?«

»Nein, nein, sie hat alles cool aufgenommen. Voll easy. Aber Tante Gusti hatte mir aufgetragen, die Dame ein bisschen auszufragen, und daher –«

»Du solltest was tun?« Es hätte nicht mehr viel gefehlt, und Diana wäre ein Stockwerk tiefer gelaufen, um der alten Dame an die Gurgel zu gehen.

»Sie hat es doch nur gut gemeint, Mum! Sie dachte, sie würde dir damit helfen.«

»Mir helfen?« Diana seufzte und lehnte sich auf ihrer blauen Couch zurück. Es hatte keinen Sinn, Lilli anzupflaumen, die schließlich nicht für ihren Ärger verantwortlich war. Sie atmete tief durch. »Und? Hast du etwas herausgefunden, was mir helfen könnte?«, erkundigte sie sich dann und bemühte sich um einen ruhigeren Tonfall.

»Leider nein«, sagte Lilly. »Gaby hat ihren Bruder nie gemocht, deshalb hat sie ihn auch seit mehr als zehn Jahren nicht mehr gesehen.«

Diana überlegte, ob sie das überprüfen lassen sollte. Wer sagte denn, dass die Frau keinen Kurztrip nach Österreich unternommen hatte? Gestern war sie nicht zu erreichen gewesen, aber heute wieder in ihrem Haus in Portland. Natürlich war es eher unwahrscheinlich, dass sie Wertzheimer auf dem Gewissen hatte, aber durchaus möglich.

»Weißt du, wo sie gestern war?«

»Mit Freundinnen unterwegs. Eine davon habe ich sogar noch

kennengelernt. Eine fette Frau, wie man sie nur in den USA sieht. Sie trug auch einen Nickianzug, aber in Pink. Anscheinend ist sie Gabys Nachbarin und –«

»Hat sie das Alibi bestätigt?«

»Alibi? Was denn für ein Alibi, Mum? Ich bin hier in den USA, und dein Toter liegt in Linz, schon vergessen?«

»Es ist nicht mein Toter, und er liegt in St. … Ach, nein, du hast tatsächlich recht. Jetzt liegt er in Linz in der Gerichtsmedizin.«

»Jedenfalls hat die Freundin bestätigt, dass sie den ganzen Tag zusammen waren. Zufrieden? Und dann hat sie mir Bilder von Jason und von ihrem eigenen Sohn gezeigt. Die beiden sind in etwa gleich alt und waren zusammen auf der Highschool.«

Diana saß mit einem Mal kerzengerade auf ihrem Sofa. »Tschesen? Hast du gerade Tschesen gesagt?«

»Ja, freilich, Gabys Sohn, Jason. Hast du von dem nicht schon gehört? Er ist derzeit in St. Florian und macht ein Praktikum in der Bank. Schon cool, wenn die Oma und der Onkel eine eigene Bank besitzen, oder?«

Diana überging den letzten Kommentar. »Sieh mal einer an. Und nein, das wusste ich nicht. Du hast nicht zufällig ein Foto von diesem Knaben, oder?«

»Leider nein, aber ich habe Gabys E-Mail-Adresse. Soll ich sie um eines bitten? Mir wird schon ein Vorwand einfallen.«

»Das wäre großartig. Maile es mir dann umgehend weiter, ja? Sein Geburtsdatum weißt du nicht, nehme ich an?«

»Doch: 14.6.1989«, kam es wie aus der Pistole geschossen. »Ich habe es auf einer Schulbestätigung entdeckt, die mit einem Magneten an der Kühlschranktür befestigt war. Der Kühlschrank war so ein riesiges Ding mit integriertem Eiswürfelbereiter. Ich hab mir das Datum gemerkt, weil der Heinzi am selben Tag Geburtstag hat.«

Heinzi war Lillis Exfreund und einer der Gründe, warum sie sich entschieden hatte, einige Zeit in den USA zu studieren.

Diana war aufgesprungen, um das Datum zu notieren. »Danke, meine Lillifee, du hast mir wirklich weitergeholfen. Aber kein Wort von alledem zu Tante Gusti. Sag ihr nur das, was sie an Frau

Wertzheimer weitergeben soll, damit die sich keine unnötigen Sorgen machen muss.«

Lilli versprach es.

Als sie aufgelegt hatten, ließ sich Diana wieder auf die Couch fallen. Sie verharrte einige Zeit lang regungslos. Die Beine im Schneidersitz, ein Kissen im Schoß, die Stirn in nachdenkliche Falten gelegt. Tschesen, das sollte die slowakische Altenpflegerin gesagt haben, als es im Gespräch zwischen Gusti und Frau Wertzheimer um das Erbe gegangen war. Und damit hatte sie offensichtlich kein altes Auto gemeint, sondern einen gewissen Jason, den Neffen des Toten. Der Spritzenfund im Chevrolet war also ein reiner Zufall, der auf Tante Gustis Irrtum beruhte. Jason. Warum war sein Name im Zusammenhang mit der Erbschaft gefallen? Gab es gar ein Testament zu seinen Gunsten? Und vor allem: Warum hatte ihr niemand etwas von dem jungen Mann erzählt? Warum wollte man ihr seine Existenz verheimlichen? Und wo genau hielt er sich derzeit auf? Im Haus seiner Großmutter hatte es keinen Hinweis auf ihn gegeben. Alfred hatte sich nicht gemeldet, was den Schluss zuließ, dass auch er nichts gefunden hatte. Vor allem keinen Neffen, von dem offiziell niemand etwas wusste.

Diana griff nach ihrem Handy, wählte die Nummer des LKA und ließ Jason Quiterail zur Fahndung ausschreiben. Erst als sie auflegte, fiel ihr wieder ein, dass sich nicht nur Alfred nicht mehr gemeldet hatte, sondern auch jemand anderes. Nämlich Piet Köflach.

18

»Also bitte, machen Sie hier doch nicht so einen Aufstand! Das ist doch alles nicht der Rede wert. Und setzen Sie sich endlich hin. Ich bekomme ja noch eine Genickstarre, wenn ich immer zu Ihnen aufschauen muss.«

Die ganze Situation war Frau Dr. Wertzheimer äußerst unangenehm. Sie hatte das Gefühl, nicht ganz richtig gehandelt zu haben. Und immer, wenn sie dieses Gefühl hegte, dann wurde sie besonders mürrisch und streng. »Jason ist doch noch ein halbes Kind, was soll der denn schon groß angestellt haben? Außerdem hat er sich mit seinem Onkel immer blendend verstanden.«

See fuhr auf. »Mit Ihrem Sohn hat sich kein Mensch blendend verstanden, also erzählen Sie uns nicht so einen Schwachsinn!«

Es war weniger die Aussage als der Tonfall, den Henriette Wertzheimer nicht unwidersprochen hinnehmen konnte und wollte. »Mäßigen Sie Ihre Ausdrucksweise, junger Mann!«

»Wenn Sie nicht wollen, dass wir Sie wegen Behinderung der Behörden verhaften, wäre es besser, Sie mäßigen die Ihre!«, fauchte See zurück.

Diana hielt die Luft an. Entweder würde Frau Wertzheimer gleich explodieren oder …

Sie entschied sich für oder. »Na gut, es tut mir leid. Das war wohl nicht richtig von mir. Ich bitte um Verständnis dafür, dass ich meinen Enkel schützen wollte.«

»Schützen?« Sees Stimme klang alles andere als verständnisvoll. »Wovor denn schützen?«

»Sie haben schon meinen Sohn umgebracht, ich will nicht, dass auch noch mein Enkel daran glauben muss.« Die Hand, mit der sie zur Teetasse griff, zitterte.

»Und wer sind diese ›sie‹, die Ihrer Meinung nach Ihren Sohn umgebracht haben, Frau Dr. Wertzheimer?«, fragte Diana schnell, bevor See wieder lospoltern konnte. Ihr Tonfall war ruhig und bemüht, die Wogen zu glätten. Um die alte Dame verhaften zu können, müssten sie sowieso stärkere Gründe haben.

»Vor ein paar Wochen ist eine Horde Jugendlicher hier aufgetaucht. Aus heiterem Himmel! Ich weiß weder, woher sie kamen, noch, wie sie es geschafft haben, sich mit meinem Enkel anzufreunden. Jason war damals bereits einen Monat in St. Florian. Er arbeitete brav in der Bank und leistete mir am Abend Gesellschaft, aber plötzlich zog er mit dem jungen Gesindel um die Häuser.«

Diana konnte Jason gut verstehen. Wer saß mit Mitte zwanzig schon lieber bei der Oma auf dem Sofa, als sich mit Gleichaltrigen zu treffen? Noch dazu mit so einer Oma!

»Die meiste Zeit feierten sie in unserem Park wilde Partys. Orgien geradezu! Sie hielten sich fast immer unten auf der großen Wiese neben dem kleinen Wald auf, aber ihre Musik hat man bis hier gehört. Sagt zumindest die Trude, ich selbst bin ja zum Glück schwerhörig.«

»Und Sie haben nicht die Polizei gerufen?«

Frau Dr. Wertzheimer zog die Augenbrauen hoch und überlegte. »Nein, natürlich nicht«, sagte sie schließlich. »Wir Wertzheimers vermeiden jeden Skandal, wenn es denn möglich ist.«

»Wo hält sich Ihr Enkel derzeit auf? Genaue Adresse?« Carlos See zückte den Notizblock.

»Also bitte, ich kann mir doch nicht alles merken. Wenn Sie –«

»Die internationale Fahndung läuft bereits«, machte See weiter Druck. »Wir kriegen ihn also sowieso. Wenn Sie nicht wollen, dass man ihn in Handschellen nach Linz bringt, dann sagen Sie uns jetzt sofort, wo er ist.«

Frau Wertzheimer seufzte und schickte sich ins Unvermeidliche. »Fragen Sie Tatjana.«

»Tatjana? Die Altenpflegerin?«

»Meine Betreuerin. Welche Tatjana denn sonst? Trude? Trude! Bringen Sie den Inspektor zu Tatjana.«

See stand auf und folgte der Haushälterin aus dem Zimmer.

Diana sah den beiden nach und nahm dann den ursprünglichen Faden wieder auf. »Mich interessiert, inwieweit es ein Skandal gewesen wäre, wenn Sie die Polizei gerufen hätten.«

Frau Wertzheimer verzog das Gesicht, kniff die blassen Lippen zusammen und schwieg.

Diana beglückwünschte sich innerlich. Sie hatte gespürt, dass da etwas nicht stimmte. Der Herr Oberst hasste »solche Gefüüühle«, wie er ihren Instinkt spöttisch nannte, aber häufig waren sie hilfreich, wie sich jetzt wieder einmal herausstellte.

Frau Wertzheimer sprach weiter. »Na gut, jetzt ist er eh schon tot, da macht das auch nichts mehr aus.«

Diana sah sie mit großen Augen an. Was würde jetzt kommen? Etwa ein Geständnis?

»Ich habe das wilde Treiben nicht angezeigt, weil mein Herr Sohn geruhte, dabei mitzumachen.« Frau Dr. Wertzheimers flache Hand knallte auf die Tischplatte. »So, jetzt wissen Sie es!«

»Wollen Sie damit sagen, Heinrich Wertzheimer hätte mit Jugendlichen im Park wilde Partys gefeiert?« Dianas Augen waren noch immer groß. »Warum hätte er das tun sollen? Den bisherigen Vernehmungen nach schien er mir nicht der Typ für so etwas zu sein.«

Frau Wertzheimer seufzte schwer.

»Fand auch am Tatabend eine solche Party statt?«

Frau Wertzheimer schüttelte den Kopf.

»Warum, glauben Sie, hat Ihr Sohn bei diesen Partys mitgemacht? Wir haben Ihre Angestellten und die Mitarbeiter der Bank befragt, alle haben Ihren Sohn als sittenstreng bezeichnet. Als jemanden, der gerne ernste Gespräche führte und dem Moral über alles ging. Wie passen da nächtliche Partys im Freien ins Bild? Noch dazu –«

»Jetzt hören Sie schon auf! Denken Sie vielleicht, die Tatsache bereitet mir Freude?«

»Welche Tatsache?«

Frau Wertzheimer seufzte wieder und sah mit gerunzelter Stirn und zusammengekniffenen Lippen von rechts nach links und wieder zurück. Gerade so, als würde ihr das Aussprechen der folgenden Worte große Schmerzen verursachen.

»Welche Tatsache, Frau Wertzheimer?«

Nichts.

»Frau Dr. Wertzheimer?«

Noch immer nichts.

Doch Diana ließ nicht locker. »Welche Tatsache?«

»Die Tatsache, dass Heinrich ein ebenso triebgesteuerter Idiot war wie sein Großvater. So, jetzt wissen Sie auch das. Er war hinter jedem Kittel her, der nicht bei drei auf dem Baum war. Einfach nur widerwärtig!«

Auch das konnte Diana kaum glauben. »Sie meinen, Ihr Sohn war ein Womanizer?« Als sie den ratlosen Blick ihrer Gastgeberin auffing, suchte sie nach einem verständlicheren Ausdruck. »Ein Weiberheld?«

Die alte Dame lachte bitter auf. »Na, na, so schlimm war er nun auch wieder nicht. Aber dumm genug, sich von einem jungen Flitscherl den Kopf verdrehen zu lassen.«

Das wurde ja immer erstaunlicher! »Um welche junge Frau handelte es sich denn bei dem Flitscherl? Kennen Sie den Namen?«

»Aber woher denn? Glauben Sie etwa, das wäre der Typ Frau gewesen, mit dem mich mein Herr Sohn bekannt gemacht hätte?«

Das wiederum konnte sich Diana sehr gut vorstellen. »Und woher wissen Sie dann, dass eine junge Frau der Grund dafür war, dass Ihr Sohn an den Partys teilnahm?«

»Weil er es mir gesagt hat, darum.«

»Aha?«

»Ja, gleich am ersten Abend, als der Zirkus losging und ich Trude bat, die Polizei zu rufen. Ich war wirklich kurz davor, denn wer lässt sich schon gerne von einem Haufen Wildgewordener den schönen Rasen ruinieren? Sie glauben gar nicht, was mein Gärtner am nächsten Tag alles an Unrat zusammensammeln musste. Flaschen, Glasscherben, Kondome, e-kel-haft!«

»Aber Ihr Sohn hat sich gegen die Einschaltung der Polizei ausgesprochen?«

Die alte Dame nickte. »Natürlich wollte ich den Grund wissen. Zuerst hat er mit einer Antwort gezögert, aber dann habe ich ihm die Wahrheit aus der Nase gezogen.«

Diana fand das sehr erstaunlich. »Wie sind die Leute überhaupt in den Park gekommen?«, fragte sie. »Ich nehme an, er ist überall eingezäunt.«

Frau Wertzheimer verzog das Gesicht. »In der Theorie ja. In der Praxis nein. An manchen Stellen gibt es zwar Holzzäune, aber meistens sind Hecken der einzige Schutz. Sie sind relativ dicht, aber wenn man unbedingt will, kann man sich hindurchzwängen. Beim Seerosenteich ist mittlerweile ein kleiner Weg entstanden, den die Bewohner der Häuser unterhalb unseres Anwesens benutzen. So brauchen sie nicht den Umweg auf der Straße zu gehen, die einen ziemlichen Bogen macht.«

Diana dachte an den Obdachlosen. »Und damit sind Sie einverstanden? Es ist immerhin Ihr Grund und Boden.«

Frau Doktor zuckte mit den Schultern. »Mein Sohn war dagegen, also war ich dafür.«

»Aha … äh … gut. Aber jetzt zurück zur Tatsache, dass Sie nicht die Polizei gerufen haben. Ihr Sohn hat Sie davon abgehalten, sagten Sie?«

Frau Wertzheimer nickte. »Vollkommen richtig. Er sagte, das sollen wir schön bleiben lassen, weil ein Mädchen dabei sei, das ihm gefiele. Dann ist er zu den jungen Leuten hinausgegangen, und ich habe Trude entsprechend zurückgepfiffen.«

»Ich dachte, Sie haben immer das Gegenteil von dem gemacht, was Ihr Sohn sich gewünscht hat?«

»Nicht, wenn man damit einen Skandal hätte auslösen können.«

Diana nickte. Die Logik der alten Wertheimer faszinierte sie. »Und wie viele solcher Partys gab es?«

Frau Wertzheimer überlegte. »Zehn werden es schon gewesen sein, aber ich habe nicht Buch geführt.«

»Und Ihr Sohn war immer dabei?«

»Das weiß ich nicht. Normalerweise schlafe ich nachts.«

»Kamen die Leute auch ins Haus?«

»Wo denken Sie hin? Das ist immer noch mein Haus. Ich bestimme, wer sich hier aufhalten darf.«

»Aber es ist ja auch Ihr Park, und dennoch hat –«

»Ich habe die Situation so gehandhabt, wie ich es für richtig gehalten habe. Und aus.«

In dem Augenblick, als sich Diana den letzten Zusatz verbitten wollte, betrat See wieder den Salon. »Wir wissen jetzt, wo sich dieser Jason aufhält! Er ist mit der Schwester der Altenpflegerin liiert und –«

»Was heißt denn liiert?«, rief die alte Dame und hob beide Hände zum Himmel. »Ein Pantscherl hat er halt mit ihr. Jason erbt einmal meine Bank, da ist er doch nicht mit einer Slowakin liiert!«

See war auch durch solche Worte nicht einmal ansatzweise aus der Fassung zu bringen. »Wie auch immer«, sagte er, »jetzt ist Jason jedenfalls mit ihr in der Slowakei. Anscheinend sind sie schon Stunden vor der Tat abgereist, aber das prüfen wir noch. Die Altenpflegerin hat soeben mit ihrer Schwester telefoniert. Der junge Mann ist gerade in der Stadt unterwegs und hat das Handy ausgestellt, angeblich, um Roamingkosten zu sparen. Sie hat uns aber zugesichert, dass sie ihn davon überzeugen wird, sich sofort auf den Rückweg zu machen. Er wird zuerst an der Beerdigung teilnehmen, und anschließend werden wir ihn ins LKA bringen. Sollte er nicht anreisen, lassen wir ihn in Bratislava verhaften. Habe ich in der Zwischenzeit etwas versäumt?«

»Ich würde gerne noch ein paar Worte mit Ihren Angestellten wechseln, Frau Dr. Wertzheimer«, sagte Diana anstelle einer Antwort und stand auf. »Ich finde sie vermutlich in der Küche?«

19

Frau Trude war empört. »Eine junge Frau? Also, davon höre ich zum ersten Mal! Was sollte denn der Herr Magister mit einer jungen Frau? Noch dazu mit einer von diesen Fratzen? Nein, da verrennen Sie sich in etwas, Frau Kommissarin, und natürlich war mindestens einer von den jungen Leuten hier im Haus. Vorige Woche kam er aus dem Zimmer vom Herrn Magister, der ihn zur Tür brachte. Er trug eine rote Mütze, unter der seine verfilzten Haare hervorsahen. Das war übrigens derselbe, der Tage später aus dem Fenster geklettert ist. Auch wenn ich ihn gestern im LKA auf keinem Foto erkannt habe, bin ich mir sicher, dass er Dreck am Stecken hat.«

Tatjana war nicht empört. »Eine junge Frau? Was soll ich sagen, ohne schlecht zu sprechen von Sohn von Frau Doktor? Sohn hat versucht, mich – wie sagt man? – anzubaggern. Wollte mir machen Geschenke. Uhren, schöne Schmuck. Eine Tasche. Sogar ein Auto. Aber er war nicht mein Typ, glauben Sie mir. Habe Gianni all das erzählt, und er ist sehr böse geworden. Ist eifersüchtiger Mann, Gianni. Süß, aber eifersüchtig. Typisch Südländer.« Sie lachte, und es war ihr anzumerken, dass der Südländer sehr wohl ihr Typ war. »Habe dann Herrn Wertzheimer gesagt, dass ich Frau Doktor erzählen werde davon, dann hat er aufgehört. Ist jetzt schon ein Monat her. Oder zwei.«

Der Herr Oberst war begeistert. »Na, da haben wir ihn doch schon, unseren Täter! Eifersucht ist das älteste Mordmotiv der Welt«, sagte er, als ihm Diana von den Vernehmungen berichtete, und kramte umständlich ein Stofftaschentuch aus der Hosentasche. Er hatte sich bei seinem Aufenthalt in Graz offensichtlich verkühlt. Seine Stimme klang rau, immer wieder musste er heftig niesen. Doch seine Stimmung war ungebrochen gut. »Geh, Herrschaften, bringt S' mir morgen diesen eifersüchtigen Italiener in mein Büro, dann hole ich mir das Geständnis selbst ab!«

20

»Fünftausend Euro? *Cinquemila? Veramente? Incredibile!*« So schnell war Gianni noch nie hinter seinem Tresen hervorgeschnellt. Er zog Piet Köflach in die Arme und klopfte ihm mehrfach auf den Rücken. »Fünftausend? Du bist der schiere Wahnsinn, mein Freund, ich danke dir! *Grazie mille!*«

»Gern geschehen.« Und nach einem vergeblichen Versuch, sich zu befreien, fügte Piet hinzu: »Trotzdem kannst du mich jetzt wieder loslassen. Noch haben wir das Geld schließlich nicht. Und vergiss nicht, dass wir teilen. Ich bekomme eine Hälfte, du die andere. Und die zusätzlichen zweihundert Euro, die ich für die Einkäufe bekommen werde, teilen wir auch. Den Absinth steuere ich bei, ich habe da eine Quelle, von der ich Rabelkas Lieblingsmarke zu einem Superpreis bekomme. Du besorgst alles andere, was du für den Cocktail brauchst.«

Gianni ließ seinen neuen besten Freund los. »Ist doch klar, dass wir das Geld teilen. Aber was soll dabei noch schiefgehen? Das Geld ist uns so gut wie sicher. Darauf müssen wir anstoßen! Was willst du trinken? Prosecco?«

»Gern! Ah, mein Handy vibriert, es ist wieder Zeit für die Brause. Ich habe dir heute übrigens auch wie versprochen ein Röhrchen mitgebracht. Machst du uns zwei Glas Wasser?«

»Kommt alles sofort. Du bist wirklich großartig, Piet! *Alla grande!* Leg das Röhrchen einfach neben das Trinkgeldschwein. Ich muss mir noch überlegen, wo ich es am besten aufbewahre, damit ich es immer parat habe.« Er drehte sich zum Hahn um und ließ warmes Wasser in zwei Biergläser laufen. »Und nun erzähl noch einmal«, begann er, den Rücken noch zu seinem Gast gewendet. »Ich muss also nichts anderes machen, als mit den Zutaten für einen Absinth Kamikaze in ein Flugzeug zu steigen und dort für ein paar versnobte Kerle Cocktails zu mixen? Das ist alles, richtig? So, bitte sehr!« Er drehte sich um und stellte die Gläser auf den Tresen.

Piet warf zwei Tabletten hinein, die sich grün sprudelnd auflösten, und steckte dann sein eigenes Röhrchen in die Jackentasche.

»Ganz so einfach wird's wohl nicht werden, Gianni, sonst würde mein Auftraggeber nicht fünftausend Euro lockermachen.«

»Wer ist überhaupt dein Auftraggeber? Woher kennst du ihn? *Cazzarola*, das schmeckt wirklich schrecklich!«

Piet lachte. »Du wirst dich schon noch daran gewöhnen. He, was ...?«

Gianni hatte sein Glas in einem Zug geleert, wischte sich nun mit dem Handrücken über den Mund und räumte das Glas in den Geschirrspüler. Er drehte sich zu Piet um. »Was schaust du so ungläubig? Ich lebe eben nach dem Motto – wie nennt ihr das noch? –, ach ja, Augen zu und durch! Aber nun erzähl, ich bin ganz Ohr.«

»Mein Auftraggeber heißt Helfgott Sagmeister. Du kennst ihn vielleicht, er ist der Chef von der –«

»Du meinst den Helfgott Sagmeister von der Wertzheimer Bank? Und ob ich den kenne! Der versucht seit Monaten, meine ...« Er hielt inne, weil ihm plötzlich eingefallen war, dass es vielleicht nicht so gut ankäme, als verheirateter Mann einem neuen Freund von seiner Geliebten zu erzählen. »Ich meine, er war sogar einmal mit einigen Geschäftspartnern hier essen. Ist allerdings nie wiedergekommen.«

Vom Flur her war lautes Husten zu vernehmen, dann schwang die Tür so stark auf, dass sie gegen die Wand dahinter krachte, und der Sandler schlurfte in den Raum. Er trug eine zusammengefaltete Zeitung unter dem linken Arm und seinen knallgelben Rucksack über der rechten Schulter. Er hob die Hand zum Gruß und hustete noch einmal, begleitet von einem leisen Fluch: »Herrschaftszeiten!«

»Wundert's dich, dass Sagmeister nicht wiedergekommen ist?«, nahm Piet den Faden wieder auf. »Deine Küche ist unter aller Kritik. Und die Auswahl deiner Stammgäste ebenso. An seiner Stelle hätte ich auch das Weite gesucht.«

Gianni grinste trotz der strengen Worte. »Hast du aber nicht!« Er wandte sich an den Neuankömmling: »Einen kurzen Moment, *per favore, professore*, Ihr Essen kommt gleich. Stellen Sie sich nur vor, mein neuer Freund, Piet Köflach, hat mir grade von einem Plan erzählt. Ich soll –« Weiter kam er nicht, denn eine Männerhand umklammerte wie ein Schraubstock seinen Unterarm.

»Untersteh dich«, presste Piet zwischen seinen Zähnen hervor und ließ Gianni den Ernst der Lage erkennen.

»Ist ja gut, *scusa.*« Er machte sich frei und schüttelte seinen Arm. »Francesca, das Menü für den *professore*!«, rief er dann in die Küche.

Der Alte hatte nur einmal kurz hochgesehen und war schon wieder in die Zeitung vertieft, die er auf dem Tisch vor sich ausgebreitet hatte. Den beiden Männern schenkte er keine Beachtung mehr.

»Jetzt hol ich aber den Prosecco«, kündigte Gianni an.

»Ich begleite dich«, sagte sein neuer Freund und folgte ihm in den Abstellraum. »Bist du wahnsinnig geworden?«, fuhr er Gianni an, als dieser die Tür geschlossen hatte. »Top secret, habe ich gesagt, sonst fliegen wir auf, und du kannst dir deinen Anteil abschminken.«

»Reg dich wieder ab, mein Freund, der *professore* ist doch nur ein armer alter Mann. Denkst du wirklich, der fährt morgen zum Flughafen und erzählt den Sicherheitsleuten, dass wir Flüssigkeiten an Bord schmuggeln wollen? Oder hast du Angst, dass der damit zur Presse geht? Oder zu diesem Signore Rabelka, um zu petzen, was seine lustigen Freunde für ihn planen? Deine Angst ist doch absurd!«

»Kein Wort zu niemandem, Gianni, das ist Teil des Deals.«

»Schon recht.« Gianni konzentrierte sich auf die Flaschen vor sich im Weinschrank. Dann zog er eine heraus und schloss die Tür. »Das heißt dann aber auch für dich: kein Wort zu deiner Kommissarin!«

»Also, Diana ist noch lange nicht meine Kommissarin. Aber du hast natürlich recht: kein Wort zu ihr. So, und jetzt lass uns gemeinsam überlegen, wie wir den Plan am besten in die Tat umsetzen. Kann sich nicht deine Aushilfe um die ohnehin nicht vorhandenen Gäste kümmern? Dann könnten wir uns hier in die Ecke setzen.« Er zeigte auf einen kleinen Tisch mit zwei Stühlen.

»Kein Problem. Warte, ich gebe nur Francesca Bescheid und hole die Gläser.«

21

Die beiden Uniformierten, die Gianni Delucci am nächsten Morgen zur Vernehmung abholen wollten, mussten unverrichteter Dinge wieder abziehen. Ihr Chef sei in der Früh losgefahren, sagte die Aushilfe, sie wisse allerdings nicht genau, wohin. Wahrscheinlich liefere er nur wie jeden Tag Ciabatta aus. Das könne gut und gern bis Mittag dauern, aber ja, sie werde ihm ausrichten, sich umgehend im LKA zu melden.

Der Herr Oberst war zwar ein wenig verärgert, aber nicht wirklich beunruhigt. »Den schnappe ich mir schon, keine Sorge«, sagte er zu Diana. »Ich werde ihn so in die Zange nehmen, dass er singen wird wie ein Vogerl.«

Diana wiederum machte sich sehr wohl Sorgen. Allerdings um Gianni. Sie hielt ihn zwar für einen gemeinen Ehebrecher, aber nicht für einen Mörder. Doch wie sollte sie das einem siegessicheren Herrn Oberst klarmachen?

Und wie viel weniger siegessicher und stärker beunruhigt wäre dieser wohl gewesen, hätte er gewusst, wo Gianni sich in diesem Augenblick befand. Nämlich auf dem Weg schnurstracks zum Flughafen.

Gianni Delucci war allerbester Laune. Piet und er hatten am Vortag auf der Homepage von »HHH – Harry Hansons Haushaltsshop« ein Folienschweißgerät entdeckt, das für ihre Zwecke geradezu ideal zu sein schien, und eben war er im Laden gewesen, um es zu erstehen. Es hatte zwar fast hundert Euro gekostet, aber die waren gut angelegt. Dann war er auf die Idee gekommen, das Gerät gleich heute noch zu testen. Und zwar direkt am Flughafen, sozusagen als eine Art Generalprobe. Gianni konnte sich das Grinsen nicht verkneifen. Zweieinhalbtausend Euro! So leicht hatte er noch nie Geld verdient. Er drehte den Lautstärkeregler des CD-Spielers im Auto höher. Albano Carisi trällerte, und Gianni sang lauthals mit. Er fand, er hatte allen Grund dazu: *»Felicita e tenersi per mano andare lontano la felicita …«* *Felicita* bedeutete übersetzt »Glück«, und Glück hatte er im Augenblick so viel, dass er es kaum fassen konnte. Mit dem Geld des Auftrags würde er sich einen Pizzaofen kaufen. Einen echt italienischen mit gemauertem Unterteil. Obwohl, vielleicht musste er auch gar nicht original italienisch sein, dann könnte er sich für das Geld auch noch eine Uhr leisten. In der Linzer Innenstadt hatte er eine aus echtem Gold entdeckt, sah aus wie eine Rolex, die war eigentlich fast wichtiger als dieser Pizzaofen.

Bester Laune und hoch motiviert erreichte er sein Ziel. Da, ein freier Parkplatz vor dem Flughafengebäude, wenn das kein gutes Omen war! Gianni stellte den Motor ab, und die Musik verstummte. Er blieb sitzen, um den Plan im Kopf noch einmal durchzugehen. Punkt 1: mit der Flasche Absinth und dem Folienschweißgerät in der Tasche das Flughafengebäude betreten. Punkt 2: im Duty-free-Shop Granatapfelsaft und sechs Flaschen Alkohol besorgen: Bourbon Whisky, Orangenlikör, Gin, brauner Rum, Tequila und Wodka. Außerdem einen x-beliebigen anderen Alkohol in einer passenden Verpackung. Punkt 3: an der Kasse zahlen und gelassen zusehen, wie alles in zwei Plastikbeutel eingeschweißt wird. Punkt 4: ab zur Herrentoilette und gut zusperren. Punkt 5: mit einem Cutter – er griff an seine Brusttasche, aber ja, das Teppichmesser war an seinem Platz – einen der Beutel aufschneiden, Alkohol in Verpackung entnehmen, ursprüngliche Flasche gegen Absinth austauschen. Punkt 6: mit Folienschweißgerät den Beutel wieder verschließen. Punkt 7: mit sämtlichen Alkoholika einschließlich dem Absinth in der falschen Verpackung – alles in zwei Beutel eingeschweißt – erhobenen Hauptes durch die Sicherheitskontrolle gehen. Halt! Vorher musste er das Folienschweißgerät noch im Auto verstecken, wer wusste denn, ob er es nicht wieder einmal brauchen konnte. Das also war sein Plan. Ein sehr guter Plan, wie er fand. Nein, ein geradezu perfekter Plan!

Heute würde er nur überprüfen, ob alle nötigen Zutaten für einen Absinth Kamikaze im Duty-free-Shop vorrätig waren, denn notfalls müsste er sonst außer dem Absinth noch anderen Alkohol für den Cocktail mitbringen. Jetzt würde er nur eine Flasche kaufen, um das Gerät zu testen. Gianni fühlte sich wie James Bond.

Unterwegs in geheimer Mission. Er sprang aus dem Wagen und warf voller Elan die Autotür zu. Es konnte losgehen! Piet würde stolz auf ihn sein.

Der Flughafen war klein und überschaubar. In der Abflughalle wartete eine lange Schlange vor dem Check-in für den Charterflug nach Antalya. Ein paar Leute standen in Grüppchen zusammen, Paare küssten sich zum Abschied, im Café saßen Gäste beim Frühstück. Zwei Flugbegleiterinnen in roten Uniformen eilten in eine Unterhaltung vertieft an Gianni vorbei. Alles ging seinen üblichen Gang, es hätte nicht besser sein können.

Er sah sich um. Wo befand sich der Duty-free-Shop? Er war noch nie von Linz weggeflogen.

Durch eine Glaswand konnte Gianni Zigarettenstangen und Parfums in allen Variationen erkennen. Und da standen auch die gewünschten Flaschen in hohen Regalen. Doch zu seinem Entsetzen trennte ihn die Sicherheitskontrolle von dem Laden. Das konnte doch nicht wahr sein! Er hatte in Erinnerung, dass man auf manch anderen Flughäfen im Duty-free-Shop einkaufen konnte, bevor man die Sicherheitsschleuse passierte.

Gianni dachte an James Bond, der sich von so einer Kleinigkeit auch nicht aufhalten lassen würde. Energischen Schrittes eilte er auf den Securitymann zu, der mit Plastikhandschuhen ausgestattet auf den nächsten Fluggast wartete. »Guten Morgen, ich müsste mal in den Duty-free-Shop.«

Der große bullige Glatzkopf schob ihm eine graue Plastikwanne entgegen. »Ihr Ticket und den Pass, bitte. Elektronische Geräte extra. Führen Sie irgendwelche Flüssigkeiten mit sich?«

»Äh, nein. Und ich habe auch kein Ticket. Wissen Sie, ich verreise heute gar nicht –«

»Zugang zum Shop erhalten Sie nur mit einem gültigen Ticket. Wenn Sie jetzt bitte zur Seite treten, andere Leute haben es eilig. Guten Morgen.«

Doch Gianni ließ nicht locker, auch wenn die hinter ihm stehenden Passagiere sich schon an ihm vorbeidrängen wollten. »Es ist aber wichtig, Herr Inspektor! Ich muss nur kurz etwas nachsehen.«

Der Sicherheitsmann verschränkte die Arme vor seiner Brust. »Ausgeschlossen. Und jetzt verschwinden Sie.«

Gianni senkte die Stimme und trat so nah wie möglich an den Mann heran. »Ich bin in wichtiger Angelegenheit hier. Es geht um eine Promiparty. Alles top secret!«

Der Sicherheitsbeamte blieb unbeeindruckt. »Ohne Genehmigung von oben kann ich Sie nicht durchlassen.«

Gianni strahlte ihn an. »Aber genau so eine Genehmigung habe ich doch, von ganz oben sogar!«

»Dann zeigen Sie sie mir endlich!« Der Mann hielt die behandschuhte Hand auf und wackelte auffordernd mit den Fingern.

»Leider habe ich sie im Auto vergessen«, war alles, was Gianni einfiel. Er machte auf der Stelle kehrt und verließ eiligen Schrittes die Abflughalle. Vor seinem Auto blieb er stehen und atmete tief durch. Na toll, die Generalprobe war gründlich in die Hose gegangen. Er hatte weder herausgefunden, welchen Alkohol man im Shop kaufen konnte, noch, ob das blöde Gerät bei den Sicherheitssäcken funktionierte. Und vielleicht hatte er sich auch noch verdächtig gemacht. Wenn Piet davon erfuhr, würde er über so viel Dummheit bestimmt die Hände über dem Kopf zusammenschlagen.

22

Die Vernehmung am Nachmittag trug nicht gerade dazu bei, Gianni Deluccis Laune zu verbessern. Er saß nicht nur dem Herrn Oberst und Inspektor See gegenüber, sondern sah sich auch mit der absurden Anschuldigung konfrontiert, Heinrich Wertzheimer ins Jenseits befördert zu haben.

»Leugnen ist zwecklos, guter Mann, wir wissen alles!«

»Perfetto«, lautete Giannis ironischer Kommentar. »Und was genau?«

Wir stellen hier die Fragen, hatte Karl-Heinz See sagen wollen, doch der Herr Oberst war schneller mit der Antwort. »Wir haben uns erkundigt. Sie haben bei der Wertzheimer Privatbank erhebliche Schulden. Zeugen geben an, dass das Opfer Ihren Kredit fällig stellen wollte. Sie hätten nicht zahlen können, deshalb wollte sich die Bank Ihr Restaurant schnappen. Sie haben Wertzheimer gehasst.«

See war über die Worte des Herrn Oberst irritiert. Hatten sie dem Italiener nicht eigentlich Mord aus Eifersucht vorwerfen wollen? Unwillig verzog er die Lippen. Wenn er eines hasste, dann gemeinsame Vernehmungen mit dem Herrn Oberst. Der preschte stets vor, wenn man sich der Wahrheit vorsichtig mit Fragen hätte nähern sollen, und war zögerlich, wenn es darum ging, zuzuschlagen. Und von einem roten Faden war in seiner Vernehmungstechnik auch nichts zu entdecken. Da waren ihm sogar noch die Befragungen mit Diana Pölz lieber. Bei Weitem! Das hatte er sich bisher noch nie eingestanden, sodass ihn diese Erkenntnis jetzt auch einigermaßen wunderte. Wo war die Pölz eigentlich? Warum saß sie nicht bei ihnen und bemühte sich an seiner Stelle, dem Herrn Oberst durch sein Vernehmungslabyrinth zu folgen?

Doch Diana war sehr zufrieden dort, wo sie war. Sie stand hinter dem Einwegspiegel und beobachtete die Szene. Wie gut, dass sie den Herrn Oberst hatte überzeugen können, See an seine Seite zu bitten. Sie glaubte weder an die Eifersuchtstheorie noch daran, dass Gianni den Banker aus Geldgründen umgebracht hatte. Außerdem war sie mit dem Italiener per Du, was der Herr Oberst nicht unbedingt wissen musste.

»Was hätte es mir denn gebracht, wenn ich den Mann umgebracht hätte?«, erkundigte sich Gianni soeben. »Die Schulden habe ich doch bei der Bank, nicht bei ihm persönlich.«

Dass er genau dasselbe Argument selbst erst kürzlich verwendet hatte, störte den Herrn Oberst nicht im Geringsten. Sein Zeigefinger schnellte in die Höhe. »Aha! Sie geben also zu, dass Sie Schulden haben, hatschi!« Er schnäuzte sich ausgiebig und nahm dann einen Schluck aus einem kleinen braunen Medizinfläschchen.

»Warum soll ich etwas leugnen, was Sie sicher schon wissen? Außerdem weiß es der ganze Ort. Viele Leute in St. Florian haben Schulden bei der Wertzheimer Bank. Sind die etwa auch alle verdächtig?«

Der Herr Oberst grunzte unzufrieden und nahm einen weiteren Schluck von seiner Medizin. »So kommen wir nicht weiter«, sagte er dann. »See, übernehmen Sie!«

See hatte nur darauf gewartet. »Aber gerne. Machen wir es also kurz, Herr Delucci: Sie haben Heinrich Wertzheimer nicht gemocht.«

Gianni hatte kein Problem damit, dem zuzustimmen. »Würden Sie vielleicht einen Mann mögen, der zu jeder passenden und unpassenden Uhrzeit bei Ihnen auftaucht und vor allen Anwesenden Ihre Schulden einfordert? Seine ständigen Drohungen gingen mir ungeheuerlich auf die Nerven. Ich bin wirklich froh, dass es nun damit vorbei ist!«

»Aha!«, trumpfte der Herr Oberst abermals auf, doch diesmal ließ Inspektor See ihn nicht zu Wort kommen.

»Und noch weniger mochten Sie Heinrich Wertzheimer, weil er seine Finger nicht von Ihrer schönen Geliebten lassen konnte, der alte Sack!«

Jetzt war Gianni wirklich fassungslos. »Von Tatjana? Ich dachte, es ginge hier um meine Schulden? Was hat denn Tatjana damit zu tun?«

»Sie waren eifersüchtig. Eifersüchtig auf einen Mann, der Ihrer hübschen Geliebten so viel mehr bieten konnte als Sie, der Sie nur ein bankrotter Gastwirt sind. Auf einen Mann, der über genügend Geld verfügte, um sie mit einem luxuriösen Lebensstil zu locken.«

»Ach was, luxuriöser Lebensstil«, fuhr der Italiener auf. »Sie haben den Mann doch gesehen! Der trug zehn Jahre alte Anzüge, und seine Uhr war ein Werbegeschenk seiner eigenen Bank. Außerdem war er viel zu alt für Tatjana und dazu noch potthässlich, *molto brutto*!«

Insgeheim war See geneigt, dem Italiener zuzustimmen, sagte jedoch laut: »Trotz alledem war er Ihr Konkurrent bei der schönen Tatjana.«

Jetzt sagte See schon zum dritten Mal, dass er die Altenbetreuerin schön fand, fiel Diana auf. Ihr Kollege war ein bekannter Frauenheld, auch wenn ihr beim besten Willen nicht klar war, was ihn für viele ihrer Geschlechtsgenossinnen so attraktiv machte. Seine fettigen, etwas zu langen Haare waren es bestimmt nicht.

»Aber einen Konkurrenten konnten Sie nicht zulassen. Darum haben Sie die Spritze genommen, sind Herrn Wertzheimer in sein Zimmer gefolgt, immerhin waren Sie im Zimmer von dieser Tatjana, also bereits im Haus, und mussten keine Hindernisse mehr überwinden, und –«

»Und woher hatte ich so plötzlich das Heroin?«

»Aha!« Der Zeigefinger des Herrn Oberst schnellte erneut in die Höhe. »Woher wissen Sie, dass das Opfer durch Heroin ums Leben gekommen ist? Das wurde von uns noch mit keinem Wort erwähnt.«

»Ich lese Zeitung, Herr Oberst. Außerdem hielt ich mich in der Villa auf, als man die Leiche gefunden hat, schon vergessen?«

»Ach ja, richtig.« Der Herr Oberst hasste es, nicht persönlich von Anfang an an Ermittlungen beteiligt zu sein. In so einem Fall konnte einem schon die eine oder andere Tatsache entfallen.

»Am Abend war ich allerdings nicht in der Villa, sondern in meinem Lokal, wie ich Ihrem Kollegen bereits gesagt habe.«

Da dies nicht nur die Ehefrau, sondern auch mehr als zehn Zeugen der Freiwilligen Feuerwehr bereits nachweislich bestätigt hatten, endete die Vernehmung an dieser Stelle sehr unbefriedigend für den Herrn Oberst. Allerdings höchst befriedigend für Gianni Delucci. Denn einerseits dachte er, nun für immer dem Kreis der Verdächtigen entkommen zu sein, und andererseits hatte ihn das braune Medizinfläschchen des Herrn Oberst auf eine großartige Idee gebracht. Mit einem Schlag war seine Laune wieder die allerbeste.

23

»Also, Herr Jancic, noch einmal von vorne. Wann hatten Sie das erste Mal Kontakt zu Heinrich Wertzheimer?«

Der junge Mann trug zerrissene Bluejeans und ein grünes T-Shirt mit der Abbildung einer Hanfpflanze und der Aufschrift »Legalize Pot«. Er lümmelte im Stuhl, der Diana und See gegenüberstand. Seine Dreadlocks waren so ungewaschen und verfilzt, wie sie wahrscheinlich zu sein hatten, um einen authentischen Eindruck zu vermitteln. Sein Gesichtsausdruck war ebenso lustlos wie gelangweilt, allerdings zierte seine Wangen eine gesunde Röte und nicht die graue Blässe, die Diana von Menschen kannte, die im Gefängnis auf kaltem Drogenentzug waren.

»Nehmen Sie die Drogen, die Sie verkaufen, auch selbst?«, erkundigte sie sich daher, bevor der Mann Sees Frage beantwortet hatte.

Die Antwort kam wie aus der Pistole geschossen. »Glauben Sie, ich bin deppert? Sicher nicht! Ich meine, Gras schon, ab und zu … Also, was ich sagen wollte, selbstverständlich nehm ich das Zeug. Nie täte ich etwas davon weitergeben, weder geschenkt noch gegen Geld. Was die Polizisten da gefunden haben, war doch alles nur für den Eigenbedarf!«

Diana schaute See an, See schaute Diana an, und beide mussten lachen. Tom Jancic kämpfte zwar dagegen an, aber letztendlich musste er doch mitlachen. Er hatte die Kurve nicht so elegant gekratzt, wie er gehofft hatte. Jetzt hatte er doch glatt zugegeben, dass er ein Dealer war. Damit schnellte die zu erwartende Strafe erheblich in die Höhe. Wirklich blöder Fehler, den er da begangen hatte.

»Das mit dem Eigenbedarf hätte man Ihnen bei der Menge doch sowieso nicht geglaubt. Sie können also ruhig bei der Wahrheit bleiben«, sagte Diana.

Jancic setzte sich aufrecht hin. Er machte jetzt einen kooperativeren Eindruck. Wahrscheinlich hoffte er, damit das Strafmaß wieder mildern zu können.

»Und jetzt zurück zu Heinrich Wertzheimer«, forderte See.

»Das war eine komische Geschichte. Sie werden mir das wahrscheinlich wieder nicht glauben, aber der Bankfuzzi hat mich von sich aus angesprochen. Ich hab beim Bankomaten vor der Wertzheimer Bank gestanden und wollte Geld abheben, als er daherkommt und mich fragt, ob ich Freunde habe und ob wir gerne Party machen und all so einen Schrott.«

Diana fand die Geschichte fast schon zu absurd, um erlogen zu sein. Auch See sagte nichts außer: »Weiter!«

»Er habe da so einen Neffen. Aus Amerika. Der sei einsam und allein, das arme Bubi, also fragt er mich, ob ich mich nicht ein bissl um den kümmern könnte.«

»Echt jetzt?« See war überrascht. »Ich hätte nie vermutet, dass Wertzheimer sich auch nur einen Deut um seinen Neffen geschert hat. Das heißt also, dass die beiden sich gut verstanden haben?«

»Nein, das heißt es net! Zuerst hab ich das natürlich auch noch gedacht, aber dann hab ich gemerkt, dass sein Onkel dem Jason ordentlich auf den Geist gegangen ist, das können Sie mir glauben.«

»Aha, und warum ist er ihm auf den Geist gegangen?«

»Weil er sich in alles eingemischt hat. Später hat er uns alle mit seinen depperten Partys genervt.«

»Womit?«

»Na, der Alte wollte, dass wir jeden Abend eine Party auf seinem Grundstück steigen lassen. Er hat uns zwar reichlich Getränke spendiert und auch Essen und –«

»Drogen auch?«

»Ja, freilich, Drogen auch. Jetzt, wo Sie mich eh schon am Wickel haben, kann ich's ja sagen. Die Drogen haben wir uns, also, ich hab sie uns zwar besorgt, aber er hat alles bezahlt. Genauso wie Tschick, also Zigaretten. Und jede Menge Bier, Schnaps und seinen grauslichen Whisky hat er in seinem Spießerauto selbst angekarrt. Weil wir keine gescheite Musikanlage gehabt haben, hat er uns so ein sündteures Gerät mit USB-Anschluss gekauft, wo wir die Smartphones einstecken konnten, um unsere eigene Musik zu hören. Er hat gesagt, je lauter, desto besser, er wolle in seinem Zimmer auch noch etwas davon hören. Dabei hat er irgendwann auch einmal erwähnt, dass alte Leute ihren Schlaf bräuchten. Das alles hat nicht so richtig zusammengepasst. So ein Spinner war das, aber echt!«

Das ist ja eine unglaubliche Geschichte, dachte Diana. Immerhin erklärte sie die Scherben und die Whiskyflasche am Ufer des Seerosenteichs. Alte Leute brauchten also ihren Schlaf? Sie überlegte, wen Wertzheimer damit gemeint haben konnte. Sich selbst bestimmt nicht. Kein Mann unter sechzig würde sich freiwillig zur Kategorie »alte Leute« zählen, in die er für einen Zwanzigjährigen selbstverständlich fiel. Der einzige Mensch auf dem Anwesen, auf den Wertzheimers Bezeichnung seiner Einschätzung nach zugetroffen hatte, musste seine Mutter gewesen sein. Waren die Partys etwa ein Racheakt des Sohnes gegen die Mutter? Hatte er sie um ihren Schlaf bringen wollen? Hatte Henriette Wertzheimer somit doch wieder ein Mordmotiv?

»In seinem Zimmer«, wiederholte See in der Zwischenzeit. »Das heißt, Heinrich Wertzheimer hat nicht mit Ihnen gefeiert?«

Tom Jancic sah ihn an, als hätte er den Verstand verloren. »Was ist denn das für eine Frage? Nein, natürlich nicht. Was hätten wir denn mit so einem alten Mann anfangen sollen?«

»Wir haben da eine Zeugin, die ausgesagt hat, Wertzheimer sei an einem Mädchen aus Ihrem Freundeskreis interessiert gewesen.«

»Das kann ich mir beim besten Willen nicht vorstellen.« Jancic wurde immer fassungsloser. »An welchem denn? An Babsi? Oder an der Angie? An der Frick sicher net, die ist mit dem Joesi Drazal zusammen. Und Jessica und die Yvonne sind lesbisch. Würde also nur noch die Chantal übrig bleiben, aber das glaub ich auch nicht.«

See schob dem jungen Mann einen Block hinüber und bat ihn, die Namen aufzuschreiben. Und zwar alle, egal was er glaubte und was nicht.

»Das heißt also, Sie vermuten, dass der Wertzheimer mit keiner der Frauen, deren Namen Sie aufgeschrieben haben, ein Verhältnis gehabt hat«, fasste Diana ein paar Minuten später zusammen. »Und bei den Partys war er auch nicht anwesend.«

»Ganz genau. Er hat uns nur die Sachen gebracht und sich dann wieder geschlichen.«

»Und warum, glauben Sie, wollte er, dass Sie diese Partys auf seinem Grundstück veranstalten?«

Jancic zuckte mit den Schultern. »Das habe ich mich auch immer wieder gefragt. Am Anfang war's ja sogar noch lustig, aber jeden Tag auf Knopfdruck feiern zu müssen, das wird schnell fad.«

»Immerhin hat er Sie mit Drogen und Getränken versorgt«, wandte Diana ein.

»Ja, eh«, gab Jancic zu, »aber wir sind nicht käuflich. Am Schluss haben wir nur mehr mitgemacht, weil uns der Jason leidgetan hat. Der ist nämlich ein netter Kerl, und dem hat sein Onkel die Hölle heißgemacht, wenn wir mehr als zwei Tage nicht aufgetaucht sind, um auf der Wiese einen Riesenradau zu veranstalten.«

»Hat er tatsächlich gesagt, er will einen Riesenradau? Und immer auf der Wiese unterhalb vom Seerosenteich? Also eigentlich ziemlich weit vom Haus entfernt?«

Jancic nickte. »Ja, genau. Hat mich auch gewundert. Ich meine, wenn er schon unsere Musik hören wollte, dann hätte er uns doch gleich zu sich ins Haus einladen können. Oder zumindest auf den Rasen direkt davor, oder?«

»Das ist tatsächlich seltsam. Waren Sie denn einmal im Haus?«

»Nein, nie!«, kam die Antwort, vielleicht ein bisschen zu schnell.

Sees Gedanken waren mittlerweile woanders. »Wohnt da eigentlich jemand in der Nähe Ihrer Party-Wiese? Haben sich keine anderen Anrainer über den Lärm beschwert?«

»Ein Stück weiter weg stehen schon ein paar Häuser, aber wie gesagt, etwas weiter weg. An denen führt auch die Schnellstraße vorbei, vielleicht war ja der Autolärm so stark, dass die unsere Musik gar nicht gehört haben. Und irgendein Sandler wohnt im Wald daneben, aber der war dem Wertzheimer völlig wurscht. Außerdem ist der eh derisch.«

»Tragen Sie manchmal Mützen?«, wechselte Diana das Thema.

»Was soll das denn jetzt?« Der junge Mann war verwirrt.

»Tragen Sie manchmal eine Mütze, ja oder nein?«

»Ja, manchmal schon.«

»Eine blaue?«

»Nein, immer eine rote.«

Täuschte sie sich, oder war das gerade ein anerkennender Blick gewesen, den Kollege See ihr zugeworfen hatte?

»Sie haben uns angelogen, Herr Jancic. Sie waren in der Villa Wertzheimer«, sagte der nun auf gut Glück. »Und zwar mindestens zwei Mal. Einmal hat Wertzheimer davon gewusst, das andere Mal sind Sie mit Hilfe einer Leiter eingestiegen.«

Jancic war über Sees Wissen sichtlich erstaunt. »Na und«, sagte er schließlich, »der alte Wertzheimer hat doch eh Bescheid gewusst. Wir durften uns aus seinem Zimmer Nachschub holen, wenn uns der Alkohol ausgegangen ist. Das hatte er uns ausdrücklich erlaubt. Können S' ja den Jason fragen, wenn Sie mir nicht glauben.«

»Okay, eine letzte Frage noch: Was haben Sie für eine Schuhgröße?«

»Sechsundvierzig. Wieso?«

Diana sah zu See hinüber. Der Schuhabdruck vor dem Fenster des Zimmers des Toten bringt uns also auch nicht weiter, sagte ihr Blick.

24

Diana und Piet saßen am Tisch in Dianas kleiner Küche. Sie waren noch in der Phase ihrer Beziehung, in der Sex vor und nicht nach dem Essen stattfindet. Daher war es bereits gegen neun Uhr, als sie endlich mit dem Abendessen begannen. Der kleine Garten vor dem Fenster wurde schon von der Dunkelheit verschluckt, und Diana freute sich auf den Sommer, wenn sie an langen Abenden draußen sitzen konnten. Es gab Wurst und Käse, dazu frisches Brot, einen vollmundigen Rotwein und eine Fragerunde, die Piet soeben eröffnet hatte.

»Nenne mir drei Eigenschaften, die dir an einem Mann besonders wichtig sind.« Gespannt schaute er sie über den Rand seines belegten Brotes hinweg an.

Diana musste nicht lange überlegen. »Loyalität«, sagte sie, »Treue und Verlässlichkeit!«

»Au weh«, antwortete er. »Ich bin ein Chaot. Loyal bin ich natürlich und treu eigentlich auch, aber mit der Verlässlichkeit hapert's bei mir manchmal gewaltig. Ich vergesse Termine, verwechsle Treffpunkte, und an Geburtstage erinnere ich mich nur dank der Notiz in meinem Handy. Wenn denn nicht wieder der Akku leer ist und ich das Ladegerät nicht finde. Wie gesagt, ich bin ein Chaot. Ein verlässlicher Chaot, wenn du so willst. Ich hoffe, du kannst damit leben?« Dunkle Augen schauten sie treuherzig an.

Aber Diana war schon so verliebt, dass sie mit noch ganz anderen Dingen hätte leben können. »Und du?«, fragte sie. »Was ist dir an einer Frau besonders wichtig?«

»Ein großer Busen, ein praller Hintern und dass sie gut kochen kann«, antwortete Piet sofort und freute sich feixend über ihre gespielte Empörung.

Diana schlug mit dem Geschirrtuch nach ihm.

»Na gut, dann eben jetzt ernsthaft. Mir ist wichtig, dass die Frau, mit der ich zusammen bin, mir vertraut. Misstrauen in einer Beziehung ist das Allerschlimmste. Ich möchte, dass sie es gut findet oder zumindest akzeptiert, dass ich ungewöhnliche Wege gehe und mich auch auf so manches Abenteuer einlasse. Und natürlich, dass sie nicht an mir klebt wie eine Klette und mir die Ohren volljammert. Jammereien musste ich in den ersten dreißig Jahren meines Lebens genug von meiner Mutter ertragen. Außerdem ist wichtig, dass sie mich liebt, aber das ist eh klar.«

Eines der gesprochenen Worte blieb in Dianas Hirn so nachhaltig hängen, dass es alles andere überstrahlte. »Liebst du mich denn?«, fragte sie daher, und ihre Wangen glühten.

Piet schwieg einen Augenblick lang, dann begannen seine Augen und Lippen zu lächeln. »Find's raus«, sagte er, stand auf und zog sie wieder in Richtung Schlafzimmer.

25

Heinrich Wertzheimer wurde an einem trüben, kalten Donnerstag im April, genau eine Woche nachdem er tot aufgefunden worden war, zu Grabe getragen. Die Kränze, die seinen letzten Weg begleiteten, waren zahllos. Genauso wie die Reden, die ihm zu Ehren gehalten wurden. Der Landeshauptmann ließ es sich nicht nehmen, den Toten zu würdigen, und auch der Bürgermeister, Helfgott Sagmeister und zwei Generaldirektoren anderer Banken sagten einige Worte. Ganz St. Florian schien auf den Beinen zu sein, sogar das Kamerateam des lokalen Fernsehens war dabei.

Diana und Karl-Heinz See verfolgten das Geschehen aus einigem Abstand, immer in der Hoffnung, der Mörder würde sich nicht nur blicken lassen, sondern auch durch verdächtiges Verhalten auf sich aufmerksam machen. Doch nichts dergleichen geschah.

Frau Dr. Wertzheimer folgte dem Sarg im Rollstuhl, der von ihrer Pflegerin geschoben wurde. Sie saß kerzengerade, trug ein schwarzes Wollkostüm und einen breitkrempigen schwarzen Hut. Ihre Beine waren unter einer dunklen Decke verborgen. Ihr blasses Gesicht zeigte keine Regung. Neben ihr ging ein junger Mann in Bluejeans und einem dunkelblauen Sweater. Das musste Jason sein, ihr Enkel aus Amerika. Er sah genauso aus wie auf dem Foto, das Lilli geschickt hatte. Der junge Mann war überraschend klein, aber ziemlich sportlich gebaut, die Haare trug er korrekt gescheitelt. Er sah sich ständig um und drehte eine Kappe in beiden Händen. Offensichtlich war er nervös und angespannt. Im Trauerzug dahinter folgten sicher über hundert Menschen, die Diana noch nie gesehen hatte. Nur ab und zu erkannte sie ein Gesicht wie etwa das von Helfgott Sagmeister oder Frau Trude.

Als sich die Trauergemeinde um kurz nach elf endlich zum Leichenschmaus ins größte Wirtshaus am Marktplatz begab, waren drei Stunden vergangen. See war unübersehbar gelangweilt, und Diana fror erbärmlich. Warum bloß hatte sie heute Morgen ihre schwarzen Pumps angezogen? Sie war keine Angehörige, also hätte sie auch weniger elegant gekleidet am Begräbnis teilnehmen können. Dünne Ledersohlen und ein Boden, der vor Kurzem noch gefroren gewesen war, waren nicht die beste Kombination.

Während also eine fröstelnde Diana und ein grantiger Karl-Heinz See noch überlegten, wie sie am besten ein paar Worte mit dem Enkel wechseln konnten, ohne allzu großes Aufsehen zu erregen, kam der junge Mann von sich aus auf sie zu.

»Mein Name ist Jason Quiterail. Ich möchte gerne mit Ihnen sprechen.«

»Das trifft sich gut«, erwiderte Diana überrascht. »Wir mit Ihnen auch.«

»Grüß Gott!« Helfgott Sagmeister eilte an ihnen vorbei und zog höflich den Hut. »Tut mir leid, aber ich muss dringend ins Büro.«

Aber Diana und See hatten ohnehin nicht vorgehabt, ihn aufzuhalten.

Jason Quitcrail sah sich nach allen Seiten um, als würde er nach jemandem Ausschau halten.

»Gibt es hier irgendwo einen Ort, wo wir uns in Ruhe unterhalten –«, begann Diana.

Der Amerikaner unterbrach sie. »Können wir nicht in Ihr *office* fahren?« Als sie ihn mit fragendem Blick ansah, fügte er bittend hinzu: *»Please!«*

See war zwar offensichtlich genauso über den Wunsch des jungen Mannes überrascht wie sie, fand aber schneller die Sprache wieder. »Von mir aus, dann gehen wir eben zum Auto.« Er steckte die Hände in die Hosentaschen und marschierte voraus.

Im warmen Vernehmungsraum des LKA taute Diana langsam wieder auf.

Bezirksinspektor Wöglinger brachte ihnen drei Pappbecher mit heißem Tee. »Nehmen Sie das Kapperl ab«, forderte er dabei den jungen Mann auf.

Der Befehl wurde umgehend befolgt. *»Sorry, officer.«*

»Sie sprechen unsere Sprache sehr gut, aber fühlen Sie sich auch in der Lage, eine Vernehmung auf Deutsch durchzuführen?«, erkundigte sich Diana und überlegte, ob sie nicht doch lieber einen Dolmetscher hinzuziehen sollten. Im letzten Herbst hatten sie zwar bereits den Hollywoodstar Caro LaBelle auf Englisch befragt, aber lieber war es Diana natürlich, wenn sie die Fragen auf Deutsch stellen konnten.

»Selbstverständlich, Ma'm, ich bin zweisprachig aufgewachsen«, antwortete der junge Mann, und See ließ einen tiefen Seufzer und ein befreites »Na, Gott sei Dank!« hören.

Schnell wurden seine Personalien geklärt, und Fritz Wöglinger verzog sich hinter seinen PC im Nebenzimmer, um die Fingerabdrücke abzugleichen.

»Gut, dann legen wir also los«, begann See die Vernehmung. »Warum sind Sie an dem Abend, als Ihr Onkel ermordet wurde, abgehauen?«

Der Amerikaner sah ihn mit ungläubigem Blick an. »Wie kommen Sie darauf, dass ich abgehauen bin?«

»Sind Sie nicht am Donnerstag, also heute vor einer Woche, in die Slowakei gefahren?«, wollte Diana wissen.

»Doch«, gab Jason unumwunden zu. »Aber das war schon lange geplant. Meine Freundin wollte, dass ich ihre Familie in Bratislava kennenlerne. Sie ist etwas altmodisch, eine Katholikin, *you know*. Ich konnte doch nicht ahnen, dass irgendjemand plante, in der Zwischenzeit meinen Onkel umzubringen.«

»Wann genau sind Sie losgefahren?«

»Das war so gegen halb sieben. Tatjana, also die Schwester meiner Freundin, die bei Granny arbeitet, hat uns mit dem Auto zum Bahnhof gebracht. Der Zug fuhr um kurz nach acht in Linz los. Irgendwo vor Wien, ich glaube, in Hütteldorf, mussten wir umsteigen, und um halb zwölf haben uns Adrianas Eltern in Bratislava vom Bahnhof abgeholt.«

Wenn das stimmte, dann hatten sie einen Verdächtigen weniger. »Haben Sie noch die Fahrkarte?«, fragte Diana.

Jason stand auf, zog sein Portemonnaie aus der Gesäßtasche und entnahm ihm ein mehrfach zusammengefaltetes DIN-A4-großes Papier. »Hier, bitte.«

Zwei Augenpaare warfen prüfende Blicke darauf. Es war tatsächlich eine Fahrkarte für den Tatabend, im Internet bestellt und anschließend ausgedruckt, die am selben Tag um zwanzig Uhr fünfunddreißig abgestempelt worden war. »Ihre Aussage scheint zu stimmen. Können Sie sich erklären, warum Ihre Großmutter so ein Geheimnis um Ihre Existenz gemacht hat?«

Jason atmete tief durch. »Heißt das, dass Sie mich nicht länger verdächtigen?«, wollte er wissen.

»Das heißt erst einmal gar nichts«, brummte See, ungehalten darüber, dass das offensichtlich sehr wohl etwas hieß. Nämlich dass sie mit ihren Ermittlungen wieder ganz am Anfang standen. Und zwar dies umso mehr, da in diesem Augenblick Fritz Wöglingers Kopf im Türrahmen erschien. Ein Kopf, der geschüttelt wurde. Der Fingerabdruck auf der Spritze stammte also nicht vom Neffen des Toten. Wäre ja auch zu schön gewesen.

»Granny hat wohl zuerst selbst gedacht, ich hätte etwas mit Onkel Henrys Tod zu tun. *For whatever reason*«, nahm Jason den Faden wieder auf. »Sie hat all meine Sachen zu Dragan ins Gartenhaus bringen lassen. Wenn der zurückkommt, wird er sich ganz schön wundern.«

»Wissen Sie, wann der Gärtner nach Bosnien abgereist ist?«

»Ja, das war zwei Tage vor Onkels Tod. Ich habe ihm dabei geholfen, das Auto zu beladen. Dragan nimmt anscheinend immer Berge von Kleidung und anderen Sachen mit. Alles für seine Eltern und Geschwister zu Hause. Aber *back* zu meiner Granny. Sie hat mich doch tatsächlich angerufen und gefragt, ob ich der Mörder sei. Das muss man sich einmal vorstellen, meine eigene Granny!«

»Wie kam sie darauf?«

»Das habe ich mich auch gefragt«, antwortete Jason. »Ich war völlig fertig, das können Sie mir glauben. Und wissen Sie, was sie noch gesagt hat?«

»Nein, wie sollten wir auch?« See langweilte sich erneut, aber die nächsten Worte weckten dann doch wieder sein Interesse.

»Sie sagte, ich sei wohl der Nächste, den sie umbringen werden.«

»Wie bitte?«

»Ja, *officer*, das waren ihre Worte. Und ich solle gefälligst bleiben, wo ich bin, bis sie mir Entwarnung gibt. Seither sterbe ich fast vor Angst.«

Das konnte sich Diana nur allzu gut vorstellen. Nicht vorstellen konnte sie sich allerdings, wer diese Leute sein sollten, die dem jungen Amerikaner nach dem Leben trachteten.

»Darum wollte ich auch nicht länger bei der Beerdigung bleiben«, erklärte Jason.

»Ich hatte mich schon gewundert«, sagte Diana. »Haben Sie denn einen Verdacht, wer es zuerst auf Ihren Onkel und jetzt vielleicht auch auf Sie abgesehen haben könnte? Hat Ihre Oma diesbezüglich etwas gesagt?«

Jason nahm einen Schluck Tee. *»I've no idea.«* Er wandte sich an See. »Als ich von Ihrem Anruf erfuhr, *officer*, dachte ich zuerst, das sei eine Falle. Und heute auf dem Friedhof neben Granny am Grab zu stehen, das war einfach nur schrecklich. Jede Minute habe ich gedacht, mich würde jemand aus dem Hinterhalt erschießen.«

»Woher wussten Sie eigentlich, dass wir von der Polizei sind?«, wollte Diana wissen.

»Trudie hat es mir gesagt. Sie können sich nicht vorstellen, wie froh ich war, Sie zu sehen! Sie werden mich beschützen, nicht wahr? *I'm stiff scared!* Wirklich, ich habe eine Heidenangst.«

Für Dianas Geschmack war das alles eine Spur zu melodramatisch. Andererseits war Jason Amerikaner, das erklärte so einiges. »Trauen Sie vielleicht einem Ihrer neuen Freunde einen Mord zu?«, erkundigte sie sich, ohne Jason zu beruhigen.

»Oder einer Ihrer neuen Freundinnen?«, ergänzte See und sah Diana provokativ an. Schließlich legte sie immer übertriebenen Wert darauf, dass es nicht nur Inspektoren hieß, sondern auch Inspektorinnen, also musste es dann wohl auch nicht nur Freund heißen, sondern auch Freundinnen. Und nicht nur Mörder, sondern auch Mörderinnen. Wenn man schon auf korrekte Sprache Wert legte, dann bitte lückenlos, sonst konnte man es sich auch gleich sparen. Was ihm ohnehin lieber gewesen wäre. Viel lieber.

»Oder einer Ihrer Freundinnen?«, wiederholte Diana seelenruhig.

»Was heißt schon Freunde? Das sind doch keine Freunde, das sind einfach Leute, die ich kennengelernt habe, weil mein Onkel das so wollte. *Quite nice, but not real friends.*«

»Und warum legte Ihr Onkel so viel Wert auf diese Freund…

äh, Bekanntschaften?«, erkundigte sich Diana. »Wollte er vielleicht, dass Sie sich in Österreich nicht mehr so einsam fühlen?«

Jetzt lachte Jason auf. »*Good joke!* Nein, nein, Henry war nicht der Typ, der sich um andere Menschen kümmerte. Er hatte nur seine eigenen Ziele und Bedürfnisse im Kopf.«

»Also verfolgte er auch mit den wilden Partys ein Ziel?«

»Sie wissen von den Partys?« Jason staunte nicht schlecht. »Ja, *sure*, auch damit verfolgte er ein Ziel. Allerdings habe ich bis heute nicht herausgefunden, welches.«

»Ihre Oma meint, Ihr Onkel wäre an einer jungen Frau aus der Gruppe interessiert gewesen.«

»What?« Jason drohten vor Erstaunen fast die Augen aus den Höhlen zu fallen. »Das hat sie gesagt? *No way!* Der hat die Mädchen doch nicht einmal angesehen. Dem ging es um etwas ganz anderes, da bin ich mir sicher. *Hundred percent!*«

»Hatte Ihr Onkel Feinde?«, wechselte See das Thema. »Sie haben in den letzten Wochen in der Bank gearbeitet. Haben Sie da irgendetwas Bemerkenswertes erlebt? Gab es Streit mit irgendwem?«

Jason Quiterail überlegte. »Henry hat immer wieder herumgeschrien, wenn er mal da war. Aber das war eigentlich nichts Bemerkenswertes, das war normal. In der Bank haben ihn alle gefürchtet, aber ganz besonders *good old* Helfi.«

See lachte auf.

»Helfi? Helfgott Sagmeister? Aber ich dachte –«

Jason interessierte nicht, was Diana dachte. »Sagmeister hatte wohl irgendwann einmal einen groben Fehler begangen, der der Bank einen *big* Verlust beschert hätte, wenn Henry nicht rechtzeitig eingegriffen hätte. Das hält, also, das hielt er ihm bei jeder Gelegenheit vor. Ich habe zufällig einmal gehört, wie Helfi am Telefon zu jemandem gesagt hat: ›Wegen diesem Idioten bekomme ich seit Jahren keinen Bonus mehr, und dabei ist mein Grundgehalt eh schon miserabel. Wenn die Alte‹, damit meinte er wohl Granny, ›mehr zu sagen hätte, würde es bestimmt anders aussehen.‹«

26

Obwohl Diana und See sich nicht vorstellen konnten, dass der junge Mann tatsächlich in ernsthafter Gefahr war, brachten sie Jason Quiterail wieder zum Bahnhof. Es war besser, auf Nummer sicher zu gehen, also würde er den Rat seiner Großmutter befolgen und so lange in Bratislava bleiben, bis der Mörder seines Onkels gefasst war. Obwohl ihn Adrianas Eltern mit ihren ständigen Fragen nach seinen Absichten tierisch nervten, fand er diesen Plan alles andere als schlimm. Denn erstens war Adriana ja auch noch in Bratislava, zweitens wollte er nicht wieder zurück zur Trauerfeier, drittens hatte er wirklich Angst davor, das nächste Opfer zu sein, und viertens hieß die Alternative dazu, bei Oma zu wohnen und unter Helfgott Sagmeister zu arbeiten.

Diana und See halfen Jason, eine Fahrkarte zu kaufen, und verabschiedeten ihn auf dem richtigen Bahnsteig, bevor sie sich wieder auf den Weg zurück nach St. Florian machten.

Als sie beim Restaurant »Da Gianni« vorbeikamen, staute sich plötzlich der Verkehr, und See musste anhalten. Diana sah aus dem Fenster. Das Lokal schien geschlossen zu haben, alle Vorhänge waren zugezogen. Seltsam, immerhin war es halb zwei, Mittagszeit. Ob Gianni krank war? Oder hatte ihm die Bank endgültig den Geldhahn zugedreht, bevor Piets Maßnahmen Wirkung zeigten?

Im Gegensatz dazu herrschte im Gastgarten des Chinesen nebenan lebhaftes Treiben. Offensichtlich war der Betriebsurlaub vorüber. Am Mittag war die Sonne hinter den Wolken hervorgekommen, und die Besucher nutzten die ersten warmen Strahlen des Frühlingstages, indem sie sich in dicken Jacken draußen niedergelassen hatten. Diana wollte ihren Augen kaum trauen, aber auch der Obdachlose war mitten unter den Gästen. Er saß am Tisch neben dem Eingang mit dem Rücken zur Hauswand und löffelte seelenruhig eine Suppe.

»Ich finde das wirklich beachtlich«, begann sie, als See wieder anfuhr. »Da gibt es diesen Obdachlosen, den wir damals beim Seerosenteich getroffen haben, erinnern Sie sich? Er wird hier in der Gemeinde von allen Gastwirten gratis verköstigt. Vor ein paar Tagen habe ich ihn beim Italiener gesehen, und jetzt sitzt er da drüben beim Chinesen.«

»Woher wollen Sie denn wissen, dass der gratis isst?« See bog auf den Marktplatz ein. »Mist, schon wieder alles voll.«

»Gianni, also Herr Delucci, hat es mir erzählt. Im Gegenzug dafür hilft der Alte den ausländischen Wirten beim Papierkram mit den Ämtern. Ist das nicht menschlich und bewundernswert, fast schon rührend? Was denken Sie?«

»Ja, wirklich unglaublich rührend«, antwortete See, und es war nur allzu deutlich, dass ihn momentan nichts und niemand weniger rührte als dieser Penner. »So, da stellen wir uns jetzt hin.« Er parkte den Wagen ein.

»Ich überlege schon die ganze Zeit, ob ich nicht dem Hubert Grobian davon erzählen soll. Wissen Sie schon, dass der Kulturredakteur vom ›Tagesblatt‹ vor Kurzem stellvertretender Chefredakteur geworden ist?«

»Ich habe davon gehört. Aussteigen!«

Diana folgte seinem Befehl. »In den Zeitungen steht immer so viel Negatives, da wäre es doch einmal Zeit für eine positive Geschichte wie diese. Oder?«

»Tun Sie, was Sie nicht lassen können«, brummte See. »Und jetzt volle Konzentration auf den Helfi. Helfi! Ich hab gedacht, ich krieg einen Lachanfall, als der kleine Amerikaner den Bankenmenschen so bezeichnete.«

Sie traten in Sagmeisters Büro, als dieser dabei war, seine Sachen zusammenzupacken. Er schien in größter Eile zu sein.

»Ach, da schau her!«, rief See spöttisch. »Wohin des Wegs?«

»Herr See! Frau Pölz! So schnell sieht man sich wieder. Ich bin leider in Eile. Sonst natürlich jederzeit, aber gerade jetzt kommt mir Ihr Besuch äußerst ungelegen.«

»Umso gelegener kommt er für uns«, lautete Sees trockener Kommentar. Die Zahl der Verdächtigen war unwillkommenermaßen wieder gegen null geschrumpft, und der schöne Carlos hatte nicht gerade wenig Lust, seinen Frust an dem einzigen Menschen auszulassen, der noch halbwegs als Täter in Frage kam.

»Eigentlich bin ich gar nicht mehr da. Ich habe nach dem Begräbnis nur schnell im Büro vorbeigeschaut, weil es Schwierigkeiten bei einer großen Finanzierung gab. Jetzt muss ich nach Hause und meinen Koffer packen, mein Flieger geht um halb fünf. Wenn Sie mich also –«

»Wohin fliegen wir denn?«

Diana sah See streng an. Es gab keinen Grund, Sagmeister gegenüber so einen süffisanten Tonfall anzuschlagen. Allerdings hatten ihre strengen Blicke noch selten ihre Wirkung nicht verfehlt.

»Ich fliege nach Ibiza. Mein Freund Rabelka wird fünfzig. Sie erinnern sich, wir haben darüber gesprochen.«

Ja, richtig, Diana konnte sich an die Geburtstagsvorbereitungen erinnern, die ihm seine Freunde als Alibi bestätigt hatten.

»Sie fliegen zu einer Geburtstagsparty? Am Tag, an dem Ihr Chef beerdigt wurde?«, fragte See streng.

Sagmeister hob beide Hände. »Wie nah doch Glück und Leid manchmal beieinanderliegen, nicht wahr? Ich wollte, ich hätte Zeit, länger zu trauern, doch die Tickets sind schon lange gebucht. Ich habe alles organisiert, und meine Freunde verlassen sich auf mich.«

»Sie haben Wertzheimer gehasst«, sagte See. »Ein neuer Zeuge hat ausgesagt, dass es Streit zwischen Ihnen beiden gab.«

Sagmeister hatte offensichtlich keine Zeit, um zu widersprechen. »Wenn der Zeuge das so sagt, wird es wohl stimmen. Aber ich habe ihn nicht umgebracht. Apropos Zeugen: Ich nehme an, meine Freunde haben in der Zwischenzeit mein Alibi bestätigt?«

»Das haben sie«, sagte See. »Dass Sie den Abend gemeinsam verbracht haben, heißt allerdings nicht, dass Sie sich nicht kurz hätten davonstehlen können. Die Freunde denken natürlich, Sie wären auf der Toilette gewesen, aber stattdessen –«

»Bin ich in die Villa Wertzheimer geschlichen und habe meinen Chef umgebracht?«, vollendete Sagmeister den Satz.

See klatschte in die Hände. »Ganz genau!«

»Sie wissen aber schon, wo ich wohne, oder?« Sagmeisters Stimme triefte vor Hohn.

»Und?«, fragte See, der nicht direkt zugeben wollte, keine Ahnung zu haben.

»Ich wohne in Linz. Ich denke, eine Toilettenpause von, na, sagen wir mal, einer guten Stunde wäre doch wohl aufgefallen, meinen Sie nicht auch?«

See murmelte etwas Unverständliches.

»Apropos Freunde«, fuhr Sagmeister fort, »Bumpf… also, Dr. Burghard Wolfssteiner, der Notar, wollte Frau Dr. Wertzheimer nach der Zehrung nach Hause begleiten. Wenn Sie sich beeilen, treffen Sie ihn noch in ihrem Haus an und können ihn dort noch einmal befragen. Allerdings muss auch er später den Flieger erwischen.«

»Warum haben Sie uns vorgegaukelt, Ihr Verhältnis zu Wertzheimer sei exzellent gewesen?« Diana wollte nicht zulassen, dass Sagmeister triumphierte.

»Das war Pietät, Frau Pölz, sonst gar nichts. *De mortuis nihil nisi bene*, wenn Sie verstehen, was ich meine. Man redet nicht schlecht über Tote. Und jetzt entschuldigen Sie mich bitte. Der Flieger wartet nicht.«

In seltener Einigkeit stellten Diana und See wortlos fest, dass sie Sagmeister nicht mochten und eine weitere Vernehmung zu nichts führen würde. Also verabschiedeten sie sich und machten sich auf den Weg zum Anwesen der Familie Wertzheimer.

27

Als sie vor dem Haus parkten, lief der Notar eben forschen Schrittes zu seinem Auto. In seiner Rechten schwang er eine schwarze Aktentasche.

»Dr. Wolfssteiner?« Diana eilte ihm entgegen, als er die Wagentür öffnete.

Er drehte sich um. »Ja, bitte?«

»Chefinspektorin Pölz, mein Kollege Inspektor See. Haben Sie einen Augenblick Zeit für uns?« Sie hielt ihm ihre Dienstmarke unter die Nase.

»Ah, Kriminalpolizei. Wirklich schrecklich, was hier passiert ist. Ich habe Heinrich Wertzheimer gut gekannt. Wenn es nicht zu lange dauert, stehe ich Ihnen selbstverständlich zur Verfügung. Ich habe es allerdings eilig, da ich heute noch verreise. Also, worum geht es denn?«

»Vielen Dank, wir machen es kurz. Sind Sie schon länger für die Familie Wertzheimer tätig?«

»Seit Generationen, wenn ich das so ausdrücken darf«, verkündete der Notar stolz. »Mein Vater arbeitete für das Haus Wertzheimer wie schon sein Vater vor ihm. Wir sind Notare in der dritten Generation.«

»Also sind Sie quasi Wolfssteiner III.«, konnte sich See die Bemerkung nicht verkneifen. Das ganze Traditions-Generationsgetue ging ihm gehörig auf die Nerven.

Der Notar lachte. »Sie haben es erfasst. Allerdings hieß mein Vater nach seinem Großvater Franz-Ferdinand, nicht Burghard wie ich und mein Opapa. Aber nun *in concreto*: Was also kann ich für Sie tun?«

»Laut unserer Information wurde im ZTR, also im zentralen Testamentsregister, kein Letzter Wille von Heinrich Wertzheimer gefunden. Können wir also zu Recht davon ausgehen, dass seine Mutter alles erbt?«

»Ich habe Heinrich mehrfach darauf angesprochen, ob er nicht ein Testament machen will. Aber er pflegte zu sagen: ›Erstens sterbe ich nie, und zweitens ist es mir egal, was danach passiert.‹« Der Notar lachte kurz auf.

»Das heißt also, es erbt die Mutter?«, holte See ihn aus der Erinnerung zurück.

Dr. Wolfssteiner empfand die rüde Unterbrechung anscheinend als Affront. »Das heißt«, sagte er streng, »die gesetzliche Erbfolge tritt in Kraft. In Ermangelung einer Ehefrau und etwaiger Deszendenten, also Kinder, seien sie ehelich oder unehelich, kommen die Aszendenten zum Zug, also die Eltern. Und da Heinrichs Vater bereits vorverstorben ist –«

»Erbt die Mutter. Sag ich doch. Ist es ein großes Vermögen?«

Der Notar war empört. »Also, es steht mir sicher nicht zu, Ihnen darüber zwischen Tür und Angel Auskunft zu geben. Fragen Sie Frau Dr. Wertzheimer, aber wählen Sie dazu bitte einen geeigneteren Tag als heute, oder erwirken Sie einen richterlichen Beschluss. So, und jetzt muss ich wirklich, Sie gestatten?«

»An dem Abend, als Heinrich Wertzheimer starb, war Herr Sagmeister …?«, sagte Diana noch schnell.

»Da waren wir zu viert bei Herrn Sagmeister zu Hause, wie ich es Ihren Kollegen bereits ausführlich geschildert habe.« Der Notar stieg in den Wagen, winkte kurz und fuhr vom Vorplatz.

»Arroganter Idiot«, urteilte See. »Aber wo wir schon da sind, sollten wir wenigstens versuchen, noch einmal mit der Alten zu sprechen. Von Trauer überwältigt schien sie mir heute Morgen nicht zu sein.«

»Ich weiß nicht recht. Muss das jetzt wirklich sein?«, fühlte Diana sich verpflichtet, Skrupel anzumelden, obwohl sie den Nachmittag auch gern für ein Gespräch mit der Mutter des Toten genutzt hätte.

In diesem Augenblick öffnete sich die grüne Haustür, und Frau Trude steckte den Kopf ins Freie. »Hallihallo!«, rief sie von Weitem, offensichtlich gut gelaunt. »Wir haben Sie schon gesehen, da meinte die Frau Doktor, ich solle Sie ins Haus bitten. Wo ist denn der Jason?«

Diana hob abwehrend die Hand. »Wir wollen nicht stören. Am Tag der Beerdigung ist sicher –«

»Unsinn. Wenn sie uns schon sehen will, dann gehen wir natürlich hinein«, entschied See, und binnen kurzer Zeit saßen sie Frau Dr. Wertzheimer gegenüber.

Der alten Dame hatte das Mittagessen im Gasthaus anscheinend nicht ausgereicht, denn sie widmete sich nun einem Schälchen Obstsalat.

»Wir wollten nicht stören, aber Ihre Haushälterin hat uns hereingebeten«, begann Diana das Gespräch.

»Sie stören nicht. Ich hatte heute Nachmittag ohnehin nichts mehr vor. Dr. Wolfssteiner war auch gerade da.«

Mmmh, Obstsalat, dachte Diana. Sie hatte Hunger, aber leider wurde ihr nichts angeboten.

»Wir haben vor Ihrem Haus kurz mit ihm gesprochen«, sagte See. »Ich vermute, er kam wegen der Erbschaftsangelegenheit?«

Sehr pietätvoll, gratuliere!, dachte Diana.

Doch ihre Gastgeberin schien bei der Frage nichts zu finden. »Natürlich deshalb. Und darüber hinaus können Sie sich ja vorstellen, dass ich jetzt, da wir heute meinen Sohn beerdigt haben, mein Testament ändern muss. Glauben Sie, ich will eine Alleinerbin, die nach Amerika ausgewandert ist und sich nicht einen Deut um mich kümmert? Mit Sicherheit nicht!«

»Also erbt nach Ihnen …«, begann See und ließ den Satz absichtlich unvollendet in der Luft hängen.

Diana hielt den Atem an. Sollte es wirklich so einfach sein, Frau Wertzheimers Erben herauszufinden?

»Das können Sie sich doch wohl denken, junger Mann.«

»Jason Quiterail?«

»Mein Enkel, richtig. Wo ist er überhaupt? Hat mich einfach stehen lassen. Am offenen Grab. Auch nicht die feine Art. Trude sagt, er habe mit Ihnen sprechen wollen?«

»Er ist wieder nach Bratislava zurückgefahren, wie Sie es ihm in dem Telefonat am Tag nach der Tat geraten haben. Ihr Enkel schien sehr beunruhigt zu sein. Denken Sie wirklich, dass er in Gefahr ist?«

Die alte Dame nickte so heftig, dass ihre silbernen Ohrgehänge hin- und herbaumelten. »Sie etwa nicht? All die Gestalten, die sich da im Park herumgetrieben haben, das sind doch Kriminelle! Ich habe sie zwar selbst nicht gesehen, aber Trude hat sie mir plastisch geschildert. Allesamt ungewaschen und verkommen.«

»Das waren ganz normale Jugendliche, Frau Dr. Wertzheimer. Na gut, manche hatten Drogenerfahrung, was natürlich nicht schön ist, aber einen potenziellen Mörder haben wir unter ihnen nicht entdeckt«, wollte Diana die alte Dame beruhigen.

Aber die Taktik ging nicht auf.

»Drogenerfahrung? Das wird ja immer schlimmer! Wie sich mein Sohn mit so einem Gesindel abgeben konnte, ist und bleibt mir ein Rätsel. Haben Sie das Flitscherl gefunden, deretwegen er sich zum Affen gemacht hat?«

»Das ist das nächste –«, begann Diana vorsichtig.

»So ein Flitscherl, also, so eine junge Frau, hat es nie gegeben«, funkte ihr See dazwischen. »Zeugen sagen übereinstimmend aus, dass Ihr Sohn bei keiner dieser Partys anwesend war. Also gab es auch kein Mädchen, auf das er es abgesehen hatte. Nicht wirklich überraschend, oder?«

Frau Wertzheimer schien verwirrt zu sein. »Nicht? Sind Sie sicher?«

»Absolut!«

Die alte Dame schwieg einige Zeit, schob ihr Gebiss nachdenklich ein Stück vor und zurück. »Seltsam«, sagte sie dann, noch immer in Gedanken.

»Was soll daran denn seltsam sein? Mein Gott, Sie haben Ihren Sohn doch gekannt. Sie konnten nicht wirklich glauben, er wäre für eine junge Frau attraktiv gewesen.«

»Also bitte!« Es war Diana, die das ausrief.

»Nein, nein, lassen Sie nur.« Frau Wertzheimer legte ihr kurz beruhigend die Hand auf den Unterarm. »Ihr ungehobelter Kollege hat ausnahmsweise recht. Mir erscheint allerdings seltsam, dass Heinrich selbst es war, der mir davon erzählt hat.« Sie schwieg, schüttelte schließlich den Kopf und knallte dann die beringte Hand so fest auf die Tischplatte, dass der Löffel aus dem leeren Obstschälchen kippte. »Er hat mich belogen. Mein eigener Sohn hat mich belogen. Kalten Ar…, also, mitten ins Gesicht!« Sie schnaufte und wedelte dann mit der Faust in Richtung Ölgemälde. »Du kannst froh sein, dass du schon tot bist, mein Freund!«

Diana war sich nicht sicher, ob sie das Spektakel schaurig oder amüsant finden sollte und ob die alte Dame, die wiederum den Kopf schüttelte, damit in den Kreis der Verdächtigen rückte.

»Trotzdem verstehe ich das nicht. Warum hat er das getan? Man lügt doch für gewöhnlich, um besser dazustehen, und nicht, um sich meinen Unmut zuzuziehen. Haben Sie dafür eine Erklärung?«

Nein, die hatten sie nicht. Obwohl … »Wenn ich es richtig in Erinnerung habe, dann haben Sie uns gesagt, dass Sie die Polizei gerufen hätten, wären Sie nicht davon ausgegangen, dass Ihr Sohn bei den Partys mitmacht. Ist das so korrekt?«, fragte Diana.

»Selbstverständlich. Warum sonst hätte ich das Treiben der Hippies dulden sollen?«

»Vielleicht wollte er gerade das verhindern?«

Frau Wertzheimer dachte nach. »Wieso hätte er das wollen sollen? Sie haben doch eben noch gesagt, dass ihn diese Feiern nichts angingen.«

»So haben wir das nicht gesagt. Diese Partys gingen Ihren Sohn nämlich sehr wohl etwas an, er hat sie schließlich organisiert«, widersprach See.

»Organisiert? Obwohl er dabei nicht mitmachte? Und obwohl ihn keine der jungen Frauen interessierte? Das kann ich mir nicht vorstellen. Ich bitte Sie, warum hätte er das tun sollen?«

Während Diana noch überlegte, wie sie sich diplomatisch ausdrücken konnte, antwortete See schon. »Er wollte Sie um Ihren Schlaf bringen.« Als ihn ein scharfer Blick der Hausherrin traf, ruderte er zurück. »Soweit wir gehört haben.«

Frau Wertzheimer presste die Lippen zusammen und schwieg. »Ich werde seine Gemäldesammlung dem Tierheim vermachen«, sagte sie schließlich und klang dabei selbstzufrieden.

Diana war, als hätte sie sich verhört. Das konnte doch nicht ihre einzige Reaktion auf so eine Nachricht sein! »Wie bitte?«

»Der IV. liebte die Bilder und hasste Tiere, also passt das. Mir gefallen sie ohnehin nicht.«

»Apropos erben«, sagte See, der anscheinend bereit war, der Logik der alten Dame unwidersprochen zu folgen, »außer den Bildern bekommt dann also alles einmal das Enkerl?«

Frau Wertzheimer nickte. »Zumindest den Großteil. Natürlich nicht diese Prachtstücke hier, die weiß Jason nicht zu schätzen.«

Mit einer weit ausholenden Geste zeigte sie auf die Vitrine. »Das sind meine wahren Schätze. Alle aus echtem Muranoglas. Das erste Stück der Sammlung – den blaugrünen Hund ganz oben, sehen Sie ihn? –, den habe ich von meinem Heinrich auf der Hochzeitsreise bekommen. Mein Gott, habe ich mich damals gefreut.«

Nicht nur Jason, auch Diana konnte mit bunten Glasfiguren nichts anfangen. »Hübsch«, sagte sie trotzdem, weil sie höflich war und dachte, das würde von ihr erwartet.

»Hübsch? Die sind nicht hübsch, ich muss doch schon bitten! Das ist großartige Kunst! Die besonderen Exemplare stehen drüben auf dem Couchtisch.«

Dianas Blick folgte der ausgestreckten Hand der Hausherrin. See schaute währenddessen desinteressiert in die Luft.

»Dort kann ich sie immer betrachten, wenn ich mich auf dem Diwan ein wenig ausruhe. Das sind alte Stücke, Antiquitäten, die man heutzutage nur noch selten findet. Ein Museum in Wien ist schon lange scharf auf sie.« Sie lachte rau auf. »Aber die bekommen all das erst nach meinem Tod.« Sie hielt kurz inne und schüttelte den Kopf. »Aber das wird Sie wohl kaum interessieren.«

See wollte das eben bestätigen, aber Diana hielt ihn mit einer Handbewegung zurück.

»Einen schönen Anteil von meinem Erbe bekommt natürlich auch noch meine Trude«, fuhr Frau Wertzheimer fort. »Sie hat ihn sich wahrlich verdient. Und Tatjana kann das Auto behalten, wenn sie dann noch bei mir ist. Meine Tochter Gaby bekommt den gesetzlichen Pflichtteil, der muss reichen.«

»Und was verstehen Sie unter einem schönen Anteil?« Das interessierte See jetzt doch.

»Mein Gott, das kleine Haus meiner Eltern und meinen Schmuck. Mit dem könnte Gaby ohnehin nichts anfangen, der passt nicht zu ihren samtenen grellrosa Hausanzügen.« Sie kicherte gehässig.

»Das Haus in …?«

»Was geht Sie das eigentlich alles an?« Plötzlich schien Frau Dr. Wertzheimer aufzuwachen. »Das Haus steht in Linz auf dem Pöstlingberg, also in wirklich allerbester Lage, und ist daher derzeit entsprechend gut vermietet. Jetzt aber Schluss damit, ich denke, wir haben alles besprochen, was es zu besprechen gab.«

Das fand Diana allerdings nicht. »Wusste Frau Gomez, dass Sie ihr etwas vermachen werden, wenn Ihr Sohn vor Ihnen sterben sollte?« Das wäre ein Motiv. Und was für eines!

»Sie glauben doch nicht etwa, Trude hätte etwas mit Heinrichs Tod zu tun?« Frau Dr. Wertzheimer war schockiert. »Das ist doch absurd!«

Na ja, dachte Diana, es haben schon Leute für weniger gemordet als für ein Haus am Pöstlingberg und einen Haufen Bling-Bling.

»Natürlich hat sie es nicht gewusst. Wie auch, ich habe es doch bis jetzt selbst nicht gewusst. Und wie hätte ich denn ahnen sollen, dass der IV. vor mir stirbt? In meinem alten Testament stand, dass alles er bekommt, aber das ist ja jetzt hinfällig.«

Und die Hoffnung, ein Motiv für die Haushälterin herausgefunden zu haben, war es wohl auch.

»Eines noch«, fiel See ein, »haben Sie sich in letzter Zeit einmal selbst Schlafmittel aus der Apotheke besorgt?«

»Ich?« Mit einem Schlag saß die alte Dame noch gerader. »Wollen Sie damit etwa sagen, ich hätte mein Kind auf dem Gewissen?« Hätten Blicke töten können, dann hätte das LKA jetzt zwei verdiente Mitarbeiter weniger gehabt. Frau Dr. Wertzheimer zeigte erst auf den Rollstuhl, der neben dem Kamin stand, dann auf sich. »Schauen Sie mich doch an! Sehe ich vielleicht so aus, als würde ich irgendetwas von irgendwo besorgen?«

»Ihre Haushälterin hat ausgesagt, Sie würden ab und zu selbstständig mit einem Rollstuhl durch den Ort fahren.« Diana hatte das Gefühl, etwas zu Sees Verteidigung beitragen zu müssen.

»Damit hat sie schon recht«, räumte die alte Dame ein. »Aber nur an guten Tagen. Und gute Tage gibt es immer seltener. Im Winter gar nicht mehr. Und die guten Tage nutze ich ganz sicher nicht, um Schlafmittel zu kaufen. Da fahre ich lieber zum Bäcker und suche mir ein knuspriges Kipferl aus.«

See beugte sich auf seinem Stuhl nach vorne und blickte der Hausherrin fest in die Augen.

»Sagen wir, es war so: Sie hatten mit Heinrich immer wieder

so Ihre Probleme. Er tat partout nicht, was Sie für richtig hielten. Weder beruflich noch privat. Eines Tages hatten Sie genug von den Kränkungen, die er Ihnen zufügte, und von all seinen Lügen, denn die mit dem … äh … Flitscherl war sicher nicht die erste. Sie haben ihn zuerst mit Ihren Schlaftabletten betäubt, dann eine Spritze mit Heroin genommen und ihm diese in den Arm gerammt. Da Sie aufgeregt waren, haben Sie zuerst danebengestochen, erst im zweiten oder dritten Anlauf haben Sie die Vene getroffen. Und jetzt sind Ruhe und Ordnung wiederhergestellt.«

Ruhe herrschte nun tatsächlich im Salon der Frau Dr. Wertzheimer. Niemand sprach ein Wort, nur die hohe braune Standuhr schlug laut und vernehmlich. Genauso wie Dianas Herz, das ihr bis zum Hals pochte. War See jetzt vollkommen verrückt geworden? Sie hatten für diesen ungeheuerlichen Vorwurf doch kaum Anhaltspunkte! Andererseits verlangte der Herr Oberst immer stärker nach einem Täter, den er der Öffentlichkeit präsentieren konnte, und sie hatte nicht die geringste Idee. Vielleicht war Sees unerwarteter Vorstoß ja doch von Erfolg gekrönt? Die Spannung im Zimmer wurde immer unerträglicher. Es war die Hausherrin, die sie brach.

»Trude! Rufen Sie meinen Anwalt an. Er soll kommen. Auf der Stelle!«

28

Gianni und Piet saßen unterdessen im Gastraum von Giannis Restaurant. Die Vorhänge waren zugezogen, denn das Letzte, was sie jetzt brauchen konnten, waren irgendwelche Mitwisser. Aushilfe Franzi hatte sich über einen freien Tag gefreut und war mit Veronika zum Shoppen in das große Einkaufscenter am Linzer Stadtrand gefahren.

Piet hatte aus einer Apotheke drei braune Medizinfläschchen mitgebracht, während Gianni im örtlichen Drogeriemarkt ein paar Kosmetikverpackungen in Reisegrößen gekauft hatte. Sie hatten die Behältnisse über dem Abfluss ausgeleert und in der Spülmaschine gewaschen.

Nun war Gianni dabei, mit Hilfe eines Trichters diverse Arten von Alkohol umzufüllen. Die Aufgabe erwies sich als nicht gerade einfach, und die Flüssigkeiten rannen schon auf der Tischplatte ineinander.

»Pass auf, dass du die Etiketten nicht ablöst«, sagte Piet, der kurz von seinem Tablet-PC aufsah. »Wenn du es schon auf diese Art und Weise machen willst, muss alles auch ausschauen wie original.«

Giannis gute Laune und Abenteuerlust waren längst Aufregung und Nervosität gewichen. *»Porca vacca!«*, fluchte er. »Was denkst du eigentlich, was ich hier die ganze Zeit versuche? Die Sauerei liegt nur an dem dämlichen Trichter, den du mitgebracht hast. Er ist zu groß. Hör auf, mich zu nerven, und lass mich in Ruhe meine Arbeit machen.«

Piet hob beschwichtigend beide Hände. »Schon gut, mach nur. Trotzdem hätte ich es gescheiter gefunden, wenn du nur den Absinth durch die Kontrolle schmuggeln und den Rest im Duty-free-Shop kaufen würdest. Das wär einfacher und bei Weitem weniger riskant.«

»Und um vieles teurer! Ich brauche das verdiente Geld für wichtigere Dinge, glaub mir. Das blöde Folienschweißgerät haben sie auch nur gegen einen Gutschein zurückgenommen. Einen

Gutschein von einem Haushaltswarengeschäft, was soll ich denn damit? Es war überhaupt eine blöde Idee –«

»Es ist gut, Gianni. Konzentrier dich lieber!«

»Dann red du mir nicht andauernd dazwischen. Hast du endlich die Sicherheitshinweise im Internet gefunden?« Er sah kurz auf, widmete sich dann aber wieder den Flüssigkeiten.

Piet lehnte sich in seinem Stuhl zurück und verzog das Gesicht. »Mir ist bei der ganzen Sache nicht wohl, das sage ich dir.«

»Da kann ich dir jetzt auch nicht mehr helfen. So, ich bin fertig. Gib mir mal das Tuch rüber.«

Piet warf es ihm an den Kopf. »Wenn du den Deal vergeigst, Gianni, dann bring ich dich um.« Er beugte sich wieder über sein Tablet. »Also, hier steht: Behälter mit Flüssigkeiten dürfen bis zu hundert Milliliter fassen und müssen in einem transparenten und wiederverschließbaren Plastikbeutel transportiert werden. Die Gesamtmenge darf einen Liter nicht überschreiten.«

»Das weiß ich doch längst. Und da ich mehr als einen Liter Alkohol brauche, bin ich auf die Idee mit den Medikamenten gekommen. Die darf man zusätzlich dabeihaben, oder?«

»Wenn ich das hier richtig verstehe, ja.«

»Perfekt. Ich werde auch noch Wäsche einpacken, damit sie keinen Verdacht schöpfen, wenn sie meine Tasche durchleuchten.« Gianni rieb sich die Hände und strahlte schon wieder, als ihm etwas anderes einfiel. »*Per Dio*, ich darf meine JA!-Brause nicht vergessen! Die Tabletten, die du mir extra gegeben hast, sind aufgebraucht. Heute beginne ich das neue Röhrchen.« Er ging zum Tresen hinüber. »Wo ist es denn? Ich habe es doch neben das Trinkgeldschwein gelegt, oder? Ah, da ist es ja!«

Piet war noch immer bei den Sicherheitsbestimmungen. »Du musst die Medikamente ebenfalls bei der Sicherheitskontrolle vorlegen. Mist!«

»Was ist denn?« Giannis Stimme klang alarmiert.

»Da steht, du musst beweisen, dass du die Medikamente während der Reise benötigst. Falls du das nicht kannst, werden sie konfisziert.«

»Mist!«, sagte jetzt auch Gianni.

Piet sprang auf und schob das Tablet in seine Jackentasche.

»Ein Freund von mir ist praktischer Arzt. Wenn ich Glück habe, stellt er dir eine entsprechende Bestätigung aus. Ich werde die Medikamentennamen aufschreiben.« Er drehte die Flaschen mit den Etiketten zu sich hin. »Du brauchst also unbedingt Coffi-Plus-Hustensirup während des Fluges.«

»In Wirklichkeit ist da die Grenadine drin«, erklärte Gianni.

»Dann natürlich auch noch Corticarton für ein starkes Herz.«

»Das ist der Whisky.«

»Und Vitabesser für mehr Kraft im Alter.« Trotz aller Anspannung musste Piet lachen. »Das passt ja alles hervorragend.«

Doch Gianni war nicht zum Lachen zumute. »Sehr witzig. In die Flasche kommt der Absinth. Wo ist der überhaupt?«

»Hier.« Piet griff zur weißen Plastiktüte, die auf dem Stuhl neben ihm lag.

»Die Flasche ist schon einmal geöffnet worden«, sagte Gianni verwundert, als er sie herauszog.

»Warum auch nicht, du brauchst ja nicht alles«, erwiderte Piet schnell.

Gianni drehte den Verschluss auf und schnupperte. »Ist das auch wirklich Absinth? Das Zeug riecht irgendwie eigenartig.«

»Natürlich ist das Absinth. Lies das Etikett, dann weißt du es.«

Jetzt lachte auch Gianni. »Etiketten besagen gar nichts, mein Freund. All die Flaschen, die hier stehen, beweisen das.«

»Glaubst du vielleicht, ich habe heimlich etwas anderes eingefüllt?« Piet war schlagartig ernst geworden.

»Entweder das, oder du hast dem Absinth etwas beigemischt. Er riecht wirklich seltsam.«

»Jetzt wirst du aber paranoid, Gianni! Welchen Grund sollte ich denn dafür haben? Mein Kunde zahlt nur, wenn Rabelka seinen Absinth-Cocktail bekommt. Und das wird nur mit reinem und unverfälschtem Absinth möglich sein.«

Der Italiener atmete tief durch. »Du hast recht. Wahrscheinlich liegt es nur daran, dass ich die Marke nicht kenne. *Scusa!* So, aber jetzt verschwinde und überzeug deinen Arzt.«

Piet war schon halb durch die Tür, als er wieder umdrehte und zurückkam. »Ich hoffe, die Sicherheitsleute haben nichts dagegen, einen Mann durchzulassen, der so viele Medikamente braucht.

Hoffentlich fürchten die nicht, du stirbst ihnen am Ende noch an Bord.«

Jetzt warf Gianni das Geschirrtuch nach ihm. »Sehr witzig!«

Dabei war es gar nicht witzig.

29

»So, Ihre Jacke und die Tasche da hinein. Falls Sie einen Laptop haben, nehmen Sie ihn bitte heraus.« Die Dame von der Security schob Gianni die nächste graue Wanne zu. »Haben Sie Flüssigkeiten dabei?«

»Ach ja, richtig!« Gianni schenkte der Frau sein charmantestes Lächeln. Der unfreundliche Sicherheitsmann mit der Glatze, mit dem er schon Bekanntschaft gemacht hatte, war weit und breit nicht zu sehen. Gianni fand, das war ein gutes Zeichen. »Hier sind meine Kosmetiksachen.« Der Plastikbeutel landete auf der Jacke.

Die Frau zählte die kleinen Behältnisse. »Das sind aber ganz schön viele.«

»Ich bin leider nicht von Natur aus so schön. Manchmal muss selbst ich nachhelfen.« Wieder lächelte Gianni charmant, und diesmal lächelte die Frau zurück. »Und ein paar Medikamente habe ich auch noch mit. Ich brauche die Sachen dringend, aber ich habe auch ein ärztliches Attest besorgt.«

Die Frau überflog den Zettel. »Ist schon recht, legen Sie alles einfach in die Wanne. Irgendwelche metallenen Gegenstände? Nein? Dann können Sie durchgehen.«

Das ließ Gianni sich nicht zweimal sagen. Das lief ja wie geschmiert. Nur noch wenige Schritte, dann … Plötzlich piepte etwas laut und vernehmlich.

»Gehen Sie zurück und nun noch einmal durch die Sicherheitsschleuse.«

Es piepte wieder.

Ein Mann in der grauen Uniform des Sicherheitsdienstes winkte Gianni zur Seite und ließ sein Prüfgerät an seinem Körper entlanggleiten. Nahe der Hosentasche schlug es Alarm. Der Mann reichte ihm eine kleine schwarze Schale. »Alles aus den Taschen, was da noch drin ist.«

Gianni war verwirrt, er hatte doch gar nichts eingesteckt. Ach doch, jetzt fiel ihm das rote Metallröhrchen mit den Brausetabletten wieder ein. Das hatte er ja total vergessen! Befreit atmete er auf. »Das sind nur lösliche Tabletten. Ich muss sie jeden Tag um dieselbe Zeit einnehmen, sonst wirken sie nicht. Sie sind aus einer australischen Pflanze, damit bleibt man ewig jung –«

Der Beamte lachte auf. »Soso, ewig jung, ja? Ist das bei Ihnen dafür nicht schon ein bissl spät?« Während ihn Gianni empört anstarrte, wandte der Mann sich an seinen Kollegen. »Geh, Kurt, gib mir mal gschwind einen Becher rüber. Und die Wasserflasche. So, und jetzt lösen Sie eine der Brausetabletten auf und trinken einen Schluck, dann werden wir ja sehen, ob das alles so stimmt.«

»Aber es ist erst halb vier.« Gianni versuchte einen Protest. War der Beamte überhaupt berechtigt, so etwas von ihm zu verlangen? »Ich muss das Zeug exakt um siebzehn Uhr trinken. Das ist –«

»Mir wurscht«, ergänzte der Beamte. »Entweder Sie trinken, oder das rote Röhrchen bleibt hier.«

Schweren Herzens fügte sich der Italiener ins Unvermeidliche. Grün sprudelnd versank die Brausetablette im Wasser. Ohne zu warten, bis sie sich vollkommen aufgelöst hatte, nahm Gianni mit Todesverachtung im Blick einen Schluck. »Bitte sehr, sind Sie jetzt zufrieden?«

»Okay, das Röhrchen kann mit.«

»Wem gehört diese Tasche?« Ein anderer Mann in Uniform und weißen Schutzhandschuhen hielt Giannis Gepäck hoch.

»Die gehört mir.« Ihm blieb nichts anderes übrig, als sich dazu zu bekennen.

»Sie haben eine Flasche mit, aufmachen!«

Gianni gab sich erstaunt. »Eine Flasche? Aber nein, mit Sicherheit nicht. Sie müssen sich irren.«

»Aufmachen!«, wiederholte der Beamte ungerührt.

Als Gianni dem Befehl schnaufend und seufzend nachgekommen war, zog der Mann eine von Tatjanas gehäkelten Puppen aus der Tasche. »Was haben wir denn da?«

»*Che bello!* Ist sie nicht wunderschön? Ein Geschenk von meiner Freundin für meine Mama, selbst gemacht.«

Der Beamte verzog zweifelnd das Gesicht. »Gefällt Ihnen das wirklich?«

Ein verschwörerisches Blinzeln aus mit dichten schwarzen

Wimpern umkränzten Augen. »Ganz ehrlich? Natürlich nicht. Aber was würden Sie denn sagen, wenn Ihnen Ihre Liebste so ein Ding in die Hand drückt?«

Der Beamte grinste. »Wahrscheinlich dasselbe, damit ich meine Ruhe habe.«

Giannis Blinzeln wurde stärker. »Ich sehe, Sie verstehen mich.«

Der Beamte wiegte die Puppe hin und her. »In die Puppe ist anscheinend eine Flasche eingearbeitet. Allerdings eine leere. Haben Sie davon gewusst?«

Gianni legte die Rechte auf sein Herz. »Nein. Glauben Sie vielleicht, ich habe der Dame freiwillig unters Kleid geschaut?«

Gut, dass der Uniformierte nicht wusste, dass er derjenige war, der die leere Absinthflasche vor gut zwei Stunden eigenhändig in das Kleid genäht hatte.

»Also schön, Sie können die Puppe wieder einpacken. Guten Flug!«

So also gelangte eine Originalflasche von Rabelkas Lieblingsabsinth in die Boeing 737, die um Punkt sechzehn Uhr fünfundvierzig auf dem Linzer Flughafen in Richtung Ibiza abhob.

30

»Es ist achtzehn Uhr. Wir begrüßen Sie zu den Kurznachrichten.«

Diana beugte sich in ihrem Fahrersitz vor, um einen anderen Sender einzustellen. Sie fühlte sich beschwingt, freute sich auf den Abend und wollte sich ihre Stimmung nicht durch Katastrophenmeldungen aus aller Welt kaputt machen lassen. Neben ihr auf dem Beifahrersitz stand die elegante Tüte mit dem neuen blauen Kleid, das sie sich nach Dienstschluss gekauft hatte. Nun schnell nach Hause, umziehen, sich hübsch machen. Um halb acht würde Piet sie abholen. Sie wollten heute das neue italienische Lokal in der Innenstadt ausprobieren. Diana stand der Sinn nach Musik aus dem Radio. Irgendetwas von ewiger Liebe und Glück, am besten zum Mitsingen.

»Linz.« Ihre Hand hielt inne. »Wie wir soeben erfahren haben, hat es an Bord einer Chartermaschine, die vom Flughafen Linz nach Ibiza unterwegs war, aus noch unbekannter Ursache eine Explosion gegeben. Dem Piloten ist es gelungen, das Flugzeug zu wenden und wieder sicher am Ausgangsort zu landen. Ein Mann soll ums Leben gekommen sein, zwei weitere Personen sind verletzt. Moskau. Der russische Präsident …«

Diana schaltete das Radio aus. Ihre fröhliche Beschwingtheit war professioneller Aufmerksamkeit gewichen. Ein Toter in einem Flugzeug, das jetzt offensichtlich auf dem Rollfeld des Flughafens Linz/Hörsching stand? Was war passiert? Ein Unfall? Selbstmord? Oder gar Mord? In jedem Fall musste sie sich persönlich ein Bild von der Situation machen. Als sich ihr Handy meldete, aktivierte sie die Freisprechanlage. »Pölz!«

»Wo stecken Sie denn, Herrgott noch einmal?« Es war der Herr Oberst. »Wir haben einen Toten am Flughafen, anscheinend sind da ordentlich die Fetzen geflogen! Der Sturmbauer vom Verfassungsschutz stellt schon eine Soko zusammen. Sie werden dazugehören.«

»Reden Sie von dem Vorfall im Flugzeug? Davon habe ich eben erst im Radio –«

»Im Radio? Die Frau Kollegin hört in ihrer Dienstzeit also Radio?«

Wenn Diana eines hasste, dann diesen höhnischen Tonfall. »Erstens ja«, sagte sie daher knapp, »und zweitens ist es bereits lange nach Dienstschluss. Also, was genau –«

»Leute wie wir haben nie Dienstschluss, merken Sie sich das!«, bellte der Herr Oberst. »Der PD der LPD hat mich soeben informiert. Da hat wohl jemand mit Sprengstoff herumhantiert, keine Ahnung, wie er den in den Flieger bringen konnte. Darum soll sich der SKO kümmern, der ist ohnehin schon auf dem Weg. Und Sie fahren jetzt auch sofort raus und bringen alle Einzelheiten in Erfahrung. Ich erwarte Ihren Bericht. Heute noch.«

»Herr Oberst …«

Er hatte aufgelegt.

Diana verzog unwillig das Gesicht. Wie sie dieser Tonfall ärgerte! Dennoch blinkte sie und fuhr in die nächste Hauseinfahrt, um den Wagen zu wenden. Der Kollege vom Permanenzdienst der Landespolizeidirektion hatte also den Herrn Oberst verständigt. Er hatte es nicht extra erwähnt, aber sicher waren die Kollegen vom EB 01, dem Ermittlungsbereich 1, der für die Tatortermittlung und Spurensicherung zuständig war, und dazu noch der Gerichtsmediziner und der SKO, also das sprengstoffkundige Organ, bereits auf dem Weg zum Flughafen. Sie hatte keine Zeit zu verlieren. Als Chefinspektorin des Bereichs »Leib und Leben« musste sie bei den ersten Ermittlungen unbedingt dabei sein.

In einer Parkbucht hielt sie kurz an, um Piet Bescheid zu geben. Schade um den schönen Abend! Seit der Scheidung von Norbert hatte sie sich viele Abende alleine auf ihrer Couch gelangweilt, und jetzt, da sie endlich wieder einen Mann an ihrer Seite hatte, hatte sie keine Zeit für ihn. Es war wie verhext!

Piet meldete sich sofort nach dem ersten Läuten. »Was denn noch?« Er klang unfreundlich.

»Hallo, Piet, ich bin's, Diana! Es tut mir schrecklich leid, aber ich muss unser heutiges Treffen absagen.«

»Diana?« Er schien erstaunt zu sein, sie zu hören, und klang schon etwas netter.

»Ich muss hinaus zum Flughafen.«

»Verd… Ich meine, du fährst zum Flughafen? Gut zu wissen.«

»Wieso ist das gut zu wissen?«

»Na ja«, er lachte.

Diana fand, er klang irgendwie nervös.

»Ich meine, sonst würde ich um halb acht vergeblich vor deiner Tür stehen und warten. Außerdem muss ich den Tisch absagen, den ich für uns reserviert habe.«

Jetzt lachte auch Diana. Ihre Berufskrankheit, hinter jeder Bemerkung etwas Verdächtiges zu vermuten, hatte wohl wieder zugeschlagen. »Dann holen wir unser Treffen einfach baldmöglichst nach, gut? Aber jetzt muss ich mich beeilen. Es hat anscheinend einen Toten in einem Flugzeug gegeben.«

»Ja, davon habe ich auch schon gehört. Ich meine, ich habe es eben im Radio gehört. Weißt du schon, wer es ist?«

»Nein, natürlich nicht. Dann bis bald. Ich melde mich.«

Diana hatte Chaos erwartet, doch in der Abflughalle herrschte das gewohnte Bild. Menschen standen beim Check-in in der Schlange, andere an den Schaltern, im Café oder vor der Security, um zu ihren Abfluggates zu kommen. Suchend sah sie sich um. Wie würde sie jetzt am besten zum betroffenen Flugzeug gelangen?

»Diana!«, rief eine männliche Stimme. Ihr Blick ging nach oben, und sie entdeckte Alfred von der Spurensicherung, der ihr von einer Balustrade aus zuwinkte. Sie hätte ihn fast nicht erkannt. Anstelle des gewohnten weißen Schutzanzugs trug er Jeans, ein kariertes Hemd und eine braune Schnürlsamtjacke. Sie war froh, ihn zu sehen, hieß das doch, dass sie zum Flugzeug gelangen konnte, ohne größere Aufmerksamkeit zu erregen. Sie winkte freudig zurück und erklomm die Freitreppe. Gerade rechtzeitig, wie sie aus dem Augenwinkel feststellte, denn soeben kam die junge Journalistin der Zeitung »Austria«, deren Namen sie sich noch nie hatte merken können, durch die Glastür in die Abflughalle gestöckelt. Ihr folgten ein Fotograf in voller Montur, Hubert Grobian vom »Tagesblatt« und ein weiterer Mann mit großer Kamera. Diana atmete tief durch. Die hatten ihr gerade noch gefehlt! Der Presse Rede und Antwort stehen zu müssen, ohne selbst über die Details Bescheid zu wissen, war das Letzte, was sie jetzt brauchte.

Alfred zog sie hinter eine der weißen Bürotüren in einen leeren Raum.

»Ich hab auf dich gewartet, Diana. Die anderen sind schon beim Flugzeug. Ich bring dich gleich zu ihnen.«

»Kannst du mir sagen, was genau passiert ist?«

Alfred schüttelte den Kopf. »Ich weiß nur, dass es eine Explosion an Bord der Maschine nach Ibiza gegeben hat. Der Sturmbauer ist schon beim Flieger, ebenso der Doc und der SKO. Meine Leute sind dabei, auf dem Flughafengelände die Mistkübel auszuleeren und sonstige Spuren zu sichern. Die Vernehmungen des Boden- und Sicherheitspersonals sollen erst beginnen, wenn wir uns ein Bild von der Situation im Flugzeug gemacht haben. Sturmbauer will alles so diskret wie möglich handhaben, damit keine unnötige Panik entsteht. Er hätte den Vorfall gern auch noch länger aus den Medien rausgehalten, aber irgend so ein Gesellschaftsreporter vom lokalen Fernsehen war zufällig am Flughafen. Na ja, man muss es nehmen, wie es kommt.« Er ging Diana voraus zur Hintertreppe.

Wie sich herausstellte, hatte der Pilot nicht nur die Geistesgegenwart gehabt, die Maschine zu wenden und sicher zurückzufliegen, auf Geheiß der Flughafenleitung hatte er sie auch außer Sichtweite der anderen Passagiere geparkt, auf einer Parkposition speziell für Notfälle. Das Gebiet um die Maschine war bereits abgesperrt, die Absperrung wurde von zwei Uniformierten bewacht.

»Die haben alles vermieden, was eine Panik hätte auslösen können, das war sehr gescheit«, sagte Manfred Sturmbauer zur Begrüßung. Sturmbauer, der die Untersuchung leitete, war in etwa in Dianas Alter, also Mitte vierzig, Jurist und Chef des Verfassungsschutzes. Er war nicht besonders groß, hatte kurze blonde Haare, ein freundliches, offenes Gesicht und trug eine dunkel umrandete Nerdbrille. Diana hatte ihn schon ein-, zweimal bei Veranstaltungen im LKA gesehen, aber noch nie mit ihm zusammengearbeitet.

»Bisher haben ankommende und abfliegende Passagiere nichts mitbekommen«, fuhr er fort. »Wie es der Zufall wollte, konnte auch eine Ersatzmaschine samt Besatzung aufgetrieben werden. Die gesamte Economyclass wurde übersiedelt und ist bereits wieder auf dem Weg nach Ibiza.«

»Das heißt, es ist niemand mehr an Bord?«, wollte Diana wissen.

»Doch, die fünf Passagiere in der Businessclass. Anscheinend eine Gruppe. Zufällig ist der Rabelka dabei, der Securitychef des Flughafens, der heute Geburtstag hat. Wegen ihm war wohl auch dieser Gesellschaftsreporter da, der mit seinem Wissen unbedingt gleich an die Öffentlichkeit gehen musste.«

»Na, dann bin ich mal gespannt, ob der Rabelka uns erklären kann, wie der Sprengstoff in die Maschine gekommen ist«, sagte der Spurensicherer.

»Ich auch, Alfred. Und der Tote ist natürlich auch noch da. Ah, ich sehe, da kommt schon der Wagen von der Bestattung. Der wird sich noch gedulden müssen, der Gerichtsmediziner ist gerade erst an Bord gegangen. Die beiden Stewardessen wurden schon ins Linzer Unfallkrankenhaus eingeliefert, obwohl sie zum Glück nicht allzu schwer verletzt sind. Eine hat etwas am Bein abgekriegt, beide haben ein paar Schrammen von herumfliegenden Teilen.«

»Und der Pilot?«, fragte Diana.

»Er und sein Co-Pilot werden im Flughafengebäude psychologisch betreut.«

»Hat der Tote zu der Gruppe um Rabelka gehört?«

Sturmbauer zuckte mit den Schultern. »Das werden wir jetzt erfragen.«

»Herr Mag. Sturmbauer, können Sie mir –«

»Ich bin der Mandi, und wir sind hier alle per Du.« Er reichte ihr die Hand.

»Diana«, sie schüttelte sie. »Also, Mandi, kannst du mir Näheres über den Toten sagen?«

Er schüttelte den Kopf. »Leider nein. Das war auch schon alles, was ich weiß. Ich denke, den Rest finden wir am besten gemeinsam heraus.« Er stieg die Leiter zum Flugzeug hinauf, und Diana und Alfred folgten ihm.

Aus der Businessclass, die nur wenige Sitzreihen ausmachte,

drang ein lebhaftes Durcheinander an Stimmen, die anscheinend in eine kontroversielle Diskussion verstrickt waren. Als die drei Beamten im Flugzeug auftauchten, verstummten sie schlagartig.

Diana entdeckte ein bekanntes Gesicht. »Herr Sagmeister! Das also war Ihre Geburtstagsparty?« Was für ein seltsamer Zufall! Zwei Tote innerhalb einer Woche, und beide Male war Herr Sagmeister in die Vorkommnisse involviert. Diana hatte stets behauptet, nicht an Zufälle zu glauben: Gab es da also einen Zusammenhang? Sie rief sich zur Ordnung. Nein, es war wirklich absurd, annehmen zu wollen, dass Wertzheimers Tod irgendwie mit der Explosion in diesem Flugzeug zusammenhing.

Der Banker sprang auf und hätte sich beinahe den Kopf am grauen Gepäckfach über ihm angestoßen. In leicht gekrümmter Haltung begrüßte er Diana. »Guten Tag, Frau Pölz. Zum dritten Mal heute, und wieder ist der Grund so unerfreulich. Eine Tragödie, ich sag nur, eine Tragödie. Ich bin mit meinen Nerven völlig am Ende.«

»Das verstehe ich gut«, sagte Diana, aber seine Melodramatik ging ihr mit jeder Begegnung stärker auf die Nerven. Dann entdeckte sie das nächste bekannte Gesicht. »Herr Notar Wolfssteiner, so schnell sieht man sich wieder!«

»Glauben Sie mir, Frau Inspektorin, bei allem Respekt, ich wünschte, es wäre nicht der Fall. Eine schreckliche Sache.«

»Schrecklich ist gar kein Ausdruck, der reinste Horror!« Der nächste Mann im Bunde, ein kleiner, untersetzter mit dünnem Schnurrbart, schüttelte Dianas Hand. »Rabelka, Rudolf G. Rabelka, ich bin der Sicherheitschef des Flughafens. Ich hätte gern schon mit meinen Nachforschungen begonnen, aber Ihre uniformierten Kollegen haben mich hier festgehalten. Sie sagten, ich müsse im Flieger bleiben, was ich ausgesprochen lächerlich finde. Wenn Sie also bitte ein Machtwort sprechen könnten?«

»Sie gehören auch zur Gruppe von Personen, die zur Tatzeit an Bord waren?«

Rabelka nickte.

»Dann müssen Sie tatsächlich hierbleiben, Herr Rabelka. Wir brauchen Sie noch.«

Bevor sich die beiden anderen vorstellen konnten, rief Sturmbauer plötzlich: »Diana, das solltest du dir ansehen!« Seine Stimme ließ keinen Aufschub zu.

Sie nickte den Männern zu, eilte zur Teeküche des Flugzeugs und prallte zurück.

31

Ja, natürlich war von einer Explosion die Rede gewesen. Ja, natürlich hatte sie gewusst, dass es einen Toten gegeben hatte. Doch auf diesen Anblick war Diana dennoch nicht vorbereitet gewesen. Blut, überall Blut! Und Hautfetzen. Dazu Teile eines Gesichtes, die an Wand und Türen der eingebauten Schränke klebten. Rote und braune Spritzer. Sie sah nach oben. An der Decke verteilten sich die Blutspuren um ein großes Loch in der Verkleidung. Da man den Himmel nicht sah, schien die Außenhülle des Flugzeugs die Explosion heil überstanden zu haben. Was für ein Glück! Sie wollte sich gar nicht vorstellen, was passiert wäre, wäre das Metall ebenfalls zerfetzt worden. Rasch senkte sie wieder ihren Blick.

Es gab jede Menge Glassplitter, Scherben und verschieden große Teile der Flugzeugverkleidung. Aber das Allerschlimmste: Auf dem Boden lag eine männliche Leiche mit zerschnittenen Händen, an denen mehrere Fingerglieder fehlten. Der Mann lag zusammengekrümmt auf der Seite, von seinem Gesicht war nicht mehr viel übrig. Unter dem Toten hatte sich eine dunkelrote, fast braune Flüssigkeit ausgebreitet. Eine ungewöhnliche Färbung für Blut. Erst jetzt entdeckte Diana das vordere Glied eines Daumens – direkt vor ihrer linken Schuhspitze. Erschrocken wich sie einen Schritt zurück.

Na servus, der sieht ja noch viel furchtbarer aus als angenommen, war ihr erster Gedanke beim Anblick der Leiche. Um Himmels willen, diese Schuhe kenne ich!, der zweite. Der Tote trug ein handgefertigtes Modell mit dem kleinen Monogramm GD an der Seite.

Bitte, bitte, begann Diana zu beten, lass es ein Irrtum sein! Sie atmete tief durch und versuchte, sich zu beruhigen. Die arme Veronika! Nein, dachte sie dann, mehr, um sich zu beruhigen, als um der Wahrheit ins Auge zu sehen, bei dem Toten konnte es sich unmöglich um Gianni Delucci handeln. Für den kommenden Abend hatte sie bei Veronika eine Pilatesstunde vereinbart. Sie hätte ihr doch gesagt, wenn diese wegen Urlaubs ausgefallen wäre.

Außerdem war ihre Freundin nirgendwo zu sehen, und sie hätte ihren Mann nie und nimmer alleine nach Ibiza fliegen lassen! Dafür war sie viel zu eifersüchtig. Diana seufzte abermals. Zu Recht eifersüchtig, wie sie ja leider herausgefunden hatte.

»Bei dem Toten handelt es sich offensichtlich um einen gewissen Gianni Delucci«, riss Sturmbauer sie aus ihren Gedanken und bestätigte damit beinhart ihren Verdacht. Er hielt die Passagierliste in der Hand.

Der Gerichtsmediziner stand nur einige Schritte entfernt. »Für mich gibt's hier nicht mehr viel zu tun. Der Mann ist tot, das seht ihr ja selbst. Schaut alles nach einer Sprengstoffgeschichte aus, ich werde also den Platz für Werner räumen. Ob der Mann zum Zeitpunkt der Explosion noch gelebt hat, weiß ich erst, wenn ich ihn auf dem Tisch hatte.« Er drehte sich um und machte sich einige Notizen.

Besagter Werner stand neben ihm. Diana kannte ihn nicht, vermutete aber, dass es sich um den SKO handelte. »Griaß eich! Also, dass es eine Explosion gegeben hat, darüber brauchen wir ja nicht zu diskutieren. Radioaktivität war nicht im Spiel, das haben wir als Erstes abgeklärt. Sonst hätten wir die Leute aus der Economyclass sicher nicht weiterfliegen lassen. Der Sprengstoff muss etwas gewesen sein, was in niederer Dosierung erheblichen Schaden anrichtet. Kleinräumig sind ziemlich die Fetzen geflogen, allerdings ohne einen Brand auszulösen. Da schaut's einmal her!« Er deutete auf säuberlich aufgereihte Medikamentenfläschchen und Kosmetikbehälter auf einem der Servierwagen. »Da das Zeug normalerweise nicht zur Bordausstattung gehört, nehme ich an, dass es vom Toten stammt. Wirklich blöd, dass die Stewardessen nicht da sind, die hätten wir fragen können.«

»All diese Flaschen?« Diana war erstaunt. Was hatte Gianni mit so vielen Medikamenten und Kosmetika gewollt? »Darf man so viele Flüssigkeiten überhaupt mit an Bord nehmen? Ich dachte, nur maximal zehn mal zehn Milliliter wären erlaubt.«

»Medikamente werden unter bestimmten Umständen separat behandelt«, erklärte Sturmbauer und wandte sich an Werner, den SKO. »Irgendetwas Verdächtiges dabei?«

»Das kann ich so noch nicht sagen.« Werner verzog das Gesicht und wiegte nachdenklich den Kopf. »Die Flaschen, die noch zugeschraubt sind, will ich hier lieber nicht öffnen. Ich möchte nicht riskieren, dass uns das Zeug um die Ohren fliegt. Ich werde alles mit ins Labor nehmen. Eine Flasche war allerdings offen, und an der ist tatsächlich etwas auffällig. Da, riech einmal! Da ist mit Sicherheit nicht das Herzmittel drin, was dem Etikett nach drin sein soll.«

Er hielt die Flasche Sturmbauer unter die Nase, der erst zurückzuckte, sie dann aber doch in die Hand nahm und daran roch. »Ist das Whisky?«

Werner lachte auf. »Daran erkennt man den Trinker! Nein, im Ernst, du hast natürlich recht.«

»Das heißt, wir müssen davon ausgehen, dass auch in den anderen Flaschen nicht das drin ist, was außen auf ihnen draufsteht«, sagte Diana und fragte sich, welcher Teufel Gianni da wohl geritten hatte.

»So sieht's aus! Komische Sache. Aber jetzt werden wir zuerst einmal überprüfen, woher der Tote stammt, damit wir seine Wohnung durchsuchen können. Ich rufe gleich mal –« Sturmbauer griff zu seinem Handy.

»Das kann ich euch sagen«, unterbrach ihn Diana. »Gianni Delucci ist Italiener, lebt seit geraumer Zeit in St. Florian und betreibt dort ein Restaurant.«

»Da schau her!«

»Ich hab in den letzten Tagen mehrfach mit ihm in Kontakt gestanden, weil wir den Mordfall am Bankier Wertzheimer untersuchen. Ich nehme an, ihr habt davon gehört?« Sie blickte die beiden Kollegen fragend an.

»Aber sicher. Ist Delucci etwa ein Tatverdächtiger?«

Diana schüttelte den Kopf. »Nicht wirklich. Obwohl derzeit jeder verdächtig ist, der irgendwie mit Herrn Wertzheimer zu tun hatte, denn wir haben immer noch keine fixen Anhaltspunkte. Gianni kenne ich allerdings schon länger. Er ist der Mann einer Bekannten.«

»Und die hat dir nicht zufällig etwas über seine Pläne erzählt?«

»Leider nein, mit keinem Wort. Ich hatte nicht die geringste Ahnung, dass er überhaupt vorhatte zu verreisen. Auch als ich ihn vorgestern das letzte Mal gesehen habe, hat er das mit keinem Wort erwähnt.«

Sturmbauer überlegte kurz, ob das etwas zu bedeuten haben könnte, und gelangte schließlich zu einem negativen Schluss. »In Zeiten des Internets ist eine spontane Reise nicht weiter verwunderlich. Das Angebot eines Reiseveranstalters lockt, und schon packt man die Koffer.«

»War sonst irgendetwas an dem Mann bemerkenswert, das uns weiterhelfen könnte?«

Diana überlegte.

»Suizidgedanken?«

Gianni und Selbstmord? Nein, das passte nicht zusammen. Sie schüttelte den Kopf.

»Hatte er mit jemandem Streit? Hassgedanken?«

Diana zuckte mit den Schultern. »So gut kannte ich ihn auch wieder nicht.«

In diesem Augenblick erschien Alfred mit einem seiner Kollegen am Eingang zur Teeküche. Er hatte sich in der Zwischenzeit den Schutzanzug angezogen und bot nun wieder den vertrauten Anblick. »Na, pfiat mi Gott, da schaut's aber aus! Braucht ihr noch lange, oder können wir mit unserer Arbeit beginnen?«

Sturmbauer trat zur Seite. »Ihr könnt anfangen. Diana und ich werden uns jetzt anhören, was die Zeugen zu erzählen haben.«

32

»Wir haben keine Ahnung, wer der Mann ist und was er wollte.« Der Notar beantwortete als Erster ihre Frage, nachdem alle Personalien aufgenommen worden waren. »Er war der Einzige, der außer uns noch Businessclass flog. Sonst waren hier alle anderen Plätze leer.«

Wie hat sich Gianni so ein teures Ticket leisten können?, fragte sich Diana. Er war doch ohnehin knapp bei Kasse.

»Mir ist lediglich aufgefallen«, sprach der Notar weiter, »dass er einen sehr nervösen Eindruck machte. Er saß ja direkt neben mir, nur durch den Gang getrennt. Während des Starts hat er gezittert, und Schweißperlen standen auf seiner Stirn.«

»Was dir so alles auffällt, Bumpf… äh, Burghard«, sagte einer seiner Freunde bewundernd. »Also, ich habe nichts Auffälliges an dem Mann bemerkt. Er hat freundlich gegrüßt, als er kam, und sich dann unauffällig verhalten.«

Der Notar schien das Gefühl zu haben, sich verteidigen zu müssen. »Es war aber so. Ich hab mir noch gedacht, dass der Mann wahrscheinlich unter Flugangst leidet.«

»Wie auch immer«, sagte nun Rudi Rabelka, »jedenfalls war es so, dass er, kaum war das Anschnallzeichen erloschen, seinen Gurt geöffnet hat und wie von der Tarantel gestochen aufgesprungen ist. Er hat seine Tasche aus dem Overhead-Compartment geholt und ist damit nach hinten gegangen.«

»Genau, aus dem Kastl da hat er die Tasche genommen.« Der Notar zeigte auf die jetzt geschlossene Ablage über dem Platz auf der anderen Seite des Ganges. »Damit ist er verschwunden, und dann hat es nicht lange gedauert und es hat einen furchtbaren Knall gegeben. Ich dachte schon: Jetzt ist alles aus!«

»Und Sie wissen nicht, wer der Mann war?«

»Das sagten wir doch schon, Herr Kommissar.« Die Stimme des Notars zeigte erste Anzeichen von Ungehaltenheit. »Und wir haben auch keine Ahnung, was er hinten in der Teeküche wollte.«

»Na ja«, warf einer der Freunde des Notars ein, und alle Köpfe fuhren zu ihm herum.

»Herr Sagmeister?«

»Es kann sein, dass ich den Mann schon ein-, zweimal gesehen habe. Ich glaube, er heißt Delucci. Er ist Kunde bei meiner Bank. Soweit ich mich erinnern kann, ist er …« Mit einem Schlag wurde er kalkweiß im Gesicht und ließ sich auf einen der Sitze fallen. »Nein, das kann ich nicht glauben! Oh Gott, wie schrecklich! Ich wollte euch nie in Gefahr bringen, meine Freunde, das müsst ihr mir glauben!«

Während alle Sagmeister ratlos anstarrten, hielt es Sturmbauer für angebracht, in autoritärem Tonfall zu fordern, dieser möge auf den Punkt kommen.

»Natürlich. Delucci ist … also, er war ein Gastwirt aus St. Florian«, begann der Banker. »Ein miserabler Gastwirt, um genau zu sein. Sein Essen war ungenießbar. Ich war einmal dort, na, reden wir nicht drüber. Es war also kein Wunder, dass er seine Schulden nicht zurückzahlen konnte. Heinrich hatte ihm –«

»Delucci? Etwa Gianni Delucci?«, unterbrach ihn sein Freund Michael Weber fassungslos. »Der Mann war der Gianni Delucci, der die –«

Sagmeister beachtete ihn nicht. »Er schuldet meiner Bank einen hohen Betrag, die Raten sind nur äußerst unregelmäßig geflossen. Heinrich Wertzheimer wollte den Kredit fällig stellen, oh Gott, oh Gott, oh Gott!«

»Können Sie uns jetzt endlich sagen, worauf Sie hinauswollen?«, Sturmbauer begann, ungeduldig mit den Fingern zu schnippen.

»Verstehen Sie denn nicht? Der Mann hatte Schulden. Bei unserer Bank. Darum musste zuerst der arme Heinrich daran glauben, und jetzt hatte er es wohl auf mich abgesehen. Der Sprengstoffanschlag galt mir! Mir allein! Entschuldigt, Freunde, entschuldigt bitte, dass ich euch so in Gefahr gebracht habe. Ich versichere euch, ich hatte keine Ahnung.«

Sturmbauer wandte sich an Herrn Weber. »Warum haben Sie den Toten als *der* Gianni Delucci bezeichnet?«

Weber warf einen kurzen Blick zu Sagmeister hinüber. »Der

Delucci, der so ein mieses Restaurant hat, wollte ich sagen. Aber das hat Ihnen Helfgott ja schon erklärt.«

Er lügt, dachte Diana, eigentlich hatte er etwas ganz anderes sagen wollen.

»Wenn du nichts davon gewusst hast, dann ist es doch auch nicht deine Schuld, Helfgott! Was ich mich aber schon fragen muss«, der Notar wandte sich mit strenger Miene an Diana, »wenn das so ist, wie Herr Sagmeister angibt, warum war der Kerl überhaupt noch auf freiem Fuß?«

Doch Diana sah keine Veranlassung, sich schuldig zu fühlen. »Es gibt nicht die geringsten Anhaltspunkte dafür, dass Herr Delucci etwas mit dem Tod von Heinrich Wertzheimer zu tun hatte. Und was den angeblichen Anschlag auf Herrn Sagmeister betrifft, so hege ich starke Zweifel daran. Herr Delucci wäre wohl nicht in die Teeküche gelaufen, wenn er Herrn Sagmeister hätte ermorden wollen, nicht wahr? Also beruhigen Sie sich wieder, meine Herren.«

Aber die fünf Männer hatten keine Lust, sich zu beruhigen. Sie sprachen durcheinander, drohten mit Einschaltung des Polizeipräsidenten und dann sogar des Innenministeriums, hatten aber nichts Nennenswertes zur Aufklärung beizutragen. Nach weiteren fünfzehn Minuten durften sie schließlich das Flugzeug verlassen.

Alfred kam dazu, klappte den Tisch eines freien Sitzplatzes auf und stellte eine grüne Tasche darauf ab. »Die gehörte offensichtlich dem Toten.«

»Irgendetwas Auffälliges, mal abgesehen von den vielen Fläschchen?«

»Wie man es nimmt. Zum einen ist da jede Menge Wäsche drin, aber weit und breit kein Badezeug, was bei dem Ziel Ibiza eigentlich naheliegend wäre. Zum anderen habe ich ein Rückflugticket gefunden.«

»Dann können wir Selbstmord wohl ausschließen«, befand Sturmbauer. »Es sei denn, er wollte uns aus irgendeinem Grund täuschen.«

»Also, dass ein Selbstmordkandidat zur Täuschung ein Rückflugticket hinterlässt, so eine Theorie kommt mir schon weit hergeholt vor. Außerdem hätte er dann auch einkalkulieren müssen, dass es verbrennt, wenn er sich in die Luft jagt und die Tasche in der Nähe steht«, meinte Alfred.

»Ja, es sei denn, er war Sprengstoffexperte oder Chemiker und konnte deshalb die Stärke der Explosion abschätzen«, gab Werner zu bedenken. »Mir wäre das durchaus bewusst gewesen.«

»Gianni Delucci hatte keine Erfahrung mit Sprengstoff«, warf Diana ein. »Und Suizid schließe ich ohnehin aus. Gianni war ein fröhlicher, etwas leichtsinniger Mensch, der nicht zu Schwermut neigte. Überdies hatte er eine Menge Zukunftspläne. Erst kürzlich hat er einen Unternehmensberater engagiert, weil er sein Restaurant umstrukturieren wollte.« Was Piet wohl sagen wird, wenn er erfährt, dass Gianni tot ist?, ging es ihr durch den Kopf. Er würde geschockt sein! Und wer musste eigentlich Veronika die traurige Nachricht überbringen?

»Na gut, aber ratet mal, mit welcher Maschine der Mann zurückfliegen wollte«, wurden ihre panischen Gedanken durch die Frage des Spurensicherers unterbrochen.

Sturmbauer hatte keine Lust zu raten. »Keine Ahnung, sag schon.«

»Mit der heute Abend!«

»Heute Abend? Das ist natürlich wirklich seltsam.«

»Das heißt, er hatte nicht einmal vor, den Flughafen in Ibiza zu verlassen, sondern wollte die nächste Maschine zurücknehmen?«

»Genau«, sagte Alfred. »Also war der Aufenthalt an Bord des Flugzeugs der Grund seiner Reise oder etwas, das sich am Zielflughafen auf Ibiza abgespielt hätte.«

»Ich versteh das nicht.« Diana ließ sich auf einen der Sitze fallen. »Das ergibt doch alles keinen Sinn. Nehmen wir mal an, er hätte tatsächlich vorgehabt, die Maschine in ihrer Gänze in die Luft zu jagen, dann –«

»Hätte die Sprengstoffmenge nicht im Geringsten ausgereicht«, vervollständigte der SKO ihren Satz.

»Richtig, aber das hätte er nicht unbedingt wissen müssen. Denn Gianni Delucci war kein Experte. Davon abgesehen hätte es –«

»Ich frage mich die ganze Zeit, wie es ihm gelungen ist, den Sprengstoff überhaupt an Bord zu bringen«, überlegte Sturmbauer.

»Die Sicherheitschecks am Boden haben desaströs versagt. Wir müssen dem bis ins kleinste Detail auf den Grund gehen.«

»Eh klar.« Diana hasste es, wenn man sie ständig unterbrach. »Aber wenn wir annehmen, dass Delucci jemanden mit dem Sprengstoff umbringen wollte, so war das Innere eines Flugzeugs dafür doch der unpassendste und dümmste Ort. Hier gibt es keine Fluchtmöglichkeit, also musste Gianni damit rechnen, dass ihn das Bordpersonal überwältigen und am Boden der Polizei übergeben würde.«

»Vielleicht hatte er ja eine Waffe bei sich«, warf Sturmbauer ein. »Hast du eine Waffe gefunden, Alfred?«

Der Mann im weißen Schutzanzug verneinte. »Ich bin eher auf Dianas Seite, der Täter hätte bei so einem Vorgehen schon sehr dumm sein müssen.«

»Und was immer ich über Gianni auch sagen kann, dumm war er ganz bestimmt nicht.«

Sturmbauer kratzte sich hinter einem Ohr. »Apropos Bordpersonal, wir müssen ins UKH und die Stewardessen befragen. Vielleicht können die uns den Ablauf so schildern, dass wir neue Aufschlüsse gewinnen. Hast du noch etwas in der Tasche gefunden, Alfred?«

Der Spurensicherer zog grinsend und mit zwei Fingern eine gehäkelte Puppe aus der Tasche.

»Was ist denn das? Du kanntest doch den Mann, Diana, hat er öfter mal mit Puppen gespielt?«

Sie schüttelte fassungslos den Kopf. »Nicht dass ich wüsste. Hast du dir schon das Innenleben dieser Kitschfigur angeschaut, Alfred?«

Das Grinsen verstärkte sich. »Tadaaa!« Alfred zog die Häkelverkleidung ab, und eine grüne Flasche kam zum Vorschein. »Absinth«, er hielt sie gegen das Licht, »allerdings vollkommen leer.«

»Das verstehe, wer wolle«, sagte Sturmbauer. »War ihm diese Flasche wichtig, oder ging es ihm nur um die Häkelpuppe? Und hat das Ganze überhaupt irgendeine Relevanz für uns? Apropos Relevanz: Werner, weißt du schon, welche Art von Sprengstoff zum Einsatz gekommen ist?«

»Leider nein. Aber es muss eine Art gewesen sein, die schon in kleinen Mengen zu einer gewaltigen Detonation führt. Zumindest gewaltig genug, um den, der sie auslöste, zu zerfetzen.«

»Das heißt also, du gehst davon aus, dass der Tote selbst mit dem Sprengstoff herumhantiert hat. Könnte ihm nicht jemand anderes –«

Der SKO schüttelte den Kopf. »Eher nicht. Die Art der Verletzungen spricht auch für den Doc eine ziemlich eindeutige Sprache. Es besteht kaum ein Zweifel daran, dass der Mann selbst den Sprengstoff gezündet hat.«

»Kaum ein Zweifel?«

»Du weißt doch, wie das ist, Mandi. Alte James-Bond-Weisheit: Sag niemals nie!«

33

Diana rief Piet an, als sie ins UKH fuhr, um die verletzten Stewardessen zu befragen. Sturmbauer hatte es zum Glück freiwillig übernommen, Veronika die traurige Mitteilung zu überbringen. Diana hätte ihm nicht dankbarer sein können.

»Was soll das heißen, er ist tot?«, fragte Piet verständnislos, als sie ihm erzählt hatte, dass es sich bei dem Toten um ihren gemeinsamen Bekannten handelte. »Aber ich habe Gianni doch heute Mittag noch gesehen, als wir zusammen … Pläne fürs Restaurant besprochen haben.«

»Es tut mir leid.«

»Ich fass es nicht! Wie konnte das nur passieren?«

»Das, Piet, fragen wir uns auch. Gianni hat wahrscheinlich mit Sprengstoff herumhantiert. Jedenfalls ist etwas explodiert und –«

»Mit Sprengstoff? Könnten das unter Umständen auch Feuerwerkskörper gewesen sein?«

Diana stutzte. »Ich bin keine Expertin in solchen Dingen. Aber warum fragst du?«

»Gianni ist so ein Idiot!«, rief Piet. »Ich habe ihm noch gesagt, dass das eine blödsinnige Idee ist. Die völlig falschen Mittel und noch dazu zum völlig falschen Zeitpunkt. Aber anscheinend hat er nicht auf mich gehört.«

»Wovon redest du?«

»Er hat sich schon den Kopf darüber zerbrochen, welche Werbemaßnahmen er ergreifen würde, damit sein neu gestaltetes Restaurant wie eine Bombe einschlägt. Sorry, aber so hat er sich ausgedrückt. Eine seiner Ideen war ein Feuerwerk an einem ungewöhnlichen Ort.«

»Und du glaubst, die wollte er heute verwirklichen? In einem Flugzeug?«

»Was weiß denn ich? Du hast Gianni doch gekannt, man wusste nie, was er als Nächstes ausbrütete.«

»Das stimmt, aber das Restaurant war doch noch gar nicht

umgestaltet. Werbung, wenn es noch nichts zu bewerben gibt, macht doch keinen Sinn.«

»Das habe ich ihm auch gesagt, aber auf mich hat er ja leider nicht gehört, der Idiot!«

»Selbstmordabsichten hast du aber nicht bei ihm bemerkt, oder?«, wechselte Diana das Thema.

»Geh, bitte, natürlich nicht! Gianni war fröhlich und leichtsinnig und freute sich schon wie ein Kind auf den neuen Pizzaofen.«

»Einen neuen Pizzaofen? Und mit welchem Geld wollte er den Ofen bezahlen?«

Piet zögerte. »Also … äh … das weiß ich nicht wirklich. Er sagte nur, er hätte welches in Aussicht. Mehr haben wir darüber nicht gesprochen.«

»Aber Piet, du wusstest doch, wie es um Giannis Finanzen stand!« Diana wurde zunehmend ungeduldig. »Da wirst du ihn doch gefragt haben, woher er so plötzlich die notwendigen Mittel für einen Pizzaofen haben wollte! Der kostet bestimmt keine Kleinigkeit.«

»Aber hallo! Ich versteh ja, dass du aufgeregt bist, aber das ist doch kein Grund, mich so anzufauchen. Schließlich habe nicht ich ein Flugzeug in die Luft gesprengt.«

Sie atmete tief durch und zwang sich zu einem ruhigeren Tonfall. »Tut mir leid, Piet, du hast ja recht. Und zum Glück hat Gianni nicht das gesamte Flugzeug, sondern nur sich selbst in die Luft gesprengt, auch wenn das natürlich schrecklich genug ist. Wie war das also mit Giannis Finanzen?«

»Da hast du nun wieder recht«, gab er zu. »Ich hätte ihn danach fragen sollen, aber mir war nur wichtig, dass wir den Laden wieder auf Vordermann bringen. Das hat sich mit dem Vorfall ja leider erübrigt.« Er seufzte schwer, der Tod des Italieners schien ihm wirklich nahezugehen. »Es ist eine Katastrophe«, sagte er und seufzte erneut. »Eine Katastrophe in jeder Hinsicht.«

»Es ist eine Katastrophe«, sagte auch die junge Flugbegleiterin eine Stunde später, als sie Diana von den Geschehnissen im Flugzeug berichtete. Sie saß in ihrem Bett, ihren Kopf zierte ein Verband, das rechte Bein war eingegipst. Ihre beiden Bettnachbarinnen zur Rechten und zur Linken verfolgten Dianas Besuch mit unverhohlener Neugier.

Diana hätte die Befragung gerne woanders fortgesetzt, aber alle drei Frauen trugen einen Liegegips. Außerdem schienen die Krankenschwestern im Stress zu sein, und Diana wollte sie mit der Bitte nach einem separaten Raum nicht noch zusätzlich belasten.

»Es war mein letzter Flug vor dem Urlaub, das muss man sich mal vorstellen! Ich wollte zwei Wochen auf Ibiza bleiben, und nun das.« Sie zeigte auf ihren Gips. »Ich kann mir meinen Urlaub abschminken und liege stattdessen mit einer Gehirnerschütterung und einem gebrochenen Unterschenkel, mit dem ich nicht aufstehen darf, im Krankenhaus. Noch nicht einmal aufs Klo kann ich, wissen Sie, wie furchtbar sich das anfühlt?«

»Ich kann es mir vorstellen.«

»Aber am schlimmsten ist die Wunde auf meiner Stirn, wo mich einer der blöden Glassplitter getroffen hat. Fünf Zentimeter tiefer, und mein Auge wäre ruiniert gewesen.« Sie blickte Mitleid heischend in die Runde.

»Sie haben großes Glück gehabt«, sagte Diana.

»Aber wirklich«, bestätigte die rundliche Frau im rechten Bett, »ein Riesenglück!«

Aber die Flugbegleiterin wollte in ihrer Situation nicht hören, dass sie Glück gehabt hatte. »Und alles nur wegen diesem depperten Ausländer.«

»Können Sie mir dann jetzt also bitte den Ablauf schildern? Jedes Detail kann wichtig sein, mag es Ihnen auch noch so unscheinbar vorkommen.«

»Also gut, aber viel weiß ich nicht. Ich habe nicht mal gesehen, wie der Typ in die Bordküche gegangen ist, und auch keine Ahnung, was er dort überhaupt wollte. Ich habe währenddessen das Essen ausgeteilt und Getränke eingeschenkt. Dabei war ich alleine, waren ja eh nur ein paar Hansln in der Business. Weil der Kaffee schnell aus war, bin ich in die Teeküche zurück, um die Kanne nachzufüllen. Da hab ich ihn gesehen, wie er gerade mit irgendwelchen Flascherln herumhantiert hat.«

»Haben Sie ihn gefragt, was er da macht?«

»Nein, das hat mich nicht interessiert, war ja eh die Gisi da.

Die Gisi ist unser Purser, also hat sie sich um solche Sachen zu kümmern. Sie ist danebengestanden und war grad dabei, Kaffee zuzubereiten, also hab ich gedacht, dass das schon seine Ordnung hat. Und als ich dann in die Teeküche hinein bin, gab es einen Knall, und ich wurde ein Stück weit in die Höhe gehoben und gegen das offene Kastl geschleudert. Dabei habe ich mir wahrscheinlich das Bein gebrochen.«

»Erinnern Sie sich, was der Mann in der Hand hatte, als es knallte?«

»Nein. Aber es hat zuerst so gekracht wie bei einem Feuerwerk, und dann sprühten Funken. Jetzt, wo Sie mich fragen, fällt mir allerdings wieder ein, dass der Mann geflucht hat. Zumindest glaube ich das, verstanden habe ich ihn ja nicht, weil er ausländisch gesprochen hat. Dann hat's gekracht, und was dann geschah, weiß ich nicht, weil ich ohnmächtig geworden bin. Im Rettungswagen haben sie mir gesagt, dass es den Ausländer zerfetzt hat. Geschah ihm ganz recht, wenn Sie meine Meinung wissen wollen.«

Diana beschloss, dass es keinen Sinn hatte, die junge Frau noch weiter zu befragen. Sie verabschiedete sich und ging einen Stock tiefer, wo die Flugbegleiterin Gisela Gruber ein Einzelzimmer belegte.

»Ich habe Sie schon erwartet, Frau Chefinspektorin«, sagte sie, als Diana sich vorgestellt und ihr die Dienstmarke unter die Nase gehalten hatte. Beide Hände waren einbandagiert, dazu trug sie wie schon ihre Kollegin einen Kopfverband. »Mich hat es am Hinterkopf erwischt, weil ich mich gerade umgedreht hatte, als die Explosion geschah. Zum Glück! Nicht auszudenken, wie ich jetzt aussähe, hätte ich mich noch etwas länger mit dem Herrn unterhalten.«

»Schildern Sie mir bitte alles, was Sie in Erinnerung haben. Jedes Detail.«

»Nicht lange nach dem Start ist der Mann in der Bordküche aufgetaucht. Er hat sich mir als Herr Delucci vorgestellt, ich weiß natürlich nicht, ob das sein richtiger Name war.«

Auf ihren fragenden Blick hin nickte Diana.

»Ein netter, charmanter Herr. Und so zuvorkommend! Als er

merkte, dass ich Probleme hatte, aus dem obersten Regal einen Glaskrug für das Wasser zu holen, um das er mich gebeten hatte, da hat er mir sofort geholfen. Wir sind dann ein wenig ins Plaudern gekommen, und er hat mir erzählt, dass er alles mit an Bord gebracht hatte, um seinen Freunden in der Businessclass einen Cocktail zu mixen. Einer von ihnen hatte anscheinend Geburtstag.«

»Er sagte tatsächlich, die Männer wären seine Freunde?«

Frau Gruber nickte. »Mit Sicherheit. Dann hat er alle möglichen Fläschchen aus seiner Tasche geholt, und ich habe ihm erlaubt, sie auf den Servierwagen zu stellen, den wir ohnehin nicht benötigt haben, weil die Business fast leer war.«

»Er bat um Wasser? Wofür?«

»Vielleicht für die Cocktails? Jedenfalls habe ich ihm eine Mineralwasserflasche angeboten, aber er wollte lieber ein großes Glas. Und da wir so etwas nicht an Bord haben, habe ich ihm den Krug gegeben.«

»Und weiter?«

»Stellen Sie sich vor, er hatte sogar Cocktailgläser dabei. Wunderschön geschliffenes Kristallglas, sehr edel.«

»Und Sie haben sich nicht gewundert, wie er die Flüssigkeiten an Bord gebracht hat? Das war doch viel mehr als erlaubt.«

»Aber sicher habe ich das. Ich habe ihn sofort zur Rede gestellt, und er hat es mir auch gleich erklärt, allerdings unter dem Siegel der Verschwiegenheit.« Sie stockte.

»Und zwar?«

»Ich weiß jetzt nicht, ob … Also, er hat mir das ja ganz im Vertrauen gesagt.«

»Der Mann ist tot!«, fuhr Diana auf. »Und wir müssen herausfinden, wie es dazu kam. Also, raus mit der Sprache!«

Frau Gisi senkte die Stimme. »Der Sicherheitschef des Flughafens soll es gerichtet haben.«

»Rabelka?«

Die Stewardess zuckte mit den Schultern. »Ich weiß nicht, wie der Mann heißt. Er war auch an Bord, er war sogar das Geburtstagskind, wenn ich mich nicht irre. Jedenfalls soll er es irgendwie bewerkstelligt haben, dass Herr Delucci die Flüssigkeiten an Bord bringen konnte. So sind sie, die Großen dieser Welt. Sie richten es sich, wie sie es brauchen.«

Die Neuigkeit musste Diana erst einmal verarbeiten. Kein Wunder, dass Rabelka so schnell wie möglich den Flieger hatte verlassen wollen, wahrscheinlich musste er noch irgendwelche Spuren beseitigen. »Sie meinen also, in all den Fläschchen, die Herr Delucci bei sich hatte, war Alkohol für Cocktails?«

»Genau so war es. Eins hat er sogar aufgeschraubt, um mich riechen zu lassen. Sie werden es nicht glauben, aber da war eindeutig Whisky drin.« Sie lächelte bei der Erinnerung daran, doch das Lächeln verschwand blitzschnell wieder, als sie weitersprach. »Wir haben noch so nett miteinander gelacht und gescherzt, und jetzt ist er tot, der arme Mann. Ich darf gar nicht daran denken.«

»Wie ging es weiter?«

»Ich habe noch lächelnd zu ihm gesagt, er solle mich jetzt nicht länger von meinen Pflichten abhalten, und dann habe ich mich umgedreht, um frischen Kaffee zuzubereiten und Wasser in die Teekannen zu füllen. Plötzlich waren seltsame Geräusche zu hören, zuerst nur ein Rascheln, dann klang es mehr wie ein Feuerwerk, und der Herr Delucci hat geflucht. Ich konnte mich gerade nicht umdrehen, weil ich das kochend heiße Wasser einfüllte. Zum Glück, wie ich jetzt weiß, ansonsten hätte es schlimmer ausgehen können. Allerdings habe ich mir dafür das Wasser über meine Hände geschüttet.«

»Es klang wie Feuerwerk?« Hatte Piet mit seiner Vermutung etwa recht? »Haben Sie denn auch Feuerwerkskörper gesehen?«

Gisela Gruber überlegte kurz. »Nein, ich hab nur Geräusche gehört. Es hat gezischt und gekracht.«

»Der Mann hat Ihnen aber nicht erklärt, wie er neben dem Alkohol auch Feuerwerkskörper in das Flugzeug geschmuggelt hat, oder?«

Die Stewardess schüttelte den Kopf. »Natürlich nicht, aber vielleicht hat das auch der Sicherheitschef gerichtet?«

»Das heißt also, für Sie gibt es keinen Zweifel, dass Herr Delucci selbst mit Sprengstoff oder eben mit Feuerwerkskörpern hantiert hat. Haben Sie sonst noch irgendetwas Verdächtiges bemerkt?«

»Na ja, da war schon noch etwas.«

»Und zwar?« Diana konnte sich ein unwilliges Schnaufen nur mit Mühe verkneifen. Mussten sich die Leute immer alles aus der Nase ziehen lassen?

»Es hat gekracht, ich fuhr herum …«

»Ja?«

»Also, aus den Augenwinkeln habe ich gesehen, wie ein Mann weglief.«

»Wie sah der Mann aus? Haben Sie ihn erkannt?

»Nein, ich sah nur die Beine. Er trug Jeans, wenn ich mich recht erinnere.«

»Könnte es unter Umständen auch ein Passagier aus der Economyclass gewesen sein?«

»Das halte ich für ausgeschlossen«, entgegnete Frau Gruber energisch. »Der Vorhang zwischen den beiden Klassen war verankert, und meine Kolleginnen haben immer ein waches Auge darauf, dass niemand zwischen den Klassen hin und her wechselt.«

Ihr Wort in Gottes Ohr, dachte Diana. Sonst hätten sie mit einem Schlag zweihundert Verdächtige mehr.

34

Der Herr Oberst unterhielt sich mit Karl-Heinz See auf dem Flur, als Diana durch die schwere Eisentür des LKA trat.

»Ja, hörn S', wo bleiben S' denn? Der Sturmbauer hat schon dreimal nach Ihnen gefragt! Geh, Carlos, gib ihm Bescheid, dass die Pölz jetzt endlich da ist, und dann treffen wir uns in meinem Büro.«

Er eilte mit so großen Schritten in sein Zimmer voraus, dass sie Mühe hatte, ihm zu folgen, und knallte dann eine Ausgabe der Zeitung »Austria« auf den Besprechungstisch. »Was sagen Sie dazu? Morgige Ausgabe. Woher haben die das, möchte ich wissen! Sagen S' mir das!«

Diana überflog die Schlagzeile. »Mafia! Irrer Attentäter sprengt erst Promiparty, dann sich selbst in die Luft!« Sie schlüpfte aus ihrem Mantel. »Das würde ich auch gern wissen. Ich habe zwar gesehen, wie die Journalistin mit ihrem Fotografen in die Flughafenhalle gestürmt ist, konnte aber zum Glück noch rechtzeitig ausweichen. Wie sie hinter die Story mit der Promiparty gekommen ist, ist mir ein Rätsel.« Davon habe ich doch selbst erst vor einer halben Stunde von der Flugbegleiterin erfahren, dachte sie im Stillen. »Der Hubert Grobian war übrigens auch draußen auf dem Flughafen«, fügte sie noch hinzu. »Da können wir ja gespannt sein, was das ›Tagesblatt‹ morgen so alles weiß.«

Die Tür wurde aufgerissen.

»Hast du das Schmierblatt schon gelesen, Diana?« Sturmbauer ließ sich auf einen der Stühle fallen. »Promiparty und Mafia – so ein ausgemachter Blödsinn!«

»Das mit der Mafia ist tatsächlich vollkommener Blödsinn, aber die Promiparty kommt der Realität sogar recht nah. Eine der Stewardessen hat mit Delucci gesprochen. Rabelka hat ja bekanntlich heute Geburtstag, und der sollte an Bord gefeiert werden. Mit Cocktails. Ob man das als Promiparty bezeichnen will, sei mal dahingestellt. Die Stewardess glaubt, dass es Rabelka selbst war, der es Delucci ermöglicht hat, den Alkohol an Bord zu bringen.«

»Ah, da schau her! Und uns gegenüber so tun, als kenne er Delucci nicht. Da hat uns der gute Mann jetzt einiges zu erklären.«

»Allerdings«, stimmte Diana zu. »Was den Sprengstoff betrifft, haben bereits zwei Zeugen übereinstimmend angegeben, dass es sich dabei um Feuerwerkskörper gehandelt haben könnte.«

»Zwei Zeugen? Du meinst die beiden Flugbegleiterinnen?«

»Nein, nur eine, die andere kann sich an so gut wie gar nichts erinnern. Aber es gibt noch einen weiteren Zeugen, den Unternehmensberater Piet Köflach. Der war zwar nicht an Bord, hat aber mit Delucci an der Umstrukturierung seines Restaurants gearbeitet.«

»Und dem hat Delucci erzählt, dass er einen Flieger mit Feuerwerkskörpern in die Luft sprengen will? Und dann ist der Mann nicht gleich zu uns gekommen?«, fuhr der Herr Oberst auf. »Na, den Kerl schnappen wir uns!«

Diana beeilte sich, den Herrn Oberst zu beruhigen und Piet aus dessen Schusslinie zu nehmen, indem sie alles erzählte, was sie wusste.

»Werbeveranstaltung, so ein Blödsinn!«, regte sich nun wiederum See auf. »Das hat er doch bloß so dahingesagt. In Wirklichkeit war das ein Suizid mit Ankündigung. Vielleicht wollte er ja insgeheim, dass Ihr Zeuge da, dieser Unternehmensberater, ihn davon abhält.«

»Das kann ich mir nicht vorstellen, Carlos«, widersprach Sturmbauer. »Dazu hat der Mann zu viel Aufwand betrieben: Alkohol in Medizinflascherl umfüllen, Sprengstoff oder von mir aus auch Feuerwerkskörper besorgen und dann in ein Flugzeug schmuggeln …«

»Kristallgläser hatte er auch noch dabei, hat eine der Flugbegleiterinnen ausgesagt«, warf Diana ein.

»Echt? Das bestätigt nur meine Aussage, dass der Mann einen enormen Aufwand betrieben hat, der nicht zu einem geplanten Suizid passt. Immerhin wissen wir jetzt, woher die vielen Scherben stammen.«

»Du machst einen Denkfehler, Mandi! Das alles spricht nur umso stärker für einen Selbstmord«, beharrte See. »Er hatte so eine Art Knalleffekt geplant. Entweder um wenigstens ganz zum

Schluss doch noch die Aufmerksamkeit zu erregen, die ihm zu Lebzeiten verwehrt worden ist, oder um einem der sogenannten Promis eins auszuwischen.«

»Geh, Carlos, bitte! Wer wischt denn jemand anderem eins aus, indem er sich umbringt?« Der Herr Oberst war alles andere als überzeugt.

»Das haben wir doch alles schon gehabt«, beharrte See. »Wurde eigentlich ein Abschiedsbrief gefunden?«

Sturmbauer zuckte mit den Schultern. »Von einem Brief weiß ich nichts. Allerdings kenne ich den Bericht der Spurensicherung über Deluccis Wohnung noch nicht.«

Arme Veronika, dachte Diana. Als wäre nicht ohnehin schon alles schlimm genug, hatte die Arme nun auch noch die Spurensicherung im Haus gehabt, die mit Sicherheit alles von unten nach oben gekehrt hatte. Sie musste sie morgen unbedingt besuchen.

Es klopfte, und eine Mitarbeiterin steckte ihren Kopf und eine Hand mit Papieren zur Tür herein. »Der Bericht der Spurensicherung ist da. Ich habe ihn gleich ausgedruckt.«

»Geben S' her«, blaffte der Herr Oberst.

»Danke, Regina.« Diana warf ihr einen entschuldigenden Blick zu.

»In der Blutlache neben und unter der Leiche wurden Spuren von Cäsium in Kombination mit anderen Chemikalien gefunden«, las Sturmbauer vor. »Wenn ihr wissen wollt, welche, dann findet ihr hier eine Aufstellung. Es sind eine ganze Menge.«

Doch anscheinend interessierte sich niemand für die chemischen Details.

»Also waren es keine Feuerwerkskörper«, freute sich See stattdessen. »Hab ich mir doch gedacht, dass die Theorie Blödsinn ist.«

»Jetzt machst aber du einen Denkfehler, Carlos.« Sturmbauer sah kurz von Alfreds Bericht auf. »In Feuerwerkskörpern kann sehr wohl Cäsium enthalten sein. Es wird für die Farbe Purpur verwendet, die sogar besonders beliebt ist.«

»Au weh, Cäsium!«, stellte jetzt auch der Herr Oberst sein Wissen unter Beweis. »Kein Wunder, dass die Fetzen geflogen sind! Das heißt, der Täter muss eine Flüssigkeit vor sich gehabt haben.

Die Mischung von Alkalimetallen mit Wasser ist besonders fatal. Vor einigen Jahren hatten wir einmal einen Fall mit Rubidium, erinnerst du dich, Carlos? Cäsium wirkt noch um einiges heftiger als Rubidium. Da hatten die anderen Anwesenden im Flugzeug wirklich Glück, dass nicht mehr passiert ist.«

Sturmbauer hatte in der Zwischenzeit den Bericht weiterstudiert. »Alle Achtung, Herr Oberst, der Alfred ist zu dem gleichen Ergebnis gekommen. Er meint, dass es sich mindestens um einen halben Liter Flüssigkeit gehandelt haben muss, eher mehr. Cäsium war es nur eine geringe Menge, die luftdicht in Metall verschlossen transportiert worden sein muss. Ein entsprechendes Behältnis wurde allerdings nicht gefunden.«

»Also doch kein Feuerwerkskörper«, trumpfte See abermals auf.

»Da fällt mir noch etwas ein«, meldete sich Diana zu Wort. »Die Stewardess will aus dem Augenwinkel beobachtet haben, wie jemand kurz vor der Explosion aus der Teeküche lief. Könnte es nicht sein, dass einer der Anwesenden Delucci die Flüssigkeit mit dem Sprengstoff in die Hand gedrückt hat?«

Der Herr Oberst erwog den Gedanken. »Vielleicht. Oder Delucci hatte bereits eine Flüssigkeit in der Hand, so ein Fläschchen zum Beispiel, und jemand hat ihm den Sprengstoff hineingetan und ist weggerannt. Ich finde, das würde zur Aussage der Stewardess am besten passen.«

»Aber nicht dazu, dass die Flüssigkeit mengenmäßig mindestens ein halber Liter gewesen sein muss«, meinte Sturmbauer.

Diana dachte nach. »Delucci hatte um Wasser gebeten, die Flugbegleiterin hat ihm einen Glaskrug gegeben.«

»Na, da haben wir's doch schon. Dann dürfte es doch Delucci selbst gewesen sein. Er hat das Wasser benötigt, um den Sprengstoff zur Explosion zu bringen …«

»Hab ich doch die ganze Zeit schon gesagt: Selbstmord.« Sees Stimme war der pure Triumph.

»Oder wir müssen noch einmal der Frage nachgehen, wem Delucci damit schaden wollte.«

»Womit wir wieder am Anfang wären.«

»Ganz genau.«

Ein unbefriedigtes Schweigen senkte sich über die Runde.

»Ich würde sagen, ihr knöpft euch noch einmal den Rabelka vor«, sagte der Herr Oberst.

»Einverstanden.« Sturmbauer nickte. »Und ich rede mit der Witwe. Auf Anraten ihres Arztes konnte die Befragung bisher noch nicht stattfinden. Dann treffen wir uns alle morgen früh wieder. Passt euch halb acht bei mir?«

35

Die Befragung von Rudolf G. Rabelka verlief alles andere als erfreulich und war lange Zeit auch alles andere als ergiebig.

»Wofür halten Sie mich? Ich habe den Täter keineswegs zu irgendetwas angestiftet, ich habe ihn, wie ich bereits mehrmals betont habe, nicht einmal gekannt!«

»Aber es ist schon richtig, dass Sie gestern Geburtstag hatten, oder?«, erkundigte sich Diana.

»Und? Gilt das vielleicht schon als Verbrechen?«

Sie versuchte, sich durch seinen barschen Tonfall nicht aus der Ruhe bringen zu lassen.

Doch See hatte auf Ruhe offensichtlich weniger Lust. »Und da haben Sie und Ihre Freunde eine Party geplant. Richtig? Eine sogenannte«, er malte Gänsefüßchen in die Luft, »Promiparty!«

»Gar nichts habe ich. Warten Sie, ich kann es Ihnen sogar beweisen.« Er klickte ein paarmal auf der Tastatur seines Laptops herum, der neben ihm stand, und drehte den Bildschirm dann so, dass Diana und See mitlesen konnten. »Das ist eine E-Mail von meinem Freund Sagmeister, die er mir im Januar geschickt hat. Ich solle mir meinen Geburtstag und die darauffolgenden drei Tage freihalten.«

Er scrollte weiter nach unten. »Und hier, die E-Mail ist von voriger Woche. Ich solle Pass und Badesachen einpacken, wir würden im Süden feiern.«

»Mehr Infos gab es nicht?«, wollte Diana wissen.

»Nein, aber das ist nichts Ungewöhnliches. Zu runden Geburtstagen machen wir immer einen Männerausflug, und dafür denken sich die Freunde so allerhand Überraschungen aus.«

»Aha, wie schön. Und was hat die werte Frau Gemahlin dazu gesagt, dass Sie an Ihrem Festtag mit Ihren Freunden woanders feiern wollten?«, erkundigte sich See mit unüberhörbarem Spott in seiner Stimme.

»Was soll sie schon gesagt haben? Viel Spaß und komm gut zurück.«

»Wissen Sie, was genau im Flieger geplant war?«

»Nicht die Bohne, Frau Chefinspektorin. Nicht die Bohne!«

»Soweit wir wissen, waren Cocktails geplant. Haben Sie eine Vorliebe für Cocktails, Herr Rabelka?«

»Aber woher denn?« Er schüttelte den Kopf. »All das süße Zeug mit Cocktailkirschen und kitschigen Schirmchen.«

»Wie erklären Sie sich dann diesen Programmpunkt in Ihrem Männerausflug?«

»Na ja, es gibt da eine Ausnahme«, räumte er ein. »Absinth Kamikaze, den Cocktail mag ich wirklich. Aber den kann man nicht im Flieger mixen. Wir verkaufen keinen Absinth in unserem Duty-free-Shop.«

»Da schau her!« See lehnte sich nach vorn, offensichtlich dachte er dasselbe wie Diana. Endlich hatten sie den Grund dafür gefunden, dass Gianni Delucci Alkohol ins Flugzeug geschmuggelt hatte.

»Wie erklären Sie sich dann, dass Absinth an Bord des Fliegers gefunden wurde?«

Rabelka riss die Augen auf. »Aber das kann nicht sein! Das ist ein Ding der Unmöglichkeit!«

»Es ist die Tatsache. Wir haben dreißig Milliliter Absinth in der Teeküche sichergestellt. An Bord gebracht in Medizin- und Kosmetikfläschchen. Vorbeigeschmuggelt an sämtlichen Sicherheitskontrollen. Höchstwahrscheinlich von Gianni Delucci, dem Mann, der an Bord den Tod fand.«

»Und ich wiederhole: Das ist ausgeschlossen! Es muss ein Irrtum vorliegen, meine Leute sind bestens geschult und haben Augen wie ein Luchs. An denen wäre dieser … dieser … dieser Täter nie vorbeigekommen. Niemals!«

»Das haben wir uns zuerst auch gedacht«, begann Diana.

»Na, sehen Sie«, unterbrach Rabelka sie.

»Aber dann ist uns die Lösung eingefallen.«

»Ach, und die wäre? Da bin ich ja mal gespannt.«

»Delucci hatte einen Komplizen, jemanden aus dem Securityteam.«

Rabelkas Gesicht war immer röter geworden, jetzt plusterte er sich auf wie ein Truthahn. »Also, das ist ein ungeheurer Vorwurf, für den Ihnen jeglicher Beweis fehlt! Ich lege für meine Leute die Hand ins Feuer. Wer soll dieser ominöse Komplize denn sein, haben Sie schon einen konkreten Namen?«

»Freilich haben wir den«, schoss See vor, bevor Diana antworten konnte. Er konnte es nicht leiden, wenn jemand den Verdacht äußerte, dass die Kripo ihre Arbeit nicht ordnungsgemäß erledigte. »Der konkrete Name lautet: Rabelka. Rudolf G. Rabelka, wenn man es genau nimmt. Und lassen Sie es sich gesagt sein: Wir nehmen es sehr genau!«

»Was erlauben Sie sich …?« Rabelka hatte zuerst nach Luft geschnappt, jetzt stemmte er sich mit beiden Händen auf dem Tisch in die Höhe und starrte See, der ihm direkt gegenübersaß, wie ein feindseliger Kampfhahn ins Gesicht.

»Setzen Sie sich wieder hin, Rabelka, wir sind noch nicht fertig«, knurrte der zweite Kampfhahn.

Diana beschloss, zumindest den Versuch zu unternehmen, die Wogen zu glätten, und wechselte das Thema. »Welche Alkoholika außer Absinth braucht man eigentlich noch für so einen Kamikaze?«

Rabelka ließ sich tatsächlich auf seinen Stuhl zurückfallen und blickte sich etwas verwirrt um. Dann atmete er tief durch, drehte sich so, dass er See die kalte Schulter zeigte, und zählte die verschiedenen Sorten auf. Diana nickte bei jeder, und Rabelka beruhigte sich zusehends.

»Bis auf den Absinth kann man alles am Flughafen kaufen, richtig?«

»Richtig. Wir sind zwar nur ein verhältnismäßig kleiner Flughafen, aber wir haben ein breites Sortiment.«

Diana nahm dies weiterhin nickend zur Kenntnis, wunderte sich aber gleichzeitig, warum Gianni dann das Risiko eingegangen war, auch all die anderen Alkoholika an Bord zu schmuggeln. »Sie sagten, Herr Sagmeister habe Ihnen die E-Mails bezüglich der Reise geschickt. Kann man daher sagen, dass er für die Planung der Reise zuständig war?«

Rabelka überlegte. »So schaut es aus, ja.«

»War er auch für das Programm zuständig?«

»Ich habe keine Ahnung, Frau Chefinspektorin. Kann sein,

muss aber nicht. Manchmal nimmt einer von uns die gesamte Planung so eines Ausflugs in die Hand, manchmal werden die verschiedenen Aufgaben verteilt.«

»Dann fragen wir dazu wohl besser Herrn Sagmeister.« Diana stand auf, und Rabelka beeilte sich, es ihr gleichzutun. See, etwas überrascht über das abrupte Ende der Vernehmung, rappelte sich ebenfalls auf.

»Ich hoffe, das heißt, dass ich jetzt nicht mehr zu den Verdächtigen zähle, Frau Chefinspektorin?«

»Was nicht ist, kann noch werden«, murmelte See.

»Dazu sage ich jetzt nichts. Ach, eines noch, Herr Rabelka«, fiel Diana ein, als sie schon fast aus der Tür war. »Welche Kleidung haben Sie während des Fluges getragen?«

»Einen leichten hellgrauen Sommeranzug von Briatoni, das haben Sie doch gesehen. Soll ich Ihnen zeigen, wie ich damit in den Flieger steige? Wir haben vorher noch ein Gruppenbild gemacht.« Er nestelte in seiner Sakkotasche nach dem Smartphone und zeigte ihr das Foto.

36

Am nächsten Morgen brauchte Diana im Büro eine zweite große Tasse Kaffee, um wach zu werden. Am letzten Abend war es spät geworden, oder besser gesagt, früh am nächsten Morgen. Gegen neunzehn Uhr hatte Piet angerufen, und sie hatten sich auf ein rasches Abendessen getroffen, das sich allerdings dann zu einem langen Abendessen mit anschließender gemeinsam verbrachter Nacht entwickelt hatte. Anfangs hatte Diana das Gefühl gehabt, ihr Geliebter wäre durch Giannis Tod etwas angeschlagen, doch sie hatten das Thema nicht weiter vertieft, sondern schnell über andere Dinge gesprochen. Diana war das nur recht. Sie durfte sich über laufende Ermittlungen ohnehin nicht unterhalten, und es gab so vieles, was sie von Piet noch nicht wusste. So viele Küsse, die sie noch nicht getauscht, so viele Regionen an seinem Körper, die sie noch nicht erkundet hatte. So viel, was sie ihm sagen und zeigen wollte. All das zusammengenommen war viel wichtiger als ein toter Gastwirt.

Doch jetzt stand Gianni wieder im Fokus ihres Interesses. Mit der Kaffeetasse in der Hand und der Akte unter dem Arm eilte sie in Sturmbauers Büro. Während sie mit ihm auf den Herrn Oberst und See wartete, brachten sie sich gegenseitig auf den letzten Stand der Vernehmungen des Vortages. Wie es nicht anders zu erwarten gewesen war, war Veronika über den Tod ihres Mannes zutiefst erschüttert gewesen. Sie hatte weder gewusst, dass er vereisen wollte, noch, warum er den Alkohol in kleine Fläschchen abgefüllt beziehungsweise mit Sprengstoff herumhantiert hatte. Während der gesamten Befragung, die Sturmbauer so kurz wie möglich hielt, hatte sie geweint. Erneut nahm Diana sich vor, ihre Bekannte in der Mittagspause zu besuchen.

»Nicht unbedingt, Carlos, er könnte ja auch damit hantiert haben, ohne sich der Gefahr bewusst gewesen zu sein. Vielleicht wusste er gar nicht, dass er Sprengstoff in der Hand hielt.« See und der

Herr Oberst betraten heftig diskutierend den Raum. »Morgen!«, sagten sie kurz und setzten sich.

»Das habe ich mir letzte Nacht auch schon gedacht«, nahm Diana den Faden sofort auf. »Nehmen wir einmal an, es war tatsächlich so, dann stellt sich allerdings die Frage: Wer hat ihm den Sprengstoff untergejubelt?«

»Das ist eine dumme Frage«, befand der Herr Oberst streng. »Natürlich der Kerl, den diese Stewardess weglaufen gesehen hat.«

»Das wäre eine Möglichkeit«, gab Sturmbauer zu.

»Was heißt eine?«, fuhr der Herr Oberst auf. »Die einzige!«

Bevor Diana noch widersprechen konnte, sagte Sturmbauer: »Nein, es gibt noch viele andere Möglichkeiten. Da sind zum einen die Stewardessen. Vielleicht haben sie Delucci ja irgendetwas ins Getränk geworfen.«

Das wiederum konnte Diana nicht glauben. »Was hätten die denn für ein Motiv gehabt?«

Der Herr Oberst stimmte ihr erfreut zu. »Siehst du? Siehst du, Mandi? So schnell sind sie vom Tisch, deine vielen Möglichkeiten.«

Doch Sturmbauer ließ sich nicht beirren. »Dann haben wir noch die Geburtstagsgesellschaft, die mitgemischt haben könnte. Oder es war doch der Tote selbst, der den Sprengstoff an Bord gebracht hat. Entweder bewusst oder, wie du sagst, ohne eine Ahnung davon zu haben.«

»Wie auch immer, ich verstehe nicht, dass das bei der Sicherheitskontrolle nicht aufgefallen ist«, sagte See.

»Das wundert uns alle, Carlos«, stimmte der Herr Oberst zu. »Genau wie beim Alkohol.«

»Rabelka hat eine interne Untersuchung zu den Vorfällen angekündigt«, informierte sie Diana.

»Und meine Leute sind auch grad an den Sicherheitsmitarbeitern dran«, ergänzte Sturmbauer. »Aber zurück zu dem mysteriösen Mann an Bord, der angeblich weggelaufen ist. Konnte ihn die Stewardess näher beschreiben? Würde sie ihn wiedererkennen?«

»Ich glaube nicht«, antwortete Diana. »Sie hat kein Gesicht gesehen, aber angeblich trug er Bluejeans.«

Sturmbauer lehnte sich zurück. »Bluejeans? Leider kann ich

mich nicht daran erinnern, was unsere fünf Promis bei unserem ersten Zusammentreffen angehabt haben. Halt, beim Notar weiß ich es. Der hatte so eine seltsame rote Hose an, die ist mir in Erinnerung geblieben.«

»Und Rabelka trug einen hellen Anzug.«

»Okay, dann bleiben noch drei Verdächtige. Ein Rechtsanwalt, ein Richter und ein Banker«, zählte Diana auf.

Sturmbauer nickte. »Wenn wir davon ausgehen, dass die Flugbegleiterinnen als Täterinnen ausscheiden und die Leute aus der Economyclass wirklich nicht in die Teeküche gelangen konnten. Wer von den dreien hatte es auf Gianni abgesehen?«

»Alles nur Spekulation«, murrte See dazwischen.

»Konstruktive Inputs, Carlos, wenn ich bitten darf«, rügte der Herr Oberst streng. »Einer von den dreien ist unser Mann, und ich weiß auch schon, welcher.«

»Was mich ein bisschen stutzig macht, ist die Tatsache, dass wir es hier ausschließlich mit intelligenten Männern zu tun haben. Von denen würde doch keiner das Risiko eingehen, bei so einer Sprengstoffgeschichte selbst ums Leben zu kommen. Die Explosion hätte ein Loch in die Flugzeugdecke reißen können, dann wären sie alle draufgegangen.«

»Das ist richtig«, der Herr Oberst nickte. »Es sei denn, der Täter wusste, dass die Sprengstoffmenge für so eine gefährliche Explosion zu gering war. In diesem Fall konnte er beruhigt in seinem Sessel in der Businessclass warten, bis der Italiener in die Luft flog – und niemand sonst.«

»Blöd nur, dass alle Beteiligten angaben, den guten Gianni Delucci gar nicht zu kennen«, gab See zu bedenken.

»Außer dem Sagmeister«, wandte Diana ein.

»Ja, genau, außer dem Sagmeister. Der ist seit geraumer Zeit sowieso mein Hauptverdächtiger.« Der Herr Oberst richtete sich gerade auf seinem Stuhl auf, klopfte sich mit beiden Händen auf die Knie und verkündete in einem Tonfall, als hätte er soeben den Fall gelöst: »Ich sag euch jetzt, wie es war. Dem Sagmeister waren zuerst sein Bankenvorstand Wertzheimer und dann auch noch dieser Italiener im Weg. Ich weiß zwar noch nicht, warum, aber –«

»In dem Fall kann ich dir weiterhelfen, Oberst. Ich war bei der Witwe des Italieners, die angegeben hat, ihr Mann und dieser Sagmeister wären auf dieselbe Frau scharf gewesen«, brachte Sturmbauer völlig überraschend ein neues Motiv ins Spiel.

Der Herr Oberst wandte sich blitzschnell um. »Sagmeister ist auf die Witwe scharf?«

Sturmbauer winkte ab. »Nein, aber der Tote hatte eine Geliebte, die ihm Sagmeister abspenstig machen wollte. Es war wirklich seltsam, das ausgerechnet aus dem Mund einer weinenden Witwe zu hören, die ihren Mann anscheinend trotzdem geliebt hat. Auch wenn es da diese andere junge Frau gab. Warten Sie, ich habe ihren Namen irgendwo notiert.«

»Tatjana Rasinic!«, riefen Diana und See wie aus einem Mund.

»Wer soll das sein?«, fragte der Herr Oberst scharf.

»Die Altenpflegerin von Frau Wertzheimer.«

»So schließt sich also der Kreis.« Der Herr Oberst war äußerst zufrieden. »Anscheinend gab es nicht zwei, sondern drei Bewerber um die Gunst dieser jungen Frau, und Sagmeister hat einen nach dem anderen aus dem Weg geräumt. Zuerst den Wertzheimer und jetzt den Italiener. Sag ich es nicht immer? Eifersucht ist das älteste Mordmotiv der Menschheitsgeschichte. Wöglinger!«, rief er. »Wöglinger! Laden Sie mir den Sagmeister ins LKA. Am besten morgen Vormittag, heute Nachmittag muss ich leider in eine Konferenz. Aber ich denke, die kleine Verzögerung wird nichts ausmachen. Der Sagmeister fühlt sich so sicher, der rennt mir nicht davon.«

Diana dachte währenddessen nach. Wenn Veronika von Giannis Geliebter gewusst hatte, dann hatte sie ja –

»Die Witwe müssen wir uns auch noch mal vornehmen«, sprach See ihre Schlussfolgerung laut aus. »Wenn Eifersucht das älteste Mordmotiv der Menschheitsgeschichte ist, dann trifft das sicher auch auf diese Dame zu.«

»Ich fahr gleich zu ihr«, sagte Diana und stand auf.

37

»Veronika, bitte, du musst etwas essen. Gianni wird auch nicht wieder lebendig, wenn du mit leerem Magen umkippst.«

»Nichts macht Gianni wieder lebendig, das ist ja das Furchtbare.« Während ihr die Tränen unaufhörlich über die Wangen rannen, griff die frischgebackene Witwe zum Zigarettenpäckchen, das neben einem bereits überquellenden Aschenbecher auf dem Couchtisch lag.

Diana konnte sich beim besten Willen nicht vorstellen, Giannis Mörderin gegenüberzusitzen. »Seit wann rauchst du denn?«

»Seit vorgestern. Wieder. Ich habe früher schon einmal geraucht. Sechs Jahre lang. Damals, als ich noch in Rom gelebt habe. Aber dann habe ich Asthmaanfälle bekommen, und mein Arzt sagte, ich müsste dringend damit aufhören. Es war verdammt schwer, das kannst du mir glauben.«

»Aber dann fang doch jetzt um Himmels willen nicht wieder damit an.«

»Ach was! Ist mir doch egal, wenn ich wieder Asthma bekomme. Vielleicht erstick ich ja während eines Anfalls, dann wäre das alles hier wenigstens vorüber.« Das Zündholz flammte auf.

Sinnlose Diskussionen wie diese machten Diana ärgerlich und ließen sie sich bis zu einem gewissen Grad hilflos fühlen. »Ich werde jetzt zum Chinesen rübergehen und uns etwas zum Mittagessen holen. Was magst du am liebsten?«

»Egal!«

Ohne ein weiteres Wort griff Diana zu ihrer Tasche, schnappte sich den Schlüssel vom Haken und verließ die Wohnung.

Giannis Gastgarten lag verwaist in der Frühlingssonne. Die Stühle lehnten an den Tischen, die Eisenkette, die die Möbel vor Diebstahl schützte, war heute Morgen nicht entfernt worden. An der Lokaltür hing ein handgeschriebenes Schild: »Wegen Trauerfalls bis auf Weiteres geschlossen«. Vermutlich hatte Franzi es dort aufgehängt. Was für ein trostloser Anblick.

Beim Chinesen herrschte dagegen Hochbetrieb. Im Garten waren alle Tische belegt, und ein Duft von Knoblauch und frisch gebratenem Fleisch wehte Diana entgegen, als sie zu Wus Restaurant hinüberging. »Mittagsmenü«, stand auf der schwarzen Schiefertafel. »Unsere heutigen Spezialitäten: Suppe mit gerösteten Austernpilzen und Rindfleisch mit schwarzen Bohnen«.

Frau Wu nahm eben eine Bestellung auf, während einer der Kellner ein Tablett mit dampfend heißen Schüsseln ins Freie trug. Der andere war in eine lautstarke Diskussion mit dem Obdachlosen verstrickt. Richtig, fiel es Diana wieder ein, sie wollte ja Grobian vom »Tagesblatt« Bescheid geben, einen Bericht über die vorbildliche Unterstützung dieses Mannes zu schreiben. Sie blieb stehen und fischte ihr Smartphone aus der Tasche, um sich eine Notiz zu machen.

»Der Gianni ist tot?«, rief der Obdachlose. Er schien völlig außer sich zu sein. »Das kann doch nicht wahr sein! Ich war doch vorgestern noch bei ihm, und da war er quietschfidel!«

Der chinesische Kellner räumte seelenruhig mehrere leere Teller auf ein Tablett. »Ist so, wie ich gesagt, Professor. Gianni tot.«

»Das versteh ich nicht!«, fuhr der Obdachlose den Kellner an, als wäre er der Schuldige. »Woran ist er denn gestorben? So plötzlich, über d' Nacht?«

Der Kellner wischte die Tischplatte ab. »War nicht Nacht, war Tag. Ist in eine Flugzeug gestiegen und zack. Ist in die Luft geflogen. So habe ich erfahren. Hörst du nicht Radio, Professor? Haben sie gebracht, jede Stunde.«

»Was soll das heißen: zack? Red doch wenigstens so, dass man dich versteht«, forderte der Alte ungehalten.

»Hab jetzt keine Zeit mehr. Muss arbeiten. Siehst ja, viel Gäste.«

»Ist schon recht. Ich setz mich auf meinen Stammplatz. Und bring mir die Zeitung zu meinem Essen. Ich glaube erst, dass der Gianni tot ist, wenn ich es mit meinen eigenen Augen gelesen habe.«

»Zweimal das Mittagsmenü, bitte«, bestellte Diana bei Herrn Wu, der hinter dem Ausschank stand und Bier aus dem Zapfhahn in große Gläser füllte. »Dem Obdachlosen da draußen scheint der Tod von Gianni Delucci sehr zu Herzen zu gehen.«

»Kein Wunder«, sagte der Chinese trocken. »Jetzt hat er nur mehr mich, der ihn mit Essen versorgt. Der Spanier oben beim Stift hat schon länger zugesperrt, jetzt ist auch noch der Italiener zu, und bei den Wirtshäusern der Österreicher müsste er regulär bezahlen.« Er wandte sich um und rief in die Küche: »Zweimal Menü!« Dann fragte er Diana: »Gebackene Bananen dazu?«

Sie musste grinsen. Das war ja wie im Fast-Food-Restaurant! Dort hieß es immer: »Apfeltasche dazu?« Sehr geschäftstüchtig, dieser Chinese, und er bot anscheinend Essen in guter Qualität. Kein Wunder, dass der Laden immer voll war. »Das heißt, wenn er jetzt jeden Tag zu Ihnen zum Essen kommt, wird er bald auch bei Ihnen bezahlen müssen?«, mutmaßte sie.

»Eher nicht«, lautete die Antwort. »Dafür hat er uns zu sehr geholfen. Sie glauben gar nicht, wie viele Steine man uns in den Weg gelegt hat, bevor wir das Restaurant eröffnen konnten. Ohne den Professor hätten wir das nie geschafft, einen Rechtsanwalt konnten wir uns ja nicht leisten. Was zum Trinken dazu? Vielleicht Pflaumenwein? Den können Sie ganz einfach in der Mikrowelle erhitzen.«

Diana lehnte ab und entschied sich stattdessen für zwei Flaschen Cola light. »Ich finde es toll, wie Sie sich gegenseitig unterstützen. Man sieht es ihm auf den ersten Blick nicht an, aber der Professor scheint ein gescheiter Mann zu sein.«

»Na ja, ich denke schon«, antwortete der Gastwirt zögerlich.

»Wie bitte?«

»Im Großen und Ganzen haben Sie sicher recht.«

»Ach, und worin nicht?«, fragte sie neugierig, während sie die Plastiktüte entgegennahm, die er ihr überreichte.

»Wie soll ich sagen?« Der Chinese suchte nach den richtigen Worten. »Manchmal verhält sich der Professor höchst seltsam. Es hat schon Tage gegeben, da hat er hier herumgeschrien, und Chen und ich mussten ihn aus dem Lokal vertreiben. Am nächsten Tag tauchte er wieder auf und tat, als wäre nichts gewesen.«

»Vielleicht ist er Choleriker?«, mutmaßte Diana. »Die reagieren oft so.« Sie deutete auf die weiße Tüte in ihrer Hand. »Was macht das?« Der Chinese nannte den Preis, und Diana schob ihm die Scheine über den Tresen. »Stimmt so.«

»Danke! Und dann gibt der Professor uns immer Briefe mit, wenn wir nach Hause fliegen«, nahm der Restaurantchef den Faden wieder auf. »Wir sollen sie ihm von China aus zusenden. An seine alte Wohnadresse, nicht hierher nach St. Florian. Das ist doch nicht normal, oder?«

Stimmt, fand Diana, das war es nicht. Aber was war heutzutage schon normal?

Als sie durch den Gastgarten zu Veronikas Wohnung zurückging, sah sie den Obdachlosen allein an einem Tisch an der Hausmauer sitzen. Die Zeitung war vor ihm aufgeschlagen, über die welken Wangen des Mannes rannen dicke Tränen.

38

Ah, endlich Feierabend! Diana kickte ihre Schuhe von den Füßen und ließ sich auf ihre blaue Couch fallen. Jetzt einfach nur ein paar Minuten den Tag Revue passieren lassen. Ganz in Ruhe. Dann würde sie aufstehen, sich die Hände waschen und den Kühlschrank nach Essensresten durchforsten. Viel Hunger hatte sie ohnehin nicht. Das chinesische Mittagessen war sehr reichlich gewesen, allein der Reis sollte eigentlich noch für Stunden vorhalten. Was war das doch für ein langer, ermüdender Tag gewesen!

Ja, natürlich, Veronika tat ihr noch immer leid. Auch wenn sie fand, dass das Gespräch mit ihr äußerst mühsam verlaufen war. Hinter jeder Frage hatte sie einen Vorwurf, hinter jeder ihrer Aussagen eine Ungerechtigkeit gewittert. Die Mahlzeit hatte sich über Stunden gezogen, weil Veronika nur durch ständiges gutes Zureden bereit gewesen war, immer wieder kleine Häppchen zu essen. Alles in allem hatte sie sich wie ein trotziger Teenager benommen. Und obwohl Diana wusste, dass ihr ein solches Verhalten nach dem traumatischen Vorfall zustand, so hatte sie trotzdem gute Lust gehabt, einen Eimer Wasser über Veronikas Kopf auszuleeren. Vielleicht hätte sie der Schreck ja kooperativer gemacht. Am späten Nachmittag hatte sich die Witwe erschöpft mit der Hoffnung ins Bett gelegt, wenigstens ein paar Stunden schlafen zu können, und Diana war, ebenso erschöpft, nach Hause gefahren. Sie war etwas beruhigt, da Veronikas Mutter am nächsten Tag erwartet wurde. Es war nicht gut, wenn ihre Freundin in dieser schweren Zeit länger als unbedingt nötig alleine war.

Die von Diana äußerst vorsichtig durchgeführte Befragung hatte nichts Neues ergeben. Von der Geliebten hatte Veronika bereits seit Monaten gewusst. Und obwohl Diana ihr nicht ganz abnahm, dass sie in der jungen, hübschen Tatjana keine ernst zu nehmende Konkurrenz gesehen hatte, konnte sie sich doch keinen Grund zusammenreimen, warum Veronika Interesse am Tod ihres Mannes gehabt haben sollte. Und wenn, warum dann gerade zu diesem Zeitpunkt und nicht schon früher? Und wäre es nicht plausibler gewesen, sich die Nebenbuhlerin vom Hals zu schaffen? Kenntnisse in Chemie besaß Veronika jedenfalls keine, und am Tattag war sie bis zum Abend mit Franzi shoppen gewesen, sodass sie von Giannis Reiseplänen und -vorbereitungen nichts mitbekommen hatte.

Noch immer in Gedanken, griff Diana zur Fernbedienung und drückte auf den ersten Knopf. Vielleicht fand sie ja etwas Amüsantes, um sich abzulenken.

»Während die Polizei im brisanten Fall des Flugzeugbombers noch immer im Dunklen tappt«, sagte der Nachrichtensprecher, noch bevor das Bild erschien, »hat die Zeitung ›Austria‹ bereits einen Zeugen ausfindig machen können. Wir zitieren aus der morgigen Ausgabe.«

Diana hielt die Luft an. Was denn für einen Zeugen? Und wer sagte, dass sie im Dunklen tappten? Sie rutschte auf den äußeren Rand der Couch vor und wartete gespannt.

Das Gesicht eines korpulenten Mannes mit Glatze erschien auf dem Bildschirm, die Finger zu einem Victory-Zeichen in die Höhe gereckt.

Wer um Himmels willen war das? Und was hatte er mit ihrem Fall zu tun?

»Der Securitymitarbeiter Wilhelm Gertinger hat den Toten Gianni Delucci bereits Tage vor dem Vorfall auf dem Flughafen gestellt, als er verbotenerweise ohne Ticket in den Duty-free-Shop gelangen wollte. ›Er ist mir höchst verdächtig vorgekommen, daher habe ich ihn in die Mangel genommen. Dabei fand ich heraus, dass es sich bei dem Mann unzweifelhaft um einen Italiener handelte. Dass er einer Mafiaorganisation angehörte, kann ich nicht ausschließen. In jedem Fall brüstete er sich damit, zahlreiche Prominente zu kennen‹, so Gertinger zur Zeitung ›Austria‹. Am Tattag war der Securitymitarbeiter nicht im Dienst, was er zutiefst bedauert, da er sich sicher ist, dass er den Vorfall hätte verhindern können. Wir versuchen, Herrn Gertinger in unserer morgigen Nachrichtensendung in einem Live-Interview zu befragen. Zum Mordfall Wertzheimer gibt es ebenfalls noch keine Neuigkeiten.

Machen Sie mit bei unserem aktuellen Facebook-Voting: ›Sinkt Ihr Vertrauen in unsere Exekutive aufgrund dieser Misserfolge?‹«

Diana konnte es kaum glauben. So ein blöder, unnötiger Bericht! Und so eine blöde, noch unnötigere Umfrage. Aber jetzt wusste sie wenigstens, woher der Begriff »Promiparty« stammte, der überraschend in der Zeitung »Austria« aufgetaucht war, und wie es zum dämlichen Verdacht gekommen war, die Mafia stecke dahinter.

Das Läuten des Telefons riss sie aus ihren Gedanken. Hatte der Herr Oberst die Nachrichten auch gesehen und brauchte jetzt jemanden, an dem er seinen Unmut abreagieren konnte? Na, der kam ihr gerade recht! Nach so einem Tag war sie in der richtigen Stimmung für Krach. »Pölz?«

»Grüß dich, Kinderl!«

»Hallo, Tante Gusti.«

»Ich wollt mich nur erkundigen, ob'st mir noch immer böse bist. Du weißt schon, wegen dieser Sache mit Amerika.«

Der Sache mit Amerika? Ach ja, da war ja was gewesen. Sie hatte ihre Tante ziemlich barsch aufgefordert, sich in Zukunft nicht mehr in ihre Ermittlungen einzumischen und vor allem Lilli aus dem Spiel zu lassen. »Tante Gusti …«

»Im Musiktheater gastiert die Woche ein russisches Ballett. Da hab ich mir gedacht, wir zwei Hübschen könnten uns wieder einmal einen schönen Abend machen und –«

»Ich habe zwei Morde aufzuklären, Tante Gusti«, sagte sie unfreundlicher als sonst zwischen ihnen üblich. »Glaub mir, da habe ich weder Zeit noch den Kopf, um ein paar Gestalten beim Rumhopsen auf der Bühne zuzuschauen. Entschuldige bitte.«

»Ist ja gut, das versteh ich natürlich. Dann noch einen schönen Abend und schlaf gut, Kinderl!«

Wenn das hier vorbei ist, dann muss ich wirklich mal wieder etwas mit Tante Gusti unternehmen, dachte Diana. Sonst glaubte sie am Ende noch, dass sie ihr böse war.

Sie ist mir immer noch böse, dachte Tante Gusti betroffen, als sie den Hörer auflegte. Ich muss mir dringend etwas ausdenken, um sie wieder zu besänftigen.

Das Telefon läutete abermals. »Tante Gusti?«, fragte Diana in den Hörer hinein. Am anderen Ende der Leitung erklang ein Lachen. Ein sehr männliches Lachen, das ihren Pulsschlag binnen Sekunden beschleunigte.

»Nein, ich bin's, Piet. Ich habe Sehnsucht nach dir. Hast du Lust, dich heute Abend noch zu treffen? Ich könnte bei dir vorbeischauen …«

39

Während Diana in Windeseile die herumliegenden Sachen weggräumte, sich umzog und mit schnellen Griffen die Haare richtete, hatten in der Villa Wertzheimer, gut zwanzig Kilometer von ihr entfernt, vier Menschen bereits die zweite Partie Bridge begonnen. Diese Tatsache an und für sich hätte Diana, hätte sie von ihr erfahren, nicht besonders gewundert, doch über die Besetzung der Kartenrunde wäre sie sehr wohl erstaunt gewesen.

»Schenken Sie mir nach«, forderte Frau Dr. Wertzheimer Tatjana auf, die zu ihrer Linken saß und gehorsam ihre Karten niederlegte, um dem Befehl nachzukommen. »Und der Hans sitzt auch auf dem Trockenen.«

»Hans-Peter, du sollst mir doch nicht immer in die Karten spechteln!«, regte sich derweil Frau Trude auf, die zu ihrer Rechten saß, und brachte ihr Blatt vor den Blicken des Obdachlosen in Sicherheit.

Dieser hatte sich für seine Verhältnisse besonders adrett gekleidet und trug, der eleganten Umgebung angemessen, eine lange und saubere Hose. Nur das Hemd war wie all seine Hemden grau und fleckig. Kein Wunder, dass das der gestrengen Frau Wertzheimer negativ ins Auge stach.

»Haben S' wirklich nichts Gescheiteres zum Anziehen, Hans? Das Hemd ist ja von einer Scheußlichkeit, dass es einem in den Augen wehtut! Warten S', da fällt mir ein, vom IV. müssten ja noch jede Menge Hemden da sein, die niemand mehr braucht. Geh, Trude, suchen S' ihm doch morgen ein paar passende heraus.« Sie wartete weder die Zustimmung des Professors noch die von Frau Trude ab, da sie beides als gegeben voraussetzte, sondern feuerte sofort ihren nächsten Befehl ab: »Und morgen besorgen Sie sich auch endlich eine Armbanduhr. Ich hab keine Lust, immer auf Sie warten zu müssen, nur weil Sie es angeblich vorziehen, nach Gefühl zu leben.«

Frau Trude richtete sich auf. »Soll ich ihm auch eine Uhr von Herrn Mag. Wertzheimer geben?«, fragte sie eifrig. »Eine der beiden Rolex vielleicht?«

»Wo denken Sie hin?«, widersprach die Hausherrin. »Die sind doch viel zu teuer! Nein, nein, irgend so ein Plastikding wird er sich schon noch leisten können. Qualitativ sind die ja gar nicht mal so schlecht, habe ich gelesen.« Sie richtete ihren Blick wieder auf die Karten in ihrer Hand und auf die, die der Professor, den Spielregeln gemäß, offen vor sich auf den Tisch gelegt hatte. »Ich spiele vier Herz«, verkündete sie dann, lächelte zufrieden und setzte ihre Ansage in die Tat um.

40

»Kommen S' zum Sturmbauer, er hat Neuigkeiten.« Der Herr Oberst steckte kurz den Kopf in Dianas Büro und war schon wieder auf dem Flur, bevor sie »Ja, sofort!« hätte rufen können.

In Sturmbauers Büro unterhielten sie sich zuerst über den Fernsehbericht vom Vorabend und die Qualität der Zeitung »Austria« und waren sich selten so einig gewesen wie in diesem Augenblick.

»Ich wollte euch eigentlich das hier zeigen.« Triumphierend legte Manfred Sturmbauer ein Papier auf den Besprechungstisch. Es handelte sich um eine Kopie eines DIN-A4-Blattes, das im Original in mehrere Stücke zerrissen worden war.

»Was soll das sein?«, bellte der Herr Oberst, der Fragen dem Lesen vorzog.

»Das ist eine ärztliche Bestätigung«, informierte ihn Diana, die allerdings auch noch nicht mehr als die Überschrift gelesen hatte.

Sturmbauer nickte. »Richtig. Meine Leute haben sie in der Herrentoilette am Flughafen gefunden. Zerrissen, auf mehrere Mistkübel verteilt.«

»Da wollte anscheinend jemand nicht, dass wir sie lesen«, folgerte See.

»War das die Toilette vor oder nach der Sicherheitskontrolle?«, wollte Diana wissen.

»Die danach. Offensichtlich hat das Explosionsopfer die Bestätigung dafür verwendet, mit seinen Fläschchen die Security zu überwinden. Das erklärt so einiges.«

»Und zwar was genau? Herrgott noch einmal, so lest doch endlich vor.«

»Die Bestätigung«, informierte ihn Diana, »stammt von einem gewissen Dr. Josef Geyer aus Linz.«

»Den kenne ich«, unterbrach sie der Herr Oberst. »Das ist ein praktischer Arzt. Zu dem geht meine Frau mit ihren Wehwehchen. Weiter!«

»Anscheinend war der Italiener auf diverse Medikamente angewiesen, auf die er auch während des Fluges nicht verzichten konnte«, fuhr See fort.

»Wie ich schon sagte, das erklärt, wie Delucci mit den vielen Fläschchen an der Sicherheitskontrolle vorbeigekommen ist«, meldete sich Sturmbauer zu Wort.

»Aber das ist nicht logisch.« Diana schüttelte nachdenklich den Kopf.

»Freilich ist das logisch«, befand der Herr Oberst. »Mit dieser Bestätigung konnte der Italiener ungehindert den Alkohol an Bord schmuggeln, was soll denn daran nicht logisch sein?«

»Das verstehe ich schon!« Diana war über die tadelnde Unterbrechung alles andere als erfreut. »Dennoch stimmt etwas nicht mit dem Gutachten. Es entspricht ganz offensichtlich nicht der Wahrheit. Denn wenn Gianni, also Herr Delucci, die Medikamente so dringend brauchte, dass er sogar während eines so kurzen Fluges nicht darauf verzichten konnte, warum hatte er dann keines davon bei sich?«

»Das stimmt allerdings.« Wenigstens Sturmbauer gab ihr recht. »Und dennoch ist er nicht gestorben – zumindest nicht daran. Das schaut mir ganz nach einem Gefälligkeitsgutachten aus.« Er blickte zu Diana und See. »Knöpft ihr euch den Arzt vor? Und wir zwei, Herr Oberst, reden mal wieder mit Sagmeister. Er sitzt schon seit einer Stunde im Vernehmungszimmer.«

»Ja, Sie haben recht. Es war eine Riesendummheit von mir, ich hätte diese Bestätigung natürlich nie ausstellen dürfen.«

Als Dr. Josef Geyer von Diana mit dem Vorwurf, ein Gefälligkeitsschreiben ausgestellt zu haben, konfrontiert worden war, war sein Gesicht so weiß wie seine Kleidung geworden. Er sah aus wie das personifizierte schlechte Gewissen.

»Glauben Sie mir, es ist sonst nicht meine Art, Derartiges zu tun. Das war das erste Mal. Als mich mein Freund darum gebeten hat, habe ich zuerst rigoros abgelehnt. Aber er ließ nicht locker. Er hat mir versichert, dass kein Schaden damit angerichtet wird. Es hätte etwas mit einer Geburtstagsüberraschung zu tun. Als ich das gehört habe, habe ich mich breitschlagen lassen.

»Mit fatalen Folgen, wie es scheint«, warf Diana in strengem Tonfall ein.

»Glauben Sie mir, mein schlechtes Gewissen frisst mich auf, seit ich von diesem ominösen Todesfall in den Nachrichten gehört habe. Wenn ich gewusst hätte, dass … Aber nein, ich darf gar nicht daran denken. Wie konnte er mich nur so hintergehen? Wie konnte er meine Gutmütigkeit so schamlos ausnutzen? Wenn meine Bestätigung wirklich dazu diente, Sprengstoff in ein Flugzeug zu schmuggeln, dann … Ich bin sprachlos, einfach nur sprachlos.«

Dafür, dass du sprachlos bist, redest du aber ganz schön viel, dachte Diana.

Der Arzt sank in seinen schweren Schreibtischstuhl zurück.

»Was genau hat Ihr Freund gesagt? Wie war das mit der Geburtstagsüberraschung?«, wollte See wissen.

Der Arzt seufzte zum wiederholten Male und überlegte, bevor er antwortete. »Es war vor ein paar Tagen, ich müsste nachschauen, wenn Sie das genaue Datum wissen wollen, jedenfalls ist er am frühen Nachmittag hier hereingeschneit. Meine Helferin weiß, dass wir befreundet sind, also hat sie ihn sich außer der Reihe ins Sprechzimmer setzen lassen. Er faselte irgendwas von einer Geburtstagsparty in einem Flieger, bei der ein Spezialcocktail für das Geburtstagskind gemischt werden sollte.«

»Wissen Sie, um wessen Geburtstag es sich handelte?«

»Nein, keine Ahnung. Ich weiß nur, dass man meine Bestätigung brauchte, um Alkohol für Cocktails an Bord zu bringen, er sollte in Medizinfläschchen abgefüllt werden. Für mich klang das nicht gefährlich, eher nach einem Dumme-Jungen-Streich, und … außerdem war das Wartezimmer voller Patienten. Ich hatte keine Zeit für lange Diskussionen.«

»Toller Dumme-Jungen-Streich«, fuhr Diana auf, »der einem Menschen das Leben gekostet hat.«

Der Arzt senkte den Blick. »Ich weiß, ich weiß. Ich bin auch völlig fertig deswegen.«

»Da wird ein Verfahren auf Sie zukommen«, verkündete See in seinem strengsten Tonfall. »Vielleicht werden Sie sogar Ihre Approbation verlieren.«

Der Arzt nickte und seufzte. Doch nach einigen Sekunden ballte er energisch die Fäuste. »Das wird er mir noch erklären müssen! Wie konnte er mich bloß in diese fatale Situation bringen?«

Diana stutzte und sah verwirrt zu See hinüber, der den Satz offensichtlich ebensowenig verstand. »Äh … Aber Sie wissen schon, dass Gianni Delucci tot ist, oder?«, fragte sie schließlich.

»Freilich weiß ich das. Das stand ja überall in den Zeitungen.«

»Und doch haben Sie eben gesagt, dass Sie Ihren Freund zur Rechenschaft ziehen wollen.«

»Das werde ich auch. Ach, Sie denken …? Nein, diesen Herrn Delucci, oder wie der hieß, habe ich nie in meinem Leben gesehen. Von dem rede ich nicht.«

»Sondern?« Diana wartete gespannt auf die Antwort. Sie erhielt eine, mit der sie im Leben nie gerechnet hätte.

»Von Piet Köflach«, erklärte der Arzt und versetzte Diana damit einen Schock. »Aus heiterem Himmel ist der wegen der Sache bei mir aufgekreuzt.«

»Piet Köflach, der Unternehmensberater?«

Der Arzt zuckte mit den Schultern. »Ach, ist er jetzt Unternehmensberater? Das wusste ich gar nicht. Der gute Piet war schon so vieles in seinem Leben, da kann man nicht immer auf dem aktuellen Stand sein.«

»Wie lange kennen Sie ihn denn schon?«

»Wir sind gemeinsam aufs Gymnasium gegangen. Er ist in der sechsten Klasse zu uns gekommen.«

41

Der graubraune Mantel lag fein säuberlich über der Stuhllehne neben seinem Platz. Auf dem Tisch der schwarz-weiß karierte Schal, ebenfalls ordentlich zusammengelegt, darauf der Hut und die ledernen Handschuhe. Obwohl man ihn bereits über eine Stunde hatte warten lassen, war Helfgott Sagmeister die personifizierte Kooperation.

»Fragen Sie mich alles, was Sie wissen müssen, verehrter Herr Oberst, und ich verspreche Ihnen«, die Rechte berührte sein Herz, »ich werde nach bestem Wissen und Gewissen antworten. Bei meiner Ehre.«

Der Herr Oberst konnte Unterwürfigkeit ihm gegenüber durchaus etwas abgewinnen. Wenn sie jedoch so theatralisch vorgebracht wurde wie in diesem Fall, war sie sogar ihm zu viel. »Erstklassig!«, bellte er daher. »Dann beantworten Sie doch gleich einmal folgende Frage: Warum haben Sie Heinrich Wertzheimer und diesen Delucci umgebracht?«

Die Hand sank von Sagmeisters Brust, die Gesichtszüge entglitten. »Äh, wie bitte?«

»Beginnen wir noch einmal von vorne«, versuchte Sturmbauer zu retten, was noch zu retten war, »an dem Abend, als –«

Doch der Herr Oberst wollte anscheinend nichts retten, er war auf Zerstörung aus. »Sie sind der Einzige, der sowohl Herrn Wertzheimer als auch den Italiener kannte, und Sie haben in beiden Fällen ein Motiv. Sie sind sozusagen unser *missing link*.«

Sagmeisters Augen wurden noch größer. »Äh, wie bitte?«, fragte er erneut.

Sturmbauer konnte ihm seine Verständnislosigkeit nicht verübeln.

»Sie haben Wertzheimer gehasst, und das verstehe ich sogar. Dauernd hat er Ihnen Vorschriften gemacht. Hat sich als Chef aufgespielt«, der Herr Oberst kam so richtig in Fahrt. »Das konnten Sie natürlich auf die Dauer nicht ertragen, da mussten Sie –«

»Aber er war doch tatsächlich mein Chef«, bremste ihn Sagmeister von hundert auf null herunter. »Also durfte er mir auch Vorschriften machen. Außerdem habe ich ein Alibi.«

Nun war es am Herrn Oberst, ein etwas ratloses »Äh?« von sich zu geben. Doch er fing sich schnell wieder. »Kein sehr überzeugendes Alibi, würde ich meinen. Gute Freunde bestätigen einem schnell mal etwas. Die nehmen es mit der Wahrheit oft nicht so genau.«

Sagmeisters Unterwürfigkeit machte Sarkasmus Platz. »Es wird Richter Dr. Rebenberg freuen zu erfahren, was Sie über ihn denken, verehrter Herr Oberst. Und Notar Dr. Wolfssteiner ebenfalls.«

Der Herr Oberst murmelte Unverständliches, sprang vom Stuhl, riss die Tür auf und brüllte nach draußen: »Regina, drei Kaffee!«

»Es gibt Zeugen, die von lautstarken Auseinandersetzungen zwischen Ihnen und Herrn Wertzheimer berichten«, setzte Sturmbauer die bisher missglückte Vernehmung fort.

Helfgott Sagmeister schwieg einige Zeit, dann schien er sich erneut ein Herz zu fassen. »Das ist richtig, und ich entschuldige mich in aller Form dafür. Manchmal geht einfach mein Temperament mit mir durch.«

Sturmbauer traute seinen Ohren nicht. Der Mann und Temperament? Das passte für ihn nicht zusammen. »Das heißt?«

»Das heißt, dass ich bisweilen etwas übertreibe, was die Lautstärke betrifft. Aber ich bin eben auch nur ein Mensch. Das heißt aber nicht, dass ich mich zu Gewalttaten hinreißen lasse, niemals!«

»Sie kannten Gianni Delucci?«

»›Kannten‹ ist zu viel gesagt. Sagen wir es mal so, er war mir bekannt. Wie einem eben ein Bankkunde bekannt ist.«

»Er schuldete Ihnen Geld.«

Auch hier kam postwendend die Korrektur. »Das ist so nicht richtig, Herr Delucci schuldete der Bank Geld. Und nein, ich habe ihn nicht umgebracht. Ich sehe keinen Sinn darin, Schuldner zu töten. Denn zum einen gehört es zu unserem Geschäft, Geld zu verleihen, und zum anderen sind tote Schuldner keine verlässlichen Zahler. Sie verstehen, was ich meine?« Er erlaubte sich ein kleines amüsiertes Kichern.

»Sie tragen gerne Handschuhe. Warum?«

»Ich neige zu kalten Händen. Meine Mutter, Gott hab sie selig, litt unter Arthritis. Der möchte ich vorbeugen.«

»Wissen Sie noch, was Sie am Tag der vereitelten Reise nach Ibiza anhatten?«

»Selbstverständlich. Ein rot-grünes Poloshirt von meinem Golfclub und dazu passende grüne Segelschuhe aus feinem Leder. In der Farbe waren sie nicht leicht zu bekommen.«

»Und was noch?«

»Bitte? Ach, Sie meinen die Hose! Ich trug Jeans, natürlich Designerjeans.«

»Natürlich.« Sturmbauer wusste nicht, ob er Sagmeisters gezierte Art noch amüsant oder schon nervtötend finden sollte.

Der Herr Oberst hatte diese Entscheidung längst gefällt. »Passt!«, rief er aus. »Sie sind in die Bordküche und haben dem ahnungslosen Italiener den Sprengstoff zugeworfen, der ihm in der Folge das Gesicht zerfetzt hat.«

Sagmeister war sprachlos. »Nein!«, rief er schließlich. »Ich und Sprengstoff? Nie und nimmer! Woher hätte ich den denn haben sollen? Den bekommt man doch nicht beim Greißler an der Ecke.«

»Kurz vor der Explosion wurde ein Mann gesehen, der aus der Teeküche lief. Er trug eine Jeans, genau wie Sie an diesem Tag«, versuchte der Herr Oberst einen neuerlichen Vorstoß.

Statt des erwarteten Widerspruchs murmelte Sagmeister zögerlich: »Gelaufen würde ich nicht sagen.«

»Leugnen ist zwecklos. – Wie bitte?«

»Ich war tatsächlich in der Teeküche. Ich war schließlich der Organisator der Geburtstagsfeier für Rudi, also, für Rudolf Rabelka.«

»Sie geben zu, dass Sie Herrn Delucci als Barkeeper engagiert haben?«, fragte Sturmbauer dazwischen. »Dann war er also doch nicht nur Ihr Bankkunde.«

»Aber ich hatte keine Ahnung, dass Delucci diesen Absinth Kamikaze mixen sollte«, wehrte sich Sagmeister erneut. »Ausgerechnet er!«

»Und wer hat ihn dann engagiert, wenn nicht Sie? Sie haben uns doch eben noch bestätigt, dass Sie der Organisator waren.«

»Ich hatte mit Herrn Hans-Peter Köflach zu tun, einem Unternehmensberater, der die verschiedensten Aufgaben übernimmt.«

»Barkeeper zu engagieren zum Beispiel?«, erkundigte sich Sturmbauer.

»Zum Beispiel.«

»Barkeeper, die Alkohol an Bord eines Flugzeugs schmuggeln, zum Beispiel?«

Sagmeister seufzte. »Zum Beispiel«, gab er schließlich zu.

»Und Sprengstoff, der ihn dann selbst in die Luft jagt. In diesem Fall leider noch während der Ausführung des Auftrags.«

»Davon weiß ich nichts.« Sagmeister hob abwehrend beide Hände. »Glauben Sie mir, für niemanden ist der Vorfall unangenehmer als für mich.«

»Außer für den Toten, würde ich sagen«, warf der Herr Oberst ein. »Ah, endlich!«

Die Sekretärin trat mit einem Tablett voller Kaffeetassen ein und verabschiedete sich gleich wieder.

Die ersten Schlucke tranken die Männer schweigend.

»Sie waren also in der Teeküche«, nahm Sturmbauer schließlich den Faden wieder auf.

»Ja, genau. Ich wollte wissen, wie weit dieser Delucci mit seinen Vorbereitungen war. Als ich den Vorhang beiseiteschob, sah ich den Italiener in einen Glaskrug starren. Ich wollte etwas sagen, als ein rotes Röhrchen vor meine Füße kullerte. Ich habe mich gebückt, wollte es aufheben, dann ging die Explosion los. Es hat gezischt und gekracht, und ich dachte, mir würde das Herz stehen bleiben. In Panik bin ich zu meinem Sitz zurückgerannt, habe mich angeschnallt und den Kopf auf die Knie gelegt, so wie man es in Katastrophenfilmen immer sieht, und gebetet. Und anscheinend sind meine Gebete erhört worden, denn sonst säße ich nicht hier.«

»Das kann glauben, wer will«, sagte der Herr Oberst. »Immerhin hören wir das alles heute zum ersten Mal. Warum haben Sie das nicht schon bei der Vernehmung im Flugzeug ausgesagt?«

»Weil ich wusste, dass Sie unangenehme Fragen stellen würden, und vor meinen Freunden wollte ich keinen schlechten Eindruck machen.«

Sturmbauer schob ihm einen Block zu. »Den Namen und die Adresse des Unternehmensberaters. Sie sagten, er heiße …?«

»Piet, also Hans-Peter Köflach.« Sagmeister schrieb zwei Zeilen aufs Papier.

»Und das ominöse rote Röhrchen?«

Sagmeister schob Sturmbauer den Block zurück, schlüpfte mit der rechten Hand in einen seiner feinen Lederhandschuhe und zog das Röhrchen aus der Manteltasche. »Bitte sehr.«

Sturmbauer sprang auf. »Sind Sie wahnsinnig geworden? Was, wenn da der Sprengstoff drin war, der Delucci getötet hat? Wollen Sie uns vielleicht alle in die Luft jagen?«

Der Herr Oberst fasste Sturmbauer am Ärmel und zog ihn wieder auf den Stuhl zurück. »Jetzt setz dich wieder hin, Mandi. Im Unterschied zum Flughafen funktioniert bei uns der Sicherheitscheck. Sie sind doch durch die Schleuse gekommen, oder?«

Sagmeister, der noch etwas eingeschüchtert von Sturmbauers Ausfall war, nickte.

»Und man hat keine Spuren von Sprengstoff entdeckt?«

Sagmeister schüttelte den Kopf.

Der Herr Oberst zog die oberste Schublade des Tisches auf und entnahm ihr einen Plastikbeutel. »Dann hinein damit. Das Röhrchen kommt sofort ins Labor.«

42

Da Karl-Heinz See Frau Wertzheimers Altenpflegerin in ihrer Mittagspause noch einmal befragen und dann gleich auch dem Gärtner auf den Zahn fühlen wollte, ließ ihn Diana beim LKA aussteigen und fuhr alleine zu Piet Köflach weiter. Den Arzt mit dem Wissen zu verlassen, dass Piet bei ihrem Kriminalfall die Finger im Spiel und sie außerdem eiskalt belogen hatte, und zu beschließen, ihn auf der Stelle aufzusuchen, waren eins gewesen.

Piets Büro befand sich in der ersten Etage jenes dreistöckigen Innenstadthauses aus dem späten 19. Jahrhundert, in dessen zweitem Stock er auch wohnte. Diana war schon einmal in seiner Wohnung gewesen, doch es war das erste Mal, dass sie ihn im Büro besuchte. Mit großen Schritten eilte sie die Granitstufen hinauf. Piet würde sie jetzt von einer anderen Seite kennenlernen!

Ohne zu klopfen riss sie die Bürotür auf und stand in einem kleinen Vorzimmer. Der leere Schreibtisch war offensichtlich für eine Sekretärin gedacht, die es ebenso offensichtlich nicht gab. An der Garderobe hing Piets Lederjacke. Sehr gut, er war also da! Diana riss die nächste Tür auf und trat in Piets Büro. An zwei Wänden standen raumhohe, übervolle Bücherregale, hohe, vorhanglose Fenster blickten auf die Straße hinaus, der Schreibtisch quoll vor Papier und Aktenmappen dermaßen über, dass man den Bildschirm kaum mehr erkennen konnte.

»Ich verstehe es einfach nicht, Piet!« Diana hielt sich mit einer Begrüßung gar nicht erst auf. »Wie konntest du mich in dem Glauben lassen, nichts mit der ganzen Angelegenheit zu tun zu haben? Und dabei bist du hierfür verantwortlich.« Sie wedelte mit der Kopie des ärztlichen Attests in der Luft herum.

Als sie so unverhofft und forschen Schrittes in seine Räume geschneit war, war Piet freudestrahlend aufgesprungen, um sie zu begrüßen. Doch jetzt verharrte er im Schritt. »Hallo, Diana, das ist ja eine Überraschung. Du hast es also herausgefunden?«

Er kam nun doch näher, legte die Hand auf ihren Oberarm und wollte sie küssen, doch sie wich ihm aus.

»Du hast einen Arzt angestiftet, eine falsche Bestätigung auszustellen, damit Gianni Sprengstoff an Bord des Fliegers nehmen konnte.«

Jetzt hob Piet abwehrend beide Hände. »Moment mal«, sagte er bestimmt. »Das sind zwei verschiedene Paar Schuhe. Ja, ich habe die Bestätigung besorgt. Und ja, es tut mir leid, und ich bereue es seit Tagen. Aber nein, mit dem Sprengstoff habe ich nichts zu tun. Und zwar nicht das Geringste! Ich brauche jetzt einen Kaffee. Willst du auch einen?«

Von dir will ich gar nichts mehr!, hätte sie am liebsten gesagt, aber das kam ihr selbst zu trotzig und damit lächerlich vor. Und außerdem konnte sie einen guten Kaffee immer brauchen. »Ja, bitte«, sagte sie daher, schlüpfte aus der Jacke und hängte sie in den Vorraum. Langsam beruhigte sie sich ein wenig.

Piet tat nacheinander zwei Kaffeekapseln in die Maschine. »Glaub mir, in den Medizinfläschchen war mit absoluter Sicherheit kein Sprengstoff! Zucker?«

»Nein, danke. Und wieso willst du das so sicher wissen?«

Er reichte ihr die Tasse, und sie setzten sich an seinen Schreibtisch. Einander gegenüber. Durch die breite Tischplatte getrennt.

»Weil ich es war, der die Fläschchen besorgt hat. In der Apotheke im Nebenhaus vom Geyer Sepp, also von dem Arzt, mit dem du offensichtlich gesprochen hast. Gianni hat noch ein paar Kosmetikfläschchen aufgetrieben. Er hat alle ausgeleert, in der Spülmaschine gereinigt und dann mit Alkohol gefüllt.«

»Weil wir grad dabei sind und es mich auch interessiert: Warum hat Gianni den Alkohol geschmuggelt, wenn es ihn ohnehin im Duty-free-Shop zu kaufen gab?«

Piet nippte an seiner Tasse. »Beim Absinth war das notwendig, weil er dort nicht angeboten wird. Indem er die anderen Alkoholika zuvor besorgt hatte, wollte er Geld sparen. Das war zwar ein Wahnsinn, und das habe ich ihm auch gesagt, aber er war zu stur, um auf mich zu hören. Und der Plan mit dem Attest hat ja ganz offensichtlich funktioniert. Gianni ist mit all den Flascherln durch die Security gekommen.«

»Und mit dem Sprengstoff.«

»Diana, glaub mir, da war weit und breit kein Sprengstoff im Spiel! Denkst du wirklich, Gianni wäre so blöd gewesen, sich selbst in die Luft zu jagen?«

»Wir glauben eher, dass jemand nachgeholfen hat«, sagte Diana, die das bisher nicht ernsthaft in Erwägung gezogen hatte.

Piet riss die Augen auf. »Ich? Du meinst wirklich, ich hätte Gianni in die Luft gejagt? Na toll! Danke vielmals für dein Vertrauen.«

»Vertrauen?«, fuhr sie auf. »Ausgerechnet du redest von Vertrauen? Das ist ja wohl der beste Witz seit Langem!«

Unwillig verzog er den Mund, drehte sich von ihr weg und schaute schweigend aus dem Fenster.

»Also gut, fangen wir noch einmal ganz von vorne an. Warum hast du den Arzt überredet, Gianni diese Bestätigung auszustellen? Wie kam er überhaupt auf die Idee, Cocktails zu mixen? Und warum ausgerechnet in einem Flieger? Warum hast du mich nicht in all das vorher eingeweiht?«

Piet sah sie kurz eindringlich an, bevor er wieder seine Position am Fenster einnahm und weiter schwieg.

Diana hasste es, wenn man ihr nicht antwortete. Sie wurde zunehmend ungeduldig. »Jetzt red schon!«

Sein Kopf fuhr herum, und er sah sie mit gerunzelter Stirn an. »Warum hätte ich dir etwas von dieser Sache erzählen sollen? Das war alles rein beruflich«, sagte er schließlich mit einem Schulterzucken. »Du erzählst mir schließlich auch kein Wort über deine Fälle, oder?«

»Aber das ist doch etwas ganz anderes.«

Er fuhr auf. »Ach, und wieso? Nur weil du bei der Kripo bist, ist deine Arbeit wichtiger, oder was?«

»Piet, was soll denn das? Jetzt stell dich doch nicht so an.« Sie verstand nicht, warum er mit einem Mal so verschlossen war. Sie hatten so schöne Stunden zusammen erlebt, so offen miteinander gesprochen, sich so innig geliebt. Sie hatte geglaubt, sie könne ihm vertrauen. So, wie auch er ihr vertrauen konnte. Doch offensichtlich hatte sie falsch gedacht. Warum nur verschwieg er ihr jetzt etwas? Warum verschwieg er ihr alles, um genau zu sein?

Wie wenig sie Piet doch kannte. In diesem Augenblick war er so anders als der Mann, in den sie sich verliebt zu haben geglaubt hatte. Sie spürte, wie traurig sie die Erkenntnis machte. Und wie unbeschreiblich hilflos.

Er beugte sich über den Tisch und ergriff ihre Hand. »Glaubst du vielleicht, für mich ist das lustig? Es ist der reinste Alptraum.« Er seufzte.

»Ein Alptraum, der vielleicht verhindert werden hätte können, wenn du mich in eure Pläne eingeweiht hättest.« Sie hatte sich die Antwort nicht verkneifen können.

»Ach, jetzt hör schon auf«, fuhr er sie an und zog die Hand wieder zurück. »Nichts hätte verhindert werden können, wenn du Bescheid gewusst hättest. Wenn es jemand auf Gianni abgesehen hatte, dann hätte er ihn so oder so erwischt. Und ganz egal, was du denkst, dieser Jemand war mit Sicherheit nicht ich. Das alles ist eine Katastrophe, und damit meine ich nicht nur den furchtbaren Todesfall. Auch der Deal ist geplatzt! Dabei hätte ich das Geld verdammt gut gebrauchen können.«

»Was denn für Geld?«, fragte sie verständnislos.

Er hatte sich wieder weggedreht und blickte angestrengt aus dem Fenster.

»Was denn für Geld, habe ich dich gefragt!«, herrschte sie ihn an. »Und was für ein Deal? Ein Mensch ist tot, Piet, und du redest von einem Deal?« In diesem Augenblick wurde Diana bewusst, dass es Wahnsinn gewesen war, davon auszugehen, Piet Köflach alleine vernehmen zu können. Es waren viel zu viele Gefühle im Spiel. Zumindest auf ihrer Seite. Er hingegen schien geradezu erschreckend emotionslos zu sein. Sie seufzte tief und riss sich zusammen. »Piet, ich muss dich bitten, mit ins LKA zu kommen«, sagte sie mit dem Höchstmaß an Ruhe, das sie aufbringen konnte. »Ich möchte zwei Kollegen ersuchen, dich zu vernehmen. Du und ich, wir sind uns zu nahe, um eine Vernehmung professionell führen zu können.«

Er wandte sich wieder zu ihr um, hob die Augenbrauen und sah unglaublich müde aus. »Sind wir das, Diana? Sind wir uns zu nahe?«

»Ich hoffe schon«, beeilte sie sich zu versichern, aber hoffte sie das wirklich? Wollte sie Piet, diesem starrköpfigen Mann, der ihr da gegenübersaß, wirklich nahe sein? Oder trauerte sie nur um die schönen Gefühle der letzten Tage, die sich ohnehin bereits unwiederbringlich verflüchtigt zu haben schienen?

Er stand auf, ging in den Vorraum und schnappte seine Lederjacke vom Haken. »Ich nehme an, das war ein Befehl, Frau Chefinspektorin? Dann lassen Sie uns gehen.«

43

Wenn sich Auguste Kropatschek je gedacht hatte: Das hätte ich mir besser erspart!, dann noch nie so innig wie in diesem Augenblick. Sie saß ihrer Nichte Marianne Holzer gegenüber, die mit dem orange-pink-braun gemusterten Ärmel ihres wallenden Gewandes auf ein großes Regal voller bunter Fläschchen deutete. »Stell dich nicht so an, Gusti«, sagte sie mit strenger Stimme, »und such dir endlich eines dieser verdammten Gläser aus.«

»Ich glaube nicht, dass es meiner Aura guttut, wenn du mich so ankeifst, Marianne.« Gusti konnte sich ein Grinsen nicht verkneifen. Es machte ihr diebischen Spaß, Dianas Mutter zu reizen, von der sie wusste, dass sie Widerspruch ebenso wenig leiden konnte wie ihren Geburtsnamen Marianne. Schließlich nannte sie sich selbst seit den Siebzigern Hazel Wood und brachte, wann immer sich die Gelegenheit bot, voller Stolz an, dass ihre Praxis für »Aura-Soma und Frauenmut« eine Oase der Liebe und der Ruhe sei.

»Ich bin nicht gekommen, um mit dir über irgendwelche Gläser zu reden, sondern über deine Tochter. Diana ist –«

»Ach was, Diana. Meine Tochter ist erwachsen, Gusti, du musst dir um sie nicht immer solche Sorgen machen. Kümmere dich lieber um dich selbst. Siehst du, dass jedes Glas Flüssigkeiten in zwei Farben enthält? Dann wähle jetzt einfach spontan eine Farbkombination.«

Gusti wurde zunehmend bockig.

»Du bist die Farben, die du wählst«, sagte Hazel und lächelte milde.

»So ein Schmarrn!«, fuhr Gusti auf. »Ich bin keine Farben, sondern eine alte Frau, die keine Zeit hat, sich um so einen esoterischen Quatsch zu kümmern. Jetzt hör halt zu: Ich hatte Lilli also gebeten, in Amerika für mich … na ja … sagen wir, etwas zu recherchieren. Aber Diana hat Wind davon bekommen und ist jetzt so sauer, dass sie kein Wort mehr mit mir spricht. Was meinst du, was ich machen soll?«

»Gusti, Gusti, du brauchst ja noch viel dringender eine Behandlung, als ich gedacht habe. Entscheide dich jetzt endlich ganz spontan für ein Glas, und ich werde dich auf deiner Lebensreise unterstützen, um dir zu helfen, dir nicht mehr länger um andere Sorgen zu machen, sondern deine wahren Talente und Möglichkeiten zu entfalten und zu leben.«

Gusti stand auf. »Wohin meine Lebensreise geht, bestimmen immer noch ich und natürlich der liebe Gott. Und jetzt pfiat di, Marianne, es war wie immer nett bei dir.« Ja, manchmal neigte auch Gusti Kropatschek zu Sarkasmus. Frustriert warf sie die Tür hinter sich zu. Leise klingelnd begleiteten die Türglöckchen ihren Abgang.

Was hatte sie auch erwartet? Marianne war immer schon ein egoistisches, ignorantes, selbstsüchtiges Frauenzimmer gewesen. Wie hatte sie bloß annehmen können, dieser verkrachte Hippie würde ihr einen hilfreichen Rat geben können, wie man Diana dazu bringen konnte, sich wieder mit ihr zu versöhnen? Wo Mutter und Tochter sich doch seit Jahren alles andere als grün waren. Den weiten Weg mit der Straßenbahn nach Ebelsberg hätte sie sich wirklich sparen können.

»Hoppala!« Jetzt war sie doch glatt in einen Mann hineingelaufen. »Entschuldigen Sie, ich war in Gedanken.« Gusti blickte mit einem um Verzeihung heischenden Lächeln auf und sah in ein Gesicht, das ihr vage bekannt vorkam. Es hatte einen grauen Vollbart, der Nasensteg der Brille war mit Klebestreifen geflickt, und die schütter gewordenen grauen Haare waren zu einem Zopf zusammengebunden. Dazu trug der Mann eine grüne Kniebundhose und einen gelben Rucksack über der Schulter.

»Wo ist denn da die Post?«, fragte er, ohne auf ihre Entschuldigung einzugehen.

Tante Gusti musste sich erst einmal sammeln, dann blickte sie den Mann noch einmal prüfender an und hatte plötzlich eine Eingebung. »Wir sind uns schon einmal begegnet!«, rief sie aus. »Im Bus nach St. Florian, erinnern Sie sich nicht?«

»Doch, freilich, bin ja nicht blöd«, brummte er. »Sie sind die Lehrerin, die immer hart für ihren Lebensunterhalt arbeiten musste, so etwas merk ich mir.« Kurz war fast so etwas wie ein

Lächeln in seinen verhärmten Gesichtszügen zu erkennen gewesen, das aber gleich wieder verschwunden war. »Wenn S' so gescheit sind, wie Sie tun, dann frag ich mich allerdings, was Sie in diesem Laden zu suchen hatten.« Er deutete auf Hazels Firmenschild und verzog angeekelt das Gesicht. »›Institut für Aura-Soma und Frauenmut‹! Einen solchen Schmarrn habe ich ja noch nie gehört.«

»Ja, also …« Tante Gusti war empört. Wie kam dieser dahergelaufene Vagabund dazu, ihre Nichte zu kritisieren? Dann aber fiel ihr ein, dass sie vor wenigen Minuten genau dasselbe gedacht hatte, und sie musste lachen. »Sie haben ja so recht«, gab sie zu und beeilte sich, eine plausible Erklärung für ihre Anwesenheit zu liefern. »Ich bin nur hier, weil der Laden meiner Nichte gehört, nicht wegen diesem Aura-Dingsbums. Das interessiert mich nämlich auch nicht im Geringsten.«

»Aha«, sagte der Mann und runzelte noch immer die Stirn.

Da Gusti annahm, er würde ihr nicht glauben, setzte sie noch eines drauf. »Wirklich, Hazel Wood ist meine Nichte. Eigentlich heißt sie Holzer.«

»Aha«, sagte der Mann noch einmal.

»Ihre Tochter haben Sie vielleicht schon kennengelernt, die ist im Moment öfter in St. Florian. Diana Pölz, sagt Ihnen der Name etwas?«

»Nein, nix.«

»Das ist die Kriminalkommissarin, die im Fall Wertzheimer ermittelt. Von dem haben Sie aber schon etwas gehört, oder?«

»Kann schon sein, interessiert mich aber nicht.« Er wandte sich zum Gehen. »Wissen Sie jetzt, wo die Post ist«, rief er über die Schulter zurück, »oder muss ich mir die selbst suchen?«

Gusti deutete in die Richtung, in die der Mann sich umgedreht hatte. »Da müssen Sie zuerst geradeaus bis zur Ampel und dann … Ach, warten S', ich begleite Sie. Die Post liegt eh auf dem Weg zu meiner Tramway.«

Eine Zeit lang gingen die beiden schweigend nebeneinanderher.

»Eine Uhr brauchert ich a no«, sagte der Mann unvermittelt.

Gusti blieb stehen. »Was haben Sie gesagt?«

»Der, äh, einer Bekannten von mir taugt es nicht, dass ich immer zu spät komme.«

»Und jetzt sind Sie auf die Idee gekommen, dass ich Ihnen meine Uhr schenken könnte, oder was?«

Er lachte kurz auf. Es klang rau und so, als wäre er es nicht mehr gewöhnt zu lachen. »Aber woher denn! Das Einzige, was ich von Ihnen will, ist, dass Sie mit mir in so ein Geschäft hineingehen. Das Geld habe ich, das ist nicht das Problem. Aber ich fürchte, dass man mich aus dem Laden hinauswirft, kaum bin ich hineingegangen. Die noblichen Geschäftsleut glauben ja, sie wären was Besseres, die haben's nicht so mit Leut wie mir.«

Gusti wartete hinter ihrer Wohnungstür auf die Schritte ihrer Großnichte. Das war die Idee des Professors gewesen. »Vis-à-vis redet es sich immer leichter als durch so ein deppertes Telefonkastl«, hatte er gesagt und sollte recht behalten. »Kochen S' ihr ihre Leibspeis«, hatte er ihr noch geraten. »Schon der Volksmund sagt, dass beim Essen die Leute zusammenkommen.«

»Magst eine Brokkolicremesuppe?«, fragte Tante Gusti daher, als sie Diana im Treppenhaus gegenüberstand. »Mit einer großzügigen Prise Chili und Muskat und ganz frisch.« Sie lächelte aufmunternd und auch eine Spur siegessicher. Diana sieht müde aus, dachte sie dann, das Kinderl arbeitet einfach zu viel.

Was war das bloß für ein schrecklicher Tag?, dachte Diana. Allerdings hatte sie einen Riesenhunger und liebte Brokkolicremesuppe. Vor allem dann, wenn sie die gewisse Schärfe hatte, die nur Tante Gusti perfekt hineinzauberte. Außerdem war es Zeit, den dummen Streit zu begraben. Also lächelte sie zurück und folgte dankbar ihrer Tante in die Küche, wo der Tisch bereits liebevoll gedeckt war.

»Komm, setz dich auf dein Lieblingsplatzerl!« Die alte Frau schöpfte dampfend heiße Suppe in zwei tiefe Teller. »Du errätst nie, wen ich heute getroffen habe«, sagte sie dann mit verschmitztem Lächeln.

»Du hast recht, Tante Gusti, das errate ich nie, also sag's mir einfach.« Sie nahm einen Löffel, blies, um die Suppe etwas abzukühlen, und probierte. »Mmmh, die schmeckt gut!«

»Also, pass auf, es war so: Ich war in Ebelsberg, um deine Mutter zu besuchen.«

»In ihrer Praxis?« Diana blickte von ihrem Suppenteller auf. »Du hattest recht, das hätte ich nie und nimmer erraten. Warum warst du bei ihr? Fehlt es dir etwa an Frauenmut?«

Jetzt lachten beide, und Diana war froh über Tante Gustis Gesellschaft. Es gab wenige Menschen, denen sie sich so nahe fühlte. Wie lächerlich erschien ihr der Grund des Streites. Außerdem war heute etwas viel Schlimmeres passiert als diese Lappalie mit Amerika.

»Aber geh«, protestierte Gusti, »ich wollte Marianne nur etwas fragen, aber natürlich hatte sie keine befriedigende Antwort parat. Hat sie ja eigentlich nie. Aber in der Zwischenzeit hat sich das Problem ohnehin erledigt. Ich soll dich übrigens schön grüßen«, log sie, weil sie das Gefühl hatte, das gehörte sich so. Dabei wusste sie, dass Diana ganz genau wusste, dass sie log. Hazel Wood war nie ein Musterbeispiel einer liebenden Mutter gewesen.

»Danke, wie unglaublich lieb von ihr«, lautete auch schon unverkennbar spöttisch Dianas Kommentar.

»Eigentlich wollte ich dir aber etwas ganz anderes sagen. Ich habe nämlich auch den Professor getroffen.«

Sie sah ihre Nichte erwartungsvoll an, die mit den Schultern zuckte. »Ich weiß im Augenblick nicht, welchen Professor du meinst. Einen von der Uni? Seit wann hast du solche Bekannte?«

Tante Gusti lachte auf. »Nein, keinen richtigen Professor, ich meine den Obdachlosen aus St. Florian. So ein großer Mann mit Brille und einem grauen Zopf.«

»Und einem gelben Rucksack?« Diana wäre vor Überraschung fast ein Bissen Brot, das Gusti zur Suppe servierte, im Hals stecken geblieben. »Den kenn ich tatsächlich. Die Frage ist allerdings vielmehr, warum du ihn kennst.«

»Er ist mir im Bus aufgefallen, als ich zu Henriette Wertzheimer hinausgefahren bin. Damals hat er mich angeschnauzt, und ich hielt ihn für fürchterlich unhöflich und auch ein bissl furchterregend.«

»Und heute hast du deine Meinung geändert?« Diana wartete gespannt auf Gustis Antwort.

»Heute hat er zwar anfangs auch noch geschnauzt, aber dann ist er zunehmend zugänglicher geworden. Man möchte es auf den ersten Blick nicht glauben, aber er ist ein gebildeter Mann. Er hat sogar einmal studiert und hatte einen guten Posten, aber dann hat ihn wohl eine Frau um sein ganzes Hab und Gut gebracht.«

»Jaja, so sind sie, die Frauen, bringen Männer um alles, was sie haben.« Diana verdrehte die Augen.

»Brauchst gar nicht so sarkastisch zu werden«, forderte Gusti streng. »Es gibt genug Frauen, die sind die Liebe nicht wert, die man ihnen schenkt.«

Und genauso viele Männer, dachte Diana bitter und löffelte ihre Suppe weiter. Ihr Exmann Norbert zum Beispiel, der die Ausbildung zum Privatpiloten absolviert hatte, um anschließend bei einer vollbusigen, um einiges jüngeren Fliegerkollegin zu landen. Und jetzt auch noch dieser unglaubliche, unmögliche, un…

»Er hat mich auf einen Kaffee eingeladen«, unterbrach Gusti ihre trüben Gedanken. »Es war richtig nett. Weißt du, wie lange das schon her ist, dass ich mit einem Mann ausgegangen bin? Seit mein lieber Freund Heini tot ist, habe ich nie wieder einen Mann angeschaut, und der ist immerhin schon 1997 gestorben.«

»Er hat dich auf der Straße angesprochen, und du bist gleich mit ihm in ein Café gegangen?«

Tante Gusti lachte und klang dabei wie ein junges Mädchen, das sich ertappt fühlt. »Nein, nicht gleich. Zuerst habe ich ihn zur Post begleitet, wo er einen Brief aufgegeben hat. Eingeschrieben. Und dann haben wir noch eine Uhr gekauft. Keine Angst, er hat sie selbst bezahlt«, fügte sie hinzu, als sie Dianas ungläubigen Blick bemerkte. »Als ich dann sagte, dass ich Durst hätte, schlug er vor, ins Café am Stadtplatz zu gehen, und das haben wir auch getan.«

»Aber geh!«

»Der ist wirklich nett«, fühlte sich Tante Gusti bemüßigt, noch einmal zu betonen. »Natürlich um einiges jünger als ich, aber das macht ja nichts, solange man es nicht allzu sehr sieht.« Wieder kicherte sie mädchenhaft. »Wir haben uns gut unterhalten. Er hat mir viele Fragen gestellt und sich wirklich für meine Antworten interessiert. Wir planen, das Treffen zu wiederholen. Am kommenden Montag fahre ich zu ihm hinaus nach St. Florian.«

Diana wusste nicht, was sie davon halten sollte. War ihre Großtante etwa dabei, sich zu verlieben? Auf ihre alten Tage? In einen Sandler? Na, das gäbe erst eine Story im »Tagesblatt«! Allerdings keine, die sie gerne lesen würde.

»Und jetzt erzähl endlich«, forderte Gusti schließlich, »wie war dein Tag, Kinderl? Du siehst blass aus.«

»Es war nichts Besonderes«, antwortete Diana schnell. »Aber ich bin rechtschaffen müde. Danke für die Suppe, sie war köstlich. Trotzdem würde ich jetzt wirklich gern ins Bett, Tante Gusti.«

Was hätte sie auch anderes sagen sollen? Der alten Dame erzählen, dass man heute ihren Geliebten, den Mann, von dem sie gedacht hatte, er könnte ihre Zukunft sein, verhaftet hatte? Piet Köflach saß seit genau sechzehn Uhr zwanzig in Polizeigewahrsam. Außer der Anstiftung zur Ausstellung eines falschen Attests und seiner Anwesenheit beim Umfüllen des Inhalts der Medizinfläschchen hatte man ihm zwar nichts nachweisen können, aber der Herr Oberst glaubte fest daran, dass das nur mehr eine Frage von wenigen Stunden war.

»Er hat zugegeben, dass das rote Röhrchen, das dem Sagmeister vor die Füße gerollt ist, von ihm stammt«, hatte der Herr Oberst gesagt. »Es wird jetzt im Labor auf die noch so kleinsten Spuren untersucht. Gleichzeitig werden wir ihm die Bude auseinandernehmen. Ich bin mir sicher, dort finden wir noch größere Hinweise auf den Sprengstoff.«

Diana hatte das nicht glauben wollen. »Woher sollte er den Sprengstoff denn haben? Den bekommt man doch nicht einfach so.«

»Der Mann geht bei dem Chemielabor Flötzensteiner ein und aus. Wahrscheinlich hat er sich das Cäsium und das andere Zeug dort unter der Hand beschafft«, lautete die lapidare Antwort, die leider sehr schlüssig klang. »Und wenn wir ihm erst einmal den Mord an dem Italiener nachgewiesen haben, dann finden wir bestimmt auch noch Beweise für den Wertzheimer-Fall. Ich sage euch, dieser Typ ist ein Doppelmörder, solche Menschen erkenne ich auf hundert Meter Entfernung.«

Daraufhin hatte ihr der schöne Carlos einen mitleidigen Blick zugeworfen. Den hätte er sich wirklich sparen können, aber so was von sparen!

An diesem Abend dauerte es lange, bis Diana endlich einschlief. Naturgemäß entfiel der schon lieb gewonnene abendliche Anruf von Piet Köflach, und sie musste sich eingestehen, dass sie ihn mehr vermisste, als sie zugegeben hätte. Viel mehr.

44

»Wir hätten uns den Besuch in der Villa der alten Wertzheimer gestern wirklich sparen können.« Carlos See hatte seinen Schreibtischstuhl in Dianas Büro geschoben und lag nun mehr darin, als dass er darauf saß. Während Diana schon fürchtete, er würde jeden Moment hintenüberkippen, schaffte er es sogar noch, dabei geräuschvoll aus seiner schwarzen Kaffeetasse zu schlürfen.

»Wen habt ihr denn vernommen?«

»Na, zuerst die Pflegerin. Ein fesches Mädl, bist du narrisch, aber natürlich hat die nichts mit den Morden zu tun.«

»Natürlich nicht, wo sie doch so fesch ist.«

Er grinste. »Gut erkannt!« Mit einem Ruck setzte er sich auf. »Aber jetzt ganz im Ernst: Sie hat in beiden Fällen kein Motiv. Der Banker war ihr ziemlich wurscht, sie kümmert sich ja nur um die Alte. Trotzdem haben wir gestern ihre Fingerabdrücke abgenommen. Zur Sicherheit. Hab ich selbst gemacht.« Er grinste wieder. »Heute in der Früh hab ich schon die Nachricht bekommen, dass es in Wertzheimers Zimmer keinen einzigen Fingerabdruck von ihr gab. Sie ist also definitiv raus.«

»Aha. Und ist sie Ihrer Meinung nach auch raus, was Gianni Delucci betrifft?«

»Das Mädl weint sich wegen dem toten Italiener die Augen aus. Wie hätte sie sich außerdem den Sprengstoff beschaffen sollen? Die kennt doch niemanden hier. Und St. Florian hat sie kaum verlassen, seit sie bei der Alten angefangen hat.«

»Muss sie ja auch nicht. In St. Florian gibt es schließlich das Chemielabor, diesen Flötzensteiner. Vielleicht hat sie ja bei dem …?«

»Hat sie nicht. Guten Morgen, übrigens!« Bezirksinspektor Wöglinger war durch die stets offene Tür zwischen Dianas Büro und dem, das er sich mit See teilte, in den Raum geschlendert. »Ich hatte soeben ein Telefonat mit Herrn Flötzensteiner junior. Wir wollten überprüfen, ob Köflach dort etwas hat mitgehen lassen. Und die Antwort lautet nein. Im Chemielabor fehlt nichts.«

Diana hätte den kleinen Fritz für diese Nachricht umarmen können. »Gut, dann schließen wir Frau Rasinic vorerst einmal aus dem Kreis der Verdächtigen aus«, sagte sie stattdessen.

»Moment, Entschuldigung!« Wöglinger stürzte zu seinem Schreibtisch, auf dem das Telefon begonnen hatte zu klingeln.

»Haben Sie sich noch einmal die Haushälterin vorgenommen? Es gibt ja immer noch den Widerspruch wegen der Tabletten. Sie hat ausgesagt, dass sie Wertzheimer auf seinen Wunsch hin welche gebracht hatte, seine Mutter wiederum gab an, er habe nie welche eingenommen. In der Apotheke konnte sich keiner daran erinnern, wer die Domofortil gekauft hat.«

»Geh, das ist doch kein Widerspruch«, wischte See auch diesen Einwand vom Tisch. »Die alte Wertzheimer, diese Beißzange, bildet sich halt etwas ein, das haben alte Weiber so an sich.«

»Was für ein überaus schmeichelhaftes Vorurteil, Kollege See!«

Er lachte kurz auf. »Wenn's doch wahr ist! Glauben S' außerdem wirklich, dass eine Mutter alles über ihren erwachsenen Sohn weiß? Der hat sicher den Teufel getan, sie in all seine Geheimnisse einzuweihen. Und manchmal hat er sie auch eiskalt angelogen, wie wir ja inzwischen wissen.«

»Auch wieder wahr«, musste Diana zugeben. »Das ist also Ihr gesamtes Ergebnis vom gestrigen Tag?«

See nickte, bevor ihm noch etwas einfiel. »Dem Sandler haben wir auch noch Fingerabdrücke abgenommen. Er saß gerade bei der Trude in der Küche, und da –«

»Was?«, rief Diana überrascht, um gleich eine logische Erklärung hinterherzuschieben. »Gomez! Die Frau heißt Gomez und ist wahrscheinlich auch Ausländerin. Sie spricht zwar eigentlich wie unsereins, aber –«

»Hallo?«, rief See dazwischen. »Hat Ihr Gerede auch irgendeinen Sinn?«

»Wie wir wissen, hilft der Sandler Ausländern bei Behördengängen. Darum ist er auch so beliebt und wird überall durchgefüttert. Alle nennen ihn Professor, weil er angeblich so gescheit ist.«

»Aha?« See war sichtbar verwirrt. Ein gescheiter Sandler war bisher in seinem Weltbild nicht vorgekommen. »Sie meinen also, dass er auch der Trude geholfen hat und darum bei ihr in der Küche bei Kaffee und Gugelhupf sitzen darf?«

Diana nickte. »Schaut ganz so aus.«

»Das war einer vom LCW.« Wöglinger war wieder im Büro aufgetaucht. »Dort fehlt tatsächlich Cäsium und noch manch anderes chemisches Zeug. Und dieser Brief hier ist hereingekommen. Die Poststelle hat ihn gleich heraufgebracht, die Kollegen dachten, dass wir uns das bestimmt gleich ansehen wollen. Hier.«

»Im LCW fehlt Cäsium? Na, dann haben wir wenigstens die Quelle. Wer hatte dort denn Zugang? Und was hat es mit dem Brief auf sich?« Diana streifte sich Handschuhe über, bevor sie nach dem Kuvert griff. »Ein ganz normaler Umschlag. Handschriftliche Adresse in Blockbuchstaben, eher unauffällig. Die Marke ist abgestempelt in«, sie hielt sich das Kuvert näher vor die Augen, »das ist leider zu sehr verwischt. Irgendwas mit ›els‹ in der Mitte.«

»Erzählen Sie uns nichts, was wir auch alleine sehen, und machen S' ihn lieber auf«, forderte See ungeduldig.

Sie entnahm ein Blatt Papier und faltete es auseinander. »Oha!«

Die Nachricht war mit Buchstaben aufgeklebt, einzeln ausgeschnitten aus Zeitschriften. »Hiermit überführe ich den Mörder von G. Delucci. Er nennt sich Piet Köflach. Gezeichnet: ein Freund der Ger chtigkeit«. Irgendwo auf dem Postweg war wohl das zweite e der Gerechtigkeit verloren gegangen.

45

Der Raum hatte kahle Wände, die wohl vor Jahren einmal weiß gewesen waren, besaß einen pflegeleichten grauen Kunststoffboden und vergitterte Fenster. Diana stand auf, als der Uniformierte Piet hereinführte, der sie anlächelte und sich die Hose hochzog.

»Sie läuten, wenn ich Sie rauslassen soll, Frau Pölz«, sagte der Beamte und ging.

»Ich wünschte, er würde mich mit dir rauslassen«, sagte Piet und seufzte. »Es tut so gut, dass du da bist. Danke!«

Da sie wie festgenagelt stehen geblieben war, ging er auf sie zu und wäre dabei fast gestolpert. »So ein Mist! Sie haben mir den Gürtel weggenommen, und jetzt rutscht meine Hose. Sorry!« Er zog sie an dem Bund wieder hoch.

Dianas Mundwinkel hoben sich. Er sah so rührend aus. Aus einem Impuls heraus wollte sie ihn beschützen. Der sonst so starke, selbstbewusste Piet schien plötzlich so hilflos. Sie hatte damit gerechnet, dass er ihr vielleicht kalt oder aggressiv begegnen würde, doch nun stand er da mit seiner zu weiten Hose und grinste schief.

»Es tut so gut, dass du da bist«, sagte Piet noch einmal.

In diesem Augenblick wusste Diana, dass sie sich ernsthaft in ihn verliebt hatte. Eine seltsame Umgebung, um sich so etwas Schwerwiegendes einzugestehen.

Zudem musste sie sich auch noch eingestehen, dass sie eigentlich gar nicht genau wusste, was sie hier tat. War sie gekommen, um Piet zu vernehmen? Aber dann hätte sie wohl besser Carlos See oder zumindest den kleinen Fritz mitgenommen. War das ein Privatbesuch? In diesem Fall hätte sie den Kollegen bitten müssen zu bleiben.

»Am besten setzen wir uns«, sagte sie in möglichst neutralem Tonfall. »Wie geht es dir?«

»Darf ich dich umarmen?«

Sie brachte es nicht übers Herz, Nein zu sagen. Ihm zuliebe. Und sich selbst. Der Kuss war kurz, nur ein Hauch, und dennoch so innig, dass er ihren Herzschlag beschleunigte und sich eine leichte Röte über ihre Wangen legte. Sie nahmen Platz. Aber diesmal nicht gegenüber, getrennt durch die kahle Tischplatte wie am Vortag in seinem Büro und wie es sich hier streng genommen gehört hätte, sondern nebeneinander. Seite an Seite. Dann schwiegen sie eine Zeit lang.

Bis Diana den Brief aus der Tasche holte. Eingeschweißt in Plastik. Sie legte ihn vor Piet auf die Tischplatte. »Kannst du dir das erklären?«

Er las, und seine Augen schienen immer größer zu werden. Schließlich blickte er ihr voll ins Gesicht und schüttelte langsam den Kopf. »Ich habe keine Ahnung«, sagte er leise. Und dann etwas lauter: »Ich habe wirklich nicht die geringste Ahnung, was das bedeuten soll, Diana. Ich weiß nur, dass ich mit Giannis Tod nichts zu tun habe.«

»Aber warum fühlt sich dann jemand bemüßigt, uns so eine Nachricht zu schicken? Mit ausgeschnittenen Buchstaben?«

Er zuckte mit den Schultern. »Das weiß ich nicht, Diana. Wann habt ihr den Brief erhalten?«

»Vor einer halben Stunde. Ich bin sofort zu dir gekommen.«

Er lächelte warm und legte ihr kurz seine Rechte auf die Hand. »Das ist lieb von dir, danke. Du glaubst hoffentlich nicht, dass der Spinner recht hat, oder? Die ausgeschnittenen Buchstaben zeigen doch, dass der Absender nicht ganz richtig im Kopf ist. Vielleicht ist er ja der Täter und will euch damit auf eine falsche Fährte locken.«

»Aber wieso glaubst du, dass es sich um einen Mann handelt?«

Piet verzog nachdenklich das Gesicht. »Keine Ahnung, ist nur so ein Gefühl. Es muss nicht stimmen, der Absender kann natürlich auch eine Frau sein. Aber eines ist sicher: Wer auch immer es war, er oder sie ist schon älter, wenn nicht gar uralt. Und besitzt keinen Computer. Sonst hätte er oder sie sich nie die Mühe gemacht, jeden Buchstaben einzeln auszuschneiden. Außerdem verwendet heutzutage kein Mensch mehr den Ausdruck ›gezeichnet‹. Der stammt aus der Generation meiner Eltern, wenn nicht sogar noch aus der meiner Großeltern. Der Absender dürfte demnach also Mitte siebzig sein. Mindestens. Vielleicht sogar schon achtzig.«

»Klingt logisch«, gab Diana zu.

Piet hatte in der Zwischenzeit das Plastiktütchen umgedreht und den eingeschweißten Umschlag entdeckt. »Na, wer sagt's denn? Zittrige Blockbuchstaben.«

»Das wird von unseren Experten noch alles geprüft«, sagte sie. »Aber wenn du dir mit dem Alter so sicher bist, gleich meine nächste Frage: Welcher Mensch über siebzig könnte ein Interesse daran haben, dich als Mörder im Gefängnis sitzen zu sehen?«

Piet dachte nach und hob dann resigniert beide Schultern. »Auf Anhieb fällt mir keiner ein. Wirklich nicht. Ich kenne nur wenige Leute, die älter sind als ich. Die meisten, mit denen ich zu tun habe, sind eher jünger. Nur unter meinen Kunden waren vielleicht hin und wieder ein paar, die etwas mehr Jahre auf dem Buckel hatten.«

»Hattest du mit einem davon Ärger?«

»Was heißt schon Ärger? Bei einigen wenigen lief vielleicht manches nicht so, wie sie sich das vorher vorgestellt hatten. Einen musste ich voriges Jahr verklagen, weil er meine Rechnung nicht bezahlen wollte. Das Verfahren ist immer noch bei Gericht anhängig. Allerdings ist das ein junger Kerl, noch keine dreißig.«

»Egal«, sagte Diana. »Schreib mir eine Liste mit den Namen aller Klienten, mit denen es Schwierigkeiten gab. Und geh noch mal in dich. Vielleicht fällt dir ja doch noch jemand anderes ein, der dir übel mitspielen will.«

»Das heißt also, dass du mir glaubst, Diana?«, fragte er und ergriff wieder ihre Hand. »Ich kann dir gar nicht sagen, wie viel mir das bedeutet.«

Sie entzog ihm die Hand. Jeden Augenblick konnte ein Justizwachbeamter den Raum betreten, und wie würde das dann aussehen, wenn man sie Hand in Hand erwischte? »Sagen wir es mal so: Ich möchte es glauben, weil ich mich nicht in dir getäuscht haben möchte. Ich möchte mich nicht in den Falschen …« – verliebt haben, hätte sie beinahe gesagt, biss sich aber auf die Zunge und atmete tief durch. Es war nicht gescheit, von Liebe zu reden, bevor er es getan hatte. Und noch dazu in dieser Umgebung. Im Rahmen einer Vernehmung! Das wäre ja der Gipfel mangelnder Professionalität gewesen. Schnell kam sie zurück zum Thema. »Aber vielleicht sagt der Absender ja auch die Wahrheit? Wie du weißt, hat ein Zeuge ein rotes Röhrchen mit der Aufschrift ›JA!‹ im Flieger gefunden, und du hast gestern bei der Vernehmung durch meinen Chef zugegeben, dass es dir gehört.«

»Moment, so war das nicht! Ich sagte nur, dass das Röhrchen ursprünglich von mir stammte. Ich habe es Gianni geschenkt.«

»Ich weiß, dass du ihm ein Röhrchen versprochen hattest. Du hast ihm also auch tatsächlich eines gebracht? Wirklich interessant, denn anscheinend waren in diesem Röhrchen keine Brausetabletten, sondern Sprengstoff. Die Spurensicherung überprüft das gerade.«

»Und selbst wenn da wirklich Sprengstoff drin gewesen wäre, was ich bezweifle, dann stammte er sicher nicht von mir. Ich habe keine Ahnung, woher Gianni den hatte und warum er ihn in den Flieger mitgenommen hat. Er hat mir kein Wort davon gesagt.«

Diana schwieg.

»Bitte, glaub mir«, sagte Piet eindringlich und nahm wieder ihre Hand. Diesmal ließ sie es zu. »Auch wenn ich dir das mit dem Attest nicht gesagt habe, kannst du mir in diesem Punkt wirklich vertrauen.«

Diana spürte Piet so nah bei sich, seine Hand war angenehm warm, und sie hätte ihm so gern vertraut. Aber je mehr Tatsachen auf den Tisch kamen, desto schwieriger fiel es ihr. »War es leer oder gefüllt? Und falls es gefüllt war, womit?«

»Mit JA!-Brausetabletten, noch originalverpackt«, informierte er sie. »Sonst war mit Sicherheit nichts drin.«

»Okay, dann nehme ich das so zur Kenntnis, Piet«, sagte sie und hoffte, dass der immer größer werdende Zweifel in ihrem Hinterkopf bald verstummen würde. Was wusste sie denn schon über ihn? Dass er ein Abenteurer war, der für schnelles Geld so ziemlich alles machte. Das war nicht wirklich vertrauenerweckend. »Kann jemand anderes die Brausetabletten manipuliert haben?«

»Das ist so gut wie ausgeschlossen. Ich habe das Röhrchen aus dem Karton genommen, der direkt aus Australien kam. Er stand schon ungefähr eine Woche lang in meiner Wohnung herum. Und bevor du mich fragst: Nein, es war kein anderer Mensch in dieser Zeit bei mir. Außer dir natürlich. Aber du wirst es ja nicht gewesen sein.«

»Was weißt du eigentlich über Cäsium?«

»Über was?«

»Über Cäsium, ein chemisches Element.«

»Nichts. Was sollte ich denn darüber wissen?«

»War nur eine Frage.« Sie stand auf. »So, ich muss jetzt wieder. Ich melde mich.«

»Wie geht es denn jetzt mit mir weiter?«, wollte Piet wissen und erhob sich ebenfalls und hielt seine Hose fest.

Diana betätigte die Klingel, um dem Wachbeamten das Zeichen zu geben, die Tür zu öffnen. »Am Nachmittag wirst du in die Justizanstalt überstellt und morgen Vormittag dem Haftrichter vorgeführt. Der entscheidet dann, ob du in Untersuchungshaft musst.«

»Bist du bei diesem Termin dabei?«

Sie seufzte und schüttelte den Kopf. »Tut mir leid, Piet, aber das darf ich nicht. Die Verhandlung ist nicht öffentlich. Hast du eigentlich einen Verteidiger?«

Er nickte. »Ja, ein Schulfreund von mir ist in die Kanzlei seines Vaters eingestiegen. Kostet mich zwar immer noch einiges, ist aber halbwegs bezahlbar.«

»Und da soll noch einmal jemand sagen, Schule sei nicht sinnvoll! Dass du das Gymnasium besucht hast, zahlt sich wirklich aus. Und wenn es nur um Kontakte geht: zuerst der Arzt, jetzt der Anwalt.«

Piet grinste. »Da hast du recht. Es zahlt sich sogar aus, dass ich auf mehreren Schulen war, denn den Sepp, also den Arzt, und den Mike, das ist der Anwalt, kenne ich von zwei verschiedenen.« Er wurde wieder ernst. »Glaubst du, es besteht die Chance, dass mich der Richter rauslässt?«

»Ich habe keine Ahnung«, sagte sie und hatte wirklich keine. Und Hoffnung hatte sie eigentlich auch nicht.

46

Sie stand im Flur des LKA, draußen schien die Sonne, und in ihr tobte ein Sturm aus den verschiedensten Emotionen. Sie hatte keine Lust, in ihr Büro zurückzukehren. Sie brauchte dringend frische Luft.

»Ah, da sind Sie ja, Frau Pölz. Die Vernehmungsprotokolle aus Wien sind gekommen.« Bezirksinspektor Wöglinger wedelte mit einer dünnen Mappe. »Wollen Sie sie gleich sehen, oder soll ich sie Ihnen auf den Schreibtisch legen?«

Sie hielt die Hand auf, und er legte die Mappe hinein. »Danke. Und wenn mich jemand sucht, ich habe einen Auswärtstermin.«

Diana wartete nicht auf den Lift, sondern lief mit eiligen Schritten die Treppe hinunter. Nur raus aus dem Gebäude und Luft holen. Ein paar schnelle Schritte gehen. Sich den Frühlingswind um die Nase wehen lassen. Gedanken ordnen. Gefühle eingestehen. Befürchtungen nicht überhandnehmen lassen. Noch war nicht gesagt, dass Piet tatsächlich Giannis Mörder war, auch wenn alle Indizien darauf hindeuteten.

Ihr Weg führte sie zum Stadtpark, wo sie sich auf eine der grünen Bänke setzte und zwei Kindern zuschaute, die im Sonnenschein schaukelten und vor Vergnügen spitze Schreie ausstießen. Eine Gruppe Schulkinder spielte Fangen zwischen den Hecken.

Noch einmal so jung sein!, war ihr erster Gedanke. Schrecklich!, ihr zweiter. Noch einmal alles durchmachen: Schulzeit, Pubertät. Die Konflikte mit ihrer Mutter, die nicht älter werden wollte und sich auch heute noch benahm wie ein Teenager aus den siebziger Jahren. Dann die Ehe mit Norbert. Die erste Zeit war fröhlich und voller Hoffnungen gewesen. Dann die träge Leere der Routine und dennoch der Schock, als er sie durch die vollbusige Fiona ersetzt hatte. Nein, sie war froh, dass sie genau dort im Leben war, wo sie jetzt stand.

»Ein Geschrei ist das, nicht zum Aushalten«, durchdrang eine seltsam dünne Stimme ihre Gedanken. »Sind alles Ausländer, ist eh klar.«

Diana sah auf und blinzelte in die Sonne. Ein älterer Mann im Lodenmantel und Trachtenhut stand vor ihr, eine Hundeleine in der Hand. »Was dagegen, wenn ich mich zu Ihnen setze, schöne Frau?«

Diana hatte nicht die geringste Lust, diese Bekanntschaft zu vertiefen. »Tut mir leid, ich muss arbeiten«, sagte sie daher, schlug die Mappe auf. Der Mann ging grußlos weiter.

Die Wiener Kollegen hatten zwei von Wertzheimers Nachbarn und vier Freunde befragt. Eine magere Ausbeute. Konnte es vielleicht sein, dass so ein erfolgreicher Bankier keinen größeren Freundeskreis besaß? Die ersten Vernehmungsprotokolle gaben nicht viel her. Wertzheimer bewohnte ein Penthouse im ersten Bezirk. Manchmal sah man ihn im Lift, manchmal grüßte er sogar. Meistens aber nicht, denn er war eher ein in sich gekehrter, stets etwas verärgert wirkender Mann. Sonst wusste der Nachbar nicht viel von ihm. Anscheinend hatte Wertzheimer nur selten Besuch gehabt, aber so genau sagen konnte das keiner der befragten Hausbewohner. Diana bedauerte, dass Wertzheimer nicht in einem typischen Gemeindebau gewohnt hatte. Dort gab es immer zumindest eine ältere Dame, die über alles Bescheid wusste. Bei den ersten drei befragten Freunden handelte es sich um die Mitspieler einer wöchentlichen Tarockrunde. Man traf sich jeden Dienstag zum Kartenspiel, trank einen Whisky oder zwei und rauchte manchmal eine Zigarre. Wertzheimer rauchte allerdings nie, er war zu sehr auf seine Gesundheit bedacht. Aha. Das letzte Vernehmungsprotokoll stammte von einem anderen Freund, der anscheinend gleichzeitig Wertzheimers Hausarzt gewesen war. Ihm zufolge hatte der IV. geradezu panische Angst vor Tabletten gehabt. Anscheinend hatte er als Kind heimlich irgendwelche Pillen aus der Nachttischlade seines Vaters stibitzt und geschluckt, woraufhin ihm der Magen ausgepumpt werden musste. Seither hatte sich Heinrich standhaft geweigert, jede Art von Medikament zu schlucken. »Sogar Schmerztabletten nach einer Zahnextraktion! Ich halte es für ausgeschlossen, dass mein Freund Schlaftabletten zu sich genommen hat. Zumindest nicht freiwillig«, so der Doktor.

Diana grinste. Na, da würde sie der guten Frau Trude aber mal einen Überraschungsbesuch abstatten. Sie fuhr ihr Auto aus der

Garage des ATRIUM City Centers, wo sie einen Dauerparkplatz gemietet hatte, und plante eine gute halbe Stunde bis zum Anwesen der Wertzheimers ein. Zum Glück waren die Straßen um diese Uhrzeit meistens staufrei.

47

»Frau Kommissarin, wie schön, Sie zu sehen!« Frau Trude wischte ihre Hände an der weißen Schürze ab, bevor sie Diana die Rechte entgegenstreckte. »Leider kommt Ihr Besuch ungelegen, die Frau Doktor hat einen Gast.«

»Das macht nichts«, sagte Diana, während sie die Hand schüttelte. »Ich wollte ohnehin zu Ihnen.«

»Wer ist denn gekommen?«, hörte sie die strenge Stimme der Hausherrin aus dem Salon. »Herrgott noch einmal, Trude, so machen S' doch die Tür zu, hier zieht's ja wie in einem Vogelhäusl!«

Jetzt hielt es Diana doch für angebracht, sich bemerkbar zu machen. Bevor Trude es verhindern konnte, steckte sie ihren Kopf durch die offene Tür: »Grüß Gott, Frau Dr. Wertzheimer, ich bin's nur. Ich wollte …« Weiter kam sie nicht, denn der Anblick war so außergewöhnlich, dass sie überrascht innehielt.

Die Hausherrin saß wie gewohnt am Tisch neben dem offenen Kamin, in dem ein wärmendes Feuer brannte. Ihr Rollstuhl stand daneben, auf ihm lag ordentlich zusammengelegt eine karierte Decke. Vor der alten Dame stand ein Schachbrett, neben ihr auf einem Stövchen, in dem eine Kerze flackerte, eine Kanne, vermutlich mit Tee. Ihr gegenüber saß ein Mann mit einer geklebten Brille und langen grauen Haaren, die im Nacken zu einem dünnen Zopf zusammengefasst waren.

»Schach«, sagte der Obdachlose in diesem Augenblick. »Sie müssen schon ein bissl besser aufpassen.«

»Professor!«, entfuhr es Diana, und schon im nächsten Augenblick ärgerte sie sich, dass sie den Namen des Mannes nicht kannte. Hatte sie ihn überhaupt je gewusst und wieder vergessen? Sie hatte keine Ahnung.

»Frau Pölz?«, die Hausherrin fuhr herum. Anscheinend hatte die alte Dame ein bei Weitem besseres Namensgedächtnis. »Warum stehen Sie denn noch in der Tür herum? Und warum tragen Sie noch Ihren Mantel? Trude, Sie werden nachlässig, nehmen S' der Frau Inspektorin den Mantel ab und bringen S' ihr anschließend eine frische Tasse. So, und Sie, Hans«, sie wandte sich an ihren Gast, »Sie machen jetzt Platz und lassen die Frau Pölz sich hersetzen. Sie können drüben auf dem Diwan Platz nehmen, wir spielen später weiter.«

Der Mann erhob sich mit sichtlichem Widerwillen und schlurfte grußlos zum Sofa, wo er sich in eine der Ecken setzte und sich ein dickes Kissen ins Kreuz stopfte. Vor ihm auf dem Tischchen standen fein säuberlich aufgereiht zehn ausgewählte Figuren aus Muranoglas. Einen größeren Kontrast hätte es kaum geben können.

»Ihre Tasse können S' schon mitnehmen, Hans«, nörgelte die Wertzheimer sofort. »Was soll denn die Frau Pölz mit Ihrer Tasse? Mitdenken, Hans, mitdenken! Und passen S' auf meine Kostbarkeiten auf. Dass da ja nichts verschoben wird oder gar zu Bruch geht.«

Während sich der Professor wieder aufrappelte, um seine Tasse zu holen, wandte sich Frau Wertzheimer an Diana. »Sie kennen den Hans bereits, oder? Die Leute nennen ihn gern Professor, weil er angeblich so gescheit ist. Aber Schach spielt er nicht besser als ich.«

»Heute werde ich gewinnen«, brummte es vom Sofa her.

»Das werden wir noch sehen.«

Diana war während des Wortwechsels unschlüssig stehen geblieben. Eigentlich hatte sie gar nicht vorgehabt, sich mit der Hausherrin zu unterhalten. »Wir sind uns bereits über den Weg gelaufen, ja«, beantwortete sie schließlich doch die Frage.

»Und jetzt sind Sie überrascht, ihn hier in meinem Salon anzutreffen, nicht wahr?«, schloss Frau Wertzheimer aus Dianas Worten. »Ja, so sind sie, unsere Beamten, voller Vorurteile. Und jetzt setzen Sie sich endlich, ich hole mir ja noch ein steifes Genick, wenn ich die ganze Zeit zu Ihnen aufschauen muss.«

Als der Sandler ein kleines, raues Lachen vernehmen ließ, drehte Diana sich zu ihm um. »Wie heißen Sie eigentlich mit richtigem Namen?«

»Das hat niemanden zu interessieren«, sagte er und nippte an seinem Tee.

»Seien S' nicht so unhöflich in meinem Haus, das verbitte ich mir!«, keppelte die Alte zurück, bevor sie sich milde lächelnd zu Diana wandte. »Er heißt Hans-Peter Schoiswohl, Dr. Hans-Peter Schoiswohl, wenn man es genau nimmt.«

»Doktor?«, wiederholte Diana und ärgerte sich selbst darüber, dass sie das so erstaunte. Warum sollte ein Akademiker nicht wie andere Menschen auch auf der Straße landen können? »Was haben Sie studiert?«

Der Alte murmelte Unverständliches in seinen Bart.

»Technische Physik«, antwortete die Hausherrin an seiner Stelle. »Er war sogar einmal ein Firmendirektor. Das war aber noch, bevor er sich in die Gosse gesoffen hat. Die gute Trude hat ihn irgendwo aufgelesen, und seither wohnt er in meiner alten Jagdhütte. Die hat ohnehin niemand mehr gebraucht, seitdem der III. das Gewehr endgültig an den Nagel gehängt hatte. Es ist eh nicht viel mehr als ein Verschlag.«

»Der Professor wohnt in einer Hütte, die Ihnen gehört?«, wiederholte Diana. Die Überraschungen schienen kein Ende zu nehmen.

»Was dagegen?«, brummte der Mann nun hörbar und starrte auf die Glasfiguren vor sich.

»Im Gegenteil! Ich finde es bewundernswert, wie gut Sie in der Gemeinde integriert sind. Vorbildlich sogar! Ich habe schon seit Längerem vor, in der Sache mit Herrn Grobian, dem stellvertretenden Chefredakteur vom ›Tagesblatt‹, zu reden. Wäre es nicht toll, wenn der einen Bericht über Sie bringen würde?«

»Das werden Sie schön bleiben lassen.« Seine Stimme war laut geworden.

»Aber warum denn? In der Zeitung stehen doch viel zu selten gute Nachrichten, da wäre es doch einmal –«

»Ich habe Nein gesagt, und dabei bleibt's!« Noch lauter.

Doch Diana war zu begeistert von ihrer Idee, als dass sie sich so schnell von ihr hätte abbringen lassen. »Der Grobian könnte auch ein paar Bilder machen. Sie beim Schachspielen zum Beispiel oder beim Chinesen im Gastgarten. Apropos Chinese: Dem haben Sie ja wie schon anderen ausländischen Gastwirten geholfen, nicht wahr?«

»Wenn auch nur ein Wort –«

»Ist Frau Trude eigentlich auch eine Ausländerin? Ihr Nachname Gomez hört sich spanisch an, habe ich recht?« Diana war stolz auf sich, dass sie sich wenigstens diesen Namen gemerkt hatte. »Wenn sie Ihnen die Hütte verschafft hat, haben Sie ihr vielleicht zuerst dabei geholfen, diese Stelle zu bekommen?«

»Trude war schon längst bei mir, als der Hans aufgetaucht ist. Aber Ihre Idee mit dem ›Tagesblatt‹ ist nicht schlecht«, meldete sich die Gastgeberin zu Wort. »Und jetzt setzen Sie sich endlich hin, Frau Pölz!«

Diana beschloss nachzugeben. Sie setzte sich und wandte sich wieder dem Obdachlosen zu, der mit rundem Rücken auf der Couch hockte und in seine Tasse starrte. »Überlegen Sie es sich. Wir könnten ein Spendenkonto für Sie einrichten.«

»Nein!«

»Und wenn die Leute Ihre Geschichte erst kennen, dann –«

Der Professor fuhr auf. »Ich habe Nein gesagt, Sie depperte Blunzn! Haben Sie Tomaten auf den Ohren? Hören S' endlich auf mit dem Scheiß!«

Frau Dr. Wertzheimer schnappte nach Luft. »Hans! Nicht in meinem Haus!«

»Hans! Nicht in meinem Haus!«, äffte Schoiswohl sie nach. »Wenn Sie wüssten, wie oft Sie mir schon auf die Nerven gegangen sind mit Ihrem dominanten Getue. Und dann kommt auch noch die Polizeitante mit ihrer vertrottelten Idee, ich halte das einfach nicht mehr aus!« Es klirrte. Mit einem Handstreich hatte der Professor die kleinen Glasfiguren vom Couchtisch auf den Marmorboden gefegt. »Ich lass mich nicht länger von oben herab behandeln, grad so, als wäre ich der letzte Dreck!«

Während Frau Wertzheimer in einer Art Schockstarre auf ihrem Sessel verharrte, sprang Diana auf, um sich den Schaden anzusehen. Sie hob die Figuren oder zumindest das, was davon übrig geblieben war, vom Boden auf. Im Salon herrschte Stille, die nur vom Knistern der Holzscheite im Kamin und vom Ticken der großen Standuhr unterbrochen wurde.

»Sodala, da wär jetzt der frische Tee!« Frau Trude betrat nichts ahnend und gut gelaunt den Raum, in beiden Händen ein Tablett, das sie sofort auf einem Beistelltisch abstellte, als sie das Malheur entdeckte. »Was ist denn hier passiert? Gab es ein Erdbeben?« Sie kicherte nervös und kniete sich dann auf den Marmorboden, um die letzten Stücke der ehemaligen Figuren aus Muranoglas aufzuheben. »Soll ich den Staubsauger holen, Frau Doktor?«

Auch der Professor hatte sich erhoben und knetete schweigend beide Hände. Für Diana ein Zeichen, dass ihm sein unbeherrschtes Vorgehen nun doch höchst unangenehm war. »Es tut mir so leid«, murmelte er auch schon. Und dann noch einmal etwas lauter: »Das wollte ich nicht. Glauben S' mir's, das wollte ich wirklich nicht.«

»Jetzt seien S' halt nicht so, Frau Doktor. Es war bestimmt nur ein Versehen, weiter nichts«, sprang ihm Frau Trude zur Seite.

Doch die Hausherrin schwieg noch immer, den starren Blick geradeaus gerichtet. Zum Fürchten, dachte Diana und war heilfroh, dass nicht sie an dem Scherbenhaufen schuld war.

»Haben S' mich nicht gehört? Ich hab mich entschuldigt! Ich habe gesagt: Das wollte ich nicht!« Die Stimme des Sandlers klang mittlerweile genauso energisch wie flehentlich.

Dann endlich brach Frau Wertzheimer ihr Schweigen. »Sie«, bellte sie los, und ihr knochiger Zeigefinger deutete anklagend auf Schoiswohls Brust, »Sie gehen jetzt zurück in die Gosse, wo Sie hingehören! Ich will Sie auf meinem Grund und Boden nie wieder sehen! Nie wieder!«

Der Mann verlegte sich aufs Flehen. »Das können S' doch nicht machen!«

»Natürlich kann ich das. Sie verschwinden aus der Hütte! In spätestens drei Tagen ist die leer. Und wenn ich sage leer, dann meine ich besenrein. Picobello! Haben Sie mich verstanden? Und wehe, wenn Sie dann noch einmal auf meinem Grund gesehen werden, dann rufe ich die Polizei!«

»Also, bitte, Frau Doktor, jetzt seien Sie doch nicht so«, bettelte Schoiswohl. »Wo soll ich denn hin? Ich hab doch sonst nichts und niemanden.«

Diana hatte Mitleid mit dem Mann, wusste aber nicht, wie sie sich am besten zu Wort melden sollte, ohne die Hausherrin noch mehr zu erzürnen.

Diese zog es derweil abermals vor, zu schweigen.

»Geh, Frau Doktor«, startete der Professor den nächsten Versuch, »wir beide haben uns doch immer so interessant unterhalten. Wollen Sie wirklich auf unsere Gespräche verzichten? Und aufs Schachspielen?«

Diana beobachtete die alte Dame ganz genau. Bei den letzten Worten hatten ihre Lippen gezuckt. Sie war dabei, weich zu werden.

Aber Schoiswohl hatte offensichtlich nicht die Geduld, darauf zu warten. »Jetzt geben Sie sich halt einen Ruck. Die paar kitschigen Glasfiguren sind das ganze Theater doch nicht wert.«

Das hätte er besser nicht sagen sollen. Der Zeigefinger von Frau Wertzheimer trat wieder eiskalt in Aktion. »Hinaus! Und zwar sofort!«

»Hans-Peter, bist du von Sinnen?«, rief, nein, schrie Frau Trude, bevor sie einen neuerlichen Vorstoß bei der Hausherrin unternahm. »Manchmal redet der Hans-Peter einen Unsinn zusammen, Sie kennen ihn doch, Frau Doktor. Können S' nicht Gnade vor Recht ergehen lassen? Sie haben doch ein gutes Herz!«

Doch der Bogen war offensichtlich überspannt. »Gar nichts werde ich, höchstens, ihm meinen Anwalt auf den Hals hetzen«, fuhr die alte Dame mit dem nicht so guten Herzen auf. »Und Schadenersatz werde ich auch fordern. Der Mann hier wird zahlen, bis er schwarz ist! So, und jetzt soll er mir aus den Augen gehen.«

»Ich bring dich noch zur Tür. Und vergiss bloß das gelbe Ding nicht.« Die Haushälterin hob den dreckigen Rucksack mit spitzen Fingern vom Boden auf.

»Sie enttäuschen mich, Trude«, sagte da die Hausherrin.

Diana fuhr herum. Warum denn das? Die Erklärung folgte auf dem Fuße.

»Wie konnten Sie den Mann auch noch verteidigen? Sie wissen doch, was mir meine Figuren bedeuten. Bei so einem Verhalten werde ich mir gut überlegen müssen, ob ich, äh, die Privilegien aufrechterhalte, die ich Ihnen zugedacht hatte.«

»Aber Frau Doktor!«

»Raus jetzt! Alle drei! Ich brauche meine Ruhe. Schicken S' mir die Tatjana herein.«

»Das war jetzt aber wirklich nicht notwendig«, sagte Frau Trude, während sie den Obdachlosen zur Tür brachte, »dass du dich nach allem, was die Frau Doktor für dich getan hat, aufführst wie ein ungehobelter Rowdy. Und jetzt schau, dass d' weiterkommst, dreckiges Gesindel!«

Diana hatte sich schon die ganze Zeit gewundert, dass die Haushälterin den Obdachlosen duzte. Auch wenn er ein Sandler war, erschien ihr die Anrede doch irgendwie respektlos. Und ihn als »Rowdy« und »Gesindel« zu titulieren, das war auch nicht die feine Art, die die gute Trude bisher immer an den Tag gelegt hatte.

Doch dem alten Mann schienen die Bezeichnungen nichts auszumachen. Es sah aus, als hätte er resigniert. Er brummte wieder einmal Unverständliches, nahm seine dicke Jacke von der Garderobe, warf sich den gelben Rucksack über die Schulter und trottete mit hängenden Schultern seines Wegs.

Frau Trude schloss die Tür, versperrte sie doppelt, seufzte vernehmlich und drehte sich dann zu Diana um. »Sicher ist sicher«, sagte sie. »Der kommt glatt auf die Idee und kehrt zurück.«

»Obwohl Sie sich für ihn eingesetzt haben, werde ich das Gefühl nicht los, dass Sie ihn nicht mögen. Liege ich mit der Vermutung richtig?«

»Warum sollte ich ihn denn mögen?«, fragte Trude. »Ich habe es für meine Christenpflicht gehalten, ihm zu helfen. Aber wenn er sich so benimmt wie gerade eben, dann kann er schauen, wo er bleibt. Sie haben ja gehört, was mir meine Güte eingebracht hat.«

»Sehr christlich, Ihre Güte.« In Dianas Stimme war nur ein Hauch von Ironie zu vernehmen. Und auch nur dann, wenn man ein Gespür dafür hatte.

»Ja, finde ich auch«, sagte Trude, der dieses Gespür ganz offensichtlich fehlte. »So, und wenn ich trotz allem noch Ihre Fragen beantworten muss, dann kommen Sie eben mit in die Küche. Aber bitte nur kurz, ich bin nach dem Theater ziemlich fertig mit den Nerven. Außerdem muss ich noch meinen Koffer packen. Ich fahr heute nach Wien.«

Diana nickte, folgte der Haushälterin. »Sie fahren auf Urlaub?«

Frau Trude Gomez lachte auf. »Schön wär's! Nein, Urlaub

mache ich immer im Sommer, wenn die Frau Doktor in ihrer Villa am Attersee weilt. Dann kümmert sich das Ehepaar um sie, das dort das ganze Jahr über nach dem Rechten schaut, und Tatjana und ich haben frei. Heute ist es nur ein Ausflug. Ich fahre zu meiner Freundin Isolde, und wir schauen uns ›Mary Poppins‹ im Ronacher an. Ich bleibe nur eine, ah, geh, was sag ich, ich bleibe zwei Nächte.«

Das Wort »Ehepaar« hatte etwas in Diana ausgelöst. »Waren Sie eigentlich einmal verheiratet?«, fragte sie.

Sie hatten die Küche betreten, und Frau Trude wies mit der Hand auf die Küchenbank. »Bitte, nehmen Sie doch Platz, Frau Inspektorin. Ja, freilich war ich verheiratet. Mit Antonio Gomez, Gott hab ihn selig. Er war Spanier, und wir lebten viele Jahre in Saragossa. Möchten Sie auch ein Glas Whisky?«

Diana hätte das Thema gern noch weiter vertieft, aber die Flasche, die Trude ihr nun entgegenhielt, fesselte ihre Aufmerksamkeit. »Strathisla? Ist das nicht die Marke, die Herr Wertzheimer immer bevorzugte?«

»Stimmt. Ich bin dazu übergegangen, mir bei Stress ab und zu ein Glaserl davon zu genehmigen. Jetzt trinkt den ja eh keiner mehr. Und zum Wegleeren ist er viel zu schade.«

»Verstehe. Ich hätte trotzdem lieber ein Glas Wasser.«

»Gern.« Frau Trude ließ den Wasserhahn laufen, prüfte mit dem Finger, ob der Strahl kalt genug war, und stellte ein paar Sekunden später ein volles Glas vor Diana. »Ich genehmige mir jetzt ein Schluckerl, wenn's recht ist.«

Mit dem Whisky waren sie auch schon beim Thema. »Herr Wertzheimer trank also jeden Abend ein Glas davon«, fasste Diana zusammen.

Frau Trude nickte eifrig, setzte sich Diana gegenüber und nippte dann an ihrem Glas. »Wenn er hier war, habe ich ihm vor dem Schlafengehen ein Glas mit Eiswürfeln gebracht. Das hat er so verlangt. Die Flaschen hat er in seinem Zimmer aufbewahrt.«

»Auch am Tag seines Todes?«

Frau Trude nickte und nippte abermals.

»Wie erklären Sie sich dann, dass wir in Herrn Wertzheimers Zimmer kein Glas gefunden haben?«

»Das habe ich Ihnen doch schon bei meiner Vernehmung im LKA gesagt. Die Fratzen, die ihn umgebracht haben, werden es wohl mitgenommen haben. Die sind durch das offene Fenster ins Zimmer rein und haben ihm von hinten die Spritze in den Arm gerammt. So heimlich, schnell und leise, dass er sich nicht wehren konnte. Dann haben sie sich noch das wertvolle Glas geschnappt und sind abgehauen.«

»So einfach war das also?«

Frau Trude nickte, und ihre Wangen röteten sich. Ob vor Begeisterung darüber, dass sie Diana gerade des Rätsels Lösung geliefert hatte, oder vom Whisky, vermochte Diana nicht zu beurteilen.

»Und wo bewahren Sie die wertvollen Gläser auf? Drüben im Salon?«

»Nein, hier in der Kredenz.« Frau Trude stand auf, ging zum Glaskasten hinüber, drehte den kleinen Schlüssel und öffnete beide Türen. »Sehen Sie nur, hier stehen alle Gläser für Weißwein, Rotwein, Cognac und Sekt und da die Whiskygläser. Ich mag es gern ordentlich, deshalb steht alles in Reih und Glied. Von jedem Glas zwölf Stück, natürlich keine billigen Pressglasdinger, sondern aus echtem Bleikristall.«

Diana war hinter die Haushälterin getreten und blickte ihr über die Schulter. »Da stehen zwölf Whiskygläser, wenn ich nicht irre.«

»Oh, äh, ja.«

»Wie erklären Sie sich das, wo doch angeblich die Fratzen eines mitgenommen haben? Zur Sicherheit belehre ich Sie noch einmal, dass Sie verpflichtet sind, die Wahrheit zu sagen. Mit einer Falschaussage machen Sie sich strafbar.«

Frau Trude stellte ihren Whisky, den sie aus einem einfachen Wasserglas trank, ab und legte sich die Hand aufs Herz. »Ich lüge doch nicht, Frau Inspektorin. Glauben Sie mir, ich bin eine ehrbare Frau. Die Fratzen haben das Glas wirklich mitgenommen, aber ich habe eines nachgekauft, damit die Reihe wieder vollständig ist. Wie gesagt, ich mag es nicht, wenn –«

»Wo? Wo haben Sie das Glas gekauft?«

»In der Stadt«, kam es wie aus der Pistole geschossen.

»In Linz also. Und wo genau? In welchem Geschäft? Ich möchte die Rechnung sehen.«

Frau Trude lachte auf. »Sie sind aber eine ganz Strenge, Frau Inspektorin, das muss ich schon sagen! Ich weiß ehrlich gesagt nicht mehr, wie das Geschäft heißt, aber …«

Du weißt es nicht mehr, weil es das Geschäft gar nicht gibt und du gelogen hast, dachte Diana.

»… die Rechnung habe ich hier. Da müsste der Geschäftsname draufstehen.« Frau Trude ging zu dem Regal mit den Kochbüchern, in dessen höchstem Fach ein Schuhkarton stand. Sie hob den Deckel und zog triumphierend einen Kassenbon hervor. »Bitte sehr. Ich hefte alle Belege immer erst am Monatsende ab.«

Diana nahm die Rechnung und bat Trude in Gedanken um Verzeihung. »Ein Whiskyglas der Serie ›Orchidee‹«, las sie laut vor, »vier Euro. Das erscheint mir recht günstig für echtes Bleikristall.«

Frau Trude nickte. »Da habe ich wirklich Glück gehabt, nicht wahr? Den Beleg können Sie leider nicht mitnehmen, den brauche ich für meine Buchhaltung. Die Frau Doktor ist da sehr penibel.«

Diana zog ihr Smartphone aus ihrer Jackentasche. »Das ist auch nicht nötig. Ich mache einfach ein Foto davon.«

»Der Technik sei Dank.« Frau Trude griff wieder zu ihrem Whisky.

»Am Tatabend haben Sie Herrn Wertzheimer also wie immer ein Glas mit Eiswürfeln gebracht.«

Frau Trude nickte. »Genau.«

»Und alles war normal? Nichts wich von der üblichen Routine ab?«

»Doch, denn diesmal wollte er Schlaftabletten dazu. Zwei Stück.«

»Das war seltsam, nicht wahr?«

»Das fand ich nicht. Wenn er nicht schlafen konnte, war es doch besser, etwas zu nehmen. Ansonsten wäre er den ganzen nächsten Tag herumgeschlichen wie ein Geist.«

»Ich meinte, es ist seltsam, dass er schon wusste, dass er nicht schlafen können würde, bevor er überhaupt ins Bett gegangen war.«

Frau Trude erwog ihren Einwand. »Da haben Sie natürlich

recht, Frau Inspektorin. Das ist mir noch gar nicht aufgefallen, aber Sie haben ja von Amts wegen einen detektivischen Spürsinn.«

»Nahm Herr Wertzheimer öfter Schlafmittel?«

Frau Trude sah Diana prüfend an. »Nein«, sagte sie dann, »so gut wie nie. Er hasste jede Art von Tabletten. Er nahm so gut wie nie welche.«

»Aber warum hat er dann am Tatabend nach Schlaftabletten verlangt? Das ist schon bemerkenswert, oder?«

Frau Trude hob einen Arm und ließ ihn wieder sinken. »Verstehe einer die Männer!«, sagte sie dann und klang resigniert.

Diana verlor langsam die Geduld. »Frau Gomez, bei Ihrer ersten Vernehmung am Tag nach der Tat haben Sie angegeben, Herr Wertzheimer habe des Öfteren Tabletten geschluckt.«

»Aber das kann nicht sein! Wenn ich das wirklich gesagt habe, stand ich wahrscheinlich noch unter Schock.«

»Zur Wahrheit ist man auch verpflichtet, wenn man unter Schock steht«, sagte Diana streng. »Wie erklären Sie sich, dass eine hohe Konzentration des«, sie holte ihren Block aus der Jackentasche und blätterte, »Thiazolderivats Clomethiazol im Blut des Toten gefunden wurde? Demnach muss er viel mehr als nur zwei Tabletten geschluckt haben.«

Frau Trude seufzte. »Das kann ich mir gar nicht erklären, aber ich bin ja auch nur eine kleine Haushälterin und kein Arzt.«

Diana fuhr auf. »Sie haben Herrn Wertzheimer die Tabletten in den Whisky gemischt! Es wird Zeit für ein umfassendes Geständnis, Frau Gomez.«

»Das habe ich mit Sicherheit nicht. Ich habe gar nichts irgendwo hineingemischt. Ich habe ihm nur eins … also, eins dieser kleinen silbernen Dinger – wie heißen die noch mal? – mit zehn Tabletten gebracht.«

»Einen Blister?«

»Ist das der korrekte Name dafür? Na gut, dann eben einen Blister. Er hat sich selbst die Tabletten herausgedrückt. Vielleicht hat er ja irrtümlich mehr als zwei geschluckt, könnte doch durchaus möglich sein.«

»Und wo ist der leere Blister jetzt? Die Spurensicherung hat nichts gefunden.«

»Das ist mir allerdings auch ein Rätsel. Vielleicht haben den ja auch die Fratzen …?«

»Klar, dass das jetzt kommen musste, Frau Gomez. Und wie soll Herr Wertzheimer die vielen Tabletten geschluckt haben, so ganz ohne Wasser?«

Frau Trude zuckte mit den Schultern. »Wie soll ich das denn wissen? Ich war ja nicht dabei. Vielleicht hat er sie mit dem Whisky eingenommen, oder er ist in sein Badezimmer gegangen. Da hätte er schließlich Wasser genug gehabt.«

Alles, was die Frau sagte, klang schlüssig, und trotzdem hatte Diana das Gefühl, dass Trude Gomez log. Doch der Herr Oberst hasste Gefühle dieser Art, und sie waren zugegebenermaßen auch eine schlechte Grundlage für eine Verhaftung. Diana erhob sich. »Dann hätten wir's für diesmal. Danke fürs Wasser.«

»Ich bring Sie zur Tür.«

»Ach, eines noch, Frau Gomez. Was hat Frau Dr. Wertzheimer eigentlich damit gemeint, als sie sagte, dass sie nicht wisse, ob sie die Privilegien Sie betreffend aufrechterhalten könne? Was haben Sie für Privilegien?«

Frau Trude drehte sich langsam zu ihr um. »Ich backe mir manchmal meinen Lieblingskuchen«, sagte sie und lächelte. »Biskuit mit Kaffeecreme, den kann die Frau Doktor nicht leiden, trotzdem gesteht sie mir zu, ihn zu backen.«

»Aha.« Und wieder war Diana weit davon entfernt, ihr zu glauben.

Frau Trude schien zu merken, dass sie die Beamtin mit der Erklärung nicht überzeugt hatte. »Außerdem fahr ich manchmal so wie heute ein, zwei Tage weg«, fuhr sie daher fort, »und nehme mir einen Nachmittag in der Woche frei.«

»Wie viele Stunden arbeiten Sie denn in der Woche?«

»Vierzig, Frau Inspektorin, wie es sich gehört.«

»Ohne den freien Nachmittag?«

»Selbstverständlich.«

»Aber dann steht der Ihnen doch zu und ist kein Privileg.«

»Offensichtlich sieht Frau Doktor das anders.«

»Ich denke, das werde ich sie besser selbst fragen.« Diana machte ein paar Schritte in Richtung Salon.

»Das halte ich für keine ...«, begann Frau Trude und wollte sich Diana in den Weg stellen.

»Ich habe Frau Doktor bringen ins Bett«, sagte Tatjana, die in diesem Augenblick die Treppe herunterkam. »Sie war aufgeregt und haben gezittert am ganze Körper. Ich habe ihr gegeben eine Schlafmittel, das soll sie beruhigen.«

Während Diana die Villa verließ, fragte sie sich, was sie selbst jetzt wohl am besten beruhigen könnte. Da läutete ihr Handy.

48

»Hier ist Alfred von der Spurensicherung. Ich hab mir gedacht, du willst das Ergebnis sicher gleich wissen. Wir haben tatsächlich Spuren von Cäsium in diesem roten Röhrl gefunden. Minimal, kaum nachweisbar, drum hat der Scanner im LKA auch nicht angeschlagen.«

»Echt?« Diana zuckte innerlich zusammen. Spuren von Cäsium in dem Röhrchen, das Gianni von Piet bekommen hatte? Das sah für Piet nicht gut aus. Gar nicht gut. »War das Cäsium in den Brausetabletten?«

»Vermutlich, aber genau können wir es nicht sagen. In dem Röhrchen befanden sich ursprünglich zehn solcher dicken Tabletten. Acht waren noch übrig, die haben wir untersucht. Sie sind sauber.«

»Du meinst also, der Sprengstoff war in den beiden fehlenden?«

»Nicht ganz. Auf Nachfrage hin haben wir erfahren, dass die Security beim Einchecken die erste Tablette aufgelöst hat. Dabei kam es zu keinen Auffälligkeiten.«

Diana war verblüfft. »Seit wann lösen die denn Tabletten auf?«

»Nur wenn Verdacht besteht. Stichprobenartig.«

Diana stand mit dem Handy am Ohr regungslos vor der Wertzheimer Villa und fröstelte plötzlich. War es, weil die Frühlingssonne doch noch nicht so stark wärmte oder ihr Liebster Gefahr lief, diese Sonne für lange Zeit nur durch Gitterstäbe hindurch zu sehen? Sie beschloss, ein paar Schritte zu gehen und sich wieder auf das Gespräch zu konzentrieren. »Du meinst also, dass das Cäsiumgemisch in der zweiten Tablette war? Aber warum hat dann der Scanner am Flughafen nichts angezeigt?«

»Das ist mir allerdings auch ein Rätsel.«

Diana hatte den Teich erreicht, an dem sie sich mit ihren Kollegen am Tag nach Wertzheimers Tod getroffen hatte. Die grünen Blätter der Seerosen hatten sich durch die Sonne der letzten Tage schlagartig vermehrt. Es würde sicher sehr hübsch ausschauen, wenn die ersten Blüten zu sehen waren. Diana hoffte, dass beide Fälle bis dahin abgeschlossen sein würden.

»Diana, bist du noch da?«, erkundigte sich die Stimme an ihrem Ohr.

Sie atmete tief durch. »Tut mir leid, Alfred, ich habe nur nachgedacht. Reicht so eine kleine Menge Sprengstoff überhaupt aus, um jemanden zu töten?«

»Anscheinend schon, wie wir gesehen haben«, sagte er trocken. »Ich war gerade drüben bei Carlos, der informiert den Staatsanwalt. Ist ja nicht unwichtig für die morgige Verhandlung gegen diesen Unternehmensfuzzi.«

49

Piets Verhandlung vor dem Haftrichter war für zehn Uhr angesetzt. Diana saß in ihrem Büro und war nicht fähig, sich auf irgendetwas zu konzentrieren. Ihre Hände waren schweißnass und eiskalt. Nach dem gestrigen Telefonat mit Alfred war ihre Hoffnung darauf, dass man Piet die Untersuchungshaft ersparen würde, so gut wie zerstört.

»Die Untersuchungsergebnisse zu dem Brief sind da«, meldete da Fritz Wöglinger vom Türrahmen her. »Auf dem Umschlag wurden verschiedene Fingerabdrücke festgestellt, aber es war keiner darunter, den wir gespeichert haben. Vermutlich stammen alle von den Postbediensteten. Kein erkennbarer Abdruck auf dem Papier. Wahrscheinlich hat der Täter Handschuhe getragen. Aber das haben wir ohnehin nicht anders erwartet, oder?«

Diana schreckte auf. Was hatte er gesagt?

»Oder, Frau Pölz?«

Oder was? Zum Glück läutete in diesem Augenblick das Telefon. »Pölz?«

»Du kommst nie drauf, wer hier spricht!«

Oh doch, diese gut gelaunte Stimme hätte sie unter tausenden herausgehört. Wöglinger hatte sich wieder in sein Büro verzogen, und Diana stand auf, um die Tür hinter ihm zu schließen. »Piet! Sag nicht, er hat dich rausgelassen?«

»Sie, es war eine Richterin! Sie hat sich die Unterlagen angesehen, mir dann ein paar Fragen gestellt und schließlich festgestellt, dass keine Gründe für eine U-Haft vorliegen. Am liebsten wäre ich ihr um den Hals gefallen, aber das hätte wahrscheinlich keinen guten Eindruck gemacht.«

Diana lachte. Sie lachte, weil sie sich freute, und sie freute sich, weil er schon wieder zu Scherzen aufgelegt war. Weil er wieder so unbeschwert klang wie der Piet vor der Geschichte mit Gianni. Und sie lachte auch, weil ihr eine tonnenschwere Last von den Schultern genommen worden war.

»Weißt du, was das für ein Gefühl ist, wieder frei zu sein? Es ist unbeschreiblich!«

Doch Diana war zu sehr Chefinspektorin, als dass sie es geschafft hätte, seinen Enthusiasmus nicht zu bremsen. »Das glaube ich dir. Aber vergiss bitte nicht, dass du heute nur einen Teilsieg errungen hast. Du musst nicht in Untersuchungshaft. Erst wenn sich bei der Hauptverhandlung deine Unschuld herausstellt, ist die Sache gegessen.«

»Willst du mir etwa meine Freude nehmen?«, fragte er und klang eingeschnappt.

»Nein, natürlich nicht, aber ich will dich auf den Boden der Tatsachen zurückholen. Es gibt Kollegen, die halten dich für schuldig, und daher –«

»Die Hauptsache ist, dass du mich für unschuldig hältst«, unterbrach er sie und klang schon wieder gut gelaunt. »Das ist alles, was für mich zählt. Denn ich bin mir sicher, dass du den Mörder findest, bevor es überhaupt zu einer Hauptverhandlung kommt.«

»Dein Wort in Gottes Ohr.« Diana seufzte. Manchmal konnte auch ungeteiltes Vertrauen zu einer schweren Belastung werden.

»Hast du zufällig Zeit, einen armen Ex-Knastbruder mit dem Auto abzuholen?«

»Wo bist du denn?«

»Ich stehe vor der Tür zur Justizanstalt.«

Diana zögerte nicht lange. »Ich bin in wenigen Minuten bei dir«, sagte sie und schnappte sich ihre Jacke von der Stuhllehne.

Als sie Sees Büro betrat, um ihm die neueste Nachricht mitzuteilen, steckte der Herr Oberst seinen Kopf zur anderen Tür herein. »Wie ich soeben erfahren habe, sieht die Richterin bei Piet Köflach keinen Grund für eine U-Haft.«

See schien nicht überrascht zu sein. »War ja klar. Ich hab's euch schon immer gesagt: Der Italiener hat Selbstmord begangen.«

»Aber das ist ein Skandal!«, ereiferte sich hingegen der Herr Oberst. »Das kommt davon, wenn man Weiber in Talare steckt, die lassen sogar einen Doppelmörder laufen! Dabei hat der Köflach ja sogar zugegeben, dass das rote Röhrchen von ihm stammt. Welchen Beweis hätten wir denn sonst noch liefern sollen, wo das schon ein glattes Geständnis ist? Ihm drohen mindestens zehn Jahre, also hätte sie die U-Haft auf jeden Fall verhängen müssen.«

»Das hat die Richterin offensichtlich anders gesehen. Aber wenn ich ehrlich bin, bin ich selbst überrascht«, sagte Diana.

»Und die Tatsache, dass er einen Arzt zum Ausstellen eines falschen Attests angestiftet hat, zählt gar nichts? Wenn man ihn nicht einsperrt, wird er wichtige Beweise vernichten. Also, wenn das keine Verdunklungsgefahr ist, dann weiß ich auch nicht.«

»Anscheinend hat das alles für eine Untersuchungshaft nicht ausgereicht. Und jetzt entschuldigen Sie mich, ich habe einen Auswärtstermin. Kollege See, geben Sie bitte Sturmbauer Bescheid.«

Piet Köflach ging vor dem Tor der Justizanstalt auf und ab, als Diana in die Pochestraße einbog. Als er ihr Auto sah, hielt er inne und winkte ihr zu. Im Halteverbot vor der Einfahrt blieb sie stehen und öffnete die Tür zum Beifahrersitz. »Komm, steig schnell ein.«

Er ließ sich auf den Sitz fallen und beugte sich zu ihr hinüber, um sie zu küssen.

»Nicht jetzt, Piet«, sagte sie, als sie im Rückspiegel zwei Kollegen aus der Abteilung Raub die Straße entlangkommen sah, und fing seine Hand ab, die sich auf ihre Schulter legen wollte. »Ich bin dienstlich unterwegs, und die beiden Beamten dort hinten kennen mich. Es würde einen seltsamen Eindruck machen, das verstehst du doch, oder?«

Sie hoffte sehr, dass er ihren Wunsch nicht falsch auffasste. Doch zum Glück lachte er nur.

»Die Frau Kommissarin und der Häfenbruder! Das geht natürlich wirklich nicht.«

»Und worauf hast du jetzt Lust, Häfenbruder?«, fragte sie. Sie liebte sein Lachen, und darum lachte nun auch sie. Sie freute sich, dass er so glücklich war, und startete den Wagen.

»Danke, dass du dir Zeit genommen hast, mich abzuholen. Wie schnell musst du denn wieder los, um anderen Verdächtigen aufzulauern?«

»Auf ein, zwei Stunden kommt es nicht an. So lange können die Verdächtigen getrost unaufgelauert bleiben. Also, du hast die freie Wahl: Worauf hast du Lust?«

Er sah sie mit einem so intensiven Blick an, dass sie sicher war zu erröten. Frecher Kerl! Lieber, frecher Kerl!

»Am liebsten würde ich mich kurz frisch machen und dann einen Bissen essen gehen«, sagte er schließlich anstelle der erwarteten anzüglichen Bemerkung.

»Okay. Dann fahre ich dich nach Hause.«

Keine zehn Minuten später hielten sie vor Piets Wohnhaus an, und Diana ließ ihn aussteigen. »Geh schon hinauf, ich suche nur noch schnell einen Parkplatz.« Sie beugte sich Ausschau haltend vor und erblickte dabei das Firmenschild des Geschäfts in Piets Nachbarhaus. »Da schau her, der Laden ist mir bisher noch gar nicht aufgefallen. In den muss ich auch noch schnell hinein.«

»Brauchst du jetzt sofort ein neues Geschirr?«, fragte er sie erstaunt. »Oder den Kunstblumenstrauß aus dem Schaufenster?«

Sie grinste. »Nein, weder – noch. Ich möchte nur eine Zeugenaussage überprüfen. Lass oben einfach die Wohnungstür offen, wenn du gleich unter die Dusche gehst. Ich bin in spätestens einer Viertelstunde bei dir.«

»Serie ›Orchidee‹?«, wiederholte die rothaarige Verkäuferin kurze Zeit später. »Ja, die Serie führen wir. Aber ich fürchte, die Whiskygläser sind aus. Ich kann sie Ihnen nur bestellen.«

»Haben Sie vielleicht andere Gläser der Serie da?«

Die Verkäuferin ging in den hinteren Teil des Geschäfts voraus, und Diana folgte ihr. Hier schienen die eher günstigen Glasserien zu stehen.

»Unsere Schnäppchenware«, bestätigte die Verkäuferin Dianas Verdacht und nahm ein Exemplar in die Hand. »Hier ist das Weinglas der Serie. Das Whiskyglas müssen Sie sich ganz ähnlich vorstellen, nur eben ohne Stil.«

Sie drückte Diana ein plumpes Glas aus Pressglas mit einer lilafarbenen Verzierung in Blumenform in die Hand. Das Glas ähnelte nicht im Geringsten dem in Frau Trudes Kredenz. »Die Serie zeichnet sich durch die stilisierte Blüte aus. Damit kaufen Sie zeitlose Eleganz zum günstigen Preis. Wie viel Stück würden S' denn brauchen?«

»Ist das ganz sicher ein Glas aus der Serie ›Orchidee‹?«, vergewisserte sich Diana. »Jeder Irrtum ausgeschlossen?«

»Glauben S' vielleicht, ich kenne meine eigene Ware nicht? Das ist die ›Orchidee‹, da fährt die Eisenbahn drüber! Also, wie viele Stück kann ich für Sie bestellen?«

»Gar keines.« Diana wandte sich zum Gehen. »Aber vielen Dank, Sie haben mir sehr geholfen.«

»Na, das ist ja die Hauptsache«, kommentierte die Verkäuferin eingeschnappt, doch Diana hörte sie nicht mehr. Sie war schon wieder auf die Straße hinausgetreten und in Gedanken bei Trude. Ihr Verdacht, dass die gute Frau Gomez etwas mit Heinrich Wertzheimers Tod zu tun hatte, nahm immer konkretere Formen an. Wenn sie bloß hinter das Motiv kommen würde! Es gab keine Zeugenaussagen über einen Konflikt zwischen der Haushälterin und dem Mordopfer. Und der Fingerabdruck – na ja, zumindest der erkennbare Teil des Fingerabdrucks – auf der Spritze stammte nachweislich auch nicht von Trude. Wahrscheinlich hatte sie Wertzheimer nicht selbst umgebracht, aber dabei mitgewirkt. Wenn man davon ausging, dass Heinrich IV. nicht plötzlich von seiner Abneigung gegen Tabletten kuriert worden war, dann hatte man – Trude? – ihm die Tabletten untergejubelt. Wahrscheinlich wirklich fein zermahlen im Whisky. Offensichtlich war sie anschließend zu sparsam gewesen, das teure Glas zu entsorgen, und hatte ein billiges gekauft, um die Ermittler mit der Rechnung zu täuschen. Wieder fielen Diana der kleine Fritz und seine Empörung über Eis in schottischem Single Malt ein. Wenn Wertzheimer wirklich ein derart großer Whiskyliebhaber gewesen war, wie alle sagten, dann hätte er den Strathisla nie und nimmer auf diese Art getrunken. Und das wiederum würde bedeuten, dass die Aussage, Trude habe ihm nur ein Glas mit Eis gebracht, nicht stimmte. Sie hatte ihm immer, wenn er in St. Florian übernachtete, den Whisky gebracht. Sie hatte zugegeben, ihm an dem Abend Tabletten dazugelegt zu haben. Aber für die Anzahl der Pillen, die tatsächlich geschluckt worden waren, konnte sie keine Verantwortung tragen. Sehr clever! Aber nicht clever genug. Übermorgen, wenn die gute Trude aus Wien wieder zurück war, würden sich wohl die Handschellen um ihre Handgelenke schließen. Und nein, die Wiener Kollegen würde sie nicht damit behelligen, entschied Diana nach kurzem Überlegen. Es war keine Gefahr in Verzug, und außerdem kannte sie Trudes aktuellen Aufenthaltsort nicht und hatte wenig Zuversicht, diesen von Frau Wertzheimer zu erfahren. Und eine Verhaftung während einer Musicalaufführung? Diana sah keine Veranlassung, ein solches Aufsehen zu erregen. Frau Trude fühlte sich noch immer in Sicherheit, es bestand keine Veranlassung zur Befürchtung, dass sie das Weite suchte.

Ganz automatisch lehnte sich Diana mit ihrem gesamten Gewicht gegen Piets Haustür, die anscheinend stets offen stand. Noch immer in Gedanken stieg sie langsam in den zweiten Stock hinauf. Bin ich wirklich erst vor zwei Tagen wutentbrannt in Piets Büro gestürzt?, fragte sie sich, als sie daran vorbeikam. Im zweiten Stock blieb sie vor der Wohnungstür stehen und blickte nachdenklich aus dem Treppenhausfenster. Die Haushälterin hatte höchstwahrscheinlich mitgeholfen, den Mord zu verüben, ihn aber nicht selbst ausgeführt. Wem hatte sie geholfen? Der alten Frau Wertzheimer? Jason? Tatjana Rasinic? Dem sogenannten Professor? Tatsächlich einem der Jugendlichen? Oder jemandem, den sie noch gar nicht auf dem Schirm hatten? Diana seufzte. Es blieb ihr nichts anderes übrig, sie musste möglichst schnell zurück ins LKA, um alles mit ihren Kollegen zu besprechen. Entschlossen drückte sie die Tür zu Piets Wohnung auf.

50

Piet kam soeben aus dem Bad, die langen Haare verstrubbelt, ein breites Handtuch um die Hüften gewickelt. »Aber hallo, wen haben wir denn da?« Seine Rechte umschlang ihre Taille und zog sie an sich. »Wo warst du denn so lange? Du hast mich ganz schön warten lassen …« Er begann, sie hinter dem Ohrläppchen zu küssen, und Diana hätte viel dafür gegeben, ihn nicht so brüsk abweisen zu müssen.

»Tut mir leid, Piet, aber ich muss gleich zurück ins LKA fahren. Es gibt neue Erkenntnisse, die ich mit meinen Kollegen besprechen muss.«

Er verzog sein Gesicht wie ein kleiner Bub, dem man sein Spielzeug weggenommen hat. »Aber wir wollten doch noch essen gehen!«

»Ich weiß.« Sie gab ihm einen schnellen Kuss auf den Mund. »Aber das werden wir nachholen. Vielleicht schon heute Abend.« Ihr fiel etwas ein. »Mist, heute Abend geht doch nicht. Meine Kollegin Simone und ich haben Karten fürs Musiktheater. Ich muss also am Abend pünktlich das Büro verlassen, deshalb muss ich jetzt auch wirklich gehen.«

»Jetzt auf einmal? Hast du im Geschirrgeschäft einen Verdächtigen hinter den Regalen entdeckt, oder was?«

Sie lachte und wollte schon erwidern, dass ihre Eile nichts mit dem Laden im Nachbarhaus zu tun hatte, als ihr Blick zufällig auf einen Stapel Briefe fiel, der auf einer Kommode lag. Was sie dort entdeckte, drängte alles andere sofort in den Hintergrund. »Kannst du mir bitte erklären, wie du zu diesem Brief kommst?« Diana nahm den obersten Umschlag in die Hand.

»Klar. Er war heute in der Post. Bevor ich in meine Wohnung gegangen bin, habe ich meinen Briefkasten geleert. Nach zwei Tagen ist er fast schon übergequollen. Warum fragst du?«

»Du hast aber schon gesehen, an wen das Kuvert adressiert ist?«

»An mich, sonst wäre es ja wohl nicht in meinem Briefkasten gelandet, oder?«

Sie starrte ihn verständnislos an.

»Oder sagen wir es mal so, der Briefträger weiß, dass mit dem Adressaten ich gemeint bin«, schränkte er ein.

Diana konnte immer noch nicht glauben, was sie da hörte. »Piet«, sagte sie eindringlich, »auf dem Brief steht Hans-Peter Sch…«

»So leid es mir tut, aber ich heiße wirklich Hans-Peter. So nennt mich allerdings seit Jahren niemand mehr. Den Spitznamen Piet haben mir meine Freunde bereits im Gymnasium gegeben. In dem ersten Gymnasium, das ich besucht habe, um genau zu sein.« Er grinste immer noch und wusste offensichtlich nicht, worauf sie hinauswollte.

»Und Schoiswohl heißt du vermutlich auch?«

»Ach, der schreckliche Name ist es, der dich so aus der Fassung bringt? Aber keine Angst, auch so heiße ich schon lange nicht mehr. Ich bin zwar als Schoiswohl auf die Welt gekommen, aber nach der Scheidung hat Mutter ihren Mädchennamen Köflach wieder angenommen – und ich mit ihr. Ich kann ihr gar nicht genug dafür danken. Zufrieden?«

Aber Diana war alles andere als das. »Und von wem ist das Schreiben?«, wollte sie wissen und studierte noch einmal den Namen und die Anschrift. Die Buchstaben waren offensichtlich mit einer Schreibmaschine getippt worden. Dann drehte sie das Kuvert um – kein Absender.

»Von meinem Vater. Ich hab dir doch erzählt, dass er mir ständig Briefe aus aller Welt schickt. Um mich zu beschimpfen, unberechtigte Forderungen zu stellen und wohl auch, um mir immer wieder zu beweisen, dass ich es nicht so weit gebracht habe wie er. In den ersten Jahren hat mich das unglaublich genervt, jetzt ignoriere ich es einfach.«

»Hans-Peter Schoiswohl ist dein Vater?«

»Ganz genau. Kennst du ihn etwa?«

»Das kann man wohl sagen«, murmelte sie. »Aber hast du nicht gesagt, dein Vater wäre Direktor einer großen Linzer Firma?«

»Bereichsleiter, um genau zu sein.« Piet nickte. »Den Posten nannte man früher auch gern mal Direktor. Aber wieso interessiert dich das mit einem Mal so? Wolltest du nicht dringend ins LKA?«

Diana überlegte, wie sie ihm die Wahrheit am schonendsten beibringen konnte. »Wie alt ist dein Vater eigentlich? Ist er nicht schon längst in Pension?«

Piet lachte auf. »Stell dir vor, die Frage habe ich mir gerade eben auch gestellt. Aber anscheinend ist er noch voll aktiv, obwohl er im November fünfundsiebzig wird. Wäre er schon in Pension, würde er mir kaum regelmäßig Briefe von seinen Geschäftsreisen aus aller Welt schicken, oder?«

Fünfundsiebzig? Diana hätte den Obdachlosen älter geschätzt. Unschlüssig drehte sie das Kuvert in ihren Händen, und als ihr Blick auf die Briefmarke fiel, wurde ihr bisheriger Verdacht zur endgültigen Gewissheit. »Der Brief wurde in Shanghai abgeschickt.«

»Nicht der erste. Anscheinend ist Vater einmal pro Jahr in China.«

Sie atmete tief durch, dann fing sie an, ihm die unglaubliche Wahrheit zu enthüllen. »Dein Vater hat diesen Brief nicht abgeschickt, Piet.«

Er stutzte. »Nicht mein Vater? Und wer sonst?«

»Wu Chang, der chinesische Gastwirt aus St. Florian.«

»Der, dessen Lokal neben dem von Gianni liegt?«

Diana nickte.

»Aber warum sollte er mir einen Brief schicken, den ganz offensichtlich mein Vater verfasst hat? Ich erkenne doch die Schrift seiner Schreibmaschine.«

»Dein Vater ist finanziell gar nicht in der Lage, ins Ausland zu reisen, Piet. Er hat schon vor Jahren seinen Job verloren. Er hatte sich anscheinend an der Firmenkasse bedient und saß dann wegen Veruntreuung einige Jahre in Haft.«

»Geh bitte, das glaubst du doch selbst nicht. Mein Vater war immer schon die Moral höchstpersönlich. Warte, ich will dir eines seiner besonderen Meisterwerke zeigen. Ich habe den Brief extra aufgehoben.« Er riss eine Schublade auf und begann, darin zu herumwühlen.

Sie hielt seine Arme fest. »Ich verstehe, dass es für dich schwierig sein wird, mir zu glauben, was ich dir jetzt sagen werde. Aber bitte, hör mir zu!« Sie fuhr mit ihrer Erzählung fort. Auch wenn sie sich gewünscht hätte, jemand anderes würde ihm die Wahrheit beibringen, so war sie doch froh, dass er sie endlich erfuhr. »Du bist deinem Vater in den letzten Tagen selbst mehrfach begegnet«, sagte sie schließlich. »Er hat lange graue Haare, trägt eine Brille, die am Nasensteg zusammengeklebt wurde, und …«

»Einen gelben Rucksack«, ergänzte er leise. Dann sagte er einige Zeit gar nichts mehr, sondern ging in die Küche und sank auf einen der Stühle. Diana folgte ihm.

»Ich habe ihn nicht erkannt«, murmelte er schließlich. »Was für eine Schande, ich habe meinen eigenen Vater nicht erkannt.« Mit beiden Händen fuhr sich Piet durch die noch immer feuchten Haare und schwieg dann wieder.

»Du hast ihn schließlich das letzte Mal gesehen, als du zehn warst«, warf Diana ein, doch er schien sie nicht zu hören.

Schließlich gab er sich einen Ruck und sprang auf. »Aber immerhin hab ich's geahnt. Erinnerst du dich, als wir bei Gianni waren und er auftauchte? Ich hab dir gesagt, dass mir dieser strafende Blick bekannt vorkommt. Jetzt habe ich dafür wenigstens eine Erklärung.«

Diana wusste nicht, was sie darauf antworten sollte. Als er seufzte, seufzte sie ebenfalls.

»Weißt du, was mich so wütend macht? Wie kommt der Mann dazu, mich jahrelang mit Vorwürfen zu überhäufen? Ich würde nichts aus meinem Leben machen, ich wäre unfähig und würde meine gottgegebenen Talente vergeuden. Und das von ihm, der sogar im Gefängnis gesessen hat und jetzt wie ein Waldschrat durch St. Florian zieht. Ich fass es nicht!«

Und dann schwiegen sie wieder.

Schließlich sprang Piet auf. »Da habe ich jetzt ordentlich etwas zu verdauen«, sagte er. »Warte bitte kurz, ich zieh mir schnell etwas an. Kannst du uns in der Zwischenzeit Pizza bestellen? Ich sterbe vor Hunger. Meine bitte mit Salami und Pfefferoni! Der Flyer vom Lieferservice hängt in der Küche am Kühlschrank.«

Kurze Zeit später aßen sie gemeinsam im Wohnzimmer, und neben dem Glück, so eine kompetente Richterin gehabt zu haben, und den Vermutungen, wie der Sprengstoff in das rote

Röhrchen gekommen sein konnte, blieb Piets Vater weiter das Gesprächsthema Nummer eins.

»Also, ich kann mir immer noch nicht vorstellen, warum Gianni Sprengstoff in das Brauseröhrchen getan haben soll. Allerdings habe ich ihn auch nicht besonders gut gekannt«, sagte Piet und biss nachdenklich in das nächste Stück Pizza. »Vermutlich wollte er einen besonderen Effekt erreichen. Oder glaubst du, er hatte es gezielt auf jemanden abgesehen?«

»Wenn wir das wüssten, wären wir schon ein großes Stück weiter«, antwortete Diana.

»Ich hoffe, du verstehst, dass mir Gianni im Moment nicht so wichtig ist, weil mir mein Vater durch den Kopf geht. Mein stolzer, strenger Vater ist ein Obdachloser! Herr Obergescheit, Herr Ich-weiß-alles-besser, lebt als Sandler in St. Florian, ich fass es nicht! Ich fass es wirklich nicht.«

Zu Dianas Überraschung klang Piet nicht gerade so, als würde ihm diese Tatsache die lang ersehnte Genugtuung bereiten. »Wie fühlst du dich?«, fragte sie daher.

Er überlegte. »Ich weiß nicht. Verwirrt? Erschlagen? Es stürmt ganz schön viel in diesen Tagen auf mich ein. Zuerst sprengt sich mein neuer Freund in die Luft, dann stehe ich unter Mordverdacht, und jetzt erfahre ich, dass mein Vater als Sandler gar nicht weit entfernt lebt. So was kann den stärksten Mann umhauen. Ich hol mir ein Bier aus dem Kühlschrank. Willst du auch eines?«

»Danke, nein, ich bin ja immer noch im Dienst und muss auch gleich weg«, sagte Diana und fragte sich, ob sie ihn in diesem Zustand wirklich allein lassen konnte.

Gleich darauf erschien Piet mit der Flasche in der Hand wieder im Türrahmen. »Ich hab mir immer gedacht, es würde mich freuen, wenn mein Herr Papa einmal so richtig auf die Schnauze fällt.« Er nahm einen großen Schluck und wischte sich dann mit dem Handrücken über den Mund. »Aber das ist nicht der Fall.« Fassungslos über diese Erkenntnis schüttelte er langsam den Kopf. »Ich fühle mich irgendwie für ihn verantwortlich. Komisch, oder?«

»Warum soll das komisch sein? Er ist immerhin noch dein Vater.«

»Schon, allerdings einer, der in den letzten mehr als dreißig

Jahren nichts von sich hat hören lassen. Diese depperten Briefe waren sein einziges Lebenszeichen. Und davor war er auch nicht wirklich ein Vater, wie man ihn sich vorstellt. Schon eher ein cholerisches Schreckgespenst.«

Diana stand auf. »Dann sollte es dir eigentlich nur recht sein, dass er jetzt auf der Straße lebt.«

Piet hob die Augenbrauen, dachte nach und schüttelte dann den Kopf. »Das habe ich auch gedacht, aber so ist es nicht. Das ist ja das Seltsame. Ich fühle tatsächlich so etwas wie Verantwortung für diesen Mann. Kannst du mir sagen, wo ich ihn finde? Wo steht diese Hütte?«

Diana hatte zu ihrer Tasche greifen wollen, doch jetzt hielt sie inne. »Was hast du vor?«

»Du hast doch gesagt, dass er in zwei Tagen dort rausmuss?«

Er wartete, bis Diana nickte.

»Ich werde ihn zu mir holen. Im Erdgeschoss gibt es zwei Wohnungen. In der einen wohnt Frau Krautner, eine liebe, aber unglaublich neugierige alte Frau. Eine richtige Ratschkathl, wenn du weißt, was ich meine. Die andere besteht aus zwei kleinen Zimmern mit Bad und wird derzeit nicht benutzt. In ihr hat früher mal meine Tante gelebt, bevor sie geheiratet hat und ins Ausland gezogen ist. Dann war lange Zeit eine alte Dame drin, aber die wurde vor drei Monaten in ein Pflegeheim gebracht. Ich bin noch nicht dazu gekommen, die Räume zu renovieren und neu zu vermieten. Wenn mein Vater will, kann er in ihnen wohnen.«

»Das ist sehr großzügig von dir.« Piet schien ein wahrhaft guter Mensch zu sein. Diana war froh und erleichtert, dass sie sich in ihm doch nicht geirrt hatte. Doch was die gemeinsame Zukunft der beiden Männer anging, wusste sie nicht, ob sie Piets Plan gutheißen sollte. Die beiden waren so verschieden. Trotz Piets bester Absichten war es für Diana nur eine Frage der Zeit, bis sie aneinandergeraten würden. Und dann würde es krachen. Und zwar heftig. Außerdem wollte sie Piet davor schützen, von seinem Vater enttäuscht zu werden. Nicht zum ersten Mal. »Erwarte dir bitte nicht zu viel davon«, bat sie daher.

»Warum sagst du das?«, fragte er, obwohl er ihr eigentlich etwas über seine weiteren Pläne hatte erzählen wollen.

Sie überlegte, wie sie ihre Bedenken am besten formulieren konnte. »Ich habe etwas Angst, Piet.«

Er sah sie mit großen Augen an. »Aber wovor denn, um Himmels willen?«

»Davor, dass er dich wieder verletzt. Auch wenn dein Vater ein Obdachloser ist, ist er kein anderer Mensch. Ich habe gestern einen seiner cholerischen Anfälle miterlebt. Es war erschreckend, wie wenig er sich dabei im Griff hatte.«

»Du machst dir um mich Sorgen?« Er umarmte sie. »Das ist lieb von dir. Das ist sogar unglaublich lieb von dir.«

Sie küssten sich.

»Ich weiß gar nicht mehr, wann sich das letzte Mal jemand um mich Sorgen gemacht hat. Beziehungsweise bin ich mir nicht sicher, ob sich überhaupt schon mal irgendwer um mich Sorgen gemacht hat.«

»Armer kleiner Bub«, flüchtete sich Diana in liebevollen Spott, da sie ihre Rührung nicht zeigen wollte. Sie strich ihm einmal kurz über das Haar, dann machte sie sich los und beschrieb ihm den Weg zur Hütte. Wenig erfolgreich, wie sich umgehend herausstellen sollte.

»Also, ich fahre nach St. Florian und nehme dabei den Mona-Lisa-Tunnel«, wiederholte er. »So bin ich noch nie gefahren. Und wo ist dann dieser Kreisverkehr, den du erwähnt hast?«

»Hast du kein Navi?«

»Bisher war das nicht nötig. Ich habe auch ohne überallhin gefunden, und im Notfall frage ich mich einfach durch. Also, wie war das jetzt? Nach dem Tunnel kommt der Kreisverkehr?«

»Nein, noch lange nicht. Zuerst musst du nach rechts, dann in Ebelsberg bei der Kaserne vorbei, dann beim Friedhof links abbiegen und …« Sie hielt kurz inne. Hatte Tante Gusti Piets Vater nicht kürzlich in Ebelsberg getroffen? Sie musste sie unbedingt fragen, ob und wie es mit der seltsamen Freundschaft weitergegangen war. Das wäre ja witzig! Der Sandler und die Tante. Piet und sie. Was für eine originelle Familienkonstellation. Diana musste lächeln, aber davon sah Piet nichts.

Er hatte sich abgewandt, um den Block zu holen, der mit einem Magneten an der Kühlschranktür befestigt war. »Warte, ich schreibe mir das besser auf.« Aber dann drehte er sich um, ließ den Block sinken und fragte mit einer Stimme, die sofort Dianas Beschützerinstinkt weckte: »Kannst du mich nicht doch begleiten?«

»Wäre es dir wirklich lieber, ich wäre bei dem Gespräch dabei?« Sie war sich nicht sicher, ob sie das überhaupt wollte. Nein, wenn sie ehrlich war, dann war sie sich sogar sehr sicher, dass sie es nicht wollte.

»Natürlich nicht die ganze Zeit, sondern nur am Anfang. Vielleicht will er ja gar nicht mit mir reden. Vielleicht beginnt er gleich, mich zu beschimpfen, und dann könntest du vermitteln.«

Ein bittender Blick aus braunen Augen, dem Diana nicht widerstehen konnte. Piet war wieder zum kleinen Sohn geworden, der sich vor seinem übermächtigen Vater fürchtete.

»Na gut, ich komme mit. Ich gebe nur kurz meinem Kollegen Bescheid.«

51

Dreißig Minuten später stellte Piet den Wagen am Waldrand ab. Es war kurz nach siebzehn Uhr, langsam brach die Dämmerung an.

»Bist du dir sicher, dass wir hier richtig sind?«, fragte er zweifelnd. »Ich kann nirgendwo eine Hütte entdecken.«

»Wenn wir ausgestiegen sind, wirst du sie sehen. Wir müssen noch quer über die Wiese dort drüben.«

Diana tat nur so, als wäre sie ruhig, in Wirklichkeit schlug ihr das Herz bis zum Hals. Polizeiliche Ermittlungen waren schon etwas anderes als so eine private Familienzusammenführung. Noch dazu, wenn sie mit einem der Beteiligten so intensiv mitfühlte wie in diesem Fall.

»Falls du es dir anders überlegt hast, ist jetzt noch Zeit umzukehren«, erinnerte sie Piet.

»Damit wäre niemandem geholfen.« Er schwang sich aus dem Fahrersitz und warf energisch die Wagentür zu. »Also, gehen wir's an!«

Diana hängte sich ihre Tasche über die Schulter, ließ das Handy darin verschwinden und den Reißverschluss offen, damit sie einen eventuellen Anruf aus dem LKA keinesfalls überhören würde. Dann ging sie um das Auto herum, stellte sich neben Piet und drückte kurz seine Hand.

»Ich hab's mir überlegt«, sagte er jetzt. »Ich werde zuerst einfach nur mit ihm reden. Das Angebot, bei mir zu wohnen, erwähne ich besser noch nicht. So kann ich es mir immer noch überlegen, wenn er, na ja, wenn er unangenehm wird.«

»Gute Idee. Wollen wir jetzt?«

Er straffte die Schultern. »Wir wollen.«

Sie gingen den Trampelpfad entlang, den der Obdachlose in der Wiese während der letzten Jahre hinterlassen hatte.

»Der Verschlag dort vorne? Darin soll mein Vater wohnen?«, hörte sie die Stimme hinter sich.

Sie nickte.

»Das kann man ja nicht mal mehr als Hütte bezeichnen. Gibt

es dort überhaupt Strom? Und Wasser kommt dann hier heraus?« Piet trat an ein Stahlrohr, das an einem Holzpflock befestigt war, und drehte am einfachen Wasserhahn. Ein dünner Strahl rann in einen derben Steintrog aus Granit. »Na toll, willkommen im 21. Jahrhundert.«

Diana wies auf die Hüttentür, die aus rauen Brettern zusammengenagelt war. »Willst du anklopfen?«

Piet fasste sich ein Herz und tat genau das. Zaghaft zuerst, dann etwas energischer und schließlich mit der ganzen Faust. Das Ergebnis war immer das gleiche: Niemand reagierte. »Er ist anscheinend nicht zu Hause. Es tut mir leid, dass ich dich völlig umsonst den weiten Weg nach St. Florian gelotst habe. Sollen wir kurz hier stehen bleiben? Vielleicht ist er ja in der Nähe.« Doch Piet wartete Dianas Antwort gar nicht erst ab. »Hallo!«, begann er zu rufen. »Herr Schoiswohl, sind Sie da? Hallo?«

»Ich glaube, das hat keinen Sinn, Piet.«

Mehr, um sicherzugehen, dass es keinen Sinn hatte, als in der Hoffnung, sie würde sich öffnen, drückte Diana die Türklinke hinunter. Zu ihrem Erstaunen ließ sich die Tür nach außen hin öffnen. »Hoppla!« Jetzt sah sie auch das geöffnete Vorhängeschloss, das an einem Nagel neben dem kleinen Fenster baumelte. Sie steckte den Kopf durch den Türspalt ins Innere, und Piet war sofort hinter ihr. »Herr Schoiswohl, sind Sie hier?«, rief sie in die Hütte hinein.

»Mach die Tür ganz auf, damit wir besser sehen«, forderte Piet. »Vielleicht liegt er ja irgendwo. Vielleicht ist ihm etwas passiert.«

Diana riss die Brettertür so energisch auf, dass sie in den rostigen Angeln quietschte.

»Die hätte er aber auch längst ölen können. Aber kein Wunder, mein Vater war handwerklich noch nie besonders geschickt.«

Die Hütte bestand aus einem einzigen Raum und besaß drei kleine Fenster, durch die das fahle Licht des späten Nachmittags hereinfiel, in dem Unmengen von Staubflocken tanzten. In zwei Stunden würde es hier am Waldrand vollkommen dunkel sein. Diana suchte die Holzwände nach einem Lichtschalter ab. Vergeblich. Strom gab es anscheinend tatsächlich keinen. Davon zeugten auch die beiden Kerzenhalter, die sie entdeckte. Einer stand auf einem Brett neben der Eingangstür, ein zweiter auf einer Holzkiste vor dem einfachen Bett. Abgebrannte Zündhölzer lagen auf und um einen Blechteller auf dem Boden, zwei leere Bierflaschen standen daneben. In allen vier Ecken des Raumes stapelten sich unordentliche Berge von Zeitungen, Magazinen und Büchern. In die Wände waren große Nägel geschlagen worden, an denen einzelne Kleidungsstücke hingen. Ob eine dicke Jacke fehlte, konnte Diana nicht beurteilen. In jedem Fall war der gelbe Rucksack nirgendwo zu sehen. Über dem kleinen Esstisch hing eine Lampe, auf die Piet jetzt zeigte.

»Ist das etwa Petroleum? Hast du so etwas schon einmal gesehen? Das sind ja mittelalterliche Zustände. Und hier soll mein Vater wohnen? Der Mann, der mir immer das Gefühl geben will, er sei das Zentrum der Welt?«

»Es ist schon sehr spartanisch«, gab sie zu, »und staubig obendrein.« Sie nieste lautstark.

»Eigentlich bin ich gegen Hausstaubmilben nicht allergisch, aber was zu viel ist, ist anscheinend wirklich zu viel.« Weiteres Niesen folgte.

Piet stellte sich neben den Tisch. »Hier ist ja die Schreibmaschine, die Wurzel allen Übels. Wenn du wüsstest, wie sehr ich sie in den letzten Jahren verflucht habe! Immer wieder kamen diese unsäglichen Briefe aus aller Herren Länder, sodass ich einfach glauben musste, dass mein Vater weiterhin beruflich erfolgreich war. Nie hätte ich gedacht, dass er mir die Briefe nicht selbst geschickt hat.«

»Dabei klappte es nur mit Hilfe der jeweiligen Gastwirte auf Heimaturlaub. Hatschi!«

»Immer wieder hat er mich als Versager bezeichnet, also, bei allem, was recht ist! He, was machst du denn da unten?«

Bei ihrem letzten Niesen hatte Diana ihre linke Hand so schnell vors Gesicht gehoben, dass die offene Tasche umgekippt und die bunte Mischung, die sich üblicherweise in einer Frauenhandtasche befindet, auf den Boden gefallen war. Da lag nun ihr Handy neben dem Notizblock, eine halbe Packung Taschentücher neben der Box mit Tampons. Dazu das Täschchen mit Pille und Kopfschmerztabletten, zwei Kugelschreiber, ein Haargummi, eine

Parkmünze und eine aufgerissene Packung Kaugummi. Was für ein unpassender Kontrast bunter Modernität auf dem alten, verdreckten, ungehobelten Holzfußboden. Diana war in die Hocke gegangen, um alles wieder einzusammeln. Die Niesanfälle häuften sich. »Mist!«, sagte sie mit tränenden Augen. »Mein Lippenstift ist anscheinend unters Bett gerollt.«

Aber Piet hatte es mit einem Schlag eilig. »Vergiss den Lippenstift und komm lieber! Mir ist nicht wohl hier drinnen. Was machen wir, wenn mein Vater kommt und uns dabei überrascht, wie wir auf seinem Fußboden herumkriechen?«

»Dann sagen wir ihm, warum wir hier sind«, meinte Diana und überlegte, ob sie sich wirklich flach auf den Boden legen sollte, um besser unters Bett schauen zu können. Wenn es bloß nicht so dreckig wäre! Sie nieste abermals.

»Als wenn das so einfach wäre«, fuhr Piet auf. »Ich habe den Mann seit mehr als dreißig Jahren nicht gesehen. Natürlich bis auf die paar Mal bei Gianni, als ich nicht wusste, wer er ist. Komm jetzt bitte, mir ist das wirklich unangenehm.«

Doch Diana war nicht bereit, ihre Suche aufzugeben. Sie war eine Frau, und es handelte sich um ihren Lieblingslippenstift. »Einen Augenblick noch, ich habe ihn sicher gleich.« Tapfer ignorierte sie den Schmutz rund um sich, legte sich flach auf den Boden und starrte unter das Bett. »Eine Taschenlampe wäre jetzt nicht schlecht.«

»Hast du etwa keine dabei? Ich dachte, die gehört zur Grundausrüstung jedes guten Kriminalisten?«

»Im Auto habe ich eine, aber die nutzt mir jetzt nichts. Kannst du nicht mit der App auf deinem Handy leuchten?« Suchend wischte sie mit der flachen Hand über den Boden. »Pfui Teufel, was da alles liegt! Ekelhaft!«

»Dann lass es liegen und komm!«

Zu spät.

Ein Schatten fiel in den Raum. Hans-Peter Schoiswohl war im Türrahmen aufgetaucht. Sein Gesicht war gerötet, er war zornig. »Was machen Sie hier, verdammt noch mal?«

Diana sah erschrocken auf. Wenn der jetzt eine Schrotflinte in der Hand hätte, ging es ihr durch den Kopf, würde er sie bestimmt benutzen. Aber zum Glück war der Sandler unbewaffnet. Und es brauchte schon mehr als einen wütenden alten Mann, um sie wirklich in Angst und Schrecken zu versetzen. Außerdem hatte sie in diesem Augenblick ihr Schminkutensil mit den Fingerspitzen ertastet. Wie hätte sie da, so knapp vor dem Erfolg, aufgeben können? »Einen Augenblick.« Sie rutschte noch etwas näher an das Bett heran, ergriff den Lippenstift und steckte ihn samt Staubmäusen, dem Knäuel Haare und allem, was sie sonst noch in der Hand hielt, in die Tasche.

Der Obdachlose schien von ihrem Vorgehen so überrascht zu sein, dass er schlagartig verstummt war.

»Mein pinkfarbener Lippenstift«, erklärte Diana nun, als sie wieder auf beiden Füßen stand. Gerade so, als wären diese drei Worte Erklärung genug für ihre Anwesenheit. »Er war mir unter das Bett gerollt, aber jetzt habe ich ihn ja wieder.«

»Das interessiert mich einen Dreck!«, fand Schoiswohl seine Sprache wieder. Dann kam er näher und nahm sie genauer in Augenschein. »Sind Sie nicht die von der Polizei? Was glauben Sie eigentlich, was Sie hier machen? Durchsuchen meine Wohnung einfach so, mir nichts, dir nichts!«

»Ich habe gar nichts durchsucht. Wir wollten nur –«

Er unterbrach sie sofort. »Haben Sie überhaupt einen Durchsuchungsbefehl?«

Diana hatte sich in der Zwischenzeit den Staub, so gut es ging, von der Kleidung geklopft und fühlte sich wieder einigermaßen in Amt und Würden. »Ein Durchsuchungsbefehl ist nicht nötig. Wie ich schon gesagt habe: Ich durchsuche hier nichts. Wir haben nur auf Sie gewartet, Herr Schoiswohl. Wir, also eigentlich er«, sie zeigte auf Piet, »möchte mit Ihnen reden.«

Diana wusste nicht, ob sie Piets Identität preisgeben durfte, also entschied sie, ihm alles Weitere zu überlassen. Doch Piet bevorzugte es offensichtlich momentan, zu schweigen und den alten Mann anzustarren.

Schoiswohl drehte sich zu ihm um, atmete kurz durch und schwieg ebenfalls.

Da standen sie nun, Vater und Sohn, Auge in Auge, und keiner sagte ein Wort. Diana blickte von einem zum anderen und überlegte, wie sie die Stille am besten durchbrechen konnte. Sie sehen sich überhaupt nicht ähnlich, dachte sie, es sei denn, man lässt es gelten, dass beide die Haare für meinen Geschmack etwas zu lang tragen. Allerdings waren Piets Haare noch nahezu braun und voll, während sie bei seinem Vater mausgrau und dünn geworden waren.

»Na, Hans-Peter«, sagte Schoiswohl endlich, »hast mich jetzt genug mit deinen Blicken durchlöchert? Glaubst du nicht, es wird langsam Zeit, dass du deinen Vater begrüßt?«

Und dann fielen sich die beiden Männer in die Arme, wenn auch etwas unbeholfen und mit sichtbaren Berührungsängsten. Diana fand, es war an der Zeit, die zwei alleine zu lassen.

52

An diesem Abend wurden im Raum Linz etwa zur selben Uhrzeit zwei völlig verschiedene SMS versendet.

Die erste lautete: »Danke, dass du dabei warst :-*! Ich habe ihn mitgenommen. Morgen gehen wir shoppen und zu meinem Schulfreund Karli, dem Optiker. Melde mich! Wünsche dir und Simone viel Spaß!«

Die Empfängerin der Nachricht freute sich einerseits, fürchtete sich andererseits aber auch davor, was die Zukunft bringen würde. Und sie bewunderte den Absender dafür, dass er sich den Namen ihrer Kollegin gemerkt hatte. Sie schickte einen Kuss zurück und stieg ins Taxi, das sie zum Musical »Les Miserables« im Musiktheater am Volksgarten brachte. Sie trug ein schwarz-weißes Kleid, das ihr besser stand, als sie es sich mit kritischem Blick in den Spiegel zugestanden hatte, die kleine schwarze Abendclutch und einen roten Lippenstift. Als sie gegen dreiundzwanzig Uhr ins Bett fiel, war sie von dem vergangenen Tag restlos begeistert.

Die zweite SMS lautete: »Hallo, Peterle, mein Bruder! Bin mir jetzt sicher. Werde es morgen Nachmittag durchziehen. Nichts zu danken!«

Der Adressat dieser Nachricht reagierte nicht. Er hatte sein Handy nicht aufgeladen. Wie so oft. Und hätte er den Inhalt der SMS gekannt, wäre er alles andere als restlos begeistert gewesen.

53

»Dann gehen wir alles noch einmal einzeln durch«, sagte See am nächsten Morgen, als ihm Diana ihren Verdacht gegen Trude Gomez geschildert hatte. Er hatte seinen Drehstuhl an ihren Schreibtisch gerollt und lag wie gewohnt mehr darauf, als dass er saß, die Arme hinter seinem Kopf verschränkt. »Nehmen wir also an, die treue Haushälterin ist gar nicht so treu und hat dem alten Wertzheimer einen Tablettencocktail verpasst. Was hatte sie für ein Motiv?«

Diana zuckte mit den Schultern. »Das frage ich mich auch schon die ganze Zeit. Das Motiv ist die einzige Schwachstelle in meiner Erkenntnis. Aber ich vermute, dass zwischen den beiden doch nicht alles Liebe und Grießschmarrn war, wie man uns weismachen will. Vielleicht haben sie gestritten? Oder Wertzheimer hat seine Mutter geärgert, deshalb wollte sich die gute Trude rächen?«

»Das werde ich heute Mittag rausfinden«, sagte See, und es klang siegesgewiss. Diana wollte ihn eben fragen, wie er das herauszufinden gedachte, als See schon weiterfragte: »Sie glauben aber nicht, dass Trude ihm auch noch die Spritze in den Arm gestoßen hat, oder?«

»Eher nicht. Sie scheint mir nicht der Typ zu sein, der weiß, woher man Heroin bekommt. Außerdem passen ihre Fingerabdrücke nicht zu der Spur auf der Spritze. Was ist eigentlich mit dem jungen Amerikaner? Vielleicht hat der ja seinen Onkel auf dem Gewissen?«

»Den Gedanken haben wir doch schon längst abgehakt, weil wir kein Motiv gefunden haben«, sagte See leicht genervt.

»Vielleicht können Sie ja heute Mittag auch das noch herausfinden«, entgegnete Diana spöttisch. Warum tat er nur so geheimnisvoll? Was konnte er schon herausfinden, was sie nicht konnte? Und warum?

»Ich kann's probieren. Allerdings passen auch die Fingerabdrücke des kleinen Amerikaners nicht.«

»Der Fingerabdruck auf der Spritze passt zu niemandem, den wir bisher im Visier hatten.«

Die Tür wurde aufgerissen, und Sturmbauer stürmte herein. »Irgendwas Neues? Worüber konferiert ihr gerade?«

»Wir reden über den anderen Mord, den am Bankier Wertzheimer.« See sah keine Veranlassung, sich in eine aufrechte Sitzposition zu begeben.

»Denkt ihr eigentlich, dass es zwischen den beiden Fällen einen Zusammenhang gibt? Irgendetwas, was wir übersehen haben?« Sturmbauer zog sich einen Besuchersessel zu Dianas Schreibtisch und setzte sich.

Diana brauchte nicht nachzudenken, bevor sie den Kopf schüttelte. »Was für einen Grund könnte es denn geben, zuerst einen reichen Bankier und dann einen bankrotten Gastwirt um die Ecke zu bringen? Erkennt da irgendjemand ein gemeinsames Motiv? Das scheint mir doch an den Haaren herbeigezogen.«

Sturmbauer hatte die Ellbogen auf die Knie gestützt und legte nun den Kopf in seine Hände. »Wahrscheinlich hast du recht, Diana. Andererseits will ich keine Möglichkeit ausschließen, im Fall Delucci sind wir bisher noch keinen Schritt weitergekommen, und die Medien sitzen mir im Nacken. Nehmen wir mal an, es war nicht der Unternehmensberater, dieser …«

»Piet Köflach«, half Diana aus.

»Das Gspusi unserer lieben Kollegin«, ergänzte See und grinste anzüglich.

Sturmbauer riss die Augen auf. »Echt jetzt? Er macht wieder einen Schmäh, oder etwa nicht? Du und dieser Köflach?«

»Was dagegen?«, fragte Diana schnippisch. Sie hätte See die Gurgel umdrehen können.

Sturmbauer hob abwehrend die Hand. »Natürlich nicht, solange du in keinen Interessenkonflikt kommst. In diesem Fall müsstest du nämlich sofort –«

»Meinst du nicht, dass ich weiß, was ich zu tun hätte?«, fragte sie ihn ziemlich scharf. Auf solche Belehrungen konnte sie gut verzichten.

Sturmbauer hob erneut die Hände und signalisierte, sich ergeben zu wollen.

See saß mit einem Schlag aufrecht. »Womit wir wieder bei unserem guten Freund Helfi Sagmeister wären. Der war bekanntlich im Flieger und hatte das rote Röhrl bei sich. Und er war auf die schöne Tatjana scharf, die mit dem Italiener ins Bett gehüpft ist, und konnte auch Heinrich Wertzheimer nicht leiden.«

»Aber das lief doch schon seit Jahren so. Warum sollte er jetzt plötzlich zuschlagen und einen Doppelmord begehen, Carlos?«

»Weil er drauf gekommen ist, dass auch der Wertzheimer mit der schönen Pflegerin ins Bett stieg. Sie hat das bisher zwar bestritten, aber das nehmen wir jetzt einmal nicht so ernst. Helfi hat also seinen Chef getötet, damit er endlich freie Bahn hat. Und nur, weil ihr alle partout nicht an einen Selbstmord glauben wollt, war er es demzufolge auch, der Delucci auf dem Gewissen hat. Aus demselben Grund. Dazu passt, dass er derzeit ständig vor der Villa Wertzheimer auftaucht und Tatjana nicht in Ruhe lässt. Obwohl sie ihm schon hundertmal gesagt hat, dass er sie nicht interessiert, weil sie bereits einen neuen Lover hat.«

»Sie hat wirklich schon einen Neuen? Woher wissen Sie das?«, fragte Diana überrascht.

»Von ihr selbst.«

»Warum seid ihr eigentlich immer noch per Sie?«, fragte Sturmbauer plötzlich dazwischen. »Das ist mir in den letzten Tagen schon aufgefallen. Wollt ihr das nicht endlich einmal ändern?«

Um Himmels willen, nein, das will ich nicht!, schrie Diana innerlich. Ihr war ein gewisser Abstand zu ihrem engsten Mitarbeiter lieber. Vor allem dann, wenn er sich ohnehin schon so viele Freiheiten herausnahm. Aber hatte sie eine Wahl?

See erkannte genau, dass der Vorschlag seine Vorgesetzte nicht in Freudentaumel versetzte. »Von Herzen gerne«, sagte er daher und lächelte amüsiert. »Also, ich bin der Carlos!« Er streckte ihr die Hand hin.

Da sie vor Sturmbauer nicht als Spielverderberin oder unnahbare Chefin dastehen wollte, ergriff Diana die Hand, murmelte »Diana« und nahm dann sofort wieder den Faden auf. »Stimmt alles, so wie Sie, also, meinetwegen auch du, das gerade geschildert hast?«

See nickte. »Alles bis auf die Bettgeschichte zwischen ihr und

Wertzheimer. Die streitet sie vehement ab. Aber da werde ich heute Mittag noch einmal nachhaken.«

»Heute Mittag? Was willst du denn heute Mittag noch alles herausfinden? Wie die Welt erschaffen wurde?«, fragte Diana und ärgerte sich, dass See wieder einmal großkotzig verkündet hatte, was der Realität nie und nimmer entsprechen würde. Wie sie solch große Sprüche hasste!

»Heute Mittag?«, fragte nun auch Sturmbauer nach. »Ich dachte, heute Mittag gehst du mit deiner neuen Flamme zum Italiener in der Innenstadt?«

»Bingo«, erwiderte See und klatschte in die Hände.

»Sag nicht, du bist der neue Lover von dieser Tatjana«, war in Sturmbauer die Erkenntnis herangereift. »Ist die also wirklich so fesch, wie alle sagen?«

»Was?«, rief Diana fassungslos.

»Nein, noch fescher.« See grinste stolz, als sei Tatjanas Feschheit sein Verdienst.

»Das ist ja schnell gegangen. Gratuliere, Carlos!« Sturmbauer klopfte See anerkennend auf die Schulter, dann schlugen die beiden Männer ihre rechten Handflächen aneinander. High five! Ein Herz und eine Männerseele.

»Bist du denn wahnsinnig geworden? Die Frau ist eine wichtige Zeugin!« Diana stand der Sinn sehr danach, die testosterongeschwängerte Euphorie zu dämpfen, als sie ihre Stimme wiedergefunden hatte.

See drehte sich zu ihr um. »Wie war das noch mal mit dem Glashaus und den Steinen?« Dann verließen die beiden Männer lachend ihr Büro.

54

Schon halb zwei! Kein Wunder, dass Dianas Magen knurrte. Immerhin waren jetzt alle Berichte und Protokolle fertig geschrieben und abgeheftet. Der Herr Oberst war heute in Wien, um dem Innenministerium einen Besuch abzustatten, und erwartete morgen alle Unterlagen geordnet auf seinem Schreibtisch. Die ungeliebte Arbeit war wieder einmal an ihr hängen geblieben. See, also ihr neuer Duzfreund Carlos, war zuerst mit Sturmbauer verschwunden und dann zu seinem Mittagessen mit Tatjana Rasinic aufgebrochen, und Kollege Wöglinger hatte sich am Morgen krankgemeldet.

Diana hatte keine Lust, alleine in der Kantine zu essen, und es war niemand da, der ihr vom Fleischhauer gegenüber eine Wurstsemmel hätte mitbringen können. Sie seufzte. Dann musste sie eben selbst gehen. Vielleicht gar nicht mal so schlecht, wenn sie ein bisschen an die frische Luft kam. Sie war ohnehin schon viel zu lange gesessen. Sie stand auf und streckte ihre Gliedmaßen. Ah, das Kreuz! Höchste Zeit, dass sie wieder mehr Sport machte. Wann Veronika wohl wieder ihre Pilatesstunden geben würde? Mit schlechtem Gewissen dachte sie daran, dass sie ihre Freundin eigentlich wieder einmal anrufen sollte, um sich zu erkundigen, wie es ihr ging. Aber Lust dazu hatte sie keine. Der mühsame Nachmittag mit Veronika hatte ihr für lange Zeit gereicht.

Diana wollte gerade gehen, als das Telefon läutete. Seufzend legte sie ihre Jacke wieder zurück und nahm den Hörer ab: »Pölz!«

»Alfred hier. Halt dich gut fest, Diana: Wir haben ihn!«

»Wir haben wen?«

»Wir wissen jetzt, von wem der Fingerabdruck stammt, den wir auf der Spritze im Arm des Toten gefunden haben. Es war ein gutes Stück Arbeit, weil er ja nur teilweise drauf war, aber jetzt steht fest, wem er gehört. Er stammt von einem gewissen Hans-Peter Schoiswohl.«

»Vom Obdachlosen?«, rief Diana aus, bevor ihr schlagartig die neuesten Entwicklungen einfielen. »Oh Gott«, stöhnte sie auf. Da war nach langen Jahren endlich sein Vater zurück in Piets Leben getreten, und dann entpuppte sich dieser als Mörder. »Ich nehme an, es besteht kein Zweifel?«

»Wir sind uns zu neunundneunzig Komma neun Prozent sicher«, erwiderte Alfred. »Weißt du zufällig, ob der Mann für gewöhnlich Handschuhe trägt?«

Sie nickte und sagte dann, da Alfred sie ja nicht sehen konnte: »Ja, so alte Dinger aus kratziger grau melierter Wolle. Wahrscheinlich braucht er die, um seine Hände zumindest halbwegs zu wärmen. Ich kann mir vorstellen, dass die Durchblutung in seinem Alter nicht mehr die beste ist. Aber warum fragst du?«

»Haben diese Handschuhe zufällig Löcher?«, wollte Alfred wissen.

»Gut möglich«, sagte sie, dann ging ihr ein Licht auf. »Du meinst also, das sei der Grund, warum wir keinen vollständigen Abdruck haben? Das erscheint mir als durchaus schlüssig. Danke, Alfred, saubere Arbeit!«

Als Diana aufgelegt hatte, sank sie in ihren Schreibtischsessel zurück und seufzte abermals. Der Obdachlose also. Den hatte sie nie ernsthaft auf der Liste der Verdächtigen gehabt. Und wenn ihn See nicht zufällig in der Küche von Frau Trude angetroffen hätte, dann wären ihm wohl auch nie Fingerabdrücke abgenommen worden. Einen Augenblick! Warum war der Mann damals überhaupt in der Küche gewesen, wenn Trude Gomez ihn doch offensichtlich nicht ausstehen konnte? Anfangs hatte sie sich zwar für ihn eingesetzt und ihm den Schlafplatz in der Hütte verschafft, doch jetzt hielt sie ihn nur noch für dreckiges Gesindel. Das passte doch alles nicht zusammen.

Diana stand auf, griff wieder zu ihrer Jacke und mit der anderen Hand zum Telefon, um See zu verständigen. Es läutete mehrere Male, bevor sich eine weibliche Stimme meldete: »Die Person, die Sie angerufen haben, kann Ihren Anruf derzeit leider nicht entgegennehmen. Hinterlassen Sie eine Nachricht nach dem …«

Ja, war der denn wahnsinnig geworden? Er konnte doch während der Dienstzeit nicht das Handy ausschalten! Bei diesem Fall schien so vieles noch nicht richtig zusammenzupassen. Trude Gomez hatte also den Bankier mit Schlaftabletten betäubt, die sie ihm in den Whisky gemischt hatte. Anscheinend war die Dosis so hoch gewesen, dass wenige Schlucke ausgereicht hatten, damit der Mann bewusstlos an seinem Schreibtisch zusammensackte. Und dann war der Obdachlose gekommen und hatte Heinrich Wertzheimer die Spritze in den Arm gerammt. Woher er die bloß gehabt hatte? Von den Jugendlichen? Vielleicht hatte er sie ja diesem, diesem – Diana beugte sich vor, suchte die richtige Mappe und blätterte sich durch die Vernehmungsprotokolle – Tom Jancic abgekauft. Der hatte ihnen gegenüber allerdings kein Wort darüber verloren. Aber gut, sie konnte ihn noch einmal befragen. Dann musste Trude also den Obdachlosen am Tatabend ins Haus gelassen haben. Nie und nimmer wäre der in der Lage gewesen, durch ein Fenster im ersten Stock einzusteigen. Das Fenster hatte man anscheinend nur offen stehen lassen, um die Polizei glauben zu lassen, der Täter sei von außen eingedrungen.

So weit schien alles festzustehen. Allerdings blieb noch immer die Frage: Was war Trudes Motiv? Und was Schoiswohls? Und was hatte die biedere Haushälterin dazu veranlasst, den Obdachlosen bei der Tatbegehung zu unterstützen? Oder hatte gar nicht sie ihm, sondern er ihr geholfen? Hatte Trude Wertzheimer loswerden wollen? Der Obdachlose hatte jedenfalls keine Schulden bei der Wertzheimer Privatbank, Diana hatte die Aussage von Wertzheimers Assistentin noch im Ohr, dass er dort kein Konto besaß, aber immer Werbegeschenke abstaubte. Aber auch sonst schien er keinen Grund zu haben, Wertzheimer groß zu hassen. Er durfte gratis in der Hütte der Familie wohnen, wurde ab und zu von der Haushälterin verköstigt und spielte mit seiner Mutter Schach. Warum hätte er ihn also töten wollen? Und warum hätte die Haushälterin ihm dabei helfen sollen? Vielleicht mochte sie ihn ja doch lieber, als sie zugeben wollte, immerhin hatte sie ihn aus der Gosse geholt, wie es Frau Wertzheimer so charmant formuliert hatte. Aber auch das war doch noch lange kein Grund, einem Mord Vorschub zu leisten. Diana stand auf und seufzte abermals.

Sie griff zum Telefon und wählte erneut Sees Nummer.

»Die Person, die Sie angerufen haben, kann Ihren Anruf derzeit leider nicht entgegennehmen …«

Dieses Mal hinterließ sie eine Nachricht. »Hier Pölz! Also, Diana. Wo stecken Sie denn? Es gibt Neuigkeiten! Ruf mich zurück! Und zwar umgehend!«

Sturmberger mit seiner blöden Duz-Idee! Es würde noch lange dauern, bis sie sich an die informelle Anrede gewöhnt hatte. Diana schnallte sich das Schulterholster um, überprüfte Waffe und Patronen, warf Handschellen in ihre Tasche, schnappte sich diese sowie Jacke und Handy und verließ das Büro.

Auf dem Parkplatz erlebte sie die nächste unerfreuliche Überraschung. See war mit ihrem gemeinsamen Dienstwagen zu seinem Rendezvous gefahren. Also, da hörte der Spaß nun aber wirklich auf! Dem würde sie die Meinung geigen, Duzfreund hin oder her.

Diana überlegte kurz, ob sie die Hilfe von uniformierten Kollegen in Anspruch nehmen sollte, entschied sich aber dagegen. Je weniger Aufsehen sie erregte, umso besser. Schon allein Piet zuliebe. Außerdem würde sie mit einem alten Mann auch alleine fertigwerden. Während sie im Lift nach unten fuhr, wählte sie Piets Nummer. Nicht dass sie ihn vorwarnen hätte wollen, aber es würde ihr die Verhaftung erleichtern, wenn sie wüsste, wo sich der Verdächtige derzeit aufhielt.

Doch auch unter Piets Nummer meldete sich nur die weibliche Stimme. »Die Person, die Sie angerufen haben, kann Ihren Anruf derzeit leider nicht …« Was war denn heute los? Warum ging niemand an sein Handy?

»Piet? Diana hier. Rufst du mich bitte umgehend zurück? Ach ja, und ich hoffe, ihr habt eine schöne Shoppingtour«, fügte sie noch schnell hinzu. Nicht dass der Alte, sollte er mithören, noch misstrauisch wurde.

Diana stand vor der Polizeidirektion und schaute sich ratlos um. Was sollte sie jetzt am besten unternehmen? Sie konnte doch nicht durch sämtliche Geschäfte der Innenstadt laufen, um nach Piet und seinem Vater Ausschau zu halten. Was, wenn sie in irgendein Shoppingcenter am Stadtrand gefahren waren? Zudem war es nicht notwendig, die Verhaftung vor einem großen Publikum stattfinden zu lassen, schließlich war keine Gefahr in Verzug. Der Mann würde ihr schon nicht weglaufen, der war so gut wie sicher hinter Schloss und Riegel. Sie entschied sich dafür, erst einmal einen Happen zu essen.

Beim Fleischer gegenüber standen ein paar kleine Tische, an denen man die Imbisse gleich vor Ort verzehren konnte. Zur Mittagszeit war es hier immer brechend voll, aber jetzt, um halb drei, bekam sie spielend einen freien Platz.

»Zehn Deka Leberkäs, bitte. Mit Pfefferoni und einem Essiggurkerl. Und süßem Senf.«

»Zum Hieressen?«

»Ja, bitte. Und ein Semmerl dazu.« Diana zahlte mit ihrem letzten kleinen Schein und setzte sich an einen der freien Tische. Es tat gut, wieder einmal etwas Warmes in den Magen zu bekommen – außer Kaffee. Davon aber immerhin literweise. Beim Gedanken an den Kaffee meldete sich auch flugs der Durst in ihr zu Wort. Wasser wäre jetzt gut. Blöd, dass sie außer einem druckfrischen Hundert-Euro-Schein kein Geld mehr im Portemonnaie hatte. Sie beschloss, auf das Wasser zu verzichten, griff stattdessen abermals zum Handy und wählte Sees Nummer. Vielleicht hatte sie ja jetzt mehr Glück.

»Die Person, die Sie angerufen haben, kann …«

Wie lange machte der denn Mittagspause? Sie versuchte es bei Piet – wieder dieselbe Tonbandstimme, die antwortete.

Es war zum Verrücktwerden, alle, mit denen sie sprechen wollte, waren ebenso unerreichbar wie das Mineralwasser dort drüben im Kühlschrank. Moment mal! Sie kramte in ihrer Tasche. Da musste doch noch irgendwo ein Fünfer sein, den sie am Vortag gemeinsam mit ein paar kleinen Münzen achtlos in die Tasche geworfen hatte. Sie begann, in den Tiefen ihrer Tasche zu kramen. Der Schein musste doch hier irgendwo sein! Sie legte ihre Geldbörse und das Tablettentäschchen auf den Tisch, kramte weiter und hielt plötzlich ein kleines Stück Papier in der Hand. Sie zog es heraus und wollte es ebenso achtlos auf den Tisch legen, als sie erkannte, was es war. Es war ein großes e – ausgeschnitten aus einer Zeitschrift.

Diana stutzte. Wie war der Buchstabe in ihre Tasche gekommen? Dann aber sah sie den Staub und die Spinnweben, die an ihrer Hand hafteten, und wusste mit einem Schlag, woher der Buchstabe stammte. Ihr Herz begann zu rasen. Ihre Hände wurden eiskalt. Piet war in Lebensgefahr!

55

Als in diesem Augenblick das Handy läutete, ging sie ohne auf das Display zu schauen dran. »Piet? Dem Himmel sei Dank!«

»Nein, tut mir leid, dich enttäuschen zu müssen«, sagte eine andere, aber ebenfalls bekannte männliche Stimme. »Carlos hier. Du hast mehrmals angerufen. Was gibt's denn so Dringendes?«

»Einen Augenblick!« Diana steckte das e vorsichtig in ihr Portemonnaie, packte alles andere wieder in ihre Tasche und verließ den Metzger. »So, da bin ich wieder. Jetzt wird's ernst, Kollege See! Der Sandler mit dem gelben Rucksack, Sie, also, du erinnerst dich? Er hat den Wertzheimer auf dem Gewissen. Und er war es auch, der Piet Köflach bei uns angeschwärzt hat.«

See schien seine Vorgesetzte nicht ernst zu nehmen. »Da war ich ein Mal auswärts essen, und schon kann die Dame einen Schwung neuer Erkenntnisse vorweisen, wirklich beachtlich!«

Diana war weder in der Stimmung für dumme Witze, noch hatte sie Zeit dafür. »Sparen Sie sich, also, spar dir diese blöden Bemerkungen!« Oh, wie sie es jetzt schon hasste, mit See per Du zu sein!

»Okay, dann eben noch einmal von vorne. Warum soll der arme Sandler jetzt auf einmal der Mörder sein? Er ist alt, vom Leben gezeichnet, sieht schlecht und hat außerdem null Motiv.«

»Er hat eins, das wir nur noch nicht kennen«, widersprach Diana. »Jedenfalls hat ihm Alfred den Fingerabdruck auf der Spritze eindeutig zugeordnet.«

See ließ einen Pfiff hören. »Tatsächlich? Ich muss zugeben, damit habe ich nicht gerechnet. Aber gut, dann wissen wir anscheinend jetzt wirklich, wer Wertzheimers Mörder ist. Sehr gut. Und wer, wenn ich mir diese Frage gestatten darf, hat beim Sandler die Abnahme der Fingerabdrücke veranlasst?«, fragte er, um offensichtlich für seinen Spürsinn gelobt zu werden.

»Sie, Kollege See«, gab Diana unumwunden zu. »Dank sei deiner männlichen Intuition.«

Das waren nicht exakt die Worte, die See gern gehört hätte. Er war zwar selbst gern ironisch, mochte es aber nicht, wenn jemand anders ihm gegenüber dieses Stilmittel anwendete. »Schon gut«, sagte er nur. »Und er war es auch, der deinen Köflach bei uns angeschwärzt hat?«

»Richtig! Er hat uns den Brief mit den ausgeschnittenen Buchstaben geschickt.«

»Und wieso weißt du das auf einmal?«

»Weil ich das fehlende e von dem Wort ›Gerechtigkeit‹ in seiner Hütte gefunden habe.«

»In seiner Hütte? Wann warst du denn in seiner Hütte? Heute Mittag? War der kleine Fritz auch dabei? Ach, der ist ja krank. Wie haben wir denn so schnell einen Durchsuchungsbeschluss bekommen?«

»Das ist eine längere Geschichte«, sagte sie ausweichend, weil sie wusste, dass sie See nicht in die Einzelheiten ihrer Unternehmung einweihen wollte, obwohl sie befürchtete, dass ihr irgendwann nichts anderes übrig bleiben würde. »Wichtig ist nur, dass der Sandler mit dem Brief Piet Köflach Schaden zufügen wollte. Und da Piet Köflach jetzt wieder auf freiem Fuß ist, liegt es nahe, dass er sich in höchster Gefahr befindet. Wir müssen sofort etwas unternehmen. Wo bist du gerade?«

»Moment, Moment«, stoppte See sie. »Lass mal die Kirche im Dorf, wie man so schön sagt. Angenommen, der Sandler hat uns tatsächlich diesen seltsamen Brief geschickt, wer sagt uns denn, dass er den Köflach nicht zu Recht angeschwärzt hat? Wenn nämlich der Inhalt stimmt und Piet Köflach den Italiener tatsächlich in die Luft gesprengt hat, dann ist wohl eher der Sandler in Gefahr. Dann stünde zu befürchten, dass dein Köflach ihm etwas antun wird, wenn er dahinterkommt, dass der Alte den Brief geschickt hat, nicht umgekehrt.«

»So ein Blödsinn!«, fuhr Diana auf.

Am anderen Ende der Leitung herrschte eine kurze Stille. »Sind wir vielleicht doch ein bisschen befangen, Frau Kollegin?«, erkundigte See sich dann.

Nein, ich bin sicher nicht befangen, dachte Diana. Das war doch alles offensichtlich – oder vielleicht doch nicht? Sie wusste überhaupt nicht mehr, was sie denken sollte. Vielleicht hatte See ja recht und sie war wirklich befangen, aber sie dachte gar nicht daran, das auch nur im Entferntesten zuzugeben. »Wie auch immer, wichtig ist, dass wir die beiden schnellstmöglich finden. Also, wo bist du?«

»Ich bin im LKA, wo wir um diese Uhrzeit auch hingehören«, sagte er und hätte Diana damit auf die Palme gebracht, hätte sie nicht ohnehin schon dort oben gesessen. »Daher noch einmal meine Frage: Wo bist du? Noch in der Hütte?«

»Nein, beim Fleischhauer gegenüber. Kommst du runter?«

»Wie wollen wir's denn machen? Du suchst den einen, ich den anderen? Ich übernehm deinen Lover, du den Sandler? Oder bevorzugen Madame es umgekehrt?«

»Spar dir deine anzüglichen Bemerkungen«, wurde es Diana zunehmend zu dumm. »Die bringen uns nicht im Geringsten weiter. Außerdem müssen wir nicht getrennt nach ihnen suchen, die beiden sind zusammen unterwegs.«

»Wie bitte? Warum denn das?«, fragte er, ohne auf ihre Rüge einzugehen. »Was machen die denn gemeinsam?«

»Sie sind shoppen«, antwortete Diana und freute sich, dass es nun ihr gelungen war, See aus der Fassung zu bringen. Die Genugtuung währte allerdings nur kurz, dann gewann ihre Nervosität wieder Oberhand in ihrem Gefühlszustand.

»Ich komm runter«, sagte See, ohne weitere Fragen zu stellen. »Wir treffen uns beim Auto.«

Im Fahrzeug brachten sie sich gegenseitig auf den aktuellen Stand. Tatjana hatte noch einmal versichert, dass Wertzheimer nur einen einzigen Versuch unternommen hatte, sich in die Schlange ihrer Verehrer einzureihen. Als sie ihn zurückgewiesen hatte, hatte er sie in dieser Beziehung in Ruhe gelassen und sie nur noch mit höflicher Distanz behandelt.

»Tatjana hat sicher nicht gelogen«, fasste See das Ergebnis seiner neuerlichen informellen Befragung zusammen. »Sie kann jeden Mann haben. Und an Geschmacksverirrungen leidet sie auch nicht, wie man sieht.« Er deutete auf sich.

Jetzt musste sogar Diana grinsen. Manchmal war Sees unverhohlene Eitelkeit direkt entwaffnend. Offensichtlich hatte das

Mittagessen seinen privaten Zielen mehr gedient als den beruflichen.

Diana wiederum erzählte ihm alles von der Begebenheit in der Hütte und ließ auch die Vater-Sohn-Geschichte nicht aus. Um nicht Gefahr zu laufen, der Vorwurf, sie sei befangen, bestünde zu Recht, durfte sie keine Information zurückhalten, was ihr allerdings äußerst schwerfiel.

Zum Glück hörte ihr See schweigend zu und stellte nur ab und zu ein paar Zwischenfragen zum besseren Verständnis. Sie waren vor Piets Wohnhaus angelangt, ohne dass er eine blöde Bemerkung zu ihrer Erzählung gemacht hatte. »Na bravo, kein Parkplatz weit und breit«, war das Einzige, was er sagte. »Das habe ich mir fast schon gedacht. Muss der Mann denn auch mitten in der Innenstadt wohnen?«

Als sie in zweiter Spur stehen blieben, waren sofort die uniformierten Kollegen von der Verkehrspolizei zur Stelle. Ein unerklärliches Phänomen: Brauchte man sie dringend, waren sie wie vom Erdboden verschluckt, konnte man gut auf sie verzichten, waren sie da.

»Das ist aber nicht Ihr Ernst, oder?«, keifte sie eine strenge Stimme an. »Fahren Sie sofort Ihr Auto da weg, Sie behindern den Verkehr!«

See sprang aus dem Wagen, warf die Tür zu und zückte seine Dienstmarke. »Wir sind im Einsatz, Kollegen! Aber weil's schon da seid's, könnt's gleich die Straße sperren. Vielen Dank auch.« Er wartete einen etwaigen weiteren Protest nicht ab, sondern ging zu Diana, die bereits vor der Haustür stand. Mit der schussbereiten Waffe in der Hand stieß sie ihr Knie mit voller Wucht gegen die Tür, um sie aufzudrücken. Nichts passierte.

»Aua!« Vor Schmerz verzog sie das Gesicht.

See lachte schadenfroh. Wie hätte es auch anders sein können?

»Bisher stand die Tür immer offen«, verteidigte sie sich.

See überprüfte das Klingelschild und drückte bei »Köflach«.

Sie warteten. Niemand machte auf.

Dianas Unruhe wuchs. Hoffentlich war noch nichts Schreckliches passiert! Es fiel ihr schwer, die Sorge für sich zu behalten, aber sie wollte See nicht noch mehr Grund zur Schadenfreude geben.

»Ich versuche es noch einmal auf seinem Handy. Vielleicht geht er ja jetzt ran.« Sie steckte die Waffe weg, griff zu ihrem Mobiltelefon, entfernte sich ein paar Schritte von See, wählte, aber wieder bedauerte die Telefonstimme, dass der Teilnehmer nicht zu erreichen war. Als Diana sich wieder umdrehte, stand die Haustür sperrangelweit offen und See mit zufriedenem Lächeln daneben.

»Wie hast du das denn so schnell hinbekommen? Alle Achtung.«

»Langjährige Übung«, sagte er unverkennbar stolz.

»Das muss ja ein Wunderwerkzeug gewesen sein. Das Schloss hat keine Schramme abgekriegt.«

See streckte seinen Zeigefinger in die Höhe. »Mein Wunderwerkzeug. Zusammen mit der Klingel des Nachbarn.«

Sie schüttelte den Kopf und musste wider Willen lächeln. Warum kompliziert, wenn es auch einfach ging?

»In welchen Stock müssen wir denn?« See warf einen Blick die Treppen hinauf.

»Im ersten ist das Büro, im zweiten die Wohnung. Beginnen wir am besten oben.«

Sie erklommen die Treppe, immer zwei Stufen auf einmal. Diana keuchte bei der Anstrengung hörbar lauter als See. Ich muss endlich wieder Sport machen, schwor sie sich und läutete an Piets Tür. Niemand öffnete.

»Gefahr in Verzug?«, fragte See, zog einen Dietrich aus der Hosentasche und hielt ihn hoch.

»Gefahr in Verzug«, bestätigte Diana und war froh, dass er an das Werkzeug gedacht hatte. Offensichtlich war er im Umgang damit geübt, denn wenige Sekunden später ließ sich die Tür nach innen aufdrücken.

See übernahm sofort die Führung, nun die Pistole statt des Dietrichs in der Hand. »Ich zuerst, du gibst mir Rückendeckung«, flüsterte er, und schon hatte er die Wohnung betreten.

»Andersrum wär es aber gescheiter«, flüsterte Diana zurück. Zum einen hasste sie es, wenn er Kommandos gab, zum anderen kannte sie sich im Unterschied zu ihm in der Wohnung aus. Trotzdem fügte sie sich grummelnd seinem Befehl. Lieber Gott, bitte lass noch nichts passiert sein, flehte sie innerlich und wunderte sich darüber. Sie betete selten. Eigentlich nie. Nur wenn ihre Tochter Lilli im Flugzeug saß.

See stieß die Tür zum Wohnzimmer auf. Piet hatte die zwei Pizzakartons vom Vortag noch nicht weggeräumt, und auch die Bierflasche und ihr halb volles Glas Wasser standen noch daneben. Sie ging zum Tisch und trank den Rest. Endlich Flüssigkeit. Dabei fiel ihr Blick durch die offene Tür in die Küche. Niemand da. See gab ihr mit einer Geste zu verstehen, dass er an ihrem Verstand zweifelte, und ging ins Schlafzimmer weiter. Das Bett war ungemacht, das Handtuch, das Piet um die Hüften geschlungen getragen hatte, lag achtlos auf dem Boden. Wieder beschlich Diana ein seltsames Gefühl. Es fühlte sich nicht richtig an, in Piets vier Wänden zu sein, ohne dass er Bescheid wusste. Sie kam sich wie ein Eindringling vor. Wie ein Spion. Wie eine eifersüchtige Ehefrau, die ihren Mann auf frischer Tat ertappen wollte. Energisch rief sie sich zur Ordnung. Sie hatte eine Aufgabe zu erfüllen. Sie hatte zu ermitteln, egal wer davon betroffen war.

Die Tür zum Bad stand offen, ebenfalls leer. See ließ die Waffe sinken. »Wenn sich die beiden nicht miteinander im Klo eingesperrt haben, sind sie nicht da«, sagte er und ging auf den Flur hinaus, um das WC zu überprüfen. »Beide ausgeflogen«, sagte er kurze Zeit später.

»Mir kommt es so vor, als wären die gar nicht hier gewesen«, sagte Diana.

»Nicht?« See war erstaunt. »Und was ist mit den zwei Pizzakartons?«

Sie errötete. »Die stammen nicht von einem Essen mit seinem Vater, sondern von einem verspäteten Mittagessen gestern, nach seiner Haftverhandlung.«

»Da hat dich dein Galan zur Feier des Tages zu einer Pizza vom Lieferservice eingeladen? Wie romantisch! Das muss ja wahre Liebe sein.«

»Du Idiot!«, sagte sie und erschrak. Das hatte sie nun davon, dass sie sich von Sturmbauer das Du aufoktroyieren hatte lassen. »Sie Idiot!« wäre ihr nie über die Lippen gekommen. »Entschuldigung.«

Aber See beachtete sie überhaupt nicht. »Wohin jetzt? Ins Büro?«

Sie nickte.

»Hallo!«, rief eine Stimme aus dem Erdgeschoss. »Hallo!« Diesmal um einiges lauter. »Haben Sie vorhin bei mir geläutet?«

Diana trat an die Brüstung, sah hinunter und direkt in das Gesicht einer alten Frau.

See lief bereits, immer zwei Stufen auf einmal nehmend, nach unten.

»Und wer sind Sie, wenn ich fragen darf? Verwandte von Herrn Köflach?« Die alte Dame schien ziemlich neugierig zu sein.

»Kriminalpolizei«, antwortete See und hielt ihr seine Dienstmarke entgegen. »Inspektor See, meine Kollegin Pölz. Haben Sie Herrn Köflach heute schon gesehen?«

»Kriminalpolizei?«, fragte die Frau, anstelle zu antworten. »Hat er denn etwas angestellt, der Herr Köflach? Wissen Sie, manchmal ist er ein bisserl ungestüm. So war er schon als Bub. Aber er meint es nie böse.«

Inzwischen hatte auch Diana das Erdgeschoss erreicht. »Grüß Gott, Pölz. Sie haben nicht zufällig einen Schlüssel von Piet Köflachs Büro, oder?«

»Natürlich nicht, glauben Sie etwa, ich bin hier die Hausmeisterin?« Entrüstet stemmte sie ihre Arme in die Seiten.

»Nein, nein, ich meinte ja nur …«, fühlte Diana sich bemüßigt, sie zu beschwichtigen.

»Haben Sie Herrn Köflach heute schon gesehen?«, wiederholte See seine Frage.

»Ja, freilich. Heute in der Früh mit seinem Vater. Ich sag Ihnen, der Hans-Peter ist vielleicht alt geworden. Nach all den Jahren habe ich ihn fast nicht wiedererkannt. Und ausschauen tut der! Pfiat mi Gott! Verwahrlost, unrasiert und mit einer Frisur wie eine alte Frau.«

»Herr Schoiswohl war also auch hier?«

»Freilich! Der hat in der Wohnung von der Gruberin geschlafen, die sie letzten Monat in ein Pflegeheim gesteckt haben. Glauben Sie, der zieht jetzt in unser Haus ein? Dann muss er sich aber die

Haare schneiden lassen. Ich will doch keinen Nachbarn haben, der wie ein Sandler ausschaut.«

Diana läutete an der Tür zur Nachbarwohnung.

»Das brauchen Sie gar nicht zu probieren«, sagte die alte Frau, »die beiden Männer sind nicht da.«

»Aber Sie wissen sicher, wo sie hingegangen sind, nicht wahr, Frau Krautner?« See hatte den Namen der Frau vom Schild neben der Tür abgelesen und schenkte ihr sein charmantestes Lächeln. Das Lächeln, das bei Frauen nie seine Wirkung verfehlte. Außer bei Diana.

»Und ob ich das weiß.« Frau Krautner lächelte zurück. Sie sah aus wie ein Kind, das es genießt, als Einziges ein Geheimnis zu kennen.

»Nämlich?« Diana versuchte, sich ihre Ungeduld nicht allzu sehr anmerken zu lassen.

»Sie sind nach Amerika!«, ließ die Alte die Bombe platzen. »Sind heute Vormittag abgereist.«

»Sind Sie sicher?«

»Ja freilich bin ich sicher«, fuhr die alte Frau auf. »Herr Schoiswohl hat es mir doch selbst gesagt.«

56

»Amerika«, wiederholte See fassungslos, als sie vor dem Haus standen und er zu seinem Handy griff. »Wenn das wahr ist, dann haben wir ganz schön den Scherm auf. Die Männer haben einen halben Tag Vorsprung, also dürften sie längst über alle Berge sein – oder über den Wolken.«

Auch Diana war wie gelähmt. Piet konnte sich doch nicht ins Ausland abgesetzt haben, ohne ihr Lebwohl zu sagen, oder? Wie schon so oft an diesem Tag rief sie sich selbst zur Ordnung. Wenn Piet tatsächlich Dreck am Stecken hatte, dann hätte er sie wohl mit Sicherheit als Letzte darüber aufgeklärt. Dennoch war sie froh, dass es See war, der im LKA anrief und Vater und Sohn zur Fahndung hinausgab.

Sie selbst fragte in der Zwischenzeit beim Flughafen Linz nach, aber es stand weder ein Passagier mit dem Namen Schoiswohl noch einer mit dem Namen Köflach auf den Passagierlisten.

Als Diana See die Erkenntnisse zuflüsterte, gab der den Kollegen im LKA auch gleich den Auftrag, bei den anderen österreichischen und süddeutschen Flughäfen nachzufragen.

»Der macht uns ja schöne Schwierigkeiten, dein werter Herr Freund«, sagte er, als er aufgelegt hatte.

Diana konnte ihm leider nicht widersprechen.

»Hat der Sandler eigentlich gewusst, dass es sein eigener Sohn war, den er bei uns verpfiffen hat?«

»Sicher nicht«, erwiderte Diana spontan. »Obwohl«, schränkte sie nach kurzem Nachdenken ein, »er hat Piet sofort mit seinem Namen angesprochen, als er in der Hütte vor ihm stand. Er hatte ihn vorher mehrfach bei Gianni gesehen, also«, sie atmete tief durch, »liegt die Vermutung nahe, dass er ihn anscheinend schon dort erkannt hat. Er hat also genau gewusst, wer Piet war, als er uns den Brief schickte. Das alles wird ja immer unglaublicher! Der Sandler hat doch tatsächlich seinen eigenen Sohn verpfiffen.«

»Wenn er ihn bei Delucci mehrfach gesehen hat, hat er wahrscheinlich auch mitbekommen, wie dein Freund dem Italiener den Sprengstoff untergejubelt hat.«

Sees Erklärung klang logisch, doch Diana wollte sie nicht glauben.

»Was macht Sie … dich denn so sicher?«

See legte ihr seine Hand auf die Schulter. »Auch wenn das für dich jetzt saublöd ist, musst du der Wahrheit ins Auge sehen, Diana. Wenn der Sandler sich nicht vollkommen sicher gewesen wäre, dass sein Sohn den Italiener auf dem Gewissen hat, hätte er uns nie und nimmer diesen Brief geschrieben.« Sees Stimme klang eindringlich. »Der Schritt ist ihm sicher nicht leichtgefallen. Auch wenn sich die beiden lange Zeit nicht gesehen haben, ist Blut doch noch immer dicker als Wasser.«

Auch in diesem Punkt hätte Diana gern stichhaltige Argumente gehabt, um ihrem Kollegen zu widersprechen. Allein, sie hatte keine, sondern nur ihr Gefühl, das nicht an Piets Schuld glaubte. Ein Gefühl, das, wenn es hart auf hart käme, nicht nur der Herr Oberst anzweifeln würde. Diesmal musste sie sich sogar selbst eingestehen, dass ein Gefühl allein zu gar nichts nützlich war, sondern nichts anderes als der Wunsch des Ignorierens von Tatsachen. Der Wunsch, an trügerischen Hoffnungen festzuhalten.

Sie hatten Piets Haus verlassen und waren zu ihrem Fahrzeug zurückgekehrt, unschlüssig, was sie als Nächstes unternehmen sollten, als der uniformierte Kollege der Verkehrspolizei auf sie zukam.

»Können wir die Straße jetzt wieder freigeben? Da ist ein Mann, der in dem Gebäude wohnt, aus dem Sie gerade herausgekommen sind. Darf ich ihn durchlassen?«

»Sie können die Sperrung wieder aufheben«, sagte See. Und dann an Diana gewandt: »Ein Wink des Schicksals. Diesen Hausbewohner werden wir uns am besten gleich vorknöpfen. Vielleicht weiß er ja irgendetwas, das uns weiterhilft.«

Der Uniformierte gab seinem Kollegen Bescheid, der die Fahrbahnmitte räumte. Ein dunkler Mittelklassewagen bog in die Straße ein, nahm schwungvoll die Kurve und blieb vor der Hofeinfahrt von Piets Wohnhaus stehen. Als das Fenster auf der Fahrerseite geöffnet wurde, erschien gleich darauf ein Kopf mit etwas zu langen dunklen Haaren und einem strahlenden Lächeln. »Hallo, Diana, wartest du auf mich? Wer ist denn der Mann neben dir? Dein Kollege? Ihr seid aber nicht wegen mir da, oder?«

Dann ging alles blitzschnell. Bevor Diana sich von der Überraschung erholen konnte, hatte See bereits die Fahrzeugtür aufgerissen, Piet ins Freie gezerrt und ihm Handschellen angelegt. »Peter Köflach«, sagte er, während er ihn mit seinem ganzen Körper gegen das Auto drückte. »Ich verhafte Sie wegen des Mordes an Gianni Delucci.« Es folgte die übliche Rechtsbelehrung.

»Nicht schon wieder!«, stöhnte Piet, woraufhin See den Druck verstärkte. »Geh, Diana, bitte sag ihm, dass mich die Richterin gerade erst gestern gehen hat lassen. Ich war es nicht. Ich habe Gianni kein Haar gekrümmt.«

»Für Sie ist meine Kollegin zumindest bis auf Weiteres immer noch Frau Chefinspektorin Pölz!«, herrschte ihn See an. »Es mag Ihnen vielleicht als kluger Schachzug erschienen sein, sich an die leitende Ermittlerin heranzumachen, aber es war nicht klug genug.«

Diana schnappte nach Luft. Wie kam See dazu, so einen ungeheuerlichen Verdacht in den Raum zu stellen? Das entbehrte doch jeder Grundlage! Sie überlegte, wie sie ihn am besten zurechtweisen konnte, ohne ihm vor Piet die Autorität abzusprechen, als sich eine Szene aus der Vergangenheit in ihre Erinnerung schlich.

Piet stand vor, Gianni hinter dem Tresen. Diana hatte zwar ein furchtbar schlechtes Namensgedächtnis, aber an manche Dialoge konnte sie sich auch noch nach Jahren Wort für Wort erinnern. So auch an den, der diese Szene begleitet hatte.

»Darf ich vorstellen, Piet, das ist Diana. Sie ist von der Kripo, also pass auf, was du sagst«, hatte Gianni gesagt, und Piet, der sich zuvor ausschließlich für das grüne Getränk in seinem Glas interessiert hatte, wandte sich mit einem Ruck zu ihr um. Seine Augen hatten unverkennbar Interesse signalisiert. Und das schon bei ihrem ersten Anblick.

See hat recht, schoss es ihr durch den Kopf. Wie blöd sie gewesen war! Wie hatte sie sich bloß mit jemandem einlassen können, der einzig und allein ihre Nähe suchte, um sie als Informationsquelle für seine kriminellen Machenschaften zu nutzen? Wie hatte sie mit so einem Mann ins Bett gehen können? Ihr wurde übel. Sie fühlte sich, als hätte sie ein Schlag in die Magengrube getroffen. Hilflos, verletzt und gedemütigt.

»Diana«, nur langsam drang Piets Stimme zu ihr durch, »du glaubst diesen Mist doch nicht etwa, oder?«

»Was ich glaube oder nicht, das tut hier nichts zur Sache, Piet. Wir haben in der Zwischenzeit Erkenntnisse gewonnen, die eine neuerliche Verhaftung notwendig machen«, antwortete sie und war erleichtert, dass ihre Stimme nicht zitterte, obwohl ihr zum Weinen zumute war. Am liebsten hätte sie sich an den Straßenrand gesetzt und hemmungslos losgeheult. Wegen seines Verrats, wegen ihrer Dummheit, ihm wie eine blutige Anfängerin auf den Leim gegangen zu sein. Und nicht zuletzt, weil sie ihn immer noch liebte.

Weil Diana aber doch keine Anfängerin, sondern Profi war, atmete sie nur einmal tief durch und sagte dann mit unbeteiligter Stimme: »Wenn du dir nichts zuschulden kommen hast lassen, dann wird sich das in Kürze auch herausstellen. Weißt du, wo sich dein Vater im Augenblick aufhält?«

»Warum sollte ich dir das sagen?«, entgegnete er trotzig. »Wo du mir offensichtlich ohnehin nicht vertraust? – Aua!«

See hatte den Druck abermals erhöht.

»Piet!« In Dianas Stimme mischten sich jetzt Verzweiflung, Ungeduld, Inständigkeit und Flehen.

Es war wohl das Flehen, das seine Bereitschaft zu sprechen hervorrief. »Er ist in der Hütte, um seine Sachen zusammenzupacken. Wir haben vereinbart, dass ich ihn in zwei Stunden abhole.«

»Und was ist mit Amerika?«, wollte See wissen.

»Amerika?«, wiederholte Piet erstaunt. Dann lachte er kurz auf. »Ach so, Amerika! Ihr habt also mit der alten Krautner gesprochen.«

»Das mag sein, und?«

»Gar nichts ist mit Amerika. Meine Nachbarin war wieder einmal zu neugierig, das ist alles. Da hat ihr mein Vater die Geschichte mit Amerika aufgetischt.«

»Sehr glaubwürdig«, sagte See spöttisch.

»Und auch, wenn Sie mich gleich zerdrücken, es war so. Anscheinend ist das der Humor meines Vaters und seine Art, mit neugierigen Menschen umzugehen. Daran muss ich mich auch erst wieder gewöhnen. Zusammen mit all den anderen Dingen, die ihn betreffen und an die ich mich auch noch gewöhnen muss.« Piet klang nicht begeistert.

Der Uniformierte der Verkehrspolizei kam näher. »Brauchen Sie uns noch, Inspektor?«

»Bringen S' den Herrn da doch bitte aufs LKA.« Dann sagte er an Piet gewandt: »Wir fahren jetzt zu dieser Hütte. Und wehe Ihnen, der Sandler, also Ihr Vater, ist nicht dort und Sie haben uns umsonst nach St. Florian geschickt! Ich sag Ihnen, dann werde ich Ihnen einen ganz anderen Körperteil zerquetschen.«

»Also bitte«, protestierte Diana, aber sogar in ihren Ohren klang sie halbherzig.

Der Streifenwagen fuhr vor, und Piet wurde auf den Rücksitz verfrachtet. Er würdigte Diana keines Blickes, doch das fiel ihr nicht auf, weil sie mit ihm genau das Gleiche tat.

57

See stürmte durch die offen stehende Brettertür und sah sich im düsteren Innenraum um. »Leer!«, rief er. »Keine Menschenseele da. Wie ich es mir gedacht habe: Dein lieber Freund hat uns angelogen. Entweder ist der Alte längst über alle Berge oder wurde von seinem Sohn um die Ecke gebracht. Na warte, der kann was erleben, wenn ich wieder im LKA bin. Aus dem presse ich die Wahrheit heraus! Jede noch so kleine Kleinigkeit! Und zwar mit größtem Vergnügen.«

Diana hatte keine Ahnung, warum sich ihr Kollege so aufregte, allerdings musste sie dadurch die Rolle der nüchternen Inspektorin übernehmen, die klar zu denken und den Überblick zu bewahren hatte. Eine Rolle, die ihr in dieser Situation guttat.

Sie hob den gelben Rucksack in die Höhe, der neben der Tür stand. »Weit kann er nicht sein, wenn der Rucksack hier ist.«

»Schau mal, ob ein Flugticket drin ist.«

Sie zog ein paar dünne Handschuhe aus der Jackentasche, nieste und hatte keine Skrupel, den Reißverschluss aufzuziehen. Zuerst nahm sie eine Geldbörse heraus. Schwarzes Leder mit dem Logo einer genauso bekannten wie teuren Marke, doch mit sichtbaren Gebrauchsspuren. Eine Seitennaht war aufgerissen und gab den Blick auf einen dünnen Stapel abgegriffener, einst weißer Visitenkarten frei.

»Was haben wir denn da? Mal schauen, wessen Karten Schoiswohl mit sich herumschleppt.«

See trat hinter sie und blickte ihr über die Schulter. Diana zog eine der Karten heraus. »Dem Logo nach ist die Karte von der LCW. Ah, da steht es ohnehin: ›Linzer Chemiewerke. Dr. Hans-Peter Schoiswohl‹«, las sie laut vor. »›Direktor Industriechemikalien‹.«

See zog scharf die Luft ein. »Unser Sandler ist ein Doktor?«

Diana fiel siedend heiß ein, dass sie ihren Kollegen darüber noch nicht informiert hatte. »Scheint so. Was aber viel wichtiger ist: Unser Sandler scheint auch Chemiker zu sein. Frau Wertzheimer hat mir gesagt, er habe technische Physik studiert, wahrscheinlich muss man dabei auch Chemiekurse belegen. Ich bin gespannt, was wir neben den Visitenkarten noch Interessantes finden.« Sie leerte den Inhalt des Rucksacks auf den Tisch.

Plötzlich legte ihr See die Hand auf den Arm. »Hast du das gehört? Da hat jemand geschrien.«

Einen Augenblick lang war es totenstill in der Hütte.

»Nein, ich habe nichts gehört. Ah, da schau her!« Eine dicke Brausetablette war auf den Tisch gerollt. »Wenn das nicht eine JA!-Tablette ist, dann weiß ich auch nicht. Was der Sandler wohl damit wollte?«

»Vielleicht war er ja einfach nur so blöd wie manch anderer vor ihm und versprach sich davon ewige Jugend?«, schlug See vor und grinste süffisant.

Diana ging nicht darauf ein. Wieso sollte sie einen Wirkstoff verteidigen, von dem sie selbst nichts hielt?

»Er hat ein Handy, noch dazu ein recht modernes«, stellte sie stattdessen fest und hielt das Telefon in die Höhe. Es folgten ein paar vergebliche Versuche, es einzuschalten. »Der Akku scheint leer zu sein. Und dann ist da noch diese Schlüsselkarte.« Sie nahm eine weiße Karte im Scheckkartenformat in die Hand und drehte sie um. »Sieh an, auch hier das Logo der LCW, dem Werk, aus dem das Cäsium verschwunden ist. Aber wieso hat der Sandler noch den Schlüssel? Wenn wir ihn finden, wird der gute Mann uns einiges zu erklären haben.«

»Da, da war es wieder!« See stürzte ins Freie.

»Hilfe!«, schrie eine männliche Stimme. »Hilfe! Wieso hört mich denn niemand?«

See rannte in die Richtung los, aus der die Rufe kamen, und Diana warf die Sachen zurück auf den Tisch und beeilte sich, ihm zu folgen.

»Zum Seerosenteich!«, rief sie See hinterher. »Da vorne nach dem hohen Baum links!«

Die Rufe wurden lauter. »Hilfe! Zu Hilfe! Ich kann bald nicht mehr!«

Der Weg beschrieb eine Kurve um grün belaubte Fliederbüsche, dann standen sie am Teichufer. See und Diana hatten einen einzelnen Mann erwartet, der Hilfe brauchte, doch das Bild, das sich ihnen bot, war ein völlig anderes. Frau Dr. Wertzheimer war offensichtlich mit ihrem Rollstuhl in den Teich gerollt. Neben ihr stand Schoiswohl bis zur Brust im eiskalten Wasser und versuchte verzweifelt, den Kopf der alten Dame nicht untergehen zu lassen. Henriette Wertzheimer war anscheinend ohnmächtig.

»Na endlich!« Der Mann klapperte mit den Zähnen. »Jetzt helfen S' halt und stehen S' nicht so blöd herum.«

See legte seine Waffe ab, eilte mit großen Schritten ins Wasser, ergriff den Rollstuhl mit beiden Händen und versuchte, ihn an Land zu ziehen, während der Alte immer noch Frau Wertzheimers Kopf über Wasser hielt. Im Unterschied zum Obdachlosen, der vor Kälte blau angelaufen war, färbte sich Sees Gesicht dunkelrot vor Anstrengung. Anscheinend hatten sich die Räder des Rollstuhls in den Wurzeln der Seerosen verfangen, sodass er all seine Kraft aufwenden musste, um sie freizubekommen.

Schoiswohl watete aus dem Wasser und ließ sich am Ufer erschöpft zu Boden fallen. »Mir ist so kalt«, murmelte er. »Das war knapp.«

Diana hatte in der Zwischenzeit die Rettung alarmiert und sank nun auf die Knie, um dem Mann ihre Jacke um die Schultern zu legen.

»Danke«, murmelte er. »Nicht auszudenken, wenn ich nicht zufällig daheim gewesen wäre!«

Während sich See um die alte Frau kümmerte, die noch immer bewusstlos in ihrem Rollstuhl hing, lobte Diana Schoiswohl für sein beherztes Eingreifen. »Was ist denn vorgefallen?«, fragte sie dann.

»Blöde Frage«, fuhr er sie an. »Ich hab die Frau Doktor schreien gehört und bin sofort los. Anscheinend ist sie mit ihrem Rollstuhl in den Teich gefallen.«

»Aber das hieße ja, dass Frau Wertzheimer alleine unterwegs gewesen war«, sagte Diana. »Sie haben niemanden gesehen?«

»Mein Gott, ist mir kalt«, ignorierte er die Frage.

»Sie haben gesehen, dass jemand Frau Wertzheimer absichtlich in den Teich hat rollen lassen, nicht wahr?«

»Das war wirklich knapp«, murmelte er wieder und schüttelte den Kopf.

Diana legte ihre Hände auf seine Schultern und sah ihm streng in die Augen. »Wer hat Frau Wertzheimer in den Teich gestoßen, Herr Schoiswohl?«

»Sie können mich noch lange ausfragen, ich sag nichts«, sagte er und schwieg wieder.

Diana war sich sicher, dass er jemanden deckte. Nur wen? Mit wem war der Alte so eng, dass er ihn schützen wollte? Ihr fiel nur ein einziger Mensch ein: sein wiedergewonnener Sohn!

Aber was hätte Piet denn für ein Motiv gehabt? Er kannte Frau Wertzheimer doch gar nicht. Allerdings: Woher wollte sie das wissen? Vielleicht hatte er gelogen und war nicht nur mit Frau Wertzheimer, sondern auch mit ihrem Sohn schon lange bekannt beziehungsweise bekannt gewesen? Vielleicht hatte er ja nicht nur Gianni auf dem Gewissen, sondern auch noch Heinrich Wertzheimer? Und vielleicht hätte nicht mehr viel gefehlt, um die Sammlung der Toten noch um dessen Mutter zu erweitern. Diana wollte gar nicht daran denken. Eine innere Stimme schalt sie unablässig: Wie hast du dich nur mit jemandem einlassen können, von dem du so wenig wusstest? Aber was hieß schon wenig? Sie wusste nichts von Piet, gar nichts.

»Wo bleibt denn die Rettung?«, unterbrach See ihre Selbstvorwürfe. »Lange macht's die nimmer. Ihr Puls ist schon ganz schwach!«

Wie auf Kommando ertönte in diesem Moment das Folgetonhorn, und einige Augenblicke später blieb der große weiße Wagen mit Blaulicht und quietschenden Bremsen auf der anderen Seite der Hecke stehen. Diana eilte den Rettungsleuten entgegen, um ihnen den Weg zu weisen.

Während Frau Wertzheimer auf eine Liege verfrachtet und vom Notarzt erstbehandelt wurde, reichte ein Rettungssanitäter Schoiswohl Decken.

»Die beiden fahren ins Spital, und du fährst mit«, sagte Diana zu See. »Sie sollen dich beim LKA oder bei dir zu Hause absetzen –«

»Aber sicher nicht«, widersprach er und schlug fröstelnd die Zähne aufeinander. »Hier gibt es noch einiges zu klären.«

»Das weiß ich, deshalb werde ich das ja auch übernehmen. Du schaust erst mal, dass du wieder trocken wirst. Du hast Frau

Wertzheimer das Leben gerettet, und es besteht kein Grund, dass du dir deshalb noch eine Lungenentzündung holst.«

»Wenn du glaubst, dass du alleine zurechtkommst?« See gab überraschend schnell klein bei. Wahrscheinlich war auch er froh, wenn er so rasch wie möglich wieder trockene Kleidung am Leib hatte.

Binnen kürzester Zeit waren Schoiswohl, Wertheimer und See im Wagen verladen, und die Rettung machte sich auf den Weg in die Stadt.

Diana stand allein am Ufer des Teiches. Alles war wieder ruhig und friedlich, nur die tief im Schlamm eingegrabenen Spuren der Rollstuhlräder waren Beweis dafür, dass sie sich das Ganze nicht eingebildet hatte.

58

Wie viele Minuten sie noch am Ufer des Teiches gestanden und nachgedacht hatte, konnte Diana später nicht mehr genau sagen. Irgendwann war auch ihr in ihrer langärmeligen Bluse und dem dünnen Pullover darüber zu kalt geworden. Die Jacke hielt sie in der Hand. Sie war feucht, voller Schlamm und roch nach nassem Hund. Diana beschloss, rasch zur Hütte zurückzukehren, noch einen Blick in deren Inneres zu werfen und dann die Spurensicherung zu verständigen. Den Rucksack würde sie natürlich mitnehmen. Sein Inhalt würde jeden Richter davon überzeugen, einen Haftbefehl gegen Hans-Peter Schoiswohl auszustellen, sodass er sofort in die Inquisitenstation des Spitals verlegt werden würde. Und dann müsste sie noch schnell in die Villa Wertzheimer, um Frau Trude und Tatjana über die Vorfälle zu informieren. Stopp, Frau Trude war ja noch bei ihrer Freundin in Wien. Gut, dann eben nur Tatjana. Warum war die Pflegerin eigentlich nicht an der Seite ihrer Chefin gewesen? Hatte sie etwa irgendwas mit dem Unfall zu tun? Aber warum sollte Schoiswohl sie decken? Der Sandler und die schöne Pflegerin, das war immerhin eine Konstellation, die sie noch nicht untersucht hatten. Hoffentlich hatten diese beiden nicht auch noch ein Verhältnis miteinander. Aus, Schluss! Diana wollte diesen Gedanken beim besten Willen nicht vertiefen.

Rasch lief sie den Weg zur Hütte zurück und war nur noch wenige Meter von dieser entfernt, als sie eine weibliche Stimme hörte: »Peterle! Wo bist du denn? Peterle!«

Mit einem Satz versteckte Diana sich hinter dem nächsten Baum und zog die Waffe aus dem Holster. Griffbereit, um sofort zu reagieren, was auch immer geschehen würde.

Doch zuerst geschah gar nichts.

Diana überlegte schon, ihre Deckung aufzugeben, als wieder die weibliche Stimme erklang. »Peterle, wo bist du denn?«

Suchte die Frau etwa nach ihrem Kind, das verschwunden war? Was war das bloß für ein unglaublich ekelhafter Tag! Aber vielleicht war die Frau auch bloß auf der Suche nach ihrem Hund.

»Peterle! Ich bin's! Schau mal, wie gefällt dir denn die Kette? Steht sie mir nicht gut? Peterle! Herrschaftszeiten, wo steckst du denn schon wieder?«

Diana zog die Luft ein. Wenn sie sich nicht verhört hatte, war das die Stimme von Trude Gomez. Aber wieso war die hier, wenn sie doch in Wien sein sollte? Und wen rief die Haushälterin Peterle? Den Obdachlosen etwa? Das wäre ein ziemlicher Sinneswandel, nachdem sie ihn als Gesindel bezeichnet hatte.

»Glaubst, ich soll nachschauen, was mit ihr ist? Du hast doch meine SMS gelesen, oder? Jetzt hör halt endlich mit dem depperten Versteckspielen auf und komm heraus!«

Mit ein paar großen Schritten trat Diana aus dem Wald und auf die Wiese.

Die Haushälterin riss die Augen auf, ließ einen erschrockenen Laut vernehmen und machte auf der Stelle kehrt, um davonzulaufen.

»Stehen bleiben, sofort!«, befahl Diana. Laut und deutlich war das Entsichern der Waffe zu vernehmen.

Frau Trude verharrte im Schritt. Weit wäre sie ohnehin nicht gekommen. »Ja mei, die Frau Inspektorin!« Sie drehte sich um. »Jetzt haben Sie mich aber erschreckt! Geh, tun S' die Waffe runter, ich lauf Ihnen eh nicht davon.«

»Mir scheint, wir müssen über einiges reden. Am besten setzen wir uns dafür in die Hütte«, schlug Diana vor, obwohl es ihrer Vorstellung nach nur wenige ungemütlichere Orte als den Verschlag gab. Aber im Freien würde sie nur noch stärker frieren.

»Geh, in die grausliche Hütte!« Frau Trude schien ihre Abneigung zu teilen. »Setzen wir uns besser in meine Küche. Dann mache ich uns auch einen guten Kaffee.«

»Und was wird Frau Wertzheimer sagen, wenn ich schon wieder unangemeldet in ihrem Haus auftauche?«, fragte Diana und wartete interessiert auf die Antwort.

»Das hat Sie doch bisher auch nicht gestört«, entgegnete Frau Trude und lachte. »Sie sind immer nach Belieben bei uns aufgetaucht.«

Hatte da in Trudes Lachen Nervosität mitgeschwungen? Diana war sich nicht sicher. Andererseits: Irgendwie hatte die gute Frau

Trude natürlich recht mit dem, was sie sagte. Um das nicht zugeben zu müssen, formulierte Diana die Frage um: »Ist Frau Wertzheimer denn zu Hause? Ich würde gerne noch einmal mit ihr sprechen.«

Frau Trude zuckte mit den Schultern. »Das weiß ich nicht. Ich bin ja selbst erst vor wenigen Minuten aus Wien zurückgekommen.«

Jetzt hatte Diana das sichere Gefühl, dass sie belogen wurde. Eine heiße Tasse Kaffee klang zwar äußerst verlockend, aber eines wollte sie vorher noch wissen: »Wer ist denn das Peterle, nach dem Sie gerade gerufen haben?«

Frau Trude presste die Lippen aufeinander und schaute sich nach rechts und links um, als würde sie nach der passenden Antwort Ausschau halten. »Ach, das ist nur der Nachbarhund«, sagte sie schließlich mit einer wegwerfenden Handbewegung.

Dann hat sie einem Hund also eine SMS geschickt? Das kann Trude ihrer Großmutter erzählen, dachte Diana und trat etwas näher an die Haushälterin, um die erwähnte Kette in Augenschein zu nehmen. Das schwere silberne Schmuckstück kam ihr bekannt vor, aber sie verlor kein Wort darüber. Stattdessen betrat sie die Hütte, warf alles, was auf dem Tisch lag, in den gelben Rucksack, schnappte sich ihn und gab dann Trude ein Zeichen, dass sie bereit war, ihr zu folgen.

Doch die Haushälterin blieb regungslos stehen. »Der Rucksack gehört Ihnen nicht«, sagte sie streng. »Den lassen Sie schön da, der gehört nämlich … dem Sandler. Er wird ihn suchen, wenn er zurückkommt.«

»Wird er nicht. Können wir jetzt gehen, Frau Gomez? Ich folge Ihnen.«

Trude stand immer noch stocksteif. »Wird er nicht?«, fragte sie erstaunt. »Was wird er nicht? Zurückkommen oder den Rucksack suchen?«

»Beides.«

»Was soll denn das nun wieder heißen? Natürlich wird er zurückkommen. Er wohnt ja noch immer hier, auch wenn die Frau Doktor ihn hinausschmeißen wollte. Ich habe …« Sie unterbrach sich.

»Sie haben?«, fragte Diana liebenswürdig.

»Ach, nichts. Gehen wir einen Kaffee trinken, auch wenn ich dann wahrscheinlich wieder die halbe Nacht nicht schlafen kann.«

Kurz darauf saßen die zwei Frauen in der warmen Küche, beide eine große Tasse vor sich, aus der es verlockend dampfte.

Diana überprüfte heimlich, ob ihre Waffe griffbereit war, bevor sie langsam die heiße Flüssigkeit schlürfte. Endlich Wärme an diesem kalten Nachmittag. »Das ist aber eine schöne Kette, die Sie da tragen. Irre ich mich, oder habe ich sie an Frau Wertzheimer gesehen, als ich das erste Mal hier war?«

Frau Trude verschluckte sich fast am Kaffee. »Sie hat sie mir geschenkt, war das nicht äußerst großzügig von ihr? Aber so ist sie, die Chefin, harte Schale, weicher Kern.«

»Und wann hat sie sie Ihnen geschenkt?«, wollte Diana wissen.

»Na, heute in der Früh«, antwortete Frau Trude etwas zu schnell.

Dianas linke Augenbraue fuhr in die Höhe.

Frau Trude hatte ihren Fehler sofort bemerkt und beeilte sich, ihn wieder auszubügeln. »Ich meine natürlich, sie hat mir heute Morgen eine SMS geschickt, als ich noch in Wien war. Darin stand, dass sie mir die Kette schenken will, wenn ich wieder zu Hause bin.«

»Aber geh, so war das also? Darf ich die SMS mal sehen?« Diana griff nach Trudes Smartphone, das auf dem Tisch lag.

»Ich habe die Nachricht schon gelöscht!«, rief die Haushälterin. »Und jetzt geben Sie mir mein Handy wieder, Sie haben kein Recht …«

»Aber Frau Trude«, sagte Diana nur mit einem Hauch von Spott in der Stimme. »Eine ehrliche Frau wie Sie hat doch nichts zu verbergen.« Sie öffnete den SMS-Ordner, klickte irrtümlich auf die gesendeten statt auf die empfangenen Nachrichten und las die letzte SMS, die Frau Trude verschickt hatte. Kurz schwieg sie, dann reichte sie das Handy an die Haushälterin zurück. »Sie haben recht, die Nachricht ist wirklich schon gelöscht.«

»Das hab ich Ihnen doch gesagt. Ich kann Ihnen gar nicht sagen, wie sehr ich mich über das Geschenk gefreut habe, Frau Inspektorin.«

»Das heißt, die Frau Doktor hat Ihnen die Kette gleich nach Ihrer Rückkehr am Nachmittag gegeben?«, fragte Diana im interessierten Plauderton, während die einzelnen Puzzleteile des Geschehens in ihrem Kopf langsam ein komplettes Bild ergaben. Das letzte fehlende Stück hatte sie soeben in Trudes Handy entdeckt.

Frau Trude nickte lächelnd. »Genau so war es.«

Diana nahm ihr eigenes Handy aus der Tasche. »Entschuldigen Sie bitte, ich muss nur kurz etwas nachschauen.«

Dann legte sie das Telefon auf den Tisch. »Es macht Ihnen doch nichts aus, wenn ich unser Gespräch aufzeichne, nicht wahr, Frau Gomez?«

Kurz schien es, als wollte die Haushälterin widersprechen, dann aber nickte sie und erkundigte sich mit gleichbleibend freundlichem Lächeln: »Möchten Sie vielleicht auch ein paar Kekserl zum Kaffee?«

So verlockend das Angebot auch war, Diana ging nicht darauf ein. »Diese Schenkung, fand die statt, bevor oder nachdem Frau Wertzheimer im Seerosenteich versunken ist?«, fragte sie und behielt noch immer den Plauderton bei.

Frau Trude starrte sie mit großen Augen an. »Woher wissen Sie …? Ich meine, davon weiß ich noch gar nichts! Frau Doktor ist in den Teich gerollt? Das ist ja schrecklich! Sie wird wohl wieder einmal Tatjanas Obhut entwischt sein. Warum muss sie auch immer wieder selbstständige Ausflüge unternehmen? Ich habe ihr schon oft genug gesagt, dass das zu gefährlich ist, aber sie wollte ja nicht auf mich hören! Ist sie … tot?«

Diana betrachtete die Haushälterin fasziniert. Hieß es nicht immer, dass stille Wasser tief waren? Und dreckig? An der Frau war eine erfolgreiche Schauspielerin verloren gegangen, so viel war sicher. Doch bevor Diana antworten konnte, wurde die Tür aufgerissen.

»Frau Trude, habe ich nicht bekommen Kleid bei Schneiderin in Urfahr. Frau haben gesagt, sie kenne gar nicht Frau Dr. Wertzheimer. Warum haben Sie mich geschickt ans andere Ende der Stadt? Ah, guten Tag, Frau Inspektorin!« Sie nickte Diana kurz zu und wandte sich wieder an die Haushälterin.

»Wo ist Frau Doktor? War in ihrem Zimmer, dort alles leer, aber Schmuckschatulle am Bett war ausgeleert. Warum? Habe ich erst vor wenige Tage ordentlich eingeräumt, mache ich auch nicht zum Vergnügen.«

Diana lächelte. Sie hatte gehört, was sie hatte hören wollen. Anscheinend war die schöne Slowakin die einzige wirklich Unverdächtige in den beiden Mordfällen.

»Keine Sorge, Frau ...« Wie hieß sie jetzt bloß wieder mit Nachnamen? Egal. »Ihrer Chefin geht es gut. Sie ist derzeit nicht im Haus, aber Sie müssen sich keine Sorgen machen. Alles andere werden Sie später erfahren. Wenn Sie bitte draußen warten? Es dauert auch nicht mehr lange, wir sind hier bald fertig.«

Während sich die Pflegerin beleidigt verzog, faltete Frau Trude die Hände und wandte ihren Blick gen Himmel. »Sie ist in Sicherheit! Gelobt sei der Herr!«

Diana konnte über die Reaktion nur staunen. »Das stimmt«, fügte sie dann hinzu. »Und wenn wir schon dabei sind, loben wir doch gleich noch Ihren Bruder.«

»Meinen Bruder? Was hat denn mein Bruder mit der ganzen Sache zu tun?«

Bingo! Und gelobt sei die SMS, die ich gerade gelesen habe, dachte Diana. Besser, sie nahm das Handy der Haushälterin jetzt wieder an sich, auch wenn sie die Nachricht, in der Frau Trude den Obdachlosen als Bruder bezeichnete, sicher auch auf seinem Handy finden würde. »Sie haben Ihre Arbeitgeberin in den Seerosenteich gestürzt, weil sie wollte, dass Ihr Bruder aus der Hütte auszieht. Aus diesem Grund werde ich dies hier als wichtiges Beweismittel mitnehmen«, sagte Diana, während sie ein Asservatentütchen aus der Hosentasche zog und das Handy darin verschwinden ließ. »Er war damit übrigens nicht einverstanden und hat Frau Wertzheimer gerettet.«

»Das hat er Ihnen erzählt?« Frau Trude war fassungslos. »Dieser Idiot! Dieser ... Nach allem, was ich für ihn getan habe.«

»Ich weiß«, sagte Diana und bemühte sich, mitfühlend zu klingen, »manchmal können Brüder unglaublich undankbar sein.«

Trude seufzte. »Das können Sie laut sagen. Wer hat ihm denn die Hütte verschafft, als er am Boden war? Ich! Glauben Sie mir, es war nicht lustig, aus Spanien zurückzukommen und zu erfahren, dass mein Bruder, mein großer Bruder, zu dem ich immer aufgeschaut habe, in der Gosse gelandet ist. Er hatte mir immer Briefe aus aller Welt geschickt, um mir vorzugaukeln, wie unglaublich erfolgreich er doch sei. Dabei gehörte er längst zu dem dreckigen Gesindel, das sich am Linzer Hauptbahnhof herumtreibt. Und das nur, weil ihm sein eigener Sohn das Haus verwehrte, statt sich um ihn zu kümmern, wie es seine verdammte Pflicht und Schuldigkeit gewesen wäre.«

Aha, daher wehte also der Wind! »Das ist ja allerhand!«, sagte Diana und gab vor, betroffen zu sein.

»Ja, nicht wahr?« Trude nickte, bevor sie fortfuhr. »Ich war gerade mal ein Jahr bei der Alten, also, bei der Frau Doktor, da habe ich Hans-Peter, meinen Bruder, durch Zufall aufgespürt. Er lebte damals mit anderem Gesindel in einem abgestellten Waggon. Eines Tages ist er mir über den Weg gelaufen, als ich auf den Bus gewartet habe. Es war gar nicht so leicht, die Frau Doktor davon zu überzeugen, ihm die alte Hütte zu überlassen. Dabei ist die doch eh nicht viel mehr als ein Verschlag, und damals hat die niemand gebraucht.«

»Das war sehr nett von Ihnen. Nicht alle Schwestern hätten so etwas für ihren Bruder getan.«

Dem konnte Frau Trude nur zustimmen. »Alles lief eigentlich hervorragend. Der Peter konnte so oft zu mir kommen, wie er wollte. Hier konnte er duschen, hat etwas Ordentliches zu essen bekommen und sogar mit der Gnädigen Schach gespielt, aber das haben Sie ja eh selbst gesehen.«

»Und was war dann?«, fragte Diana.

»Dann ist der IV. dahintergekommen. Das war vielleicht ein unangenehmer Mensch. Ohne jede Güte und Menschenliebe.«

»Das war sicher schrecklich für Sie«, sagte Diana, als Trude schwieg.

»Sehr schrecklich! Stellen Sie sich vor, der wollte den Peter aus der Hütte vertreiben. Mit allen Mitteln! Aber die Wertzheimer, also seine Mutter, hat sich quergelegt. Ich glaube, sie wollte die Schachpartien mit Peter nicht missen, wo hätte sie denn je so einen guten Partner wiedergefunden? Also hat der IV. diese Bagage aufgetrieben. Diese Fratzen, die hier tagtäglich ihre Orgien gefeiert haben. Mit lauter Musik und all dem Tschimbum.«

»Warum?«, fragte Diana, obwohl sie die Antwort längst ahnte.

»Ich hab doch schon gesagt, dass der IV. meinen Bruder vertreiben wollte. Er hat sich wohl gedacht, Peter würde die Nerven verlieren und freiwillig ausziehen. So ein gemeiner Mensch war das.«

»Also musste er weg«, sagte Diana, als wäre das in der Situation das einzig probate Mittel gewesen.

Wieder nickte Frau Trude. »Sie sagen es. Es war ja nicht schwer zu bewerkstelligen bei all dem Whisky, den der jeden Abend soff. Der hat die Schlaftabletten nicht einmal gemerkt, sonst wäre er doch nicht an seinem Schreibtisch eingeschlafen, sondern hätte sich ins Bett gelegt.«

»Und die Spritze?«

Es war, als würde Frau Trude mit einem Schlag erwachen. »Was denn für eine Spritze?«, fragte sie. »Von einer Spritze weiß ich nichts. Ich hab überhaupt schon viel zu viel gesagt. Es wird wirklich Zeit, dass ich mich um das Abendessen kümmere.«

Sie wollte aufstehen, doch Diana drückte ihren Unterarm zurück auf den Tisch. »Wir sind gleich fertig, Frau Gomez. Nur noch einen Augenblick.«

Frau Trude setzte sich wieder. »Was denn noch?«

Diana beschloss zu improvisieren. »Nach Angaben eines Zeugen wurden Sie dabei gesehen, wie Sie die Spritze in den Arm –«

»Was denn für ein Zeuge? Hat Ihnen vielleicht mein Bruder diesen Schwachsinn aufgetischt? Bestimmt, denn sonst wüssten Sie ja auch nicht, dass er mein Bruder ist. Na, das wird er mir büßen! Mit der Spritze hab ich nichts zu tun, ehrlich! Die hat der Peter einem der Fratzen abgenommen, die vor seiner Hütte ihren Drogenrausch ausgeschlafen haben. Samt dem Heroin. Und dann hat er sie dem IV. in den Arm gestochen. Damit er stirbt und ihn nicht mehr länger quälen kann. Mein Bruder hatte panische Angst, die Hütte zu verlieren und wieder in der Gosse zu landen. Sie glauben gar nicht, wie dumm er sich mit seinen dreckigen Wollhandschuhen dabei angestellt hat. Am liebsten hätte ich ihm die Spritze aus der Hand gerissen, aber ich wollte mir die Finger nicht schmutzig machen, wenn Sie verstehen, was ich meine. Ich habe nur das mit den Tabletten übernommen und die Tür offen gelassen. Alles andere war er.« Sie plusterte sich auf. »Ich lass mir von diesem Rowdy doch keinen Mord anhängen!«

»Das wäre ja noch schöner«, sagte Diana, und nun war der Spott doch unüberhörbar. Allerdings nicht für jeden.

Denn Frau Trude nickte.

»Ich habe im gelben Rucksack eine JA!-Brausetablette gefunden. Wissen Sie, was Ihr Bruder damit vorhatte?«

»JA!-Brause?«, wiederholte sie. »Was soll das sein?« Diesmal klang sie ehrlich.

Diana probierte es anders. »Hatte Ihr Bruder Streit mit Gianni Delucci, Sie wissen schon, mit dem Gastwirt aus dem Dorf, der im Flugzeug …?«

»Der in die Luft geflogen ist? Das weiß ich doch, was mit dem passiert ist. Das weiß hier jeder.«

»Und? Hatten die beiden Streit?«

Frau Trude schnaufte und sagte keinen Ton.

»Gut, dann frage ich eben Ihren Bruder selbst.« Diana tat so, als stünde sie auf. »Mir war allerdings, als hätte er angedeutet, dass es da mal einen Streit zwischen Ihnen und dem Italiener gegeben hat. Das werde ich auch –«

»Zwischen mir und dem …? Also jetzt reicht es aber!«, fuhr Frau Trude auf.

Diana freute sich, wie leicht die Haushälterin ihren achtlos hingeworfenen Köder geschluckt hatte.

»Er hat den Italiener doch in die Luft gesprengt! Er selbst! Dabei war es ein Irrtum, und er wollte eigentlich den Piet treffen, seinen Sohn. Den undankbaren Haderlumpen, der ihm seit Jahren den gerechten Anteil am Haus verweigert. Seit Jahren! Das Peterle, mein Bruder, war völlig mit den Nerven fertig, als er bemerkte, dass der Plan, sich an Piet zu rächen, schiefgegangen war. ›Wieso hatte der Gianni denn das verdammte rote Röhrl!‹, hat er immer wieder verzweifelt gerufen.«

»Tatsächlich?« Diana war erschüttert. So war das also gewesen. Der Anschlag hatte nicht dem Italiener, sondern Piet gegolten, der nur um Haaresbreite dem Tod entkommen war. Armer Gianni!

»›Was habe ich getan?‹, hat Hans-Peter so oft wiederholt, dass es mir schon zu den Ohren herausgekommen ist«, fuhr Trude fort. »Und wer hat ihn trösten müssen? Ich! Wer ist immer für alles zuständig, wenn Peter Probleme hat? Ich! Alles bleibt an mir hängen.«

»Auch die Aufgabe, Frau Dr. Wertzheimer aus dem Weg zu räumen, damit Ihr Bruder trotz Heinrich Wertzheimers Tod nicht doch noch das Dach über dem Kopf verliert, auch wenn es sich dabei nur um eine Hütte handelt?«

»Was heißt denn Hütte?«, fragte Frau Trude mit sichtbarem Stolz. »Es ist ein Haus auf dem Pöstlingberg, in das wir nun … Oh!« Sie schlug sich die Hand vor den Mund.

Ein geübter Griff in die Tasche, und die Handschellen klickten. »Frau Gomez, ich verhafte Sie wegen Beihilfe zum Mord an Heinrich Wertzheimer und wegen Mordversuchs an Frau Dr. Henriette Wertzheimer. Sie haben das Recht –«

»Sie haben keinen Beweis! Machen Sie die Dinger sofort wieder ab, Sie haben keinen Beweis!« Trude fuchtelte mit den gefesselten Händen vor Dianas Gesicht herum, sodass diese zurückwich.

»Alles aufgezeichnet, Sie erinnern sich?« Diana griff nach ihrem Handy. »Die moderne Technik kann wirklich äußerst hilfreich sein. Außerdem sprechen alle Indizien eine eindeutige Sprache.«

Frau Trude schwieg, während Diana die Nummer vom LKA wählte, um einen Wagen anzufordern, der die Haushälterin in die Justizanstalt bringen würde.

59

Wie bat man einen Mann, den man binnen weniger Tage zweimal unschuldig hinter Gitter gebracht hatte, um Vergebung? Wie gestand man so einem Mann, dass man ihn liebte und froh war, dass er noch lebte? Und wie enthüllte man ihm, dass er nur um Haaresbreite einem Mordanschlag entgangen war? Einem Mordanschlag, der statt ihm einen unschuldigen Freund getroffen hatte? Und wie sagte man dann diesem Mann, dass sein eigener Vater zu seinem eigenen Mörder hatte werden wollen? Wohlgemerkt der Vater, der nach dreiunddreißig langen Jahren endlich wieder in sein Leben zurückgekehrt war.

Diana war versucht, den kleinen Fritz zu Piet zu schicken. Sollte er ihm doch alles erzählen – alles bis auf das mit der Liebe natürlich. Das würde sie dann schon selbst in die Hand nehmen, wenn sich Piet wieder beruhigt hatte und sie einen gemütlichen Abend in ihrer Wohnung verbrachten, um auf seine Freiheit und sein Leben anzustoßen.

Das alles ging Diana durch den Kopf, während sie sich durch den Linzer Innenstadtverkehr zurück zum LKA quälte. Nein, sie würde den kleinen Fritz nicht schicken, beschloss sie, es gab Dinge, die man selbst erledigen musste. Und zwar mit Fingerspitzengefühl und äußerster Professionalität. Dass sie Piet am liebsten um den Hals gefallen wäre, um sich von ihm über alle Sorgen und Ängste hinwegtrösten zu lassen, die sie seinetwegen in den letzten Tagen ausgestanden hatte, war zwar eine verlockende Vorstellung, aber natürlich undurchführbar. Nein, sie würde so ruhig und sachlich mit ihm sprechen, wie es sich für eine Erwachsene gehörte. Sie würde ihn in die Hintergrundüberlegungen einweihen, und er würde ihr Vorgehen verstehen. Aber entschuldigen würde sie sich für die beiden Verhaftungen nicht. Sie waren ein Gebot der Stunde gewesen. Und außerdem war es ja genau genommen in beiden Fällen Carlos See gewesen, der sie veranlasst hatte. Na gut, sie hatte zugestimmt, das wusste sie auch. Und es gab noch etwas, was sie mich Sicherheit wusste: Sie würde Piet all dies nicht im Vernehmungsraum erzählen. Also wählte sie die Nummer des LKA.

»Wöglinger.«

»Pölz hier. Kollege Wöglinger, Herr Köflach wartet schon seit geraumer Zeit bei euch oben. Die Dinge haben sich anders entwickelt, wir brauchen ihn nicht mehr. Sagen Sie ihm doch bitte, er kann gehen.«

»Ja, aber der Carlos hat angerufen und gesagt –«

»Sagen Sie es ihm gleich. Ohne Aufschub. Die Details erzähle ich Ihnen später.«

»Von mir aus«, brummte Wöglinger. »Sonst noch was?«

Nein, sonst gab es nichts mehr, aber für Diana war das alles auch schon mehr als genug. Sie parkte ihren Wagen in zweiter Reihe gegenüber dem Haupteingang des LKA. Jetzt hieß es warten, im Geiste die ersten Sätze formulieren und später die richtigen Worte finden.

Als Piet endlich aus dem Gebäude trat, sprang sie aus dem Wagen. Sie hatte beschlossen, es mit Humor zu versuchen. »Sie haben ein Taxi bestellt?«, rief sie über die Straße, auf der zum Glück kaum Verkehr herrschte.

Er schaute zu ihr hinüber, zog die Augenbrauen hoch, schüttelte kaum merklich den Kopf und begann, auf seiner Straßenseite Richtung Donau davonzugehen.

Diana hätte sich nie verziehen, wenn sie nicht zumindest den Versuch unternommen hätte, ihn zum Stehenbleiben zu bewegen. Also warf sie die Autotür zu, begann, über die Straße zu laufen, ohne auf den Verkehr zu achten. Ein Fahrzeug, das mit überhöhter Geschwindigkeit um die Ecke gebogen war, kam mit quietschenden Reifen zum Stehen. Nur wenige Schritte von ihr entfernt. Diana fuhr zusammen und stützte sich an der Motorhaube des Wagens ab, um zu verhindern, dass ihre Knie nachgaben. Ihr Herz klopfte bis zum Hals. Das war knapp! Das war verdammt knapp gewesen!

Der Fahrer sprang aus dem Wagen. »Sind Sie wahnsinnig?«, brüllte er. »Haben Sie keine Augen im Kopf? Fast hätte ich nicht mehr bremsen können!«

Mit einem Satz war Piet an ihrer Seite. »Alles okay mit dir?«

Diana brauchte einige Zeit, bis sie in der Lage war, zu nicken.

»Kümmern Sie sich um die Frau?«, erkundigte sich der Fahrer. »Ich muss dringend zu einem Termin und bin schon zu spät dran. Zum Glück scheint ihr ja nichts passiert zu sein.«

»Passt schon«, sagte Piet. Er legte Diana den Arm um die Schulter und führte sie zu ihrem Wagen zurück. »Setz dich auf den Beifahrersitz und gib mir den Schlüssel. Ich bringe dich nach Hause.«

Zwei Stunden und eine emotionale Aussprache später ließ sich Diana zum Herrn Oberst durchstellen, um ihm von der erfolgreichen Aufklärung zweier Morde und eines Mordversuchs zu berichten.

»Sie haben die Täter gefasst? Das ist ja großartig!« So erfreut hatte der Herr Oberst schon lange nicht mehr geklungen. »Wann können Sie wieder im Büro sein? Ich werde umgehend eine Pressekonferenz einberufen. Ach, übrigens, Sie glauben gar nicht, wer mich vor einer Stunde angerufen hat. Dr. Penzengruber aus dem Büro des Innenministeriums. Die brauchen ein Team von Spezialisten für einen besonders heiklen Auftrag. Ich habe Sie und Carlos vorgeschlagen. Es geht dabei um …«

Aber das ist schon wieder ein anderer Kriminalfall.

Danke

So ein Krimi kommt nicht ohne das Hintergrundwissen von Experten aus. Darum bedanke ich mich herzlich bei meinen Top-Secret-Undercover-Informanten Julia, Dieter, Robert und Martina. Und ganz besonders bei Michael.

Sophia Scheer
ALLES TOTE KOMMT VON OBEN
Broschur, 320 Seiten
ISBN 978-3-95451-188-4

»Mehr Lokalkolorit für einen Linz-Krimi geht nicht.«
Oberösterreichische Nachrichten

»Ein leicht lesbarer Krimi gewürzt mit einem Wien-Linz-Wettstreit.«
Die Presse